DE BONS PRÉSAGES

Des mêmes auteurs
aux Éditions J'ai lu

TERRY PRATCHETT
Le peuple du tapis, *J'ai lu* 4669, *Librio 268*
Le grand livre des gnomes, *J'ai lu* 6057

NEIL GAIMAN
Neverwhere, *J'ai lu Millénaires*, *J'ai lu* 5613
Stardust, *J'ai lu Millénaires*

TERRY PRATCHETT
NEIL GAIMAN

DE BONS PRÉSAGES

TRADUIT DE L'ANGLAIS
PAR PATRICK MARCEL

J'AI LU

Collection créée par Jacques Sadoul

Titre original :

GOOD OMENS
Workman Publishing Company, New York

Dédicace

Les auteurs aimeraient s'associer au démon Rampa pour dédier ce livre à la mémoire de

G.K. CHESTERTON

un homme qui était au fait des choses.

Au commencement :

C'était un beau jour, comme tous les précédents. Il s'en était déjà écoulé largement plus de sept, et la pluie n'était pas encore inventée. Mais un amoncellement de nuages à l'est d'Éden laissait entendre que le premier orage était en route et qu'il serait costaud.

L'ange à la Poterne d'Orient leva ses ailes au-dessus de sa tête pour s'abriter des premières gouttes.

« Pardon, fit-il poliment. Tu disais ?

– Je disais : ce n'est pas ce que j'appellerais un franc succès, répéta le serpent.

– Oh, en effet ! » admit l'ange, qui s'appelait Aziraphale.

« Franchement, je trouve Sa réaction disproportionnée. Enfin, quoi : c'est la première fois. D'ailleurs, qu'y a-t-il de si terrible à connaître la différence entre le Bien et le Mal ? Ça m'échappe.

– Il faut que ce soit une très mauvaise chose », pontifia Aziraphale sur le ton légèrement troublé de quelqu'un qui s'inquiète de ne pas voir le problème, lui non plus. « Tu n'aurais pas été mêlé à cette histoire, sinon.

– On m'a simplement dit : *Va semer la pagaille, là-bas,* expliqua le serpent, qui s'appelait Rampant – ceci dit, il songeait à changer de nom. *Rampant...* non, décidément ça ne lui allait pas du tout.

– Oui, mais toi, tu es un démon. Je ne sais pas si tu pourrais bien agir. Ce n'est pas... dans ta nature, tu vois. Sans vouloir t'offenser, bien sûr.

– Reconnais quand même que c'est cousu de fil blanc. Il leur montre bien l'Arbre et Il fait les gros yeux en disant "Pas Touche". Ça manque un peu de subtilité, non ? Franchement, Il aurait pu le planter au sommet d'une haute montagne, ou très loin d'ici. À se demander ce qu'Il mijote vraiment.

– Mieux vaut ne pas trop y réfléchir. Comme je dis toujours, on ne pourra jamais comprendre l'ineffable. Il y a le Bien et il y a le Mal. Et si on fait Mal quand on te dit de Bien faire, on mérite d'être puni. Euh, enfin... »

Ils restèrent assis dans un silence gêné, à regarder les gouttes de pluie froisser les premières fleurs.

Rampant finit par demander : « Tu n'avais pas une épée de feu ?

– Ben... » Une expression coupable traversa le visage de l'ange, puis revint sur ses pas pour s'y installer à demeure.

« Je ne me trompe pas ? Avec de sacrées flammes ?

– Euh, enfin...

– Je la trouvais bigrement impressionnante.

– Oui, mais, bon...

– Oh ! tu l'as perdue ?

– Non, non ! Pas perdue, exactement ; en fait, plutôt...

– Oui ? »

Aziraphale prit une expression piteuse. « Si tu tiens à le savoir, poursuivit-il avec un brin de mauvaise humeur, je l'ai donnée. »

Rampant leva les yeux vers lui.

« C'est que... il fallait bien, enchaîna l'ange en se frottant distraitement les mains. Ils avaient l'air d'avoir si froid, les pauvres, et elle attend *déjà* un heureux événement ; et puis il y a des bêtes *vraiment* sauvages par là, et l'orage montait... alors j'ai pensé : après tout, il n'y a pas de mal à ça. Je leur ai dit : Écoutez, si vous cherchez à revenir, ça va faire une histoire de tous les... Enfin, tenez, prenez cette épée, vous en aurez peut-être l'usage – non, non, me remerciez pas, mais rendez donc service à tout le monde, essayez de ne plus être dans les parages au coucher du soleil. »

Il lança un sourire inquiet à Rampant.

« C'était le mieux à faire, non ?

– Je ne sais pas si tu pourrais mal agir », répliqua Rampant, sarcastique.

Aziraphale ne remarqua pas le ton de sa voix : « Oh, j'espère bien. Sincèrement. Ça m'a travaillé tout l'après-midi. »

Ils regardèrent un moment tomber la pluie.

« Le plus drôle, fit Rampant, c'est que je me demande, moi aussi, si cette histoire de pomme n'était pas le mieux à faire. On peut s'attirer de gros ennuis en agissant bien, quand on est démon. » Il donna une petite bourrade à l'ange. « Ce serait marrant qu'on se soit trompé tous les deux, hein ? Que j'aie bien agi et toi, mal.

– Pas tellement. »

Rampant contempla l'averse.

« Non, admit-il en redevenant grave. Sans doute pas. »

Des rideaux gris ardoise cascadaient sur le jardin d'Éden. Le tonnerre grondait sur les collines. Les animaux, baptisés de frais, s'abritaient de l'orage en frissonnant.

Au loin dans les forêts mouillées, une flamme vive clignota entre les arbres.

On sentait monter l'horreur d'une profonde nuit.

DE BONS PRÉSAGES

Où sont relatés certains événements qui ont eu lieu au cours des onze dernières années de l'histoire humaine, en accord parfait, comme on le montrera plus loin, avec :

Les belles et bonnes prophéties d'Agnès Barge

Compilés et présentés,
avec des Annotations d'ordre éducatif
et des Préceptes pour les Sages,
par
Terry PRATCHETT *& Neil* GAIMAN

Personnages du drame

Êtres Surnaturels

Dieu *(Dieu)*
Métatron *(La voix de Dieu)*
Aziraphale *(Ange et libraire bibliophile à mi-temps)*
Satan *(un Ange Déchu ; l'Adversaire)*
Belzébuth *(Ange, Déchu lui aussi, et Prince des Enfers)*
Hastur *(Ange Déchu, Duc des Enfers)*
Ligur *(également Ange Déchu et Duc des Enfers)*
Rampa *(Ange qui n'a pas franchement Déchu ; Trébuché serait un mot plus juste)*

Cavaliers apocalyptiques

Mort *(La Mort)*
Guerre *(La Guerre)*
Famine *(La Famine)*
Pollution *(La Pollution)*

Humains

Vous-Ne-Commettrez-Point-L'Adultère Pulsifer *(Inquisiteur général)*
Agnès Barge *(Prophétesse)*
Newton Pulsifer *(Comptable et Inquisiteur deuxième classe)*

Anathème Bidule *(Occultiste Pratiquante et Descendante Professionnelle)*
Shadwell *(Inquisiteur sergent)*
Madame Tracy *(Jézabel fardée* [en matinée seulement ; le jeudi sur rendez-vous] *et médium)*
Sœur Mary Loquace *(Religieuse sataniste de l'Ordre Babillard de Ste-Béryl)*
Mr Young *(un Père)*
Mr Tyler *(Président d'une association de propriétaires)*
Un Commissionnaire

Les Eux

Adam *(un Antéchrist)*
Pepper *(une Petite Fille)*
Wensleydale *(un Petit Garçon)*
Brian *(un autre Petit Garçon)*

Foules de Tibétains, d'extraterrestres, d'Américains, d'Atlantes et autres créatures rares et merveilleuses des Derniers Jours

Et :

Toutou *(Molosse des Enfers et Grand Chasseur de chats)*

Il y a onze ans :

Si l'on admet que l'Univers a été créé et n'a pas commencé officieusement, pour ainsi dire, les théories actuelles sur sa Création lui attribuent entre dix et vingt milliards d'années. Selon un calcul identique, on juge d'ordinaire que la Terre a quatre milliards et demi d'années.

Ces estimations sont fausses.

Les Cabalistes du Moyen Âge ont évalué la date de la Création à 3760 avant J.-C. Les théologiens orthodoxes grecs remontaient jusqu'en 5508 avant J.-C.

Erreur, là aussi.

L'archevêque James Usher (1581-1656) publia en 1654 ses *Annales Veteris et Novi Testamenti,* qui suggéraient que le Ciel et la Terre ont été créés en 4004 avant J.-C. Un de ses collaborateurs poussa les calculs plus loin et put annoncer triomphalement que la Terre avait vu le jour le dimanche 21 octobre 4004 avant J.-C., à neuf heures du matin précises, parce que Dieu aimait travailler tôt, pendant qu'Il se sentait frais et dispos.

Il se trompait également. De presque un quart d'heure.

Ces histoires de fossiles de dinosaures sont un canular, mais les paléontologues ne l'ont pas encore compris.

Ce qui prouve deux choses :

D'abord, que les voies du Seigneur sont vraiment impénétrables : elles fonctionnent peut-être même en circuit fermé. Dieu ne joue pas aux dés avec l'univers, mais à un jeu ineffable de Son invention, qu'on pourrait comparer, du point de vue des autres joueurs[1], à une version obscure et complexe du poker, en chambre noire, avec des cartes blanches, pour des enjeux infinis, face à une Banque qui refuse d'expliquer les règles et qui *n'arrête pas de sourire.*

Ensuite, que la Terre est Balance.

♎

Le jour où commence cette histoire, l'horoscope des Balances, dans la rubrique « Les Étoiles et Vous » de l'*Écho* de Tadfield, annonçait :

Balance, 24 septembre – 23 octobre.

Vous avez l'impression d'être au bout du rouleau et de tourner sans cesse en rond. Dans votre foyer et votre famille, d'importantes rivalités s'éternisent. Évitez les risques inutiles. Un ami jouera un rôle capital. Remettez les grandes décisions en attendant une embellie. Possibilités d'embarras gastriques, aujourd'hui : évitez les salades. Vous pourriez recevoir de l'aide d'une source inattendue.

Tout était rigoureusement exact, sauf l'histoire des salades.

♎

Ce n'était pas pendant l'horreur d'une profonde nuit.

L'ambiance aurait été plus appropriée, mais que voulez-vous ? On ne peut jamais compter sur le temps. Pour chaque savant fou qui bénéficie d'un orage providentiel la nuit où son Grand Œuvre, étalé sur la table du laboratoire, est enfin achevé, des dizaines d'autres restent assis

1. C'est-à-dire tout le monde.

à se tourner les pouces, pendant qu'Igor encaisse les heures supplémentaires.

Mais que le brouillard (avec risques de pluie, et des températures descendant jusqu'à huit degrés) n'abuse personne, en donnant l'impression que tout va bien. La nuit est douce, mais ça ne signifie pas que les forces des ténèbres ne sont pas à l'œuvre. Elles sont *partout*.

En permanence. Elles existent dans ce seul but.

Deux d'entre elles rôdaient dans le cimetière en ruine. Deux ombres, l'une bossue, trapue, l'autre mince et menaçante : deux rôdeurs de niveau olympique. Si Bruce Springsteen avait enregistré *Born to rôde,* tous deux auraient figuré sur la pochette de l'album. Ils rôdaient dans le brouillard depuis déjà une heure, mais ils géraient leurs efforts et auraient été capables au besoin de rôder le reste de la nuit, avec des réserves de lugubre menace suffisantes pour une dernière pointe de rôdage à l'aube.

Finalement, après vingt minutes supplémentaires, l'un des deux s'exclama : « Ça commence à bien faire. Il devrait être là depuis des heures. »

Il s'appelait Hastur et était Duc des Enfers.

On a mis en avant de nombreux phénomènes – guerres, épidémies, visites surprises du fisc – pour démontrer l'intervention secrète de Satan dans les affaires humaines. Mais à chaque réunion d'experts en démonologie, on décerne par consensus à l'autoroute périphérique M25 de Londres une place dans le peloton de tête des pièces à conviction.

Leur erreur, bien entendu, est de croire cette malheureuse route maléfique simplement à cause de l'incroyable carnage et des frustrations qu'elle engendre chaque jour.

En fait (peu de gens le savent, ici-bas), la M25 dessine le glyphe *odégra*, qui signifie dans la langue des Prêtres

Noirs de l'Ancienne Mu : *Salut à toi, Bête immense, dévoreuse de mondes.* Les milliers d'automobilistes qui enfument quotidiennement ses replis jouent le rôle de l'eau sur un moulin à prières et meulent une brume perpétuelle à légère teneur en Mal, qui pollue l'atmosphère à des lieues à la ronde.

C'était une des grandes réussites de Rampa. Elle avait demandé des années. Il y avait employé trois pirates informatiques, deux cambriolages, un pot-de-vin d'un montant raisonnable et, par une nuit de bruine où tout le reste avait échoué, deux heures dans un champ boueux, à déplacer les piquets de quelques petits mètres, cruciaux d'un point de vue occulte. En contemplant le premier bouchon de cinquante kilomètres, Rampa avait ressenti la chaude et délicieuse satisfaction d'une mauvaise action bien faite.

Le résultat lui avait valu des félicitations.

Rampa faisait actuellement du deux cents à l'heure, un peu à l'est de Slough. En apparence, il n'avait rien du démon classique. Pas de cornes ni d'ailes. Certes, il écoutait une cassette du *Best of Queen,* mais il ne faut rien en conclure : toutes les cassettes qu'on laisse traîner plus de quinze jours dans une voiture se métamorphosent en *Best of Queen.* Il ne songeait à rien de très démoniaque. En fait, il se demandait distraitement qui pouvaient bien être Mouette et Chandon.

Rampa avait les cheveux noirs, de hautes pommettes et des boots en peau de serpent. Enfin, on peut supposer que c'étaient des boots. Il savait faire des choses très bizarres avec la langue. Et quand il s'oubliait, sa voix avait tendance à se faire sifflante.

Et il ne clignait pas souvent des yeux.

La Bentley noire de 1925 qu'il conduisait n'avait eu qu'un seul propriétaire : Rampa. Il en avait pris soin.

Son retard s'expliquait par une profonde adoration pour le XXe siècle, qu'il trouvait bien supérieur au XVIIe, et infiniment préférable au XIVe. Pour Rampa, le Temps avait un avantage immense : l'éloigner sans cesse davantage du XIVe siècle, les cent ans les plus barbants sur cette Terre que Dieu – passez-lui le mot – a faite. Le XXe siècle n'avait rien de barbant. D'ailleurs, un gyrophare bleu dans son rétroviseur annonçait depuis cinquante secondes à Rampa que deux hommes à ses trousses insistaient pour pimenter encore le siècle à son intention.

Il jeta un coup d'œil à sa montre, conçue pour les riches plongeurs qui éprouvent le besoin de savoir l'heure qu'il est dans vingt et une capitales, lorsqu'ils sont au fond de la mer[1].

La Bentley remonta la bretelle de sortie en rugissant, négocia un virage sur deux roues et s'engouffra sur une route boisée. La lumière bleue la suivit.

Rampa poussa un soupir, lâcha le volant d'une main et, se tournant à demi, exécuta un geste compliqué par-dessus son épaule.

La distance avala le gyrophare, tandis que la voiture de police achevait sa course, à la grande surprise de ses occupants. Mais ce ne serait rien, comparé à leur stupeur quand ils lèveraient le capot et découvriraient en quoi le moteur s'était changé.

Dans le cimetière, Hastur, le grand démon, rendit le mégot à Ligur, le plus petit, le plus doué pour rôder.

« J'aperçois une lumière, dit-il. Il arrive enfin, ce m'as-tu-vu.

– Qu'est-ce qu'il conduit ?

1. On l'avait fabriquée sur mesure pour Rampa. Se faire faire quelque chose spécialement, quand ce ne serait que cuire une frite, coûte un argent fou, mais il avait les moyens. Sa montre donnait l'heure dans vingt capitales du monde et celle d'un Autre Lieu, où il était toujours la même heure : trop tard.

– Une automobile, une voiture sans chevaux. Il ne devait pas y en avoir, la dernière fois que tu es venu. Pas de façon si courante.

– Elles étaient précédées par un homme qui agitait un drapeau rouge, reconnut Ligur.

– Apparemment, ils ont fait des progrès depuis.

– Il ressemble à quoi, ce Rampa ? »

Hastur cracha par terre. « Il est ici depuis trop longtemps. Depuis le Tout Début. Il est assimilé, si tu veux mon avis. Il conduit une voiture qui a le téléphone à bord. »

Ligur y réfléchit. Comme à peu près tous les démons, il avait des notions très sommaires de technologie et se préparait à dire quelque chose comme : « Il doit avoir besoin d'une fichue longueur de fil », quand la Bentley s'arrêta devant la grille du cimetière.

« Et il porte des lunettes noires, ricana Hastur, même quand c'est inutile. » Il éleva la voix : « Gloire à Satan !

– Gloire à Satan, reprit Ligur en écho.

– Salut, tout le monde ! lança Rampa en faisant un petit signe de la main. Désolé, je suis en retard, mais vous connaissez la A40, au niveau de Denham. J'ai essayé de couper par Chorley Wood et puis de…

– Puisque nous sommes enfin assemblés, coupa Hastur sur un ton lourd de sous-entendus, récapitulons les Actions de la Journée.

– Ah, oui. Les Actions », répéta Rampa, avec l'expression légèrement contrite de quelqu'un qui revient à l'église pour la première fois depuis des années et qui a oublié à quel moment on doit se lever.

Hastur s'éclaircit la gorge.

« J'ai induit un prêtre en tentation, fit-il. Il marchait dans la rue et quand il a vu les belles filles au soleil, j'ai semé le Doute dans son esprit. Il serait devenu un saint, mais dans moins de dix ans, il nous appartiendra.

– Joli coup, fit Rampa, encourageant.

– J'ai corrompu un politicien, expliqua Ligur. Je lui ai fait croire qu'un petit pot-de-vin ne portait pas à conséquence. Il sera à nous avant que l'année soit révolue. »

Tous deux tournèrent le regard vers Rampa, qui leur adressa un grand sourire.

« Ça va vous plaire », annonça-t-il.

Son sourire s'élargit encore, sur le mode de la conspiration.

« J'ai occupé toutes les lignes de téléphone portable du centre de Londres pendant quarante-cinq minutes, au moment de la pause-repas. »

Il y eut un silence, exception faite du chuintement lointain des pneus sur l'asphalte mouillé.

« Oui ? dit Hastur. Et après ?

– N'allez pas vous imaginer que c'était facile, répondit Rampa.

– C'est *tout* ? s'inquiéta Ligur.

– Écoutez…

– Et en quoi cela va-t-il ajouter des âmes au cheptel de notre maître, exactement ? » s'enquit Hastur.

Rampa se reprit.

Que pouvait-il leur dire ? Que l'humeur de vingt mille personnes était devenue massacrante ? Qu'on pouvait entendre jusqu'à l'autre bout de la ville le bruit des artères qui se sclérosaient ? Et qu'en rentrant, ces personnes allaient se défouler sur leur secrétaire, sur les contractuelles, sur tout le monde, sur des gens qui *à leur tour* allaient se défouler sur d'autres individus ? Par une avalanche de mesquineries qu'ils allaient – et tout l'intérêt de la manœuvre reposait là – *qu'ils allaient inventer tout seuls ?* Pendant le reste de la journée. Les répercussions étaient incalculables. Des milliers et des milliers d'âmes se ternissaient un peu, sans que Rampa ait besoin de lever le petit doigt.

Mais impossible d'expliquer ça à des démons comme Hastur et Ligur : c'étaient des mentalités typiquement XIVe.

Ils pouvaient consacrer des siècles à harceler une seule âme. D'accord, c'était de *l'artisanat d'art*, mais de nos jours, on devait envisager le problème sous un angle différent. Ne pas voir plus grand, mais voir plus large. Avec cinq milliards d'habitants sur le globe, plus question de s'en prendre à ces pauvres types un par un, il fallait viser l'ergonomie. Mais ces considérations dépassaient des démons comme Ligur et Hastur. Ce n'est pas eux qui auraient imaginé les émissions en dialecte régional à la télé, par exemple. Ou la TVA. Ou Manchester.

Manchester : voilà une idée dont il était particulièrement fier.

« Apparemment, les Puissances Régnantes ont été satisfaites, dit-il. Les temps changent. Alors, quoi de neuf ? »

Hastur plongea la main derrière une pierre tombale.

« Ceci. »

Rampa contempla le panier.

« Oh. Oh non.

– Si, dit Hastur avec un sourire.

– *Déjà ?*

– Hé oui.

– Et, euh... c'est à moi de... ?

– Oui. »

Hastur savourait cet instant.

« Pourquoi moi ? plaida Rampa en désespoir de cause. Tu me connais, Hastur, ce n'est pas vraiment, comment dire ? mon emploi...

– Oh, mais si, mais si. C'est ton emploi. C'est même un premier rôle. Vas-y. Les temps changent.

– Oui, ricana Ligur. Et pour commencer, ils se terminent.

– Pourquoi *moi* ?

– Visiblement, tu es très en faveur, persifla fielleusement Hastur. Ligur ici présent donnerait son bras droit pour un tel rôle, j'en suis persuadé.

– Exact », confirma Ligur. Enfin, le bras droit de quelqu'un, songea-t-il. Les bras droits ne manquent pas, inutile d'en gaspiller bêtement un bon.

Hastur tira une écritoire des profondeurs crasseuses de son duffel-coat.

« Signe. Ici », dit-il en observant un silence terrible entre les deux mots.

Rampa fouilla distraitement dans une poche intérieure pour y prendre un stylo aérodynamique d'un noir mat. Tous les attributs d'un stylo capable de pulvériser les limitations de vitesse.

« Joli stylo, constata Ligur.

– On peut écrire sous l'eau avec, marmonna Rampa.

– Mais jusqu'où iront-ils, avec leurs inventions ? s'ébahit Ligur.

– Je ne sais pas, mais ils ont intérêt à se dépêcher », rétorqua Hastur. Et : « Non, *pas* T. L. Rampa. Ton *vrai* nom. »

Rampa obéit avec un air lugubre et traça un glyphe complexe et sinueux sur le papier. Le paraphe alluma dans les ténèbres une brève flamme écarlate, avant de s'éteindre.

« Et qu'est-ce que je suis censé en faire ? demanda-t-il.

– Tu recevras des instructions, grimaça Hastur. Pourquoi fais-tu grise mine, Rampa ? Le moment pour lequel nous avons travaillé des siècles est enfin à portée de main !

– Oui. Bien sûr », fit Rampa. Ce n'était plus le dandy souple qui avait jailli de sa Bentley avec tant d'allant, quelques minutes plus tôt. Il portait le masque d'un être traqué.

« Notre triomphe éternel est en vue !

– Éternel. Bien sûr, bien sûr.

– Et tu seras un des instruments de cette glorieuse destinée !

– Un instrument. Oui, oui. » Rampa souleva le panier comme s'il craignait de le voir exploser. Ce qui ne tarderait pas, d'une certaine façon.

« Euh, bon... Eh bien, je vais y aller, hein ? En finir. C'est pas que je tienne à en finir », corrigea-t-il en hâte – il connaissait les conséquences possibles d'un rapport défavorable d'Hastur. « Mais, bon, tu me connais : sérieux. »

Les démons majeurs ne répondirent rien.

« Bon, ben alors, j'y vais, babilla Rampa. Au revoir, à la pr... au revoir, quoi. Euh. Bon. Parfait. *Bye.* »

Pendant que la Bentley se noyait dans les ténèbres avec un hurlement de pneus, Ligur se demanda : « Il a dit quoi ?

– C'est de l'américain, expliqua Hastur. Ça veut dire : *achetez.*

– Pourquoi nous dit-il ça ? C'est curieux, non ? » Ligur regarda disparaître les feux de position. « Tu as confiance en lui ?

– Non.

– Ah, tant mieux », conclut Ligur. Dans quel monde vivrait-on si les démons commençaient à se faire mutuellement confiance ?

Un peu à l'ouest d'Amersham, Rampa fonçait dans la nuit. Il prit une cassette au hasard et tenta de l'extirper de son fragile étui en plastique. Le reflet des phares révéla qu'il s'agissait des *Quatre Saisons* de Vivaldi. De la musique douce pour se détendre, voilà ce qu'il lui fallait.

Il l'enfonça dans le lecteur Blaupunkt.

« Ohmerdemerde*merde.* Pas maintenant. Pourquoi moi ? » grommela-t-il tandis que déferlaient les harmonies familières de Queen.

Et soudain, Freddie Mercury s'adressa à lui : PARCE QUE TU LE MÉRITES, RAMPA.

Rampa bénit en silence. L'idée de communiquer grâce à l'électronique venait de lui, et les Profondeurs, pour une fois, avaient suivi sa suggestion, mais à contresens, comme d'habitude. Il avait espéré les convaincre de s'abonner à un réseau informatique. Au lieu de quoi, ils intervenaient directement sur tout ce qu'il était en train d'écouter et le déformaient à leurs propres fins.

Rampa déglutit.

« Je vous remercie, monseigneur », dit-il.

NOUS AVONS GRANDE CONFIANCE EN TOI, RAMPA.

« Merci, monseigneur. »

CETTE AFFAIRE EST TRÈS IMPORTANTE, RAMPA.

« Je sais bien, je sais bien. »

C'EST LE GRAND MOMENT, RAMPA.

« Laissez-moi faire, monseigneur. »

C'EST BIEN NOTRE INTENTION, RAMPA. ET SI QUELQUE CHOSE NE SE PASSAIT PAS COMME PRÉVU, TOUS LES RESPONSABLES EN PÂTIRAIENT ÉNORMÉMENT, MÊME TOI, RAMPA. SURTOUT TOI.

« Compris, monseigneur. »

VOICI TES INSTRUCTIONS, RAMPA.

Et soudain, il les connut. Il avait horreur de ça. Ils auraient facilement pu les lui donner oralement, pas besoin de lui laisser tomber ce savoir tout froid en plein cerveau. Rampa devait se rendre à un hôpital bien précis.

« J'y serai dans cinq minutes, mon Seigneur. Pas de problèmes. »

PARFAIT... *I see a little silhouetto of a man scaramouche scaramouche will you do the fandango...*

Rampa frappa le volant du poing. Tout marchait si bien. Il avait vraiment la situation en main, depuis quelques siècles. Voilà le monde : vous vous croyez au sommet, et on vous envoie l'Apocalypse. La Grande Guerre, le Dernier Combat. Le Ciel contre l'Enfer en trois rounds, un tombé et pas d'abandon. Et ce serait fini. Plus de monde. Voilà ce que signifie *la fin du monde* : plus de monde. Rien qu'un éternel Paradis ou, en fonction du vainqueur, un éternel Enfer. Rampa ne savait pas ce qui serait pire.

Certes, par définition, le pire, c'était l'Enfer, bien entendu. Mais Rampa se rappelait à quoi ressemblait le Paradis, et les points communs avec l'Enfer ne manquaient pas. Pour commencer, impossible de boire un bon coup ni dans l'un, ni dans l'autre. Et il était aussi malsain de s'ennuyer dans l'un que de ne pas s'ennuyer dans l'autre.

Mais pas moyen d'y échapper. On ne peut pas être démon et jouir de son libre arbitre.

... I will not let you go (let him go)...

Bon, au moins, ce ne serait pas pour cette année. Rampa aurait le temps de prendre ses précautions. Se débarrasser de ses investissements à long terme, pour commencer.

Il se demanda ce qui se passerait s'il arrêtait soudain sa voiture, sur cette route détrempée, sombre et déserte, s'il prenait le panier, pour le faire tournoyer, de plus en plus vite, et...

Quelque chose d'affreux, voilà ce qui se passerait.

Il avait été un ange, jadis. Il n'avait pas cherché à déchoir. Il avait eu de mauvaises fréquentations, c'était tout.

La Bentley filait dans les ténèbres, l'aiguille du réservoir à zéro. Elle était dans le rouge depuis soixante ans, maintenant. L'état de démon n'avait pas que des mauvais côtés. Pas besoin d'acheter de l'essence, par exemple. Rampa avait fait le plein une seule fois, en 1967, pour obtenir un autocollant James Bond, un trou dans le pare-brise en trompe-l'œil qui lui faisait envie, à l'époque.

Sur le siège arrière, la créature dans le panier commença à geindre ; la plainte des nouveau-nés, qui ressemble tant à la sirène annonçant un raid aérien. Perçante. Inarticulée. Et vieille, *tellement vieille.*

L'hôpital était agréable, se dit Mr Young. Et il aurait sûrement été calme, sans les bonnes sœurs.

Il aimait bien les bonnes sœurs. Non qu'il soit de ces, vous savez, de *ces gens-là*. Non, quand il s'agissait de ne pas aller à l'église, c'est Sainte-Cécile-et-Tous-ses-Anges qu'il choisissait scrupuleusement de négliger : cette bonne vieille Église anglicane, un établissement sérieux. Jamais ne lui serait venue l'idée de n'en pas fréquenter une autre. La concurrence embaumait d'odeurs suspectes – l'encaustique chez le bas clergé, un encens suspect chez le haut. Des profondeurs du fauteuil en cuir de son âme, Mr Young savait que ce genre de pratiques embarrasse Dieu au plus haut point.

Mais il aimait voir des bonnes sœurs autour de lui, pour les mêmes raisons qu'il aimait avoir l'Armée du Salut à portée. On en retirait une impression de rectitude, l'idée que, quelque part, des gens gardaient la Terre fermement plantée sur son axe.

Toutefois, ce contact avec l'Ordre Babillard de Sainte-Béryl était son premier[1]. Deirdre les avait rencontrées dans le cadre d'une de ses actions de bienfaisance, peut-

1. Sainte Béryl Loquacia de Cracovie passe pour avoir subi le martyre au milieu du ve siècle. Selon la légende, Béryl était une jeune femme mariée contre sa volonté à un païen, le prince Casimir. Lors de leur nuit de noces, elle implora le Seigneur d'intervenir, s'attendant vaguement à ce que la barbe lui pousse – d'ailleurs, elle avait déjà préparé un petit rasoir à manche d'ivoire, idéal pour une main de femme, en prévision d'une telle éventualité ; le Seigneur préféra lui accorder le don merveilleux d'un bavardage conti-

être bien celle qui concernait un tas de Sud-Américains infréquentables en lutte contre d'autres Sud-Américains infréquentables, excités par des prêtres qui auraient mieux fait de se mêler de choses plus convenables pour des ecclésiastiques : établir un tour de service pour balayer l'église, par exemple.

Enfin, bref ; une bonne sœur ne devrait pas faire de bruit. Elle avait une forme idéale pour ça, comme ces machins pointus qu'on utilise dans les laboratoires où on vérifie les chaînes hi-fi, selon les vagues notions que Mr Young avait de la chose. Une bonne sœur ne devrait pas, disons clairement les choses, jacasser sans arrêt.

Il enfourna du tabac dans sa pipe – enfin, du tabac, façon de parler, il n'appelait pas ça du tabac ; dans le temps, le tabac, c'était autre chose – et il se demanda distraitement ce qu'il se passait quand on demandait à une bonne sœur l'emplacement des toilettes pour hommes. Peut-être que le Pape vous adressait un petit billet de réprimande, allez savoir. Mal à l'aise, il changea de position et jeta un coup d'œil à sa montre.

Un bon point, cela dit : au moins, les bonnes sœurs n'avaient pas accepté sa présence pendant l'accouchement. Deirdre en était farouche partisan. Elle avait encore dû *lire* des choses. Pour une simple histoire de

nuel, sur tous les sujets qui lui passaient par la tête, si futiles soient-ils, sans prendre le temps de respirer ni de se restaurer.

Une version de la légende veut que Béryl soit morte étranglée par le prince Casimir trois semaines après un mariage qui n'était toujours pas consommé. Elle mourut vierge et martyre, babillant jusqu'au bout.

S'il faut en croire une autre version de la légende, Casimir s'acheta une paire de boules Quies, et Béryl mourut dans son lit, en compagnie du prince, à l'âge de 62 ans.

L'Ordre Babillard de Sainte-Béryl a fait vœu de suivre à chaque instant l'exemple de la sainte, à l'exception d'une demi-heure le mardi après-midi, où les sœurs ont la permission de la fermer et, si elles en ont envie, de jouer au ping-pong.

gosse, la voilà qui déclarait déjà que ce claquemurage allait être l'expérience la plus heureuse que deux êtres humains peuvent partager. C'est ce qui arrive quand on les laisse s'abonner à leurs propres magazines. Mr Young s'était toujours méfié des journaux dont les rubriques s'intitulent *Styles de vie* ou *Options*.

Oh, il n'avait rien contre le partage d'expériences heureuses. Il était tout à fait d'accord pour partager des expériences heureuses. Mais il avait été catégorique : cette expérience heureuse-là, Deirdre pourrait se la partager toute seule.

Et les bonnes sœurs l'avaient approuvé. Elles ne voyaient pas de raison de mêler le père à l'opération. Réflexion faite, pour elles, l'intervention du père n'était sans doute souhaitable à aucun moment.

Il finit de tasser avec le pouce le pseudo-tabac dans le fourneau de sa pipe et fusilla du regard la pancarte sur le mur de la salle d'attente qui lui intimait, pour son propre bien-être, l'ordre de ne pas fumer. Pour son propre bien-être, décida-t-il, il allait sortir un instant sous la véranda. S'il trouvait là-bas un buisson discret, ce serait encore mieux pour son propre bien-être.

Il parcourut les couloirs déserts et découvrit une porte qui débouchait sur une cour battue de pluie et encombrée de vertueuses poubelles.

Il frissonna et forma une coupe avec ses mains pour allumer sa pipe.

Les femmes. Ça les prenait, passé un certain âge. Vingt-cinq années sans nuage, et les voilà soudain parties à gesticuler comme des automates, en chaussettes roses aux pieds coupés, et elles commençaient à vous reprocher toutes ces années qu'elles avaient vécues sans devoir gagner leur vie. Ce devait être un problème d'hormones.

Une grosse voiture noire vint freiner à côté des poubelles dans un couinement de pneus. Un jeune homme affublé de lunettes noires jaillit sous le déluge, une sorte de couffin sous le bras, et se coula vers l'entrée.

Mr Young sortit sa pipe de sa bouche. « Vous avez laissé vos phares allumés », signala-t-il, serviable.

L'homme lui jeta le regard inexpressif de celui pour qui les phares sont clairement le cadet de ses soucis et agita vaguement la main en direction de la Bentley. Les phares s'éteignirent.

« Très pratique, constata Mr Young. Ça marche par infrarouges, je me trompe ? »

Il fut légèrement surpris de constater que l'homme ne semblait pas mouillé. Et que le couffin paraissait occupé.

« Est-ce que ça a déjà commencé ? » s'enquit l'homme.

Mr Young éprouva une trouble fierté de voir que sa qualité de futur père était si évidente.

« Oui, répondit-il. On m'a demandé de sortir, ajouta-t-il, soulagé.

– Déjà ? Vous avez une idée du temps qu'il nous reste ? »

Nous, nota Mr Young. Visiblement un docteur qui avait des théories sur la collectivisation de l'enfantement.

« Je crois que nous sommes… euh, en bonne voie, dit-il.

– Dans quelle chambre est-elle ? s'enquit l'homme précipitamment.

– Nous sommes chambre 3. » Mr Young tapota ses poches et trouva le paquet maltraité qu'il avait emporté avec lui, en accord avec la tradition. « Ça vous dit de partager avec moi l'heureuse expérience d'un cigare ? »

Mais l'homme avait disparu.

Mr Young rangea soigneusement le paquet et considéra pensivement sa pipe. Toujours pressés, ces docteurs. Au travail toute la sainte journée.

Il existe un tour de prestidigitation, d'un déroulement extrêmement délicat à suivre, qu'on exécute avec un haricot et trois tasses. Il va se passer quelque chose de fort semblable, pour des enjeux plus conséquents qu'une poignée de petite monnaie.

Nous allons ralentir le texte pour que vous puissiez bien suivre les phases successives de la manipulation.

Dans la Salle d'Accouchement n° 3, Mrs Deirdre Young est en train d'accoucher d'un petit bébé blond de sexe mâle, que nous appellerons le bébé A.

Dans la Salle d'Accouchement n° 4, Mrs Harriet Dowling, épouse de l'attaché culturel américain, est en train d'accoucher d'un petit bébé blond de sexe mâle, que nous appellerons le bébé B.

La sœur Mary Loquace est sataniste pratiquante depuis sa naissance. Enfant, elle a suivi l'enseignement irréligieux et a remporté de mauvais points en écriture et en lecture d'entrailles. Quand on lui a demandé de rejoindre l'Ordre Babillard, elle a obéi. Ses dons naturels la prédisposaient à suivre une telle voie et, de toute façon, elle savait qu'elle y retrouverait des copines. Elle manifesterait une intelligence certaine si l'occasion s'en présentait, mais elle a depuis longtemps la conviction qu'une cervelle d'oiseau vous aplanit le cours d'une existence, pour utiliser ses propres termes. Pour l'heure, on lui remet un petit bébé blond de sexe mâle, que nous appellerons l'Adversaire, le Destructeur de Rois, l'Ange de l'Abîme sans Fond, la Grande Bête nommée Dragon, le Prince de ce Monde, le Père du Mensonge, l'Engeance de Satan et le Seigneur des Ténèbres.

Observez attentivement. Nous mélangeons…

« C'est lui ? demanda la sœur Mary en considérant le bébé. Je m'attendais à ce qu'il ait des yeux bizarres. Rouges, ou verts. Ou de tout petits petons fourchus. Ou une meugnonne petite queue. » Tout en parlant, elle le retourna. Pas de cornes, non plus. Le fils du Malin paraissait tellement normal que c'en était inquiétant.

« C'est bien lui, répondit Rampa.

– Imaginez-vous un peu. Je tiens l'Antéchrist entre mes mains. Et je suis en train de lui faire prendre son bain. Et je compte les zoulis doigts de ses petits petons... »

Perdue dans un songe personnel, elle s'adressait maintenant directement à l'enfant. Rampa agita la main en face de sa cornette. « Hé ! Hou hou, sœur Mary ?

– Excusez-moi, monsieur. Mais c'est un véritable amour. Est-ce qu'il ressemble à son père ? Mais bien sûr qu'on lui ressemble, à son papa ! Hein, qu'on ressemble à son papounet ?

– Non, affirma catégoriquement Rampa. Et maintenant, à votre place, j'irais en salle de délivrance.

– Vous croyez qu'il se souviendra de moi quand il sera grand ? » demanda la sœur Mary, rêveuse, en se coulant dans le couloir.

« Priez que non », dit Rampa avant de s'enfuir.

La sœur Mary traversa l'hôpital nocturne avec l'Adversaire, le Destructeur de Rois, l'Ange de l'Abîme sans Fond, la Grande Bête nommée Dragon, le Prince de ce Monde, le Père du Mensonge, l'Engeance de Satan et le Seigneur des Ténèbres dans les bras. Elle trouva un moïse dans lequel elle le coucha.

Il gloussa. Elle lui fit une chatouille.

Une tête d'infirmière-chef émergea par l'encadrement d'une porte : « Sœur Mary, qu'est-ce que vous fichez ici ? Vous n'êtes pas de service dans la chambre n° 4 ?

– Maître Rampa m'a dit...

– Allez, filez comme une bonne petite sœur. Vous avez vu le mari quelque part ? Il n'est plus en salle d'attente.

– Je n'ai vu que Maître Rampa, qui m'a dit...

– Je n'en doute pas, trancha la sœur Grâce Volubile. Je suppose qu'il vaut mieux que j'aille moi-même chercher ce pauvre homme. Entrez et tenez-la à l'œil. Elle est encore dans le coton, mais le bébé est en pleine forme. » La sœur Grâce s'interrompit. « Pourquoi clignez-vous de l'œil ? Vous avez mal ?

– Vous savez bien ! siffla sœur Mary de façon théâtrale. Les bébés. L'échange…

– Oui, oui. Bien sûr. Chaque chose en son temps. On ne peut pas laisser le père errer au petit bonheur, n'est-ce pas ? On ne sait jamais ce qu'il pourrait découvrir. Alors attendez ici et surveillez le bébé, vous serez bien aimable. »

Elle descendit le couloir encaustiqué, tous voiles dehors. La sœur Mary, poussant le berceau, entra en salle de délivrance.

Mrs Young n'était plus dans le coton. Elle dormait à poings fermés, avec cette expression de solide contentement de ceux qui savent que, pour une fois, toutes les responsabilités reposent sur les épaules d'autrui. Le bébé A dormait à ses côtés, pesé et étiqueté. La sœur Mary, à qui on avait appris à être serviable, retira l'étiquette portant le nom du bébé, la copia et attacha le double sur le bébé dont elle avait la garde.

Les deux bébés se ressemblaient : petits, boursouflés, avec un faux air de Winston Churchill.

Bon, se dit la sœur Mary, je prendrais bien une tasse de thé, moi.

La plupart des pensionnaires du couvent étaient des satanistes traditionalistes, comme leurs parents et leurs grands-parents. On les avait élevés ainsi et, à y regarder de près, ils n'étaient pas vraiment mauvais. En règle générale, les humains ne sont pas vraiment mauvais. Ils se laissent séduire par les idées nouvelles, c'est tout : on enfile de grandes bottes et on se met à fusiller les gens, on s'habille en blanc et on se met à lyncher les gens, on s'affuble de jeans à fleurs et on se met à jouer de la guitare aux gens. Offrez à un humain de nouvelles idées et un costume : il ne tardera pas à vous suivre, cœur et âme. De toute façon, recevoir une *éducation* sataniste tend à dépoétiser la chose. C'est quelque chose qu'on fait le samedi soir. Le reste du temps, on vit sa vie de son mieux, comme tout le monde. De plus, la sœur Mary était infirmière, et les infirmières de toutes confessions sont avant tout infirmières, un métier où, en priorité, on porte sa montre à l'envers, on garde son calme dans les moments d'urgence et on meurt d'envie de boire une bonne tasse de thé. Elle espérait que quelqu'un viendrait vite ; elle avait fait le plus important, maintenant, et elle voulait son thé.

On comprendra peut-être mieux les affaires humaines s'il est clairement dit que ce ne sont pas des gens fondamentalement bons ou fondamentalement mauvais qui sont à l'origine des plus grands triomphes ou des plus grandes tragédies de l'Histoire, mais des gens fondamentalement humains.

On frappa à la porte. La sœur Mary ouvrit.

« Ça y est ? C'est fait ? s'enquit Mr Young. Je suis le père. Le mari. Enfin, l'un ou l'autre. Les deux. »

La sœur Mary attendait d'un attaché culturel américain qu'il ait la prestance de Blake Carrington ou de J.R. Ewing. Mr Young ne ressemblait pas aux Américains qu'on voit à la télévision, sauf peut-être aux shérifs condescendants des séries policières les plus réussies [1]. Elle était assez déçue. Par son gilet en laine aussi, d'ailleurs.

Elle ravala sa déconvenue. « Oooh, oui, dit-elle. Félicitations. Madame votre épouse dort, le pauvre chou. »

Mr Young jeta un coup d'œil par-dessus l'épaule de la sœur. « Des jumeaux ? » Il tendit la main vers sa pipe.

1. Celles où c'est une petite vieille qui mène l'enquête, et où il n'y a pas de poursuites en voiture. Ou, du moins, elles se déroulent à vitesse raisonnable.

Interrompit son geste. Le reprit. « Des *jumeaux* ? Il n'a jamais été question de jumeaux.

– Oh, non, se hâta d'expliquer la sœur Mary. Voici le vôtre. L'autre… euh… c'est celui de quelqu'un d'autre. Je le surveille juste en attendant le retour de la sœur Grâce. Non », insista-t-elle en indiquant du doigt l'Adversaire, le Destructeur de Rois, l'Ange de l'Abîme sans Fond, la Grande Bête nommée Dragon, le Prince de ce Monde, le Père du Mensonge, l'Engeance de Satan et le Seigneur des Ténèbres, « c'est celui-ci qui est à vous. Du sommet de son crâne jusqu'au bout de ses petits petons fourchus – ce qu'ils ne sont pas », s'empressa-t-elle d'ajouter.

Mr Young baissa les yeux pour un examen.

« Ah, certes, fit-il sur un ton dubitatif. Tout le portrait de mon côté de la famille. Il… euh, il a tout ce qu'il faut aux endroits où il faut, je pense ?

– Oh, oui. C'est un enfant très normal. Très, très normal. »

Un silence. Ils contemplèrent le bébé endormi.

« Vous n'avez pas beaucoup d'accent, constata la sœur Mary. Vous êtes ici depuis longtemps ?

– Dix ans environ, répondit Mr Young, vaguement surpris de la question. Mon travail s'est relocalisé, voyez-vous, et j'ai dû suivre.

– J'ai toujours pensé que ce devait être un métier passionnant », confia la sœur Mary. Mr Young parut ravi. Tout le monde n'était pas aussi sensible aux aspects les plus palpitants de la comptabilité.

« Je suppose que c'était très différent dans votre ancien poste, poursuivit la sœur Mary.

– Probablement, en effet. » Mr Young n'y avait jamais vraiment réfléchi. Luton, dans son souvenir, ressemblait beaucoup à Tadfield. Les mêmes haies entre votre jardin et la gare. Les mêmes gens.

« Des bâtiments plus hauts, par exemple », ajouta la sœur Mary à bout d'arguments.

Mr Young la regarda. Un seul bâtiment lui venait à l'esprit : le siège de la compagnie d'assurances Alliance & Leicester.

« Et on doit souvent vous inviter à des garden-parties », poursuivit la sœur.

Ah ! Là, Mr Young se retrouvait en territoire connu. Deirdre raffolait de ce genre de choses et le mettait à contribution pour tenir le stand de brocante, dans les grandes occasions.

« Des tas, répondit-il avec chaleur. Deirdre prépare elle-même des confitures, vous savez. Et en général, je donne un coup de main, pour les antiquités. »

La sœur Mary n'avait jamais imaginé sous cet angle les réceptions à Buckingham, mais il est vrai que le terme décrivait parfaitement nombre de gens qu'elle avait vus en photo.

« C'est une grande responsabilité, je suppose, dit-elle. J'ai entendu dire que Sa Majesté recevait souvent des hôtes étrangers assez âgés.

– Je vous demande pardon ?

– Je voue une grande admiration à la famille royale, vous savez.

– Oh, moi aussi », assura Mr Young, ravi de se raccrocher à cet îlot de terre ferme au milieu d'un flot d'incohérences. Oui, avec la famille royale, on savait toujours où on en était. Enfin, avec les membres convenables de la famille, ceux qui ne ménageaient pas leurs efforts chaque fois qu'il s'agissait de saluer la foule ou d'inaugurer des ponts. Pas ceux qui traînaient en boîte de nuit jusqu'à des heures indues et qui vomissaient sur les *paparazzi*[1].

1. Il est peut-être utile de signaler que, pour Mr Young, *paparazzi* était le nom d'un genre de linoléum italien.

« Oh, c'est bien. Je croyais que la royauté n'était pas très bien vue chez vous, avec tous ces révolutionnements et vos histoires de services à thé jetés à la mer. »

Elle continua de jacasser, soutenue par les préceptes de son Ordre : toujours dire ce qui vous passait par la tête. Mr Young était complètement perdu, et trop las pour s'en soucier vraiment. La vie monacale rendait sans doute les gens un peu bizarres. Il aurait aimé voir Mrs Young se réveiller. Et soudain, un élément du papotage de la sœur Mary fit naître en lui une lueur d'espoir.

« Serait-il éventuellement possible d'avoir une tasse de thé ? glissa-t-il.

– Oh, pardon, s'exclama la sœur Mary en plaquant sa main sur sa bouche. Mais où avais-je donc la tête ? »

Mr Young ne se risqua à aucun commentaire.

« Je m'en occupe immédiatement, dit-elle. Mais vous ne préféreriez pas du café, plutôt ? Il y a un distributeur automatique à l'étage.

– Du thé, s'il vous plaît.

– Ma parole, vous vous êtes *réellement* acclimaté, hein ? » pépia gaiement la sœur Mary en quittant la pièce dans un tumulte de voiles.

Mr Young, abandonné avec une épouse et deux bébés endormis, se laissa choir sur une chaise. Oui, ça devait être le résultat de trop de réveils aux aurores, de génuflexions et tout le tintouin. De braves femmes, bien entendu, mais pas entièrement *mens sana*. Il avait vu un film de Ken Russell, un jour. Une histoire de bonnes sœurs. Bon, apparemment, il ne se passait ici rien dans ce goût-là, mais il n'y a pas de fumée sans feu, comme on dit…

Il poussa un soupir.

C'est à cet instant que le bébé A se réveilla et commença à pleurer avec vaillance.

Mr Young n'avait pas eu à calmer un bébé depuis des années. Il n'avait jamais été doué pour cette tâche. Il respectait trop Sir Winston Churchill pour ne pas être gêné en tapotant les fesses de sa réplique en miniature.

« Bienvenue dans le monde, marmonna-t-il. Tu verras, on finit par s'habituer. »

Le bébé referma la bouche et dévisagea Mr Young avec une moue de général récalcitrant.

C'est l'instant que choisit la sœur Mary pour revenir avec le thé. Toute sataniste qu'elle était, elle avait également déniché une assiette où elle avait disposé de petits gâteaux couverts de sucre glace. Le genre qu'on trouve toujours au fond des boîtes d'assortiment pour le thé. Ceux de Mr Young avaient le rose des équipements chirurgicaux et arboraient le dessin d'un bonhomme de neige.

« Vous ne connaissez sûrement pas. Pour vous, ce sont des cookies. Nous, nous les appelons *bis-cuits.* »

Mr Young ouvrait la bouche pour expliquer que, oui, en effet, lui aussi, comme tout le monde à Luton, quand une nouvelle bonne sœur entra précipitamment, hors d'haleine.

Elle jeta un coup d'œil à la sœur Mary, se souvint que Mr Young ne connaissait les pentacles ni d'Ève ni d'Adam et se borna à indiquer du doigt le bébé A, en clignant de l'œil.

Sœur Mary opina et lui rendit son clin d'œil.

La religieuse sortit en poussant le chariot avec l'enfant.

Dans le registre des communications humaines, un clin d'œil est riche de sens. Un seul clin d'œil peut signifier beaucoup de choses. Par exemple, celui de la nouvelle arrivante avait dit :

Où Diable étais-tu ? Le bébé B est là, nous sommes prêtes à faire l'échange, et tu es en train de boire ton thé dans la mauvaise chambre, avec l'Adversaire, le Destructeur de Rois, l'Ange de l'Abîme sans Fond, la Grande Bête nommée Dragon, le Prince de ce Monde, le Père du Men-

songe, l'Engeance de Satan et le Seigneur des Ténèbres. Tu te rends compte que j'ai failli me faire tirer dessus ?

Pour elle, le clin d'œil que lui adressa la sœur Mary en réponse signifiait : *Voici l'Adversaire, le Destructeur de Rois, l'Ange de l'Abîme sans Fond, la Grande Bête nommée Dragon, le Prince de ce Monde, le Père du Mensonge, l'Engeance de Satan et le Seigneur des Ténèbres, et je ne peux pas parler pour l'instant, à cause du non-initié ici présent.*

Tandis que, pour la sœur Mary, le clin d'œil de sa collègue signifiait plutôt :

Bien joué, sœur Mary – tu as interverti les bébés toute seule. Maintenant, indique-moi le bébé surnuméraire, que je t'en débarrasse pour te laisser savourer ta tasse de thé en compagnie de son Éminence Royale, le Culturel Américain.

Par conséquent, son propre clin d'œil avait valeur de :

Tiens, ma chère, le voilà : c'est le bébé B, emporte-le et laisse-moi bavarder avec son Excellence. J'ai toujours voulu savoir pourquoi ils avaient ces grands bâtiments tout couverts de miroirs.

Les subtilités de l'échange échappèrent complètement à Mr Young, que toutes ces marques discrètes d'affection embarrassaient au plus haut point et qui songeait : Sacré Ken Russell ! Pas de doute, il sait de quoi il parle.

L'erreur commise par la sœur Mary aurait pu être découverte par la seconde bonne sœur si celle-ci n'avait pas été sévèrement perturbée par les agents des Services Secrets qui occupaient la chambre de Mrs Dowling et considéraient la religieuse avec un malaise croissant. En effet, on leur avait appris à réagir d'une certaine façon face à des gens vêtus de longues robes et de longues coiffes, et ils se trouvaient confrontés pour l'heure à des signaux contradictoires. Les gens troublés ne sont pas les plus qualifiés pour manipuler des armes, particulièrement quand ils viennent d'assister à un accouchement par la méthode naturelle, une façon absolument antiaméricaine de mettre de nouveaux citoyens au monde. Pour tout aggraver, ils avaient entendu dire que le couvent possédait une réserve de missels.

Mrs Young remua.

« Vous avez choisi un prénom ? susurra la sœur Mary.

– Hmm ? demanda Mr Young. Oh, non, pas vraiment. Si ça avait été une fille, nous l'aurions baptisée Lucinda, comme ma mère. Ou Germaine. Ça, c'était l'idée de Deirdre.

– Absinthe, c'est très joli », suggéra la bonne sœur, qui connaissait ses classiques. « Ou Damien. C'est très en vogue, Damien. »

Anathème Bidule – sa mère, qui n'avait guère étudié la théologie, avait lu le mot un jour, et jugé que ce serait un prénom ravissant pour une fille – Anathème, donc, avait huit ans et demi, et elle lisait le Livre sous les draps, à la lueur d'une lampe de poche.

Les autres enfants apprennent à lire sur des abécédaires ornés d'images bigarrées représentant des arbres, des balles, des chiens et *tutti quanti.* Pas la famille Bidule. Anathème avait appris à lire dans le Livre.

On n'y trouvait ni arbres, ni balles. Il y figurait une assez jolie gravure sur bois, représentant Agnès Barge sur le bûcher, avec une expression plutôt guillerette.

Le premier mot qu'Anathème avait su reconnaître, c'était *belles.* À huit ans et demi, rares sont ceux qui savent que *beau* a parfois le sens de « scrupuleusement exact », mais Anathème était du nombre.

Le deuxième mot fut *bonne.*

La première phrase qu'elle ait jamais lue à voix haute fut :

« *Je te le dicz, entends bien mes paroles. Quatre chevaulcheront, et quatre mefmement, et troys parcourront les Cieulx comme deux, et un Seul voyagera dans les*

Flammes ; et rien ne sçaura les arrefter : poiffons ni pluie ni route, Ange ni Démon. Et tu seras là toi aussi, Anathème. »

Anathème adorait lire des choses qui parlaient d'elle.

(Des parents aimants, abonnés aux suppléments du dimanche convenables, pouvaient acheter certains livres, où le nom de leur progéniture apparaissait en lieu et place de celui du héros ou de l'héroïne. Cette initiative avait pour but d'intéresser l'enfant au livre. Dans le cas d'Anathème, elle n'était pas seule à figurer dans le Livre – et avec une exactitude absolue, jusqu'ici. On y parlait aussi de ses parents, de ses grands-parents et de tout le monde, en remontant jusqu'au XVIIe siècle. Elle était encore trop jeune et trop égocentrique pour attacher de l'importance au fait qu'on n'évoquait nulle part ses enfants ni, d'ailleurs, aucun événement futur au-delà d'un délai de onze ans. Mais quand on a huit ans et demi, onze ans représentent toute une existence, ce qui allait être le cas, s'il fallait en croire le Livre.)

C'était une enfant intelligente, au visage pâle, aux yeux et aux cheveux noirs. La plupart des gens étaient mal à l'aise en sa présence, une caractéristique familiale qu'elle avait héritée de son arrière-arrière-arrière-arrière-arrière-grand-mère, en même temps que de dons paranormaux, en quantité supérieure à la dose idéale.

Elle était précoce et assurée. Le seul reproche que ses maîtres osaient adresser à Anathème concernait son orthographe ; non qu'elle soit mauvaise, mais elle avait trois siècles de retard.

Les bonnes sœurs prirent le bébé A et l'échangèrent contre le bébé B sous le nez de la femme de l'attaché culturel et des agents de sécurité, en usant d'un habile expédient : elles emmenèrent le bébé sur un chariot (« Il faut le peser, ma petite dame, c'est obligatoire, c'est la loi. ») pour en ramener un autre, un peu plus tard.

L'attaché culturel lui-même, Thaddeus J. Dowling, avait été rappelé en catastrophe à Washington quelques jours plus tôt, mais il était resté en contact avec Mrs Dowling à travers toute l'expérience de l'accouchement, pour l'aider à respirer.

La présence de son conseiller financier sur une autre ligne n'avait pas facilité l'opération. À un moment donné, il avait été obligé de la faire patienter vingt minutes au bout du fil.

Mais ça ne comptait pas.

La naissance d'un enfant est l'expérience la plus heureuse que deux êtres humains peuvent partager, et il ne voulait pas en rater une seconde.

Il avait demandé à un agent des Services Secrets de tout filmer au Caméscope.

En règle générale, le Mal ne se repose jamais, et il ne voit donc pas pourquoi tout le monde ne ferait pas de même. Mais Rampa aimait dormir, c'était un des plaisirs de ce monde. Particulièrement au terme d'un bon repas. Il avait dormi pendant presque tout le XIXe siècle, par exemple. Non qu'il en ait besoin, mais il aimait ça[1].

Un des plaisirs de ce monde. Il avait intérêt à les goûter au maximum, maintenant, tant que c'était encore possible…

La Bentley rugissait dans la nuit, en direction de l'est.

Bien entendu, il était en faveur de l'Apocalypse, par principe. Si on lui avait demandé pour quelle raison il avait passé des siècles à manipuler les affaires de l'huma-

1. Cela dit, il avait dû se lever en 1832 pour aller aux toilettes.

nité, il aurait répondu : « Oh, pour qu'arrive l'Apocalypse et que triomphent les forces du Mal. » Mais il y a une différence entre travailler dans ce but, et le voir se concrétiser.

Rampa avait toujours su qu'il verrait la fin du monde : il était immortel, il n'avait donc pas le choix. Mais il avait espéré que ça n'arriverait pas avant très longtemps.

Parce qu'il aimait bien les gens. C'est un grave défaut, chez un démon.

Oh, certes, il faisait de son mieux pour empoisonner leur courte existence ; c'était son travail. Mais il n'aurait jamais pu imaginer les horreurs dont le genre humain était capable. Les mortels semblaient particulièrement doués pour ça. C'était dans leur nature, apparemment. Le monde dans lequel ils naissaient démontrait son hostilité par mille petits détails, et ils s'ingéniaient à encore envenimer la situation. Au fil des ans, Rampa avait eu de plus en plus de mal à accomplir des actes assez démoniaques pour trancher sur le fond perpétuel de méchanceté ambiante. À plusieurs reprises, au cours du dernier millénaire, il avait eu envie d'envoyer un message aux Tréfonds pour dire : *Écoutez, autant laisser tomber tout de suite, fermez Dis, le Pandémonium et tout le tremblement, on va s'installer en surface. On n'inventera rien qu'ils n'aient déjà mis en pratique, et ils sont capables de trucs qui ne nous seraient jamais venus à l'idée, souvent avec des électrodes. Ils ont une chose dont nous manquons totalement :* l'imagination. *Et l'électricité, bien sûr.*

N'est-ce pas un mortel qui avait écrit : « L'enfer est désert et tous les démons sont ici. »

On avait félicité Rampa pour l'Inquisition espagnole. C'est vrai, il vivait en Espagne à l'époque ; en fait, il traînait dans les *cantinas* des régions les plus agréables. Il n'était même pas au courant, avant de recevoir la citation. Il était allé jeter un coup d'œil et était revenu prendre une cuite qui avait duré une semaine.

Et Jérôme Bosch… Quel cinglé !

Et quand on les croyait pervers au-delà de tout ce que l'Enfer pouvait concocter, ils manifestaient à l'occasion plus de grâce que le Ciel n'en aurait pu rêver. Souvent, c'était le même type dans les deux cas. Ça venait de cette histoire de libre arbitre, bien entendu. Démoralisant.

Aziraphale avait tenté de lui expliquer tout ça, un jour. Le principe, avait-il dit – c'était vers 1020, ils venaient de conclure leur petit Accord –, le principe, c'est qu'un humain choisit d'être bon ou mauvais. Tandis que le rôle de gens comme Rampa et, bien sûr, lui-même, était défini dès le départ. Les humains ne pouvaient pas atteindre à la béatitude s'ils n'avaient pas la capacité d'être vraiment mauvais.

Rampa y avait réfléchi quelque temps, et avait répondu, aux alentours de 1023 : Hé, minute, ça ne fonctionne, tu vois, que si tout le monde part à égalité, non ? On ne peut pas espérer que quelqu'un qui fait ses débuts dans une masure fangeuse au beau milieu d'une zone de conflits se débrouille aussi bien que celui qui naît dans un château.

– Ah, avait répliqué Aziraphale, c'est là que ça prend tout son sel. Plus on commence bas, plus on a de chances.

– C'est imbécile ! s'était exclamé Rampa.

– Non, c'est ineffable.

Aziraphale. L'Ennemi, bien entendu. Mais un ennemi depuis six millénaires, ce qui faisait de lui un ami, plus ou moins.

Rampa tendit la main vers le téléphone.

Un démon n'a pas son libre arbitre, évidemment. Mais on ne fréquente pas les humains sans apprendre une ou deux petites choses.

Ni Damien ni Absinthe n'avaient franchement emballé Mr Young. Pas plus qu'aucune suggestion de la sœur Mary Loquace, qui avait mis à contribution la moitié des Enfers et une bonne partie de l'Âge d'Or de Hollywood.

« Oh », finit-elle par dire, un peu vexée. « Je ne vois pas ce que vous reprochez à Errol. *Ou* à Cary. Ce sont deux très jolis prénoms américains.

– Je cherchais quelque chose de plus… eh bien, de plus traditionnel, expliqua Mr Young. Nous avons toujours préféré les prénoms simples, dans la famille. »

La sœur Mary eut un sourire resplendissant. « Vous avez raison. Rien ne vaut les anciens noms, si vous voulez mon avis.

– Un prénom bien de chez nous, comme on en trouve dans la Bible », fit Mr Young. « Matthew, Mark, Luke ou John », supputa-t-il. La sœur Mary fit la grimace. « Seulement, ça ne fait plus très biblique, en fin de compte. Ça fait plutôt penser à des cow-boys ou à des footballeurs, je trouve.

– Saül, c'est joli, suggéra la sœur Mary avec un léger espoir.

– Pas *trop* ancien, quand même.

– Ou Caïn. Ça sonne très moderne, Caïn, je vous assure, risqua la sœur Mary.

– Hmmm. » Mr Young ne semblait pas convaincu.

« Il y a toujours… Il y a toujours Adam », dit la sœur Mary. Voilà qui devrait limiter les dégâts, se dit-elle.

« Adam ? » répéta Mr Young.

On aimerait se dire que les sœurs satanistes firent discrètement adopter le bébé en surnombre, le bébé B. Qu'il grandit, devint un enfant normal, heureux, rieur, débordant d'énergie et d'exubérance ; et qu'il grandit encore, fut un adulte normal et raisonnablement heureux.

Et c'est peut-être ce qui s'est passé.

Imaginez son premier prix d'orthographe, à l'école primaire ; son séjour à la fac, sans histoire mais agréable ; son travail de comptable dans le cadre de l'Immobilière de Tadfield et Norton ; sa charmante épouse. Vous voulez peut-être ajouter quelques enfants et un violon d'Ingres – la restauration de motos de collection, par exemple, ou l'élevage de poissons tropicaux.

Vous ne tenez pas à savoir ce qui *pourrait* arriver au bébé B.

Nous trouvons votre version bien meilleure, de toute façon.

Si ça se trouve, ses poissons tropicaux lui ont valu de remporter plusieurs trophées.

Dans une petite maison de Dorking, dans le Surrey, une lumière brillait à la fenêtre d'une chambre.

Newton Pulsifer, douze ans, maigre, avec des lunettes, aurait dû être couché depuis des heures.

Mais sa mère, convaincue du génie de son rejeton, lui permettait de rester debout longtemps après l'heure normale, de façon à conduire ses « expériences ».

L'expérience en cours consistait à changer la prise d'une antique radio en bakélite que sa mère lui avait donnée pour qu'il joue avec. Il était assis devant ce qu'il avait baptisé du fier nom d'« établi », une vieille table en piètre état encombrée de bobinages de fil électrique, de batteries, de petites ampoules et d'un poste à galène qu'il avait fabriqué lui-même et qui n'avait jamais fonctionné. Il n'avait pas réussi non plus à remettre la radio en bakélite en état de marche, mais là aussi, reconnaissons-le, il n'atteignait jamais un stade si avancé.

Trois maquettes d'avions légèrement contrefaites pendaient par des fils de coton au plafond de la chambre.

Même un observateur distrait aurait constaté qu'elles étaient l'œuvre de quelqu'un de très minutieux et de très soigneux, mais pas vraiment doué pour les maquettes d'avions. Il en était lamentablement fier, même du Spitfire, dont il avait plutôt raté les ailes.

Il remonta ses lunettes sur son nez, plissa les yeux pour mieux voir la prise, et posa son tournevis.

Il était très optimiste, cette fois-ci ; il avait suivi à la lettre les instructions sur la façon de changer une prise, page 5 du *Je sais tout sur l'Électronique pratique (plus : 101 façons de s'amuser sans risque avec l'électricité).* Il avait relié les fils de couleur adéquats aux bornes de couleur correspondantes ; vérifié le fusible, qui était de l'ampérage correct ; tout revissé. Jusqu'ici, pas de problème.

Il brancha la prise. Puis il fit passer l'électricité.

Toutes les lumières de la maison s'éteignirent.

L'orgueil illumina le visage de Newton. Il faisait des progrès. À sa dernière tentative, il avait complètement plongé Dorking dans les ténèbres, et un employé de la Compagnie d'Électricité était venu pour avoir un petit entretien avec sa maman.

Il éprouvait une passion torride et totalement à sens unique pour tout ce qui était électrique. Son école s'enorgueillissait de posséder un ordinateur, et une demi-douzaine d'élèves studieux restaient après les cours pour se livrer à diverses activités avec des cartes perforées. Quand le professeur responsable de l'ordinateur avait enfin accédé aux prières de Newton qui voulait les rejoindre, le jeune garçon n'avait réussi à introduire qu'une seule et minuscule carte dans l'ordinateur. La machine l'avait déchiquetée avant de s'étouffer avec.

Newton en avait la certitude, l'avenir appartenait aux ordinateurs. Quand le futur arriverait, il serait à la pointe de la nouvelle technologie.

Le futur avait ses propres théories sur le sujet. Tout était consigné dans le Livre.

Adam, réfléchit Mr Young. Il prononça le mot à voix haute, pour entendre comment cela sonnait. « Adam. » Hmmm...

Il baissa les yeux sur les boucles dorées de l'Adversaire, du Destructeur de Rois, de l'Ange de l'Abîme sans Fond, de la Grande Bête nommée Dragon, du Prince de ce Monde, du Père du Mensonge, de l'Engeance de Satan et du Seigneur des Ténèbres.

« Vous savez, conclut-il au bout d'un moment, je crois bien qu'il a une tête à s'appeler Adam. »

Ça n'avait pas été pendant l'horreur d'une profonde nuit.

L'horreur, ce fut deux jours plus tard, environ quatre heures après le départ de Mrs Dowling et de Mrs Young, accompagnées de leurs bébés respectifs. La nuit était particulièrement horrible et profonde, et, sitôt après minuit, tandis qu'un orage atteignait son paroxysme, la foudre frappa le couvent de l'Ordre Babillard, allumant un incendie sur le toit de la sacristie.

Personne ne fut gravement blessé, mais le sinistre dura plusieurs heures, causant pas mal de dégâts.

Le responsable de l'incendie rôdait sur une colline voisine et observait les flammes. C'était la dernière tâche de ce grand et mince Duc des Enfers avant qu'il ne regagne les régions infernales, et il l'avait menée à bien.

Il pouvait tranquillement laisser Rampa s'occuper du reste.

Hastur rentra chez lui.

Dans la hiérarchie des anges, Aziraphale occupait le rang de Principauté, mais de nos jours, le terme prêtait à plaisanterie.

S'ils avaient eu le choix, ni Rampa ni lui n'auraient choisi la compagnie de l'autre, mais ils étaient tous deux hommes du monde – disons : des créatures à forme d'homme – et l'Accord avait fonctionné à leur avantage tout ce temps. Et puis, on finit par s'habituer au seul autre visage que l'on côtoie durant six millénaires.

L'Accord était d'une simplicité extrême, à tel point en fait que la majuscule était presque superflue et ne se justifiait que par sa longévité. C'était le genre d'accord de bon sens que les espions isolés, travaillant dans des conditions difficiles loin de leurs supérieurs, concluent avec leurs homologues quand ils comprennent qu'ils ont plus de points communs avec des adversaires immédiats qu'avec de lointains alliés. Il stipulait une non-intervention tacite dans leurs activités respectives. S'il empêchait toute victoire décisive, l'Accord leur épargnait également des défaites cuisantes, et les deux partis pouvaient rendre compte à leurs maîtres des grands progrès accomplis face à des ennemis retors et bien renseignés.

En pratique, cela voulait dire que Rampa avait pu développer Manchester tandis qu'Aziraphale avait les mains libres sur tout le territoire du Shropshire. Glasgow avait échu à Rampa, et Édimbourg à Aziraphale (aucun d'eux ne revendiquait Milton Keynes[1], mais tous deux avaient présenté la ville comme une réussite).

1. Note au bénéfice des Américains et autres étrangers : Milton Keynes est une ville nouvelle située à peu près à égale distance de Londres (Angleterre) et de Birmingham (Angleterre). On l'a conçue comme une ville moderne, pratique, saine et, par-dessus tout, agréable pour ses habitants. Ce qui amuse énormément un grand nombre de Britanniques.

Et puis, bien entendu, il avait semblé normal que chacun tienne la boutique de l'autre, pour ainsi dire, quand le bon sens le suggérait. Ils étaient tous deux de souche angélique, après tout. Si l'un devait se rendre à Hull pour une petite tentation vite fait, il pouvait bien en passant s'occuper d'une extase divine sans fioritures à l'autre bout de la ville. Après tout, elle aurait lieu de toute manière ; en gérant l'affaire de façon pragmatique, tout le monde bénéficiait de plus de temps libre et les frais généraux diminuaient d'autant.

L'Accord infligeait à l'occasion des pincements de culpabilité à Aziraphale, mais des siècles passés à côtoyer l'humanité avaient eu sur lui le même effet que sur Rampa, quoique dans le sens opposé.

Et puis, les Autorités ne semblaient guère se soucier de savoir qui faisait le travail, du moment qu'il était fait.

Pour l'instant, Aziraphale se tenait aux côtés de Rampa, sur les berges de l'étang de St James's Park. Ils jetaient du pain aux volatiles.

Les canards de St James's Park ont tellement l'habitude d'être nourris par des agents secrets en conciliabule clandestin, qu'ils manifestent un réflexe pavlovien typique. Mettez un canard de St James's Park dans une cage de laboratoire et montrez-lui la photo de deux hommes – l'un porte en général un manteau à col de fourrure, l'autre quelque chose de sombre et une écharpe – et la bestiole commence à guetter sa provende. Si le pain noir de l'attaché culturel russe est particulièrement recherché par les canards les plus gourmets, le pain de mie détrempé à la sauce brune du chef du MI9 régale les connaisseurs.

Aziraphale lança un croûton à un canard ébouriffé, qui le saisit au vol et coula immédiatement à pic.

L'ange se retourna vers Rampa : « Tout de même, mon cher…

– Oh, pardon. La force de l'habitude... » Le canard furibond refit surface.

« Nous savions qu'il se tramait quelque chose, évidemment, reprit Aziraphale. Mais on imagine plus volontiers ce genre d'événement aux États-Unis. Ils adorent ça, là-bas.

– Ce n'est pas encore exclu », maugréa Rampa. Il regardait d'un air songeur sa Bentley de l'autre côté du parc. On était en train de fixer méticuleusement un sabot de Denver sur une des roues arrière.

« Ah oui, le politicien américain, se souvint l'ange. Un peu ostentatoire, tu ne trouves pas ? On dirait que l'Apocalypse est un film à grand spectacle que vous cherchez à vendre au plus grand nombre de pays possible.

– Tous les pays. La Terre et tous ses royaumes. »

Son dernier quignon lancé aux canards, qui s'en furent embêter l'attaché naval bulgare et un homme aux allures furtives, portant une cravate aux couleurs de Cambridge, Aziraphale jeta soigneusement le sac en papier dans une poubelle. Puis, il se retourna vers Rampa.

« C'est nous qui allons gagner, bien entendu, annonça-t-il.

– Ce n'est pas dans ton intérêt, répliqua le démon.

– Et pourquoi donc, je te prie ?

– Enfin, écoute ! Combien de musiciens crois-tu qu'il y a de votre côté ? Des musiciens de premier ordre, entendons-nous bien. »

La question sembla prendre Aziraphale au dépourvu.

« Eh bien, je dirais...

– Deux, annonça Rampa. Elgar et Liszt. Point final. Tous les autres sont chez nous. Beethoven, Brahms, la famille Bach au grand complet, Mozart, toute l'équipe... Tu te vois passer une éternité en compagnie d'Elgar ? »

Aziraphale ferma les yeux. « Trop bien, gémit-il.

– Eh bien, nous y voilà », fit Rampa, une lueur de triomphe dans l'œil. Il connaissait bien les points faibles d'Aziraphale. « Plus de disques compacts. Fini, les concerts à l'Albert Hall. Fini, les concerts promenades. Fini, le festival de Glyndebourne. Il n'y aura plus que des chœurs célestes à longueur de journée.

– Ineffable, murmura Aziraphale.

– Comme des œufs sans sel, tu l'as dit. Ce qui me fait penser à autre chose. Fini, le sel, fini, les œufs. Fini, le saumon de Norvège avec une sauce aux radis. Fini, les pittoresques petits restaurants où on te connaît par ton nom. Euh... Fini, les mots croisés du *Daily Telegraph*. Fini, les petites boutiques d'antiquaire. Et fini, les librairies. Fini, les vieilles éditions rares et curieuses. Fini... » Rampa raclait les fonds de tiroirs des goûts d'Aziraphale. « ... les tabatières Régence en argent...

– La vie sera plus belle quand nous aurons triomphé ! croassa l'ange.

– Mais pas aussi intéressante. Allons, j'ai raison, tu le sais bien. Tu serais aussi heureux avec une harpe que moi avec une fourche.

– Tu sais parfaitement que nous ne jouons pas de la harpe.

– Et nous n'employons pas la fourche. C'était une simple figure de style. »

Ils se regardèrent un instant.

Aziraphale étala ses mains élégantes et manucurées.

« Mes collègues sont ravis de voir sonner l'heure décisive, tu sais. C'est le but ultime, vois-tu. La grande épreuve finale. Les glaives de flamme, les Quatre Cavaliers, les mers de sang, toutes ces formalités vulgaires. » Il haussa les épaules.

« Et après ? Fin de partie, introduisez une autre pièce ? demanda Rampa.

– J'ai parfois du mal à suivre ta façon de t'exprimer.

– J'aime les mers comme elles sont. Rien n'est inévitable. Rien n'oblige à conduire des tests jusqu'à destruction complète, uniquement pour vérifier que tout correspond aux normes. »

Aziraphale haussa à nouveau les épaules.

« Voilà encore de la sagesse ineffable, j'en ai peur. »

L'ange frissonna et serra son imperméable contre lui. Des nuages gris s'amoncelaient au-dessus de la ville.

« Allons quelque part où il fait plus chaud.

– C'est à moi que tu proposes ça ? » grommela Rampa.

Ils marchèrent un moment dans un silence lugubre.

« Non que je sois en désaccord avec toi, expliqua l'ange tandis qu'ils traversaient la pelouse. Seulement, je n'ai pas le droit de désobéir. Tu le sais bien.

– Moi non plus. »

Aziraphale lui coula un regard en biais. « Oh, allons donc ! Je t'en prie. Tu es un démon, après tout.

– Oui, mais les miens n'apprécient la désobéissance qu'en tant que principe général. Ils répriment férocement les cas particuliers.

– La désobéissance à leurs ordres, par exemple ?

– Gagné. Tu serais surpris de leurs réactions. Peut-être pas, après tout. De combien de temps crois-tu que nous disposions encore ? » Rampa fit un geste en direction de la Bentley. Les portières se déverrouillèrent.

« Les prophéties divergent, répondit Aziraphale en se glissant à la place du mort. Jusqu'à la fin du siècle, c'est presque certain, bien que nous puissions nous attendre à quelques phénomènes d'ici là. Pour la plupart des prophètes de ce millénaire, la versification primait sur la précision. »

Rampa pointa le doigt vers la clé de contact. Elle tourna.

« Comment ça ? demanda-t-il.

– Tu sais bien, lui expliqua l'ange, serviable. *Et ton monde sera en son terme parvenu en nanananananante et un.* Ou deux, ou trois, ça dépend. Il y a peu de rimes en cinq, ce sont donc probablement des années plus sûres.

– Et ces phénomènes, de quel genre seront-ils ?

– Des veaux à deux têtes, des signes dans le ciel, des oies qui volent à contresens, des pluies de poissons, ce genre-là. La présence de l'Antéchrist affecte le déroulement normal du processus de cause à effet.

– Hmmm. »

Rampa passa en première. Puis, il se souvint de quelque chose. Il claqua des doigts.

Le sabot de Denver se volatilisa.

« Allons déjeuner, dit-il. Je te dois un repas depuis... c'était quand ?

– Paris, 1793, répondit Aziraphale.

– C'est ça. La Terreur. C'était une de vos opérations, ou une des nôtres ?

– Des vôtres, non ?

– J'ai oublié. Le restaurant était épatant, en tout cas. »

Au moment où ils dépassaient un agent de la circulation stupéfait, son carnet de contraventions entra en combustion spontanée, à la surprise de Rampa.

« Je suis à peu près certain de ne pas être responsable de ça. »

Aziraphale rougit.

« C'est moi, admit-il. J'ai toujours cru que ces gens-là étaient une de vos inventions.

– Tiens ? Nous avons toujours pensé le contraire. »

Rampa jeta un coup d'œil à la fumée dans son rétroviseur.

« Allez, on va au Ritz. »

Il ne s'était pas donné la peine de réserver. Dans son monde, les réservations, ça n'arrivait qu'aux autres.

⁂

Aziraphale collectionnait les livres. S'il avait été complètement franc avec lui-même, il aurait reconnu que sa librairie était simplement un endroit où les stocker. Il n'était pas un cas unique. Afin de maintenir sa couverture de libraire d'occasion typique, il employait tous les moyens pour dissuader ses clients d'acheter, à l'exception de la force physique. Les nauséabondes odeurs de moisi, les regards noirs, les horaires d'ouverture anarchiques – il faisait preuve de dons remarquables en ce domaine.

Il collectionnait depuis longtemps et, comme tous les collectionneurs, il s'était spécialisé.

Il avait réuni plus de soixante livres de prophéties portant sur le déroulement des derniers siècles du deuxième millénaire. Il avait un penchant pour les éditions originales de Wilde. Et il possédait la série complète des Bibles d'Infamie, chacune baptisée selon ses coquilles.

La collection comprenait la *Bible des Injustes*, ainsi dénommée à cause d'une erreur d'impression, qui lui faisait proclamer au chapitre VI de l'Épître aux Corinthiens : « *Ne savez-vous pas que les justes ne seront point héritiers du Royaume de Dieu ?* » ; et la *Bible Friponne*, composée par Barker et Lucas en 1632, qui édictait, suite à l'omission d'une négation dans le septième commandement : « *Vous commettrez la fornication.* » Il y avait la *Bible des petits enflants*, la *Bible Que La Lumière Fuit*, la *Bible des Parisiens*, celle des *Pieuvres d'esprit* et d'autres encore. Aziraphale les possédait toutes. Y compris la plus rare, une Bible publiée en 1651 par la firme d'édition londonienne de Bilton et Scaggs.

Ça avait été la première de leurs trois catastrophes éditoriales.

On appelait communément cet ouvrage la *Bible La pefte foit de tout cela*. La longue erreur de composition, si on peut la définir ainsi, intervient dans le livre d'Ézéchiel, chapitre 48, verset 5.

2. Profche les bornes de la tribu de Dan, Aser aura fon partage depuis la région orientale jufqu'à celle de la mer.

3. Profche les bornes d'Aser, Nephtali aura fon partage depuis la région orientale jufqu'à celle de la mer.

4. Profche les bornes de Nephtali, Manafsé aura fon partage depuis la région orientale jufqu'à celle de la mer.

5. La pefte foit de tout cela. J'eftois marri en mon cœur de cefte compofition. Maiftre Bilton n'eft point gentil maiftre, & Maiftre Scaggs eft un avaricieux, moins généreux qu'un ladre de Southwark. Sçachez-le bien par tant bel jour, quiconcque a un demi-grain de bon sens se devrait efbaudir au soleil, plutôt que de s'eftourbir à longueur de jour en cefte gueufe d'officine moifie. @"Æ@;!**

6. Profche les bornes d'Ephraïm, Ruben aura fon partage depuis la région orientale jufqu'à celle de la mer[1].

La deuxième grande catastrophe éditoriale de Bilton et Scaggs se produisit en 1653. Par un coup de chance extraordinaire, ils avaient mis la main sur un des célèbres *in-quartos* perdus – les trois pièces de Shakespeare qui n'ont jamais été reprises dans l'édition *in-folio,* et sont désormais perdues pour les lettrés et les amateurs de théâtre.

1. La Bible *La pefte foit de tout cela* se signalait également par la présence de 27 versets au troisième chapitre de la Genèse, au lieu du nombre plus traditionnel de 24.

Le verset 24 dit dans la version usuelle :

« Et l'ayant chassé, il mit des Chérubins à l'orient du jardin d'Éden, qui faisoient étinceler une épée de feu, pour garder le chemin qui conduisoit à l'arbre de vie. » Les versets surnuméraires étaient :

25. Et le Seigneur s'adressa en ces mots à l'ange qui gardoit la poterne d'Orient : Où est l'épée de flamme qui t'avoit été confiée ?

26. Et ainsi refpondit l'Ange : Je l'avois il n'y a point un inftant, j'ai dû la poser en quelque endroict, un jour j'oublierois mon chef.

27. Et point ne le queftionna plus le Seigneur.

Il semble que ces versets aient été insérés au moment de la correction des épreuves. En ce temps-là, les imprimeurs avaient coutume d'afficher celles-ci aux poutres de bois en façade de leur boutique, pour édifier les foules et se faire corriger gratis ; comme de toute façon on brûla ensuite les exemplaires jusqu'au dernier, personne ne prit la peine d'aborder le sujet avec ce bon monsieur A. Ziraphale, qui tenait une librairie à deux pas de porte de là, qui répondait toujours présent dès qu'il était question de traduire, et dont l'écriture était reconnaissable au premier coup d'œil.

Seuls leurs titres sont parvenus jusqu'à nous. La pièce en question était une des premières de Shakespeare, *Robin des Bois ou Une Comédie de la Forêt de Sherwood*[1].

Maître Bilton avait acheté l'*in-quarto* pour presque six guinées, et il entendait bien en tirer deux fois ce prix, rien qu'avec l'édition reliée.

Et il l'égara.

Bilton et Scaggs ne comprirent jamais vraiment les raisons de leur troisième catastrophe éditoriale. Les livres de prophéties se vendaient alors partout comme des petits pains. On en était à la troisième édition anglaise des *Centuries* de Nostradamus, et cinq Michel de Nostre-Dame, clamant tous bien haut qu'ils étaient le seul authentique auteur, faisaient de triomphales tournées de dédicaces. Quant aux libraires, ils n'arrivaient pas à garder en stock la *Collection de Prophéties* de la Mère Shipton.

Chaque grand éditeur londonien – ils étaient huit – avait au moins un Livre de Prophéties à son catalogue. Tous ces ouvrages étaient parfaitement fantaisistes, mais le ton catégorique de leurs vagues généralités les rendaient extrêmement populaires. Ils se vendaient par milliers, par dizaines de milliers d'exemplaires.

« C'eſtoit aussi rentable que de battre monnaie, avait affirmé Maître Bilton à Maître Scaggs[2]. Le public eſtoit fol de telles sornettes ! Nous devons incontinent publier quelque livre de prophéties signé par une vieillarde ! »

Le manuscrit arriva à leur porte le lendemain matin ; l'auteur faisait preuve, comme toujours, d'un sens parfait du minutage.

Bien que ni Maître Bilton ni Maître Scaggs ne l'aient compris, le manuscrit qu'on leur avait envoyé était le seul ouvrage prophétique de toute l'histoire humaine à

1. Les deux autres sont *Dix petits Cafres* et *La Cage des Fols*.

2. ... qui avait déjà caressé lui-même quelques projets de cet ordre, et qui passa les dernières années de sa vie dans les geôles de Newgate quand il les mit finalement à exécution.

ne compter que des prédictions parfaitement exactes concernant les quelque trois cent quarante années à venir, une description minutieuse et fidèle des événements qui culmineraient par l'Apocalypse. Il mettait dans le mille sur le moindre détail.

Bilton et Scaggs publièrent le livre en septembre 1655, largement dans les temps pour les achats de Noël[1], et ce fut le premier ouvrage soldé en Angleterre.

Il ne se vendit pas.

Pas même, dans une petite librairie du Lancashire, l'exemplaire auprès duquel on avait posé une pancarte en carton annonçant : *Efcrivailleur local.*

L'auteur du livre, une certaine Agnès Barge, n'en fut pas surprise. Il en fallait beaucoup pour surprendre Agnès Barge.

De toute façon, elle ne l'avait pas écrit pour le vendre ou pour ses droits d'auteur, ni même pour la gloire. Elle ne l'avait écrit que pour obtenir l'unique exemplaire auquel l'auteur avait droit.

Nul ne sait ce qu'il advint des légions d'invendus. Aucun musée, aucune collection privée n'en possède de copie. Même Aziraphale n'en a pas d'exemplaire, et les jambes lui manqueraient à la seule idée de poser ses mains exquisément manucurées sur l'un d'eux.

En fait, il n'existait plus au monde qu'un seul volume des prophéties d'Agnès Barge.

Il était posé sur une étagère, à soixante-dix kilomètres environ de l'endroit où Rampa et Aziraphale se régalaient d'un excellent déjeuner. Pour user d'une métaphore, le livre venait de commencer le compte à rebours.

1. Un nouveau trait de génie caractéristique de ces deux éditeurs : le Parlement puritain d'Oliver Cromwell avait déclaré Noël hors la loi en 1654.

Il était maintenant trois heures de l'après-midi. L'Antéchrist était sur terre depuis quinze heures, et un ange et un démon en avaient passé trois à boire sans désemparer.

Ils étaient assis l'un en face de l'autre dans l'arrière-boutique de la petite librairie miteuse que possédait Aziraphale dans le quartier de Soho.

La plupart des librairies de Soho, le quartier chaud de Londres, possèdent une arrière-boutique, généralement garnie de livres coûteux, à défaut d'être rares. Mais les livres d'Aziraphale n'étaient pas illustrés. Ils avaient de vieilles couvertures brunes et des pages qui craquaient sous les doigts. À l'occasion, s'il lui était impossible de faire autrement, Aziraphale en vendait un.

Et de temps en temps, des messieurs sérieux en costume sombre venaient lui rendre visite pour suggérer avec beaucoup de politesse qu'il devrait peut-être vendre sa boutique pour qu'on puisse la transformer en un point de vente plus adapté au quartier. Ils offraient parfois des sommes en liquide, d'épais rouleaux de billets usagés de cinquante livres. Ou d'autres fois, pendant qu'ils discutaient, certains individus en lunettes noires se promenaient dans la boutique, en hochant la tête et en déplorant l'inflammabilité du papier et les risques que courait l'établissement.

Aziraphale opinait en souriant, et disait qu'il y réfléchirait. Et ils s'en allaient. *Pour ne jamais revenir.*

Être un ange ne signifie pas qu'on est un imbécile.

La table devant eux était chargée de bouteilles vides.

« Ce que je veux dire, annonça Rampa. Ce que je veux dire. Ce que je veux dire. » Il tenta de focaliser sa vision sur Aziraphale. « Ce que je *veux* dire », répéta-t-il. Et il tenta d'imaginer ce qu'il voulait dire. « Ce que j'essaie de dire, entama-t-il avec une mine soudain radieuse, c'est… les dauphins. Voilà ce que je veux dire.

– Des espèces de poissons, énonça Aziraphale.

– Non, non, nonnonnon, contra Rampa en agitant l'index. C'est un mammifère. Un vrai mam… mifère. La différence, c'est que… » Rampa pataugea dans les fondrières de son cerveau et lutta pour se rappeler la différence. « La différence, c'est qu'ils…

– Qu'ils s'accouplent hors de l'eau ? » suggéra l'ange.

Le front de Rampa se plissa. « Je crois pas. J' suis même presque sûr que non. Y a un rapport avec leurs petits. Bon, bref. » Il se reprit. « Ce que je veux dire. Ce que je cherche à dire. Leurs cerveaux. »

Il tendit la main vers une bouteille.

« Qu'est-ce qu'ils ont, leurs cerveaux ?

– Ils sont gros. Voilà ce que je veux dire. De la taille. De la taille de… de cerveaux vachement gros. Et puis, y a les baleines. Ça, c'est du cerveau, crois-moi. La mer entière est bourrée de cerveaux.

– Le Kraken », prononça Aziraphale en contemplant son verre, la mine mélancolique.

Rampa le considéra avec l'expression soutenue et refroidie de quelqu'un qui vient de voir le fil de ses pensées tranché à la tronçonneuse. « Hein ?

– Un sacré bestiau. Il dort sous le tonnerre des premières profondeurs. Sous des tonnes d'immenses et nombreux polop… polypo… du varech, mais vachement gros, tu vois. Il paraît qu'il va remonter en surface à la fin, et la mer se mettre à bouillir.

– Ah ouais ?

– C'est un fait. Tennyson l'a écrit.

– Eh ben, voilà, conclut Rampa en se carrant sur sa chaise. La mer qui bouillonne, ces pauvres bougres de dauphins transformés en bouillabaisse… tout le monde s'en fout. Pareil pour les gorilles. Houlà, ils se disent, le ciel est couleur de sang, les étoiles se cassent la gueule, qu'est-ce qu'ils ont mis dans les bananes ? Et puis…

– Ça construit des nids, les gorilles, tu savais ça ? dit l'ange en se versant une rasade et en atteignant son verre à la troisième tentative.

– Tu rigoles.

– C'est la vérité vraie. J'ai vu un documentaire. Des nids.

– Tu confonds avec les oiseaux.

– Non, des nids », insista Aziraphale.

Rampa décida de laisser tomber le sujet.

« Bon, ben, tu vois… conclut-il. Toutes les fritures de la Terre. Les créatures, je veux dire. Les créatures de la Terre. Pas mal qui ont des cerveaux. Tout d'un coup, badaboum !

– Mais tu fais partie de l'opération, toi aussi, signala Aziraphale. Tu induis les gens en tentation. Tu te débrouilles vachement bien. »

Rampa abattit son verre sur la table. « Mais ça, c'est pas pareil. Y sont pas obligés de dire oui. C'est le côté ineffable de l'affaire, d'accord ? C'est ton côté qui a inventé la règle. Faut continuer à mettre les gens à l'épreuve. Mais faut pas les détruire.

– Bon, bon. J'aime pas beaucoup ça, moi non plus, mais je te l'ai dit : j'ai pas le droit de désobi… desbo… de pas faire ce qu'on me dit. Chuis un ange.

– Y a pas de théâtres au Paradis. Et y a pas beaucoup de films.

– Essaie pas de m'induire en tentation, moi, geignit Aziraphale. J'te connais, vieux serpent !

– Réfléchis-y. Tu sais ce que c'est, l'éternité ? Tu sais ce que c'est ? J'veux dire, tu sais ce que ça représente ? Y a une grosse montagne, tu vois, deux mille mètres de haut, à l'autre bout de l'univers, et une fois tous les mille ans, y a un p'tit zoiseau…

– Quel p'tit zoiseau ? s'inquiéta Aziraphale, soupçonneux.

– Celui dont je te parle. Et tous les mille ans…

– Le même oiseau, tous les mille ans ? »

Rampa hésita. « Oui.

– Ça doit être une vraie antiquité, ce piaf, alors.

– Ouais. Bon, tous les mille ans, l'oiseau vole…

– Il se traîne, plutôt.

– Il vole jusqu'à la montagne pour s'y aiguiser le bec…

– Hé, minute, c'est pas possible. Entre ici et l'autre bout de l'univers, y a plein de… » L'ange fit un geste du bras, ample quoiqu'un peu gauche. « Plein de machin-truc, mon p'tit gars.

– On va dire qu'il y arrive, persévéra Rampa.

– Comment il fait ?

– C'est pas ce qui compte !

– Il pourrait y aller en vaisseau spatial », suggéra l'ange.

Rampa se radoucit un peu. « Oui. Si tu veux. Enfin, bref, l'oiseau…

– Seulement, tu parles du *bout* de l'univers. Alors, faudrait que ce soit un de ces vaisseaux spatiaux où c'est les descendants qui arrivent au bout. Faudrait dire aux descendants, tu sais : " Quand vous arriverez à la Montagne, faudra que vous…" » Il hésita. « Qu'est-ce qu'il faudra qu'ils fassent ?

– Il s'aiguise le bec sur la montagne. Et ensuite, il revient en sens inverse…

– … dans le vaisseau spatial…

– Et mille ans après, il recommence », acheva précipitamment Rampa.

Il y eut un instant de silence éthylique.

« Ça fait beaucoup de boulot, rien que pour s'aiguiser le bec, réfléchit Aziraphale.

– Bon, écoute. Ce que je veux dire, c'est que quand l'oiseau aura complètement usé toute la montagne, hein, eh ben… »

Aziraphale ouvrit la bouche. Rampa le savait : il allait faire un commentaire sur la résistance comparée des becs d'oiseaux et des montagnes de granit. Le démon se lança résolument.

« ... Eh ben, *tu seras toujours en train de regarder* La mélodie du bonheur. »

Aziraphale se figea.

« Et ça te *plaira*, insista Rampa, impitoyable. Tu verras.

– Mon petit...

– Tu n'auras pas le choix.

– Écoute...

– Le Paradis est totalement dépourvu de bon goût.

– Là...

– Et y a pas un seul restaurant japonais. »

Une expression douloureuse passa sur le visage soudain très grave de l'ange. « Je ne peux pas discuter de ça en état d'ivresse, dit-il. Je vais dessoûler.

– Moi aussi. »

Tous deux firent la grimace tandis que l'alcool abandonnait leur système circulatoire, et ils se rassirent de façon un peu plus convenable. Aziraphale rajusta son nœud de cravate.

« On ne peut pas contrecarrer les plans divins », croassa-t-il.

Rampa inspecta son verre avant de le remplir à nouveau.

« Et les plans diaboliques ?

– Pardon ?

– Faut bien que ce soit un plan diabolique, non ? C'est *nous* qui le mettons en œuvre. Mon côté.

– Ah, mais ça fait partie du grand plan *divin*. Ton côté ne peut rien faire sans que ça fasse partie de l'ineffable plan divin, ajouta-t-il avec un brin d'autosatisfaction.

– Que tu crois !

– Non, c'est le... » Aziraphale claqua des doigts, agacé. « Le machin. Comment tu appelles ça, tu as une expression imagée ? Le résultat à la fin ?

– Le résultat final.

– Oui, c'est ça.
– Eh bien… Si tu en es tellement sûr…
– Y a pas le moindre doute. »
Rampa leva la tête avec une expression madrée.
« Alors tu ne peux pas être sûr – tu me corriges si je me trompe – tu ne peux pas être certain que le déjouer ne fasse pas également partie du plan divin ? Je veux dire, tu es censé déjouer les manigances du Malin en toutes circonstances, je me trompe ? »
Aziraphale hésita.
« C'est vrai, effectivement.
– Tu vois une manigance, crac ! tu déjoues. J'ai tort ou pas ?
– Dans les grandes lignes, dans les grandes lignes. En réalité, j'encourage les humains à s'occuper du côté pratique du déjouement. Rapport à l'ineffabilité, tu comprends.
– Bien, bien. Donc, tout ce que tu as à faire, c'est de déjouer. Parce que, s'il y a une chose que je sais, c'est que sa naissance n'est qu'un début. Le facteur décisif, c'est l'éducation. Les Influences. Sans Elles, ce gamin n'apprendra jamais à utiliser ses pouvoirs. » Il hésita. « En tout cas, pas forcément comme prévu.
– Mon côté ne verra sûrement pas d'objection à ce que je déjoue les manigances du tien, supputa Aziraphale. Bien au contraire.
– Exact. Ça ferait bien reluire ton auréole. » Rampa adressa un sourire encourageant à l'ange.
« Mais qu'est-ce qui arrivera au gamin s'il ne reçoit pas une éducation satanique ?
– Rien, probablement. Il n'en saura jamais rien.
– Mais l'hérédité…
– Ne me parle pas d'hérédité ! Qu'est-ce que l'hérédité vient faire dans l'histoire ? Regarde Satan. Il a été créé ange, et il devient le Grand Adversaire en grandissant. Si tu veux discuter génétique, autant affirmer que le gosse

deviendra un ange. Après tout, son papa avait un poste important au Paradis, dans le temps. Dire qu'il deviendra un démon plus tard, simplement parce que son père en est *devenu* un, c'est comme si tu affirmais qu'une souris à laquelle on coupe la queue donnera naissance à des souriceaux sans queue. Non. C'est l'éducation qui conditionne tout. Là-dessus, tu peux me faire confiance.

– Et si les influences sataniques n'ont pas libre cours ?

– Eh bien, au pire, l'Enfer devra recommencer à zéro. Et la Terre gagne onze ans de répit, au bas mot. Ça vaut peut-être le coup, non ? »

Aziraphale parut de nouveau songeur.

« Selon toi, l'enfant ne serait pas mauvais par nature ? demanda-t-il lentement.

– Il est *potentiellement* mauvais. Mais potentiellement bon, aussi, je suppose. C'est juste une énorme potentialité qui attend qu'on l'oriente. » Rampa haussa les épaules. « De toute façon, pourquoi est-ce qu'on discute de ces histoires de bien et de mal ? Nous savons bien, toi et moi, que ce sont juste des noms qui définissent de quel côté on se trouve.

– Je suppose que ça vaut la peine d'essayer », admit l'ange. Rampa hocha la tête d'un air encourageant.

« Alors, c'est d'accord ? » demanda le démon en tendant la main.

L'ange la serra avec prudence.

« Ce sera probablement plus intéressant que les saints, reconnut-il.

– Et ce sera pour le bien de l'enfant, en fin de compte. Nous lui servirons de parrains, pour ainsi dire. On surveillera son éducation religieuse, en quelque sorte. »

Aziraphale eut un sourire radieux.

« Tu sais, je n'avais pas vu les choses sous cet angle. Des *parrains*. Ce sera un travail *d'enfer* !

– C'est pas désagréable, une fois qu'on est habitué », répondit Rampa.

On l'appelait Scarlett. À cette époque, elle vendait des armes, mais elle commençait à s'en lasser. Elle ne conservait jamais longtemps la même profession. Trois, quatre siècles, au grand maximum. Il ne fallait pas s'enferrer dans la routine.

Ses cheveux étaient d'un auburn parfait, ni carotte, ni châtain : un roux cuivré, franc et luisant. Ils lui tombaient jusqu'à la taille, en mèches pour lesquelles les hommes auraient été capables de tuer, ce qui avait souvent été le cas, d'ailleurs. Ses yeux étaient d'un orange étonnant. On lui aurait donné vingt-cinq ans. C'est l'âge qu'elle avait toujours paru.

Elle possédait un camion poussiéreux, rouge brique, rempli d'armements divers, et elle montrait un don presque incroyable pour franchir à son bord toutes les frontières du monde. Elle faisait route vers un petit pays d'Afrique occidentale, où se déroulait une guerre civile de faible envergure, afin d'effectuer une livraison qui, avec un peu de chance, la changerait en guerre civile de grande envergure. Malheureusement, le camion était tombé en panne, et la réparation dépassait même ses capacités.

Pourtant, elle était douée pour la mécanique, de nos jours.

Elle se trouvait alors dans un centre-ville[1]. L'agglomération en question était la capitale du Kumbolaland, une nation africaine qui avait connu trois mille ans de paix. Elle s'était appelée le Sir-Humphrey-Clarcksonland pendant une trentaine d'années, mais comme le pays ne possédait pas la moindre ressource minérale et qu'il

1. Ce qu'on nomme d'ordinaire une ville. Elle avait la taille d'un chef-lieu de comté en Angleterre ou, selon les normes de référence américaines, d'un centre commercial.

avait autant d'importance stratégique qu'une banane, on lui avait permis d'accéder à l'indépendance avec une hâte presque indécente. Le Kumbolaland était un pays pauvre, peut-être, ennuyeux, sans aucun doute, mais pacifique. Ses diverses tribus, qui s'entendaient parfaitement ensemble, avaient depuis longtemps fondu leurs épées pour en faire des socs de charrue. Une bagarre avait éclaté en 1952 entre un conducteur de bœufs éméché et un voleur de bœufs tout aussi éméché ; on en parlait encore.

La chaleur fit bâiller Scarlett. Elle s'éventa avec son chapeau à large bord, abandonna l'épave de son camion dans la poussière de la rue et entra dans un bar.

Elle acheta une bière en boîte, la vida puis lança un sourire au barman. « J'ai besoin de faire réparer mon camion. À qui puis-je m'adresser, dans le coin ? »

Le barman lui rendit un immense sourire aux dents blanches. Il avait été impressionné par sa façon de vider une canette. « Il n'y a que Nathan, Miss. Mais Nathan est reparti à Kaounda visiter la ferme de son beau-père. »

Scarlett paya une autre bière. « Alors ? Ce Nathan ? Vous savez quand il rentre ?

– La semaine prochaine, peut-être. Ou dans quinze jours, chère Miss. Ho, ce Nathan, c'est un vrai vaurien, vous savez ? »

Il se pencha en avant.

« Vous voyagez toute seule, Miss ?

– Oui.

– Ça pourrait être dangereux. Il y a de drôles de gens sur les routes, ces temps-ci. De sales types. C'est pas des gens d'ici », se hâta-t-il d'ajouter.

Scarlett leva un sourcil parfait.

Il frissonna en dépit de la chaleur ambiante.

« Merci de me prévenir », ronronna Scarlett. Sa voix évoquait une créature embusquée dans les hautes herbes, qu'on ne repère qu'au frémissement de ses oreilles, jusqu'à ce que s'aventure à portée un animal bien jeune et bien tendre…

Elle lui adressa un signe de chapeau et sortit d'un pas tranquille.

Le chaud soleil d'Afrique l'écrasait ; son camion était immobilisé en pleine rue avec une cargaison d'armes, de munitions et de mines. Il n'irait pas plus loin.

Scarlett contempla le véhicule.

Un vautour était perché sur le toit. Il accompagnait Scarlett depuis maintenant cinq cents kilomètres. Il étouffa un rot.

Elle parcourut le décor des yeux : deux femmes bavardaient à un coin de rue ; un marchand, assis devant un étalage de pastèques bigarrées, s'ennuyait ferme en chassant les mouches ; quelques enfants jouaient sans entrain dans la poussière.

« Bah, au diable, dit-elle à voix basse. J'ai besoin de vacances, après tout. »

C'était un mercredi.

Le vendredi, personne ne pouvait plus pénétrer en ville.

Le mardi suivant, l'économie du Kumbolaland était en ruine, on dénombrait vingt mille morts (dont le barman, abattu par les rebelles alors qu'il montait à l'assaut des barricades du marché), le compte des blessés s'élevait à presque cent mille, toutes les armes de Scarlett avaient rempli la tâche pour laquelle on les avait conçues et le vautour était mort d'embolie graisseuse.

Scarlett était déjà à bord du dernier train qui quittait le pays. Elle estimait qu'il était temps de changer de carrière. Elle vendait des armes depuis trop longtemps. Elle voulait passer à quelque chose de neuf. Quelque chose qui ait de l'avenir. Elle se verrait bien correspondante pour un journal. Pourquoi pas ? Elle s'éventa avec son chapeau et croisa ses longues jambes devant elle.

Un peu loin dans le train, une bagarre éclata. Scarlett sourit. Les gens se battaient sans arrêt pour elle, autour d'elle ; elle trouvait ça plutôt attendrissant.

Sable avait les cheveux noirs, une barbe noire bien taillée, et il venait de décider de lancer sa propre compagnie.

Il prenait un *drink* avec sa comptable.

« Où en sommes-nous, Frannie ?

– Vingt millions d'exemplaires vendus pour l'instant. Incroyable, non ? »

Ils prenaient leur verre dans un restaurant baptisé *Le Sommet des six*, au dernier étage du n° 666, sur la Cinquième Avenue, à New York. Sable s'en amusait discrètement. Du restaurant, on contemplait l'immensité de New York ; la nuit, le reste de la ville pouvait apercevoir les immenses *666* rouges qui ornaient chaque face du gratte-ciel. Bien entendu, ce n'était qu'un numéro dans une rue. Dès qu'on commençait à compter, on était forcé d'y arriver, tôt ou tard. Mais il était difficile de ne pas s'en amuser.

Sable et sa comptable sortaient juste d'un petit restaurant de Greenwich Village, très cher et particulièrement exclusif, où la cuisine était tout ce qu'il y avait de plus *nouvelle* : un haricot vert, un petit pois et une lamelle de blanc de poulet, esthétiquement disposés sur une assiette carrée en porcelaine.

Sable avait inventé ça, lors de son dernier voyage à Paris.

Sa comptable avait réglé le sort de sa viande et de ses deux légumes en moins de cinquante secondes, et avait passé le reste du repas à contempler l'assiette, l'argenterie et, de temps en temps, les autres clients. Son attitude suggérait qu'elle se demandait quel goût ils pouvaient bien avoir – c'était d'ailleurs le cas. Sable avait trouvé cela très amusant.

Il jouait avec son verre de Perrier.

« Vingt millions, hein ? C'est plutôt bien.

– C'est fabuleux.

– Donc, nous allons devenir un groupe. Il est temps de lancer la grande offensive, je me trompe ? La Californie, je crois. Je veux des usines, des restaurants, tout le bataclan. Nous garderons la division édition, mais il faut se diversifier. O.K. ?

Frannie hocha la tête. « Je trouve ça bien, Sable. Il faudra… »

Un squelette l'interrompit. Un squelette en robe Dior, avec une peau bronzée tendue pratiquement jusqu'au point de rupture sur la délicate ossature du crâne. Le squelette avait de longs cheveux blonds et des lèvres parfaitement peintes ; il ressemblait aux gens que les mères montrent du doigt en chuchotant : « Si tu ne finis pas tes légumes, voilà ce qui va t'arriver » ; on aurait dit une affiche chic contre la faim dans le monde.

C'était le top model le plus coté de New York et elle tenait un livre.

« Euh, pardonnez-moi, Mr Sable, j'espère que je ne vous dérange pas, mais votre livre… Il a changé ma vie. Je me demandais si vous ne verriez pas d'inconvénient à me le dédicacer ? » Elle le regardait avec des yeux implorants, profondément enfoncés dans des orbites maquillées de façon grandiose.

Sable hocha la tête avec bonne grâce et lui prit le livre des mains.

Il n'était pas surprenant qu'elle l'ait reconnu : son regard gris ornait la photo sur la jaquette métallisée en relief. L'ouvrage s'intitulait *Le régime M – La beauté par la minceur. Le livre de régime du siècle !*

« Comment écrivez-vous votre nom ? s'enquit-il.

– Sherryl. Deux R, Y, L.

– Vous me rappelez un très, très vieil ami », dit-il en traçant sa dédicace d'une main vive et soigneuse sur la page de garde. « Voilà. Heureux qu'il vous ait plu. C'est toujours un plaisir de rencontrer une admiratrice. »

Il avait inscrit ceci :

Sherryl.

Le litron de blé vaudra une drachme ; et trois litrons d'orge, une drachme ; mais ne gâtez ni le vin ni l'huile.

Apoc. Ch. 6 ; V. 6.

Dr Raven Sable.

« C'est une citation de la Bible », lui dit-il.

Elle referma le livre avec révérence et s'éloigna de la table à reculons, en remerciant Sable, il ne savait pas ce que ça représentait pour elle, il avait changé sa vie, vraiment...

Il n'avait jamais réellement obtenu le diplôme de médecine dont il se targuait : les universités n'existaient pas, à l'époque. Mais Sable voyait bien qu'elle se mourait d'inanition. Il lui donnait encore deux mois, au maximum. Le régime M. Réglez vos problèmes de poids, une bonne fois pour toutes.

Frannie frappait voracement les touches de son ordinateur portable, réglant la prochaine étape du bouleversement par Sable des mœurs alimentaires occidentales. Sable lui avait offert l'appareil. Il coûtait monstrueusement cher, il était très puissant, très mince. Sable aimait les objets minces.

« Il y a une entreprise européenne que nous pouvons racheter pour obtenir un premier accès – Groupement (Groupement) SA. Ça nous assurera la domiciliation fiscale au Liechtenstein. Maintenant, en transférant des fonds par les îles Caïmans, vers le Luxembourg, puis la Suisse, on peut payer les usines de... »

Mais Sable n'écoutait plus. Il songeait au petit restaurant exclusif. Il se disait qu'il n'avait jamais vu autant de gens riches avoir faim.

Sable sourit, le sourire franc et sincère qui accompagne la satisfaction pure et sans nuage du travail bien fait. Il tuait simplement le temps en attendant l'attraction principale, mais il le tuait de façon si charmante. Le Temps, et parfois aussi les gens.

*

On l'appelait parfois White ou Blanc, Albus ou Craie, Weiss ou Neige, ou par un de ses cent autres noms. Il avait la peau pâle, les cheveux d'un blond passé, des yeux d'un gris délavé. Au premier coup d'œil, il semblait avoir la vingtaine, et on ne lui accordait jamais plus d'un coup d'œil.

Il n'avait pratiquement rien de mémorable.

À la différence de ses deux collègues, il était incapable de s'attacher très longtemps à un seul travail.

Il avait tenu toutes sortes d'emplois passionnants dans toutes sortes de lieux fascinants.

(Il avait travaillé dans les centrales de Tchernobyl, de Windscale et de Three Mile Island, toujours dans des emplois subalternes et peu importants.)

Il avait fait partie, à un échelon mineur mais apprécié, de divers établissements de recherche scientifique.

(Il avait aidé à mettre au point le moteur à explosion, les matières plastiques et la canette en aluminium.)

Il avait du talent pour tout.

Personne ne prêtait jamais vraiment attention à lui. Il ne se faisait pas remarquer ; sa présence était cumulative. En y réfléchissant, on pouvait comprendre qu'il avait dû faire quelque chose, être quelque part. Peut-être même vous avait-il adressé la parole. Mais on l'oubliait facilement, ce Mr White.

Pour l'instant, il était employé comme homme d'équipage sur un pétrolier à destination de Tokyo.

Le capitaine était ivre dans sa cabine. Le second était aux toilettes. Le premier lieutenant, aux cuisines. Ce qui représentait l'essentiel de l'équipage ; le navire était presque entièrement automatisé. Il n'y avait pas grand-chose à faire à bord.

Cela dit, si quelqu'un venait à presser le bouton *Vidange d'urgence de la cargaison,* situé sur le pont, les systèmes automatiques se chargeraient de libérer d'énormes quantités de fange noire dans les océans, des millions de tonnes de pétrole brut, avec un effet catastrophique sur les oiseaux, les poissons, la végétation, les animaux et les êtres humains de la région. Bien entendu, on avait conçu en renfort des dizaines de systèmes de sécurité annexes infaillibles ; mais, bah... il y en a toujours...

Il y eut après coup un interminable débat pour déterminer exactement qui était responsable. Il ne fut jamais résolu : on répartit le blâme équitablement. Ni le capitaine, ni son second, ni le premier lieutenant ne retrouvèrent jamais d'emploi.

On ne sait pourquoi personne ne songea vraiment au matelot White, qui était déjà en route vers l'Indonésie, à bord d'un vieux vapeur chargé de barils de métal rouillé, emplis d'un désherbant particulièrement nocif.

Et il y en avait un Autre. Il était sur la place du marché au Kumbolaland. Et il était dans les restaurants. Et il était dans les poissons, dans l'air, dans les barils de désherbant. Il était sur les routes et dans les maisons, dans les palais et les taudis.

Il n'était étranger nulle part, et nul ne pouvait lui échapper. Il faisait ce qu'il savait faire, et on le définissait par ce qu'il faisait.

Il n'attendait pas. Il était à l'œuvre.

Harriet Dowling rentra chez elle avec son enfant que, sur les conseils de la sœur Fidèle Prolixe, plus persuasive que la sœur Mary, et avec l'accord téléphonique de son époux, elle avait prénommé Abbadon.

L'attaché culturel revint chez lui une semaine plus tard et proclama que le bébé était le portrait craché de son côté de la famille. Il demanda également à sa secrétaire de passer une petite annonce dans un journal chic pour demander une gouvernante.

Rampa avait vu *Mary Poppins* à la télé une fois, pour Noël (en fait, Rampa avait aidé en coulisses à créer presque tout ce qui faisait la télévision ; mais c'est de l'invention des jeux télévisés qu'il était le plus fier). Pour se débarrasser de l'inévitable file de nourrices, ou du circuit d'attente qu'elles allaient constituer en face de la résidence de l'attaché culturel, près de Regent's Park, il songea à employer une bourrasque, un moyen efficace et parfaitement élégant.

Il se contenta d'une grève surprise du métro et, au jour dit, une seule nourrice se présenta.

Elle portait un ensemble de tweed et de discrètes boucles d'oreilles en perle. Si quelque chose en elle annonçait la nourrice, il l'annonçait sur ce genre de ton confidentiel qui est la prérogative des majordomes anglais dans certains films américains. Il se permettait aussi de toussoter discrètement pour marmonner que ce pouvait être par la même occasion le genre de nourrice qui passe des petites annonces en termes vagues mais curieusement explicites dans des magazines très spéciaux.

Ses souliers à talons plats crissaient sur le gravier de l'allée ; un chien gris trottinait en silence à ses côtés, une bave écumante coulant de ses babines. Il avait des reflets rouges dans les prunelles et jetait de droite et de gauche des regards affamés.

Elle parvint à la lourde porte de bois, se permit un bref sourire de satisfaction et sonna. La cloche résonna d'un *clong* sinistre.

Ce fut un majordome de l'ancienne école [1], comme on dit, qui ouvrit.

« Je suis Nounou Astaroth », lui annonça-t-elle. Puis, tandis que le chien gris considérait le majordome avec intérêt, en se demandant peut-être où il allait enfouir les os : « Je vous présente Médor. »

Elle laissa le chien dans le jardin, et réussit l'entretien de sélection avec mention. Puis, Mrs Dowling amena la nourrice voir son nouveau protégé.

La nourrice eut un rictus déplaisant. « Quel délicieux enfant ! Il faudra vite lui acheter un petit tricycle. »

Par une curieuse coïncidence, un autre membre du personnel fut engagé, ce même après-midi. C'était le jardinier et il se révéla étonnamment doué pour ce travail. Personne ne comprit vraiment comment cela se faisait : jamais il n'avait empoigné une pelle, jamais non plus il n'avait esquissé le moindre geste pour débarrasser le parc des nuées d'oiseaux qui l'emplissaient et se perchaient sur sa personne à la moindre occasion. Il restait simplement assis à l'ombre, tandis qu'autour de lui les jardins de la résidence croissaient et prospéraient.

Abbadon prit l'habitude de venir le voir, dès qu'il fut assez grand pour marcher et pendant que Nounou vaquait à ce qui pouvait bien occuper ses après-midi de congé.

« Et voici ma sœur la limace, lui expliquait le jardinier, et cette toute petite bête est mon frère le doryphore. Sou-

1. Un petit cours du soir sis à proximité de Tottenham Court Road, dirigé par un acteur d'un certain âge qui avait interprété des rôles de majordomes et de valets de pied, au cinéma et sur scène, depuis les années 20.

viens-toi, Abbadon, en suivant les sentiers et les routes du riche chemin de la vie : il faut témoigner amour et respect envers chaque être vivant.

– Nounou, elle dit que les êt' vivants il faut zuste les broyer du talon, M. Fwançois », zozotait le petit Abbadon, en caressant sa sœur la limace, avant de s'essuyer consciencieusement la main sur sa salopette à l'effigie de Kermit la grenouille.

« N'écoute pas cette femme, lui conseillait François. C'est moi que tu dois écouter. »

La nuit, Nounou Astaroth chantait des comptines au petit Abbadon :

Malborough s'en va-t-en guerre
Mironton mironton mirontaine
Malborough s'en va-t-en guerre
Et il écrasera (bis)
Les royaumes de ce monde
Pour les mettre sous la coupe
De Satan notre maître.

Et :

Un petit cochon est allé aux Enfers
Un petit cochon est resté chez lui
Un petit cochon s'est repu de chair humaine crue et
[*fumante*
Un petit cochon a violé des vierges
Et un petit cochon a gravi une montagne de cadavres
[*pour atteindre le sommet.*

« Frère Fwançois, le jardinier, il dit que ze dois pratiquer sans trêve la vertu d'amour envers tous les êt' vivants, disait Abbadon.

– N'écoute donc pas cet *homme*, mon chéri, chuchotait Nounou en le bordant dans son petit lit. C'est moi qu'il faut écouter. »

Ainsi allaient les choses.

L'Accord fonctionnait à merveille. Match nul : zéro à zéro. Nounou Astaroth acheta un petit tricycle à l'enfant, mais ne put jamais le convaincre d'en faire à l'intérieur. Et Abbadon avait peur de Médor.

En arrière-plan, Aziraphale et Rampa se rencontraient à l'impériale des bus, dans des galeries d'art, lors de concerts. Ils comparaient leurs observations et souriaient.

Quand Abbadon eut six ans, sa nounou partit (en emmenant Médor avec elle) ; le jardinier présenta sa démission le même jour. Ni l'un ni l'autre ne s'en fut du pas ferme qu'il avait en arrivant.

Abbadon vit désormais son éducation confiée à deux précepteurs.

Mr Harrison lui parlait d'Attila, de Vlad Drakul et de la Part d'Ombre Inhérente à chaque esprit humain[1]. Il tenta d'apprendre à Abbadon l'art des harangues enflammées qui modèlent le cœur et l'esprit de la multitude.

Mr Cortese lui parla de Florence Nightingale[2], d'Abraham Lincoln et du goût dont on devait témoigner face à l'Art. Il tenta de lui enseigner le libre arbitre, l'abnégation et à Ne Point Faire À Autrui Ce Qu'On Ne Voudrait Point Qu'Il Nous Fît.

Tous deux lurent à l'enfant de longs passages de l'Apocalypse selon saint Jean.

Abbadon ne grandit pas selon les vœux de ses deux précepteurs. En dépit de tous leurs efforts, il manifestait une regrettable aptitude pour les mathématiques. Aucun des deux enseignants n'était vraiment satisfait de ses résultats.

1. Il évita de dire qu'Attila était charmant avec sa maman ou que Vlad Drakul se faisait un devoir de dire ses prières avant de se coucher.

2. Sans s'attarder sur les épisodes syphilitiques de la biographie de cette infirmière dévouée.

Quand Abbadon eut dix ans, il aimait le base-ball ; il aimait les jouets en plastique qui se transforment en d'autres jouets en plastique, que seul un œil exercé peut distinguer des premiers ; il aimait sa collection de timbres-poste ; il aimait les chewing-gums à la banane ; il aimait les BD, les dessins animés et son vélo à dix vitesses.

Rampa était troublé.

Ils étaient dans la cafétéria du British Museum, un autre refuge fréquenté par les fantassins de la Guerre Froide en quête de quiétude. À la table de gauche, deux Américains en costume, droits comme des I, faisaient passer discrètement une valise remplie de dollars en coupures usagées à une petite bonne femme en lunettes noires ; sur leur droite, le chef adjoint du MI7 et l'officier de la section locale du KGB se disputaient pour savoir qui allait garder la note de leur thé avec des brioches.

Rampa finit par dire ce qu'il n'avait pas voulu admettre au cours de la décennie qui venait de s'écouler.

« Si tu veux mon avis, déclara-t-il à son homologue, ce moutard est trop *normal.* »

Aziraphale goba une bouchée de poulet à la diable, qu'il fit passer avec un peu de café. Il tapota ses lèvres avec une serviette en papier.

« C'est mon influence bénéfique, sourit-il, radieux. Ou plutôt, rendons à César ce qui lui revient, celle de ma petite équipe. »

Rampa secoua la tête. « J'en ai tenu compte. Écoute. Il devrait déjà tenter de plier le monde à ses désirs, de le refaire à son image, ce genre de truc, quoi. Même pas *tenter* : il devrait en être capable sans s'en rendre compte. As-tu décelé le moindre signe d'une telle activité ?

– Non, certes, mais...

– À l'heure qu'il est, ce devrait déjà être une vraie centrale de puissance brute. C'est le cas ?

– Ma foi, je n'ai pas vraiment remarqué, mais...

– Il est trop normal. » Rampa tambourina sur la table du bout des doigts. « Je n'aime pas ça. Quelque chose ne tourne pas rond. Je n'arrive pas à savoir quoi. »

Aziraphale se servit un morceau de la religieuse de Rampa. « C'est un enfant en pleine croissance. Et puis, bien sûr, il y a eu des influences célestes dans sa vie. »

Rampa poussa un soupir. « J'espère seulement qu'il saura affronter le Molosse Infernal. »

Aziraphale arqua un sourcil. « Le Molosse Infernal ?

– Le jour de son onzième anniversaire. J'ai reçu une communication des Enfers, hier au soir. » Elle lui était parvenue pendant *Les Craquantes*, une de ses séries préférées. Dorothy avait passé dix minutes à lui transmettre un message qui n'en méritait pas tant, et quand les transmissions non infernales avaient été enfin rétablies, Rampa avait complètement perdu le fil de l'intrigue. « On lui expédie un Molosse Infernal pour l'escorter et le garder de tous problèmes. Le plus gros qu'ils aient en magasin.

– Quelqu'un ne va pas s'étonner de voir un gros chien noir apparaître soudain à ses côtés ? Ses parents, par exemple ? »

Rampa se leva brusquement, écrasant le pied d'un attaché culturel bulgare qui débattait sur un ton animé avec le conservateur des antiquités de Sa Majesté. « Personne ne remarquera *rien* d'extraordinaire. C'est la réalité, mon ange. Le petit Abbadon peut en faire ce qui lui chante, qu'il le sache ou non.

– Bon, il arrive quand, alors, ce Molosse ? Il a un nom ?

– Je te l'ai dit : le jour de son onzième anniversaire. À trois heures de l'après-midi. Le Molosse se dirigera infailliblement vers lui. Et c'est le gosse qui lui donnera un nom. C'est très important. Le nom définira la bête. Ce sera quelque chose comme Tueur, Terreur, Sang-des-Nuits, je suppose.

– Et tu seras présent ? s'enquit l'ange avec nonchalance.

– Je ne manquerais ça pour rien au monde. J'espère en tout cas qu'il n'y a rien de trop grave chez ce gosse. Enfin, on verra bien sa réaction devant le chien. Ça devrait un peu nous éclairer. Pour ma part, j'espère qu'il le renverra ou qu'il en aura peur. S'il lui donne un nom, nous avons perdu la partie. Il sera en possession de tous ses pouvoirs et nous entrerons dans la dernière ligne droite avant l'Apocalypse.

Aziraphale sirota son vin (qui n'était plus désormais un beaujolais avec un arrière-goût de vinaigre, mais un château-lafite 1875 tout à fait honorable, bien qu'un peu surpris de se retrouver là). « Je crois qu'on se reverra là-bas », dit-il.

Mercredi

C'était un chaud après-midi d'août dans le cœur de Londres enfumé par les gaz d'échappement.

Le onzième anniversaire d'Abbadon s'enorgueillissait d'invités de marque.

Il y avait vingt petits garçons et dix-sept petites filles. On rencontrait beaucoup d'hommes avec la même coupe de cheveux blonds en brosse, les mêmes costumes bleu marine, les mêmes armes sous l'aisselle. Une armada de fournisseurs était arrivée, chargée de gelées aromatisées à divers parfums, de petits fours et de bols de chips. Une Bentley de collection ouvrait le cortège des camionnettes.

Harvey le Magnifique et Wanda, Spécialistes des Goûters d'Enfants, avaient tous deux été victimes d'une grippe intestinale fortuite. Mais par un coup de chance presque providentiel, un remplaçant était quasiment tombé du ciel. Un prestidigitateur.

Tout le monde a son petit passe-temps. En dépit des adjurations fébriles de Rampa, Aziraphale avait bien l'intention de mettre le sien à contribution.

Aziraphale était particulièrement fier de ses dons de magicien. Dans les années 1870, il avait suivi les cours du grand John Maskelyne, et il avait passé presque un an à s'entraîner à la prestidigitation, à empaumer des pièces et à sortir des lapins d'un chapeau. À l'époque, il avait l'impression d'avoir acquis une certaine dextérité. Quoiqu'il fût capable d'accomplir des tours qui auraient fait rendre leur baguette à l'aréopage du Festival de la Magie au grand complet, il n'utilisait jamais ce qu'on pourrait appeler ses pouvoirs *intrinsèques* pour ses tours de prestidigitation. Ce qui constituait un handicap énorme. Il commençait à regretter d'avoir arrêté l'entraînement.

Mais, se disait-il, c'est comme le vélocipède. Ça ne s'oublie pas. Sa redingote de magicien était un peu poussiéreuse mais, une fois enfilée, elle était confortable. Même son ancien monologue commençait à lui revenir.

Les enfants l'observaient avec une expression neutre d'incompréhension et de mépris. Derrière le buffet, Rampa, en tenue blanche de serveur, était horriblement gêné de le connaître.

« Eh bien, mes agneaux, voyez-vous ce chapeau claque cabossé ? Peste, qu'il est cocasse, comme vous dites, vous les jeunes. Voyez, il est bel et bien vide. Mais, par la barbe de mon oncle, qu'est-ce donc que j'aperçois ? Ne serait-ce pas Jeannot Lapin, notre camarade en habit de fourrure ?

– Il était dans ta poche », lui signala Abbadon. Les autres enfants opinèrent pour marquer leur accord. Mais pour qui les prenait-il ? Pour des gosses ?

Aziraphale se souvint de ce que conseillait Maskelyne face aux fortes têtes : « Prenez le parti d'en plaisanter, crânes de pioche – et je m'adresse à vous en particulier, Mr Fell (le nom qu'Aziraphale avait adopté à l'époque). Faites-les rire, ils vous passeront tout. »

« Ah, vous avez donc vu clair dans mon *coup de chapeau* », gloussa l'ange.

Les enfants le regardèrent, impassibles.

« Zêtes nul, déclara Abbadon. Et pis d'abord, z'avais demandé des dessins animés.

– C'est vrai, ça, ajouta une petite fille avec une queue-de-cheval. Vous êtes vraiment nul. Pis en plus, ze parie que vous êtes pédé. »

Aziraphale lança un regard épouvanté à Rampa. Pour lui, le doute n'existait plus : le jeune Abbadon était corrompu par la marque des Enfers. Plus tôt le Molosse

Infernal se présenterait et plus vite ils pourraient quitter ce lieu, mieux ça vaudrait.

« Eh bien, jeunes gens, l'un d'entre vous aurait-il une pièce de trois sous sur lui ? Non, mon jeune ami ? Mais dites-moi, que vois-je donc là, derrière votre oreille ?

– Moi, à mon anniversaire, y avait des dessins animés, proclama la petite fille. Pis z'ai eu un transformer, et un Monpetitponey et un guerrier déceptikon et un tanklaser et un... »

Rampa poussa un gémissement. Les goûters d'enfants étaient de toute évidence un de ces endroits où un ange avec deux sous de bon sens ne devait pas s'engager à la légère. De petites voix flûtées s'élevèrent avec une joie cynique quand trois anneaux de métal entrelacés échappèrent aux doigts d'Aziraphale.

Rampa détourna les yeux. Son regard tomba sur une table ployant sous les cadeaux. Du sommet d'un échafaudage en plastique, deux petits yeux en vrille le regardaient.

Rampa les scruta, cherchant une lueur rouge flamboyante. Avec les bureaucrates de l'Enfer, rien n'était jamais acquis d'avance. Ils étaient parfaitement capables d'envoyer un hamster à la place d'un molosse.

Mais non, le hamster semblait parfaitement banal. Il vivait, semblait-il, dans un palpitant domaine de cylindres, de sphères et de roues, qu'aurait pu concevoir l'Inquisition espagnole, si elle avait disposé d'une presse pour moulages plastiques.

Rampa vérifia sa montre. Il n'avait jamais songé à remplacer la pile, qui s'était décomposée trois ans plus tôt, sans que son exactitude en souffre le moins du monde. Il était trois heures moins deux.

La panique d'Aziraphale croissait à vue d'œil.

« Quelqu'un dans cette assistance distinguée porterait-il quelque mouchoir de poche sur sa personne ? *Non ?* » À l'époque victorienne, personne ne serait sorti sans mouchoir, et le tour, qui devait faire apparaître une colombe actuellement occupée à picorer avec fureur le poignet d'Aziraphale, ne pouvait pas s'exécuter sans cet accessoire. L'ange tenta en vain d'attirer l'attention de Rampa, et tendit le doigt vers un agent de sécurité, qui parut mal à l'aise.

« Vous, jeune homme. Venez ici. Si vous voulez bien inspecter votre poche de poitrine, je crois que vous y trouverez un beau mouchoir de soie.

– Nonmsieur. Jaipeurquenonmsieur », répondit le garde, les yeux rivés droit devant lui.

Aziraphale lui adressa un clin d'œil désespéré. « Allons, allons, mon jeune ami, jetez un coup d'œil, je vous en prie. »

Le garde plongea la main dans sa poche intérieure, parut surpris et en tira un mouchoir de soie, bleu turquoise avec une bordure de dentelle. Aziraphale sut immédiatement que la dentelle avait été une erreur, lorsqu'elle s'accrocha à l'arme que l'agent portait dans son holster, et qu'elle l'envoya valdinguer de l'autre côté de la pièce, pour atterrir dans le bol de gelée à la fraise.

Les enfants applaudirent avec enthousiasme. « Hé, pas mal », concéda la petite fille à la queue-de-cheval.

Abbadon avait déjà traversé la pièce à toutes jambes pour s'emparer de l'arme.

« Mains en l'air, bande de nuls ! » s'écria-t-il au comble du bonheur.

Les gardes du corps affrontaient un dilemme.

Certains saisirent gauchement leurs propres armes, d'autres commencèrent à s'approcher ou à s'éloigner prudemment du petit garçon. Les autres enfants se mirent à réclamer des revolvers et les plus hardis s'emparèrent de ceux des gardes assez irréfléchis pour les sortir au grand jour.

Soudain, quelqu'un lança une giclée de gelée à la tête d'Abbadon.

Le gamin couina et pressa la détente. C'était un Magnum 32, modèle CIA, gris, méchant, lourd, capable d'éclater son homme à trente pas pour le réduire en une fine brume écarlate, un échantillonnage de bas morceaux, et pas mal de formalités administratives.

Aziraphale cligna des yeux.

Un mince jet d'eau jaillit du canon pour arroser Rampa, qui regardait par la fenêtre, en cherchant dans le jardin un hypothétique molosse noir.

Aziraphale parut confus.

Soudain, une tarte à la crème le frappa en plein visage.

Il était presque trois heures cinq.

D'un geste, Aziraphale changea le reste des armes en pistolets à eau et quitta la pièce.

Rampa le retrouva dehors sur le trottoir ; il tentait d'extraire un volatile trempé du bras de sa redingote.

« Il est en retard, constata l'ange.

– Je vois ça. Quelle idée de le fourrer dans ta manche, aussi. » Il tendit la main et tira du frac d'Aziraphale l'oiseau inanimé, puis il lui souffla doucement sur les plumes pour lui rendre vie. La colombe émit un roucoulement de plaisir et s'envola suivant une trajectoire un peu inquiète.

« Pas l'oiseau, répondit l'ange. Je parle du molosse. Il est en retard. »

Rampa opina d'un air pensif. « Nous allons bien voir. »

Il ouvrit la portière de sa voiture, alluma la radio. « *Femmes des années quatre-vingt, femmes jusqu'au bout des* BONJOUR, RAMPA.

– Bonjour. Euh, qui est là ?

– DAGON, SEIGNEUR DES MOUCHES, MAÎTRE DES DÉMENCES, SOUS-DUC DU SEPTIÈME TOURMENT, QUE PUIS-JE FAIRE POUR VOTRE SERVICE ?

– Le Molosse des Enfers. Je… euh… je vérifie simplement qu'il est bien parti.

– ON L'A LÂCHÉ IL Y A DIX MINUTES, POURQUOI ? IL N'EST PAS ENCORE ARRIVÉ ? QUELQUE CHOSE NE VA PAS ?

– Oh, non, tout va bien. Tout est au poil. Oups, le voilà, je le vois qui arrive. Bon chien, gentil chienchien. Tout va au petit poil. Vous faites un boulot du tonnerre, là en bas. Bon, ravi d'avoir bavardé avec vous, Dagon. On se rappelle, d'accord ? »

Il éteignit la radio.

Tous deux se regardèrent. On entendit une détonation violente à l'intérieur de la maison, et une vitre vola en éclats. « Oh, misère », marmonna Aziraphale. Il n'avait pas juré depuis six millénaires et, la pratique aidant, il n'allait pas commencer maintenant. « J'ai dû en oublier un.

– Pas de molosse, constata Rampa.

– Pas de molosse », confirma Aziraphale.

Le démon poussa un soupir. « Monte, dit-il. Il faut qu'on discute de tout ça. Oh, euh… Aziraphale ?

– Oui ?

– Débarrasse-toi de cette saleté de tarte à la crème avant de monter. »

C'était une journée d'août chaude et silencieuse, loin du centre de Londres. Sur les bas-côtés de la route de Tadfield, la poussière alourdissait les herbes folles. Les abeilles bourdonnaient dans les haies. L'air avait un goût de restes passés au four.

On entendit un bruit, mille voix métalliques qui saluaient en même temps, et qu'on coupait net.

Et un chien noir apparut sur la route.

Ce devait être un chien. Il en avait la forme.

Certains chiens, quand on les rencontre, vous rappellent qu'en dépit de milliers d'années d'évolution gérée par l'homme un intervalle de deux repas est tout ce qui sépare le chien du loup. Ces chiens avancent d'une démarche assurée, résolue, incarnations de la vie sauvage aux crocs jaunis, à l'haleine puante, tandis que dans le lointain on entend leurs propriétaires bêtifier : « C'est une brave bête au fond, donnez-lui une tape s'il vous embête », et dans le vert de leurs yeux brûlent et tremblent les feux de camp du Pléistocène...

Face au molosse dont nous parlons, même ces chiens-là se couleraient avec un air de fausse nonchalance derrière le canapé, en feignant d'être fabuleusement captivés par un vieil os en caoutchouc.

Le molosse grondait déjà et c'était un grondement sourd, soutenu, chargé de menace tendue à tout rompre, le genre de grondement qui commence au fond de la gorge de quelqu'un pour finir au fond de celle de quelqu'un d'autre.

La salive tombait de ses babines et crépitait en frappant le goudron.

Il avança de quelques pas et huma l'atmosphère lourde.

Ses oreilles se dressèrent.

Il entendait des voix lointaines. Une voix en particulier. La voix d'un petit garçon, mais d'un petit garçon auquel ses origines lui commandaient d'obéir. Quand sa voix dirait *suis moi,* il suivrait ; quand elle dirait *tue,* il tuerait. La voix de son Maître.

Il franchit la haie d'un bond et traversa le champ en trottant. Un taureau en train de paître lui jeta un long coup d'œil, supputa ses chances, puis gagna en toute hâte la haie la plus éloignée.

Les voix sortaient d'un bosquet d'arbres malingres. Le molosse noir se coula plus près, les babines ruisselantes.

Une des autres voix déclara : « C'est pas vrai. Tu dis toujours qu'il t'en donnera et il le fait jamais. Jamais ton père te donnera un animal. Surtout pas un animal intéressant. Ou alors ça sera probablement des insectes-bâtons. C'est ça que ça veut dire, *intéressant*, pour ton père. »

Le molosse esquissa l'équivalent canin d'un haussement d'épaules, puis s'en désintéressa immédiatement : son Maître, le Centre de son Univers, parlait :

« Ça sera un chien.

– Bah, t'en sais rien, que ça sera un chien. Personne l'a dit. Comment tu sais que ça sera un chien si personne te l'a dit ? Ton père râlera tout le temps, chaque fois qu'il faudra lui donner quelque chose à manger.

– Des fusains. » La troisième voix était nettement plus guindée que les deux autres. C'était la voix de quelqu'un qui, avant de construire une maquette en plastique, ne se contente pas de détacher toutes les pièces et d'en faire le décompte, comme le préconise le mode d'emploi ; il entreprend également de peindre celles qu'il faut peindre et les laisse sécher scrupuleusement avant d'aborder le montage. Une seule chose séparait cette voix d'un poste de comptable diplômé : quelques années.

« Ça mange pas des fusains. On n'a jamais vu un chien manger des fusains.

– Non, je parle des insectes-bâtons. Les phasmes. En fait, ils sont drôlement intéressants. Ils se dévorent quand ils s'accouplent. »

S'ensuivit une pause de réflexion. Le chien se faufila plus près, et s'aperçut que les voix montaient d'un trou dans le sol.

Les arbres dissimulaient une ancienne carrière de craie, désormais à demi envahie par les ronces et les mauvaises herbes. Ancienne, mais visiblement pas abandonnée. Elle était couturée de traces de pneus ; les zones planes sur les côtés témoignaient d'un usage régulier par les skate-boards et les cyclistes spécialistes du Mur de la Mort ou, du moins, du Mur des Genoux Vilainement Écorchés. Des morceaux de cordes dangereusement usées pendaient des branches les plus accessibles. Çà et là, des plaques de tôle et de vieilles planches étaient coincées dans les branchages. On distinguait une épave de Triumph Herald Estate, calcinée et rouillée, à demi noyée dans une déferlante d'orties.

Dans un coin, un enchevêtrement de roulettes et de tiges d'acier corrodées marquaient l'emplacement du mythique Cimetière Perdu où viennent mourir les caddies de supermarché.

Pour un enfant, c'était le paradis ; les adultes l'avaient baptisé le Trou.

Le molosse jeta un coup d'œil à travers une touffe d'orties et aperçut quatre silhouettes assises au centre de la carrière sur cet accessoire indispensable à tous les bons repaires secrets du monde : la caisse à lait *vulgaris*.

« C'est pas vrai !

– Si !

– J'te parie que non », repartit la première voix. Par son timbre, elle était jeune, féminine, et se teintait d'une fascination horrifiée.

« Eh ben, si, *justement*. J'en avais six avant qu'on parte en vacances et j'ai oublié de changer les fusains, et quand je suis revenu, y en avait plus qu'un seul, un gros.

– Bah. C'est pas les phasmes, ça, c'est les amantes religieuses. Elles prient avec leurs pattes. J'en ai vu à la télé, ils montraient une grosse femelle qui en bouffait un autre et l'autre, il s'en apercevait même pas. »

Il y eut un nouveau silence lourd.

« Et pourquoi elles prient ? demanda la voix de son Maître.

– Chais pas. Elles demandent au bon Dieu de pouvoir rester célibataires, je suppose. »

Le molosse réussit à coller un de ses yeux énormes contre un trou dans la clôture effondrée, et il loucha pour regarder vers le bas.

« Eh ben, c'est comme les vélos, affirma catégoriquement la première voix. J'ai cru qu'on allait m'offrir un vélo avec sept vitesses et une selle de sport, un mauve et tout, et puis ils m'en ont offert un qui était bleu clair. Avec un panier. Un vélo *de fille*, en plus.

– Ben, t'es une fille.

– Ça, c'est du *sexisme*. Donner des trucs de filles aux gens, juste parce que c'est des filles.

– Moi, je vais avoir un chien », déclara fermement la voix de son Maître. Le Maître lui tournait le dos ; le molosse ne pouvait pas distinguer son visage.

« C'est ça : un gros doberman, rétorqua la fille avec une ironie dévastatrice.

– Non, ça sera le genre de chien avec lequel on peut jouer, répondit la voix de son Maître. Pas un gros... »

... dans les orties, l'altitude des prunelles diminua brutalement...

« ... mais un petit chien, du genre qui est vachement malin et qui peut rentrer dans un terrier de lapin et qui a une oreille marrante, toute retournée. Et ça sera un corniaud. Un corniaud de pure race. »

Sans que personne entende, il y eut un léger coup de tonnerre en lisière de carrière. Ça aurait pu être le bruit de l'air qui se précipite pour remplir le vide créé par un très gros molosse qui se change, par exemple, en petit chien.

Le petit *pop* qui suivit aurait pu être le bruit d'une oreille qu'on rebrousse.

« Et je l'appellerai... dit la voix de son Maître. Je l'appellerai...

– Oui, comment tu l'appelleras ? » s'enquit la petite fille.

Le molosse attendit. C'était le grand moment. Le Nom. Il définirait ses buts, sa fonction, son identité. Ses yeux luisirent d'une flamme rouge sang, même s'ils étaient nettement plus près du sol, et il saliva sur les orties.

« Je l'appellerai Toutou, décida son Maître. Avec un nom comme ça, y a pas de souci à se faire. »

Le Molosse Infernal resta immobile. Au tréfonds de son cerveau de dogue diabolique, il savait que quelque chose ne tournait pas rond, mais il était totalement obéissant, et son amour soudain pour son Maître balaya tous ses doutes. Aucune règle ne fixait la taille convenable d'un chien, ni la couleur de la fourrure autour de ses yeux, après tout.

Il descendit la pente, à la rencontre de son destin.

Bizarre, quand même. Il avait toujours ressenti l'envie de sauter sur les gens, mais maintenant, contre toute attente, elle s'accompagnait chez lui d'un besoin irrésistible de remuer la queue.

« Tu m'avais dit que c'était lui ! » gémit Aziraphale en ramassant distraitement le dernier caillot de tarte à la crème sur son revers. Il suça ses doigts pour les nettoyer.

« Mais *c'était* lui ! répondit Rampa. Enfin, je veux dire, je suis bien placé pour le savoir, non ?

– Alors, c'est que quelqu'un d'autre est intervenu.

– Qui ça ? Il n'y a personne d'autre, on est d'accord ? Le Bien et le Mal. C'est l'un ou l'autre. »

Il frappa de la paume sur le volant.

« Tu ne croirais pas ce qu'on peut faire aux gens, En Bas, dit-il.

– J'imagine que ça ressemble beaucoup à ce qu'on peut leur faire Là-Haut, rétorqua Aziraphale.

– Oh, ça va ! Ton équipe bénéficie d'une bonté ineffable.

– Tu crois ça ? Tu as déjà visité Gomorrhe ?

– Bien sûr. Il y avait une petite taverne formidable où ils servaient de fabuleux cocktails au vin de palme, avec de la muscade et de la citronnelle pilée…

– Non, je veux dire : *après*.

– Oh.

– Il a dû se passer quelque chose à l'hôpital, fit Aziraphale.

– C'est impossible. Il était rempli de nos gens !

– Les gens de qui ? demanda Aziraphale sur un ton glacial.

– Les miens, corrigea Rampa. Enfin, pas les miens précisément. Hmmm, tu sais… des satanistes. »

Il essaya de prononcer le mot sur un ton décontracté. À part leur avis sur le monde, un endroit étonnant et fascinant qu'ils voulaient continuer à apprécier le plus longtemps possible, ils partageaient peu de points de vue, mais ils s'accordaient plutôt dans leur opinion sur les gens qui, pour une raison ou une autre, vouaient un culte au Prince des Ténèbres. Rampa les trouvait très embarrassants. On ne pouvait pas se montrer discourtois envers eux, mais il était difficile de ne pas les considérer de la même façon que, disons, un ancien combattant de la guerre du Viêt Nam voit les gens qui assistent en treillis à des réunions de surveillance du quartier.

Qui plus est, leur enthousiasme sempiternel était vraiment déprimant. Prenez ces histoires de croix renversées, de pentacles et de coqs, par exemple. Elles laissaient perplexes la plupart des démons. Rien de tout ça n'était nécessaire. Pour devenir sataniste, il suffisait de le vouloir. On pouvait l'être toute sa vie sans savoir ce qu'était un pentacle, ni jamais voir un coq mort autrement que sous forme de poulet Marengo.

D'ailleurs, certains satanistes de l'ancienne école étaient plutôt de braves gens. Ils prononçaient les paroles prescrites et exécutaient les gestes conseillés, exactement comme ceux qu'ils considéraient comme leurs opposés, et puis ils rentraient chez eux vivre le reste de la semaine la médiocrité tranquille et sans relief de leur existence, sans la moindre mauvaise pensée en tête.

Et les autres…

Il y avait des soi-disant satanistes qui mettaient Rampa mal à l'aise. C'étaient moins leurs actes que cette manie d'en attribuer la responsabilité aux Enfers. Ils imaginaient des horreurs qui, en mille ans, ne seraient jamais venues à l'idée d'un démon convenable, des actions ténébreuses et détestables que seul un cerveau humain en pleine possession de ses moyens pouvait concevoir, et ensuite ils bramaient : *C'est le Diable qui m'a poussé,* pour obtenir l'indulgence de la cour. Alors qu'en fait, justement, le Démon pousse rarement les gens à faire quoi que ce soit : c'est inutile. Certains humains avaient des difficultés à comprendre ça. L'Enfer n'était pas un puits gigantesque de Mal, pas plus que le Paradis, de l'avis de Rampa, n'était source de Bien ; c'étaient juste les couleurs opposées d'un grand jeu d'échecs cosmique. L'article authentique, la véritable grâce et le mal effroyable se trouvaient dans l'âme humaine…

« Ah… fit Aziraphale. Les satanistes…

– Je ne vois pas comment ils auraient pu faire rater l'affaire. Enfin, quoi : deux bébés. Ce n'est quand même pas une tâche herculéenne, non… ? » Il s'interrompit. Dans les brumes de son souvenir, il voyait une petite religieuse qui lui avait fait à l'époque l'impression d'être particulièrement fofolle, même pour une sataniste. Et il y avait eu quelqu'un d'autre. Rampa se souvenait vaguement d'une pipe et d'un gilet tricoté avec un motif en zigzag qui était passé de mode depuis 1938. Un homme qui portait *Futur Père* écrit sur le visage.

Il avait dû y avoir un troisième bébé.

C'est ce qu'il dit à Aziraphale.

« Plutôt maigre, comme piste, fit l'ange.

– Nous savons que l'enfant est toujours vivant. Donc…

– Et comment le sait-on ?

– S'il était revenu En Bas, tu crois que je serais encore assis devant toi ?

– Excellent argument.

– Donc, il ne reste qu'à le trouver. Compulser les archives de l'hôpital. » Le moteur de la Bentley se réveilla avec un toussotement et la voiture bondit en avant, écrasant Aziraphale au fond de son siège.

« Et ensuite ?

– Et ensuite, on retrouve le gosse.

– Et *ensuite* ? » L'ange ferma les yeux pendant que la voiture prenait un virage sur le flanc.

« Je n'en sais rien.

– Misère.

– Je suppose – *reste pas sur la route, andouille !* – qu'il est hors de question que je bénéficie – *c'est ça, et ton scooter avec !* – du droit d'asile Là-Haut ?

– Justement, j'allais te poser la même question – attention, le piéton !

– Il est au milieu de la rue, il sait ce qu'il risque ! » répondit Rampa, insinuant la Bentley en pleine accélération entre une voiture en stationnement et un taxi, laissant un intervalle où la meilleure carte de crédit aurait eu du mal à se glisser.

« La route ! Regarde la route ! Et cet hôpital, où est-il, d'abord ?

– Un peu au sud d'Oxford ! »

Aziraphale s'agrippa au tableau de bord. « On ne peut pas faire du cent soixante au centre de Londres ! »

Rampa regarda le compteur. « Et pourquoi pas ?

– Tu vas nous tuer ! » Aziraphale hésita. « Tu vas provoquer une désincarnation inopportune », corrigea-t-il d'une voix un peu gênée, en se détendant un peu. « Et puis, tu risques de tuer des gens. »

Rampa haussa les épaules. L'ange n'avait jamais complètement assimilé l'état d'esprit du XXe siècle. Il ne comprenait pas qu'on peut parfaitement rouler à cent soixante sur Oxford Street. Il suffit de s'arranger pour que rien n'encombre le passage. Et comme tout le monde sait qu'il est impossible de faire du cent soixante sur Oxford Street, personne ne remarque quoi que ce soit.

Sur ce point, les voitures surpassaient les chevaux. Le moteur à explosion avait été une bénéd... un présent du Ci... un coup de chance pour Rampa. Dans le temps, il ne pouvait mener ses affaires que sur une seule catégorie de chevaux, de gros bestiaux noirs aux yeux de flamme, dont les sabots lançaient des étincelles. Cet équipage était de rigueur pour tout démon. En général, Rampa tombait de sa selle. Il n'avait guère d'affinités avec les animaux.

Aux environs de Chiswick, Aziraphale explora d'une main négligente l'accumulation de cassettes encombrant la boîte à gants.

« C'est quoi, un *Velvet Underground* ? s'enquit-il.

– Ça ne va pas te plaire.

– Oh. Du be-bop, conclut l'ange sur un ton définitif.

– Tu sais, Aziraphale, on pourrait demander à un million d'êtres humains de définir la musique moderne, personne n'emploierait le terme « be-bop ».

– Ah ! Tchaïkovski, je préfère », lança Aziraphale en ouvrant un boîtier et en enfournant la cassette dans le Blaupunkt.

« Tu ne vas pas apprécier, soupira Rampa. Elle traîne dans la voiture depuis plus de quinze jours. »

Une basse profonde commença son martèlement dans la Bentley tandis que la voiture dépassait Heathrow.

Le front de l'ange se plissa.

« Je ne reconnais pas ce morceau, dit-il. C'est quoi ?

– *Another One Bites the Dust* de Tchaïkovski », répondit Rampa, fermant les yeux pendant la traversée de Slough.

Pour tuer le temps pendant qu'ils franchissaient le moutonnement des Chilterns endormies, ils écoutèrent également *We are the Champions* de William Byrd et *I Want to Break Free* de Beethoven.

Mais ni l'un ni l'autre ne valait le *Fat-Bottomed Girls* de Vaughan Williams.

■

On dit toujours que les meilleures musiques sont l'œuvre du Diable. En général, c'est vrai. Mais les meilleurs chorégraphes sont la propriété du Ciel.

■

Les plaines de l'Oxfordshire s'étiraient en direction de l'ouest, et un pointillé de lumières marquait les villages assoupis où d'honnêtes petits propriétaires ruraux se préparaient à dormir après une longue journée de labeur à leur poste de rédacteur en chef, de conseiller financier ou de programmeur.

Là-haut sur la colline, quelques vers luisants s'allumaient.

Aucun emblème du XXe siècle n'est plus sinistre que le théodolite du géomètre. Partout où on le campe dans la campagne déserte, il proclame : oyez, oyez ! La route sera en ce lieu élargie, et il s'élèvera des domaines de deux mille bungalows en plein accord avec le style particulier du village. Ici l'on verra paraître des Résidences pour Cadres.

Toutefois, même le plus consciencieux des géomètres ne travaille pas à minuit ; pourtant, l'ustensile se dressait là, son trépied fermement implanté dans la glèbe. Et rares sont les théodolites avec des pieds gravés de runes celtiques, dont le sommet s'orne d'une petite branche de coudrier ou qui soutiennent un pendule en cristal de roche.

La douce brise faisait vaguer le manteau de la mince silhouette qui ajustait les verrous de l'engin. C'était un manteau assez épais, imperméable comme le dictait le bon sens, et pourvu d'une chaude doublure.

La plupart des ouvrages qui traitent de sorcellerie vous diront que les sorcières officient dans le plus simple appareil. C'est parce que la plupart des traités sur la sorcellerie ont été écrits par des hommes.

La jeune femme se nommait Anathème Bidule. Elle n'était pas d'une beauté à vous couper le souffle. Tous ses traits, pris séparément, étaient très séduisants, mais l'ensemble de son visage donnait l'impression qu'on l'avait bâti en hâte à partir des pièces disponibles, sans plan préalable. Le mot le plus adéquat serait sans doute « attirant » ; les gens qui ont du vocabulaire et un brin d'orthographe pourraient ajouter « mutin ». Mais *mutin* a des connotations très années trente, alors peut-être se retiendraient-ils.

C'est sans doute regrettable, mais les jeunes femmes ne devraient pas sortir seules par les nuits sombres, même dans le comté d'Oxford. Cependant, un quelconque cinglé en balade aurait eu du pain sur la planche, c'est le cas de le dire, s'il avait abordé Anathème Bidule. Car elle était sorcière. Et en tant que telle, elle avait du bon sens ; aux amulettes et autres sorts de protection, elle préférait un couteau à pain avec une bonne lame de trente centimètres qu'elle portait à la ceinture.

Elle visa à travers l'œilleton et procéda à de nouvelles mises au point.

Elle marmonnait dans sa barbe.

Les géomètres marmonnent souvent dans leur barbe. Ils marmonnent des choses comme : « La bretelle de délestage va passer par ici avant qu'on ait eu le temps de dire ouf », ou : « Ça fera trois mètres cinquante, à un poil de cul près. »

Mais ces marmonnements-ci étaient d'une tout autre nature.

« Nuit d'ébène/ Et lune pleine, marmonnait Anathème, Au sud est/ Et Ouest... Sud Ouest ... Ouest Sud Ouest... on y est... »

Elle ramassa une carte d'état-major pliée et la plaça dans le faisceau de sa torche. Puis elle produisit une règle en plastique transparent et un crayon et se mit en devoir de tracer un trait sur le plan, interceptant une autre ligne au crayon.

Elle sourit ; non que la situation fût réjouissante, mais elle avait mené à bien une tâche délicate.

Puis elle replia l'étrange théodolite, l'arrima au porte-bagages d'une bicyclette noire de dame appuyée contre la haie, s'assura que le Livre était dans le panier et poussa le tout sur le chemin envahi de brume.

C'était une bicyclette proprement antique, dont on semblait avoir forgé le cadre à partir de gouttières. Elle remontait très loin, bien avant l'invention du changement de vitesse et sans doute pas longtemps après celle de la roue.

Mais la voie communale descendait de façon presque continue jusqu'au village. Cheveux au vent, manteau claquant derrière elle comme un foc, elle laissa le mastodonte à deux roues prendre lourdement de la vitesse dans la douceur de l'air. Au moins à cette heure tardive n'y avait-il pas de circulation.

Le moteur de la Bentley faisait *ping, ping*, en refroidissant. Par contre, l'humeur de Rampa s'échauffait.

« Tu as dit que tu l'avais vu sur le panneau ! dit-il.

– En fait, on est passés si vite. Et d'ailleurs, il me semblait que tu étais déjà venu ici.

– C'était il y a onze ans ! »

Rampa lança la carte routière sur la banquette arrière et fit redémarrer la voiture.

« On ferait peut-être mieux de demander à quelqu'un ? suggéra Aziraphale.

– Oh, mais bien entendu ! Nous nous arrêterons pour demander à la première personne que nous verrons en train d'arpenter un... un chemin vicinal en plein milieu de la nuit ! Quelle bonne idée ! »

Il passa la vitesse et lança la voiture dans l'allée protégée de hêtres.

« Il y a quelque chose de bizarre dans la région, fit Aziraphale. Tu ne sens rien ?

– Sentir quoi ?

– Ralentis un instant. »

La Bentley ralentit à nouveau.

« Bizarre, marmonna l'ange. Je capte sans cesse des sensations fugitives de, de... »

Il éleva ses mains à ses tempes.

« Quoi ? Quoi ? » lui demanda Rampa.

L'ange le regarda.

« D'amour, répondit-il. Quelqu'un *aime* énormément cet endroit.

– Pardon ?

– On dirait qu'il y a un immense sentiment d'amour. Je ne peux pas expliquer ça plus clairement. Surtout pas à toi.

– Tu veux dire, comme... »

Il y eut un vrombissement, un cri, un choc sourd. La voiture s'arrêta. Aziraphale cligna des yeux, baissa les mains et ouvrit précipitamment la portière.

« Tu as heurté quelqu'un, annonça-t-il.

– Pas du tout. C'est quelqu'un qui m'a heurté. »

Ils descendirent. Derrière la Bentley, une bicyclette était couchée en travers du chemin, sa roue avant tordue en une très honorable imitation d'un ruban de Möbius, sa roue arrière tournant avec un cliquetis inquiétant jusqu'à l'arrêt complet.

« Que la lumière soit », fit Aziraphale. Une lueur bleu pâle envahit le chemin.

Du fossé tout près d'eux, une voix demanda : « Comment diable avez-vous fait ça ? »

La lumière disparut.

« Fait quoi ? demanda Aziraphale sur un ton coupable.

– Ooohh. » La voix semblait pâteuse, maintenant. « J'ai dû me cogner la tête quelque part… »

Rampa foudroya du regard une longue rayure métallique sur la peinture satinée de la Bentley et une bosse sur le pare-chocs. La bosse se résorba dans la carrosserie. La peinture recouvra son intégrité.

« Allez, on se lève, jeune fille, fit l'ange en extrayant Anathème des fougères. Il n'y a pas de fractures. » C'était une affirmation, pas un souhait ; il y avait eu une légère fracture, mais Aziraphale était incapable de laisser passer une occasion de faire le bien.

« Vous rouliez tous feux éteints, attaqua Anathème.

– Vous aussi », répliqua Rampa, pris en faute. « Un prêté pour un rendu.

– On faisait un peu d'astronomie, à ce que je vois ? » s'enquit Aziraphale en relevant la bicyclette. Divers objets tombèrent bruyamment du panier placé à l'avant. Il indiqua du doigt le théodolite bosselé.

« Non, répondit Anathème. Je veux dire oui. Regardez-moi dans quel état vous avez mis ce pauvre Phaéton.

– Je vous demande pardon ? dit Aziraphale.

– Mon vélo. Il est complètement tord…

– C'est étonnant, la résistance de ces vieilles machines », fit l'ange sur un ton jovial en lui rendant l'engin. La roue avant brillait sous la lune, aussi parfaitement ronde que les Cercles de l'Enfer.

Elle la regarda en écarquillant les yeux.

« Bien. Puisque tout est réglé, fit Rampa, il vaudrait peut-être mieux retourner chacun à nos… Euh… Hem…

Vous ne connaîtriez pas le chemin de Lower Tadfield, par hasard ? »

Anathème contemplait encore son vélo. Elle était presque sûre qu'en partant, elle n'avait pas de petite sacoche contenant le nécessaire en cas de crevaison.

« C'est juste en bas de la colline. Vous êtes bien certains que c'est mon vélo ?

– Mais bien entendu », répondit Aziraphale, en se demandant s'il n'avait pas un peu exagéré.

« Pourtant, je suis sûre que Phaéton n'a jamais eu de pompe. »

L'ange eut une mine coupable.

« Mais il y avait un emplacement prévu pour », fit-il remarquer, désemparé. « Deux petits crochets.

– En bas de la colline, disiez-vous ? intervint Rampa en donnant un coup de coude à l'ange.

– Je crois que je me suis cogné la tête, fit la jeune fille.

– Nous vous prendrions bien dans la voiture, se hâta de dire Rampa, mais il n'y a pas de place pour le vélo.

– Sauf sur la galerie, signala Aziraphale.

– La Bentley n'a pas de... Oh. Euh... »

L'ange entassa pêle-mêle le contenu épars du panier sur la banquette arrière et aida la jeune fille sonnée à les suivre.

« On ne laisse pas les gens sur le bas-côté, annonça-t-il à Rampa.

– Un " on " de ton genre, peut-être. Mais un " on " du mien, certainement. Nous avons *autre chose* à faire, tu te souviens. » Rampa jetait des yeux furibonds sur la galerie flambant neuve. Elle était dotée de courroies gainées de tissu écossais.

Le vélo s'enleva dans les airs et s'arrima solidement. Puis Rampa grimpa dans la voiture.

« Où habitez-vous, mon enfant ? s'enquit Aziraphale avec onction.

– Je n'avais pas de phares sur mon vélo, non plus. Enfin, si, mais c'étaient des phares qu'on alimentait avec deux piles, et comme elles ont pourri, je les ai retirées », continuait Anathème. Elle lança un regard noir à Rampa. « J'ai un couteau à pain, vous savez. Quelque part... »

Aziraphale parut choqué par ses sous-entendus.

« Ma petite dame, je vous garantis... »

Rampa alluma les phares. Il n'en avait pas besoin pour voir la nuit, mais ils rassuraient un peu les autres humains sur la route. Puis il passa la première et descendit la côte à petit train. La route émergea du couvert des arbres et, au bout de quelques centaines de mètres, elle atteignit les premières maisons d'un village de taille moyenne.

Il paraissait familier. Onze ans avaient passé, mais l'endroit lui rappelait quelque chose.

« Il y a un hôpital dans le coin ? demanda-t-il. Dirigé par des bonnes sœurs ? »

Anathème fit un mouvement d'épaules. « Je ne pense pas. Le seul bâtiment important, c'est Tadfield Manor. Je ne sais pas ce qu'on y fabrique.

– Des plans divins, marmonna Rampa pour lui-même.

– Ni de vitesses, poursuivit Anathème. Mon vélo n'avait pas de changement de vitesse. J'en suis sûre, mon vélo n'avait pas de changement de vitesse. »

Rampa se rapprocha de l'ange.

« Ô Seigneur, guéris ce vélo, chuchota-t-il, sarcastique.

– Je suis désolé, je me suis laissé entraîner, siffla Aziraphale.

– Des courroies en tissu écossais ?

– C'est chic, l'écossais. »

Rampa gronda. Les rares fois où l'esprit de l'ange parvenait à se focaliser sur le XXᵉ siècle, il s'arrêtait immanquablement en 1950.

« Vous pouvez me déposer ici, lança Anathème du siège arrière.

– Mais avec plaisir », sourit l'ange. Dès que la voiture se fut arrêtée, il ouvrit la portière et se cassa en deux comme un fidèle serviteur qui accueille not' bon maît', de retour sur la plantation familiale.

Anathème rassembla ses affaires et descendit avec toute la hauteur possible.

Elle aurait juré qu'aucun des deux hommes n'avait fait le tour de la voiture, et pourtant le vélo, débarrassé des courroies, était appuyé contre le portail.

Il y avait vraiment quelque chose de bizarre, décida-t-elle.

Aziraphale s'inclina à nouveau. « Ravis d'avoir pu vous porter secours, dit-il.

– Merci, répondit Anathème d'une voix glaciale.

– On peut continuer ? intervint Rampa. Bonne nuit, mademoiselle. Allez, mon ange, monte. »

Ah. Voilà qui expliquait bien des choses. Elle n'avait rien eu à craindre, finalement.

Elle regarda disparaître la voiture en direction du centre du village et poussa son vélo le long de l'allée jusqu'au cottage. Elle n'avait pas pris la peine de fermer à clé. Elle était certaine qu'Agnès l'aurait prévenue s'il y avait eu un risque de cambriolage : elle était très forte pour ce genre de détails personnels.

Anathème avait loué le cottage en meublé, ce qui veut dire que le mobilier était du genre qu'on trouve en pareilles circonstances : la section locale des Compagnons d'Emmaüs l'avait probablement abandonné devant leur porte à l'intention des éboueurs. Aucune importance. Elle ne s'attarderait pas très longtemps ici.

Si Agnès ne faisait pas erreur, elle ne resterait nulle part très longtemps. Comme tout le monde, d'ailleurs.

Elle étala ses cartes et ses affaires sur l'antique table, sous l'unique ampoule de la cuisine.

Qu'avait-elle appris ? Pas grand-chose, elle devait le reconnaître. IL se trouvait probablement au nord du village, mais ça, elle s'en doutait déjà. Si l'on s'approchait trop, le signal vous submergeait ; si on était trop loin, les relevés perdaient toute précision.

C'était crispant. La réponse devait se trouver quelque part dans le Livre. L'ennui, c'est que pour comprendre les Prophéties, il fallait avoir la mentalité d'une sorcière du XVIIe siècle à demi folle et remarquablement intelligente, et une tournure d'esprit proche d'un dictionnaire de mots croisés. D'autres membres de la famille avaient supposé qu'Agnès avait compliqué les choses pour les dissimuler à la curiosité des étrangers ; Anathème, qui se soupçonnait de pouvoir parfois penser comme Agnès, supputait pour sa part qu'en fait Agnès était une vieille garce avec un sens de l'humour pervers.

Elle n'avait même pas…

Le Livre n'était plus là.

Anathème contempla avec horreur ses affaires étalées sur la table. Les cartes, le thauodalite divinatoire improvisé. La bouteille thermos qu'elle avait emplie de Viandox chaud. La lampe torche. Le rectangle d'air pur à l'endroit où aurait dû se trouver le Livre.

Elle l'avait perdu.

Mais c'était idiot ! S'il y avait un point sur lequel Agnès était toujours très précise, c'était le sort du Livre.

Elle s'empara de sa torche et quitta le cottage à toutes jambes.

« Une sensation… oh, l'inverse de ce que tu ressens quand tu dis : *J'en ai la chair de poule,* expliqua Aziraphale. Voilà ce que j'éprouve.

– Je ne dirais jamais un truc pareil, protesta Rampa. Je suis tout à fait partisan de la chair de poule.

– La sensation d'être *chéri,* risqua Aziraphale à court de mots.

– Eh non ! Je ne capte rien du tout, fit Rampa avec une feinte bonhomie. Tu es trop sensible.

– C'est mon *boulot* ! Les anges trop sensibles, ça n'existe pas.

– Je parie que les gens du coin aiment vivre ici. C'est ça que tu perçois.

– Je n'ai jamais rien senti de tel, à Londres.

– Eh bien, voilà ; ça prouve ce que je dis. Et on est au bon endroit. Je me souviens de ces lions de pierre sur les colonnes du portail. »

Les phares de la Bentley éclairèrent les massifs de rhododendrons géants qui bordaient l'allée. Les pneus crissèrent sur le gravier.

« Il est un peu tôt le matin pour aller rendre visite à des bonnes sœurs, fit remarquer Aziraphale.

– Balivernes. Les bonnes sœurs galopent à toute heure du jour et de la nuit. Il doit être l'heure de Complies, si je ne confonds pas avec une marque de produits amaigrissants.

– Oh, c'est de très bon goût, bravo. Je ne crois pas que ce genre de réflexion soit bien nécessaire.

– Ne sois pas sur la défensive. Je te l'ai dit : elles sont de notre bord. Des nonnes noires, des mauvaises sœurs, quoi. On avait besoin d'un hôpital proche de la base aérienne, tu vois.

– Là, je ne te suis plus.

– Tu ne crois quand même pas que les épouses de diplomates américains accouchent couramment dans de petits hôpitaux religieux en plein milieu de nulle part ? Il fallait que tout ait l'air de se produire naturellement. Il y a une base aérienne à Lower Tadfield. Elle s'y est rendue pour l'inauguration, les choses ont commencé à se mettre en train, l'hôpital de la base n'était pas encore opérationnel et notre agent en place a dit : " Il y a un établissement juste au coin de la rue ", et paf ! on était prêts. Belle organisation, non ?

– À deux ou trois menus détails près, sourit finement Aziraphale.

– En tout cas, ça a bien failli marcher », contra Rampa, qui sentait qu'il devait soutenir la maison mère.

« Vois-tu, le Mal engendre toujours les germes de sa propre destruction, pontifia l'ange. Il est négatif en fin de compte, et contient donc sa propre chute aux heures même de son triomphe apparent. Si grandiose, si bien préparé, si apparemment infaillible que puisse être un plan maléfique, sa nature pécheresse intrinsèque se retournera contre ses instigateurs. Et même s'il semble bien se dérouler, il échouera au terme de son parcours. Il se brisera sur les rocs de l'iniquité et plongera la tête la première pour disparaître sans laisser de traces dans une mer de néant. »

Rampa y réfléchit. « Non… À mon avis, c'est simplement de l'incompétence. Eh ben… »

Il siffla en sourdine.

La cour gravillonnée en face du Manoir était bondée d'automobiles, et ce n'étaient pas des véhicules de religieuses. La Bentley était surclassée. La plupart des voitures portaient GT ou Turbo dans leur nom et des antennes téléphoniques sur le toit. Presque toutes avaient moins d'un an.

Les mains de Rampa lui démangeaient. Aziraphale réparait les vélos et les os brisés ; Rampa, lui, mourait d'envie de rafler des autoradios, de dégonfler des pneus, ce genre de choses. Il résista.

« Tiens, tiens, dit-il. De mon temps, les sœurs voyageaient par quatre en 2 CV.

– Il doit y avoir une erreur.

– Elles ont peut-être été privatisées ?

– Ou tu t'es trompé d'endroit.

– Je te dis que c'est ici. Allez, viens. »

Ils descendirent de voiture. Trente secondes plus tard, quelqu'un leur tirait dessus. Avec une précision confondante.

Si Mary Hodges, anciennement Loquace, avait un don, c'était pour obéir aux ordres. Elle aimait les ordres. Les ordres vous simplifient le monde.

Par contre, elle ne savait pas s'adapter. Elle aimait bien l'Ordre Babillard. Elle s'y était fait ses premières amies. Elle y avait eu sa première chambre à elle. Bien sûr, elle savait qu'il s'occupait d'activités que d'aucuns auraient qualifiées de mauvaises, mais Mary Hodges avait vu pas mal de choses en trente ans et elle ne se faisait aucune illusion sur ce que l'humanité doit faire pour tenir le coup entre deux week-ends. Et puis on y mangeait bien et on y rencontrait des gens passionnants.

L'Ordre – enfin, ce qu'il en restait – avait déménagé après l'incendie. Après tout, la mission unique qui justifiait son existence était remplie. Il s'était dissous.

Elle était restée. Elle aimait bien le Manoir et puis, disait-elle, il fallait bien que quelqu'un supervise les réparations, parce qu'on ne pouvait pas faire confiance aux ouvriers, de nos jours, il fallait être sur leur dos en permanence, enfin… façon de parler. Elle devrait rompre ses vœux, mais la Mère Supérieure l'avait rassurée : pas de problèmes, aucun souci à se faire, renoncer à ses vœux était très bien vu dans un ordre satanique, et puis dans un siècle, personne n'y trouverait plus rien à redire, ou dans onze ans d'ailleurs, alors si ça pouvait lui faire plaisir, voilà les titres de propriété, une adresse pour faire suivre le courrier, les grandes enveloppes marron avec une fenêtre sur le devant par exemple.

Il était alors arrivé quelque chose de très étrange. Seule désormais dans l'immense bâtisse, travaillant dans une des rares pièces restées intactes, discutant avec des hommes qui se calaient un mégot derrière l'oreille, portaient des pantalons saupoudrés de plâtre et utilisaient le genre de calculette qui aboutit à un résultat différent quand la somme doit être réglée en coupures usagées, la sœur Mary Loquace découvrit une chose dont elle n'avait jamais soupçonné l'existence.

Sous des dehors farfelus et empressés de plaire, elle découvrit Mary Hodges.

Interpréter les devis et calculer la T.V.A. ne lui posa aucun problème. Elle avait déniché des livres dans la bibliothèque, qui lui avaient révélé la simplicité et la beauté de la comptabilité. Elle avait délaissé ces magazines pour femmes qui parlent de romantisme et de tricot, pour ceux qui parlent d'orgasme. Mais, exception faite d'une note mentale en passant (essayer d'en avoir un, si l'occasion se présentait), elle n'y avait trouvé que romantisme et tricot sous un emballage rénové. Alors elle s'était mise à lire les magazines qui parlent d'O.P.A.

Après mûre réflexion, elle était allée à Norton acheter un petit ordinateur personnel, auprès d'un jeune vendeur amusé et condescendant. Au terme d'un week-end de labeur intensif, elle le rapporta. Non pas, comme il le croyait en la voyant entrer dans la boutique, pour se faire installer une prise, mais parce que l'engin n'avait pas de coprocesseur 387. Ça, le vendeur le comprit – c'était un commerçant, après tout, il était capable d'appréhender des mots compliqués –, mais pour lui, la conversation commença à dégénérer rapidement à partir de ce stade. Mary Hodges produisit des magazines d'un tout autre type. La plupart arboraient les lettres *PC* quelque part dans le titre, et Mary Hodges avait soigneusement entouré de rouge des bancs d'essai ou des critiques dans nombre d'entre eux.

Elle lut des articles sur les Nouvelles Femmes. L'idée qu'elle puisse être une Ancienne Femme ne lui était encore jamais venue à l'esprit, mais, après étude, elle classa tout cela dans la catégorie romantisme, tricot et orgasmes, et elle conclut que l'important était d'être soi-même, de toutes ses forces. Elle s'était toujours habillée en noir et blanc. Il lui suffit de rehausser l'ourlet de ses robes, d'allonger ses talons et de se débarrasser de la cornette.

Un jour, en feuilletant un magazine, elle apprit qu'il y avait dans le pays une demande quasi inextinguible de bâtiments spacieux, situés sur de vastes terrains et dirigés par des gens qui comprenaient les besoins des milieux d'affaires. Le lendemain, elle alla commander du papier, à l'en-tête du Centre de Conférences et de Stages de Gestion de Tadfield Manor, en se disant que, le temps que l'impression soit terminée, elle saurait tout ce qu'il y avait à savoir sur l'administration de ce genre d'endroit.

Elle envoya les petites annonces une semaine plus tard.

Le succès s'avéra prodigieux : au tout début de sa carrière en tant qu'Elle-Même, Mary Hodges avait compris qu'un Stage de Gestion ne se borne pas forcément à faire asseoir les gens devant des projecteurs de diapositives caractériels. Les firmes en attendaient davantage, de nos jours.

Elle était là pour fournir à la demande.

Rampa, adossé contre une statue, se laissa glisser à terre. Aziraphale était déjà tombé à la renverse dans un bosquet de rhododendrons. Une tache sombre s'épanouissait sur sa chemise.

Rampa sentit la sienne s'imprégner de liquide.

Ridicule. Ce n'était vraiment pas le moment de se faire tuer. Il allait devoir fournir tout un tas d'explications. On ne distribue pas des corps neufs comme ça ; il faut toujours expliquer ce qu'on a fait de l'ancien. C'est comme de réclamer un nouveau stylo à un service papeterie extrêmement tatillon.

Il regarda sa main, incrédule.

Les démons peuvent voir dans le noir. Et il vit que sa main était jaune. Il saignait jaune.

Prudemment, il se lécha un doigt.

Puis il alla à quatre pattes vers Aziraphale et vérifia la chemise de l'ange. Si la tache qui la maculait était du sang, il allait falloir réviser les fondements de la biologie.

« Ouh, ça pique, gémit l'ange dans les profondeurs du bosquet. J'ai été touché juste en dessous des côtes.

– Oui, mais tu saignes souvent bleu ? » s'enquit Rampa.

Les paupières d'Aziraphale s'ouvrirent. De sa main droite, il se palpa la poitrine. Il se rassit. Il se soumit au même examen médical sommaire que Rampa.

« De la peinture ? » demanda-t-il.

Rampa opina.

« Mais à quoi jouent-ils ? demanda Aziraphale.

– Je ne sais pas, mais je crois qu'on appelle ça jouer au con. » D'après le ton de sa voix, il savait y jouer, lui aussi. Et bien mieux.

C'était un jeu. Et c'était follement amusant. Nigel Tompkins, Directeur Adjoint (Dépt. Achats), se frayait un chemin dans la végétation, l'imagination enflammée par quelques scènes tirées des meilleurs films de Clint Eastwood. Dire qu'il avait craint de s'ennuyer en stage de gestion…

Certes, il y avait eu un cours, mais c'était pour expliquer le fonctionnement des pistolets à peinture, et tout ce qu'on ne devait pas faire avec. Tompkins avait regardé les visages jeunes et avenants de ses rivaux stagiaires, alors que tous, sans exception, se juraient de mettre le catalogue complet en pratique s'ils avaient la moindre chance de ne pas se faire prendre. Quand on vous dit que les affaires sont une jungle et qu'on vous met un pistolet en main, pour Tompkins, c'était la preuve qu'on ne s'attendait pas à ce que vous visiez simplement la chemise ; le but de la manœuvre, c'était de se payer la tête du grand chef pour l'accrocher sur le manteau de la cheminée.

Et puis, la rumeur voulait qu'à l'Unitaire de Groupements, quelqu'un ait fait un maximum de bien à sa carrière grâce à l'application anonyme d'une giclée de peinture à haute vélocité dans le creux de l'oreille d'un supérieur immédiat, ce qui avait provoqué chez ce dernier de petits bourdonnements pendant les réunions importantes, et avait finalement conduit à son remplacement pour raisons médicales.

Et il y avait ses compagnons de stage – ses collègues spermatozoïdes, pour se mélanger un peu les métaphores –, qui s'évertuaient tous en sachant qu'il n'y aurait jamais qu'un seul Président d'Industries & Groupement (Groupement) SA, et que le poste échoirait probablement au plus beau salopard.

Bien sûr, une jeune femme de la section Personnel, munie d'un carnet, leur avait expliqué que les cours auxquels ils allaient participer avaient pour seul but de jauger leur aptitude au commandement, leur coopération au sein du groupe, leur esprit d'initiative, etc. Les stagiaires avaient évité de se regarder.

Tout s'était bien passé jusqu'ici. Le parcours de canoë en eau vive avait réglé le compte de Johnstone (tympan crevé) et la varappe au pays de Galles s'était chargée de Whittaker (crampe à l'aine).

D'un coup de pouce, Tompkins inséra une nouvelle cartouche de peinture dans le pistolet en se répétant à voix basse des mantras commerciaux. Fais à autrui ce qu'on allait te faire. Tuer ou être tué. Si t'es pas là pour chier, laisse la place aux autres. Que le meilleur gagne. Vas-y, fais-moi plaisir.

En rampant, il s'approcha encore des deux silhouettes près de la statue. Elles ne semblaient pas l'avoir repéré.

Quand il arriva au bout du couvert végétal, il prit une profonde inspiration et se mit debout d'un bond.

« OK, sacs à merde, on lève les pat... *ohnonnnnn-nahhhhhh...* »

À l'endroit qu'avait occupé l'une des silhouettes, se trouvait soudain quelque chose d'*effroyable.* Tompkins perdit connaissance.

Rampa recouvra sa forme préférée.

« J'ai horreur de faire ça, murmura-t-il. J'ai toujours peur de rester coincé, incapable de reprendre mon aspect premier. Et il y a de quoi abîmer un costume.

– Personnellement, je trouve les asticots légèrement excessifs », signala Aziraphale, sans grosse acrimonie. Les anges devaient observer des critères moraux et, à la différence de Rampa, il préférait acheter ses chemises plutôt que de les matérialiser à partir de l'air du temps. Et celle qu'il portait lui avait coûté très cher.

« Enfin, regarde-moi ça, fit-il. Je n'arriverai jamais à ravoir cette tache.

– Fais-la disparaître par miracle, suggéra Rampa en scrutant les buissons en quête de nouveaux stagiaires.

– D'accord, mais je saurai toujours qu'il y a eu une tache, tu sais, au fond », répondit l'ange. Il ramassa le pistolet et l'examinant en le tournant entre ses mains : « Je n'ai encore jamais rien vu de tel. »

Il y eut un bruit sec ; la statue à côté d'eux perdit une oreille.

« Ne traînons pas ici, fit Rampa. Il n'était pas seul.

– C'est un pistolet très étrange, tu sais. Vraiment bizarre.

– Je croyais que ton équipe voyait les armes d'un mauvais œil. » Rampa prit l'engin des mains grassouillettes de l'ange et visa le long du canon camus.

« Les théories actuelles inclinent en leur faveur, expliqua Aziraphale. Une arme conforte un argument moral. Entre les mains du Juste, bien entendu.

– Ah oui ? » La main de Rampa se coula sur le métal. « Alors, c'est parfait. Allons-y. »

Il laissa tomber l'arme sur la forme étendue de Tompkins et traversa la pelouse humide de rosée.

La porte principale du Manoir n'était pas fermée à clé. Tous deux entrèrent sans se faire remarquer. Quelques jeunes hommes dodus en treillis maculés de peinture buvaient du chocolat dans des pots, à l'intérieur de ce qui avait été jadis le réfectoire des sœurs. Un ou deux les saluèrent avec bonne humeur.

Une sorte de comptoir de réception occupait maintenant une extrémité de la salle. Il émanait de lui une aura de sobre efficacité. Aziraphale regarda le panneau sur un trépied en aluminium, dressé à côté du comptoir.

En petites lettres de plastique accrochées sur le tissu noir du panneau, on pouvait lire : *20-21 août : Nationale de Groupement (Groupement) SA – Stage Combat et Initiative.*

Pendant ce temps, Rampa avait pris un prospectus sur le comptoir. Il présentait des photos du manoir sur papier glacé, et vantait ses jacuzzis, sa piscine intérieure chauffée ; au dos figurait le genre de cartes dont sont dotés tous les centres de conférences et qui, par un artifice judicieux de l'échelle, suggère que le centre est à portée immédiate de toutes les bretelles d'autoroute du pays, tout en omettant scrupuleusement d'évoquer le dédale de petites routes de campagne qui le cerne complètement à des kilomètres à la ronde.

« On s'est trompés d'endroit ? demanda Aziraphale.

– Non.

– On s'est trompés de moment, alors.

– Oui. » Rampa feuilleta la brochure, en quête d'un indice. Il en avait peut-être trop demandé en s'attendant à retrouver l'Ordre Babillard. Après tout, son œuvre était accomplie. Rampa siffla doucement. L'Ordre avait probablement émigré vers les profondeurs des États-Unis ou dans un pays de ce genre, pour y convertir les Chrétiens. Mais le démon continua sa lecture. Ces brochures contenaient parfois un passage historique, parce que les compagnies qui louent de tels établissements l'espace d'un week-end d'*Analyse interactive du personnel* ou d'une conférence sur *La stratégie dynamique de la Mercatique* aiment sentir qu'elles entrent dans une relation réciproque avec l'édifice même – à deux ou trois réfections intégrales, une guerre civile et deux incendies importants près – que la générosité d'un mécène de la période élisabéthaine avait érigé pour servir de léproserie.

Certes, il ne s'attendait pas à lire une phrase comme : « Il y a encore onze ans, le manoir servait de couvent à un ordre de sœurs satanistes, pas très douées, d'ailleurs », mais, bon. On ne sait jamais.

Un homme replet en tenue de camouflage conçue pour le désert, un gobelet en polystyrène contenant du café à la main, s'avança vers eux.

« Qui gagne ? s'enquit-il sur le ton de la camaraderie. Le petit Evans, de la Prospective, m'a filé un sacré coup en plein sur le coude, vous savez.

– Nous allons tous perdre », répondit Rampa distraitement.

Une rafale éclata à l'extérieur. Pas les claquements secs des pistolets à peinture, mais la détonation généreuse de morceaux de plombs aérodynamiques qui se déplacent à très vive allure.

Une sorte de bégaiement lui répondit.

Les guerriers déchus se regardèrent. Une nouvelle rafale emporta un vitrail victorien assez hideux situé à côté de la porte et imprima une ligne de perforations dans le plâtre près de la tête de Rampa.

Aziraphale le prit par le bras.

« Mais que diable se passe-t-il ? »

Rampa eut un sourire de serpent.

Nigel Tompkins s'était réveillé avec un léger mal de crâne et un vague trou dans ses souvenirs récents. Il ne saurait jamais que l'esprit humain, face à des spectacles trop horribles à supporter, est remarquablement doué pour cicatriser à coups d'oubli forcé. Nigel attribua sa migraine à l'impact d'une balle contre son crâne.

Il sentit vaguement que son pistolet était un peu plus lourd, mais dans son état de légère stupeur, il ne comprit pourquoi qu'après avoir visé le stagiaire Norman Wethered de la section Comptabilité Interne, et avoir pressé la détente.

« Je ne vois pas de quoi tu te scandalises, fit Rampa. Il *voulait* une véritable arme à feu. Le désir de posséder un pistolet réel lui emplissait la tête.

– Mais tu l'as lâché contre tous ces gens sans défense ! s'indigna Aziraphale.

– Allons, allons. Ce n'est pas tout à fait vrai. Je sais être équitable. »

Le contingent des Prévisions Financières était couché de tout son long sur ce qui avait été la zone d'équitation, encore que personne ne semblât enclin à prendre la situation de façon cavalière.

« J'ai toujours dit qu'on ne pouvait pas faire confiance aux gens des Acquisitions, lança le Responsable Adjoint du Secteur Financier. Quels enfoirés ! »

Au-dessus de sa tête, une balle ricocha contre la murette.

À quatre pattes, il rejoignit prestement le petit groupe rassemblé autour du corps de Whethered.

« Comment ça se présente ? »

Le Responsable Adjoint de la Section Comptabilité tourna vers lui un visage hagard. « Plutôt mal. La balle a tout traversé. Access, Barclaycard, Visa – la totale.

– Il a fallu la carte American Express Gold pour l'arrêter », conclut Whethered.

Ils contemplèrent avec une horreur muette le spectacle d'un porte-carte de crédit presque entièrement transpercé par une balle.

« Pourquoi ont-ils fait ça ? » demanda un employé de la Comptabilité.

Le chef de la section Comptabilité Interne ouvrit la bouche pour dire quelque chose de sensé, mais il ne le fit pas. Tout le monde a son point de rupture, et le sien venait d'être percuté de plein fouet. Vingt ans de maison. Il aurait voulu être concepteur graphique, mais le terme était inconnu du conseiller d'orientation. Vingt ans passés à vérifier deux fois le Formulaire BF18. Vingt ans à tourner la manivelle de cette foutue machine à calculer mécanique, alors que les gens de la Prospective disposaient tous d'ordinateurs. Et maintenant, pour des raisons inconnues mais qui n'étaient probablement pas étrangères à une réorganisation et au désir de ne pas s'encombrer des frais d'une retraite anticipée, on lui tirait dessus à balles réelles.

Les armées de la paranoïa défilèrent au fond de ses prunelles.

Il baissa les yeux vers sa propre arme. À travers les brumes de sa fureur et de sa confusion, il constata qu'elle était plus grosse et plus noire que lorsqu'on la lui avait donnée. Plus lourde, également.

Il la pointa vers un buisson proche et observa un flot de balles le transformer en hachis.

Oh ! c'est à ça qu'ils voulaient jouer ? Bon, d'accord. Il fallait bien qu'il y ait un gagnant.

Il regarda ses hommes.

« Allez, les gars, lança-t-il. On va se les faire, ces salopards ! »

« Personne n'est obligé d'appuyer sur la détente. En tout cas, c'est comme ça que je vois les choses », fit Rampa.

Il adressa à Aziraphale un grand sourire un peu gêné.

« Allez, viens, poursuivit-il. Jetons un coup d'œil à la ronde pendant que tout le monde a la tête ailleurs. »

Les balles sifflaient dans la nuit.

Jonathan Parker, Section Acquisitions, se faufilait à travers les buissons quand l'un d'eux lui passa un bras autour du cou.

Nigel Tompkins cracha une grappe de feuilles de rhododendron.

« Là-bas, c'est la compagnie qui fait la loi, siffla-t-il, le visage strié de boue. Mais ici, c'est moi... »

« Je trouve que c'est une très mauvaise action, déclara Aziraphale tandis qu'ils descendaient les couloirs déserts.

– Qu'est-ce que j'ai encore fait ? répondit Rampa en ouvrant des portes au hasard.

– Mais il y a des gens qui s'entre-tuent, dehors !

– Précisément, c'est tout à fait ça. Ils agissent par eux-mêmes, on est bien d'accord. C'est eux qui y tiennent. Je leur ai juste donné un coup de pouce. Dis-toi que c'est une représentation microcosmique de l'univers : chacun dispose de son libre arbitre. Ineffable, non ? »

Aziraphale le fusilla du regard.

« Oh, bon, d'accord, concéda Rampa d'une voix dépitée. Personne ne va vraiment se faire tuer. Ils vont tous s'en tirer par miracle. Ça ne serait pas drôle, autrement. »

Aziraphale se détendit. « Tu sais, Rampa, dit-il avec un sourire radieux, j'ai toujours pensé qu'au fond, tu étais un vrai...

– Bon, ça va, *ça va,* trancha Rampa. Tu ne vas pas le claironner sur les toits, en plus ? »

Au bout d'un certain temps, des alliances fragiles commencèrent à se nouer. La plupart des membres des sections financières se découvrirent des intérêts communs, enterrèrent leurs différends et s'associèrent contre la section Prospective.

Quand la première voiture de police arriva sur les lieux, seize balles venues de lieux divers la frappèrent en plein radiateur avant qu'elle n'ait remonté la moitié de l'allée. Deux autres se chargèrent de l'antenne radio, mais elles arrivaient trop tard, trop tard.

Mary Hodges reposait juste le combiné du téléphone quand Rampa ouvrit la porte de son bureau.

« Ce doivent être des terroristes, lança-t-elle d'un ton mordant. Ou des braconniers. » Elle regarda le duo de plus près. « Vous êtes bien de la police ? »

Rampa vit ses yeux commencer à s'écarquiller.

Comme tous les démons, il était très physionomiste, même au bout de dix ans, après la perte d'une cornette et l'apport d'un maquillage assez sévère. Il claqua des doigts. Elle se rassit au fond de son fauteuil, une expression de coopération passive sur le visage.

« Il n'était pas utile de faire ça, jugea Aziraphale.

– Bon... » Rampa vérifia rapidement par la fenêtre. « ... jour, madame », dit-il d'une voix chantante. « Nous sommes deux entités surnaturelles, et nous voulions savoir si vous ne pourriez pas nous donner quelques précisions sur l'endroit où l'on peut trouver le célèbre Fils de Satan ? » Il décocha un regard glacial en direction de l'ange. « Je vais la réveiller, c'est bien ça ? Comme ça, tu vas pouvoir lui poser la question.

– D'accord, d'accord. Si tu présentes les choses comme ça... dit lentement l'ange.

– Rien ne vaut les bonnes vieilles méthodes, parfois. »

Rampa se retourna vers la femme impassible.

« Vous n'étiez pas bonne sœur, il y a onze ans ? demanda-t-il.

– Si.

– Là ! triompha Rampa. Tu vois ? Je le savais, j'avais raison.

– Une veine de damné, grommela l'ange.

– Tu t'appelais Sœur Bavarde, à l'époque. Quelque chose comme ça.

– Loquace, rectifia Mary Hodges d'une voix creuse.

– Est-ce que tu te souviens d'un incident qui tournait autour d'une substitution de nouveau-nés ? »

Mary Hodges hésita. Quand elle reprit la parole, on aurait dit que des souvenirs cicatrisés étaient évoqués pour la première fois depuis des années.

« Oui, répondit-elle.

– Est-il possible que la substitution ait pu ne pas se dérouler comme prévu, pour une raison quelconque ?

– Je n'en sais rien. »

Rampa réfléchit un instant. « Il doit y avoir des archives. Il y en a toujours. » Il jeta un coup d'œil très satisfait vers Aziraphale. « C'est une de mes plus belles idées.

– Oh, oui, répondit Mary Hodges.

– Et où sont-elles ? demanda Aziraphale d'une voix douce.

– Il y a eu un incendie juste après la naissance. »

Rampa poussa un rugissement de frustration et leva les bras au ciel. « Probablement un coup d'Hastur. C'est bien son style. Ces types sont incroyables. Je suis sûr qu'il s'est cru très malin.

– Vous vous souvenez de quelque chose sur l'autre enfant ? demanda Aziraphale.

– Oui.

– Soyez aimable, dites-moi ce que c'est.

– Il avait de meugnons petits petons.

– Oh.

– Et il était très gentil », compléta Mary Hodges d'une voix rêveuse.

Dehors, on entendit le hurlement d'une sirène, brusquement interrompu quand elle fut atteinte par une balle. Aziraphale donna un coup de coude à Rampa.

« Accélère un peu, conseilla-t-il. Nous allons sous peu patauger dans la police jusqu'aux genoux, et j'aurai l'obligation morale de les assister dans leur enquête, bien entendu. » Il réfléchit un instant. « Demande-lui s'il y avait d'autres femmes qui accouchaient, cette nuit-là, elle s'en souviendra peut-être et… »

On entendit un bruit de course au rez-de-chaussée.

« Arrête-les, intima Rampa. Il nous faut un délai supplémentaire !

– Si je fais encore un miracle, les Autorités Supérieures vont vraiment commencer à dresser l'oreille. Si tu tiens absolument à ce que Gabriel ou un de ses pareils se demande pourquoi une quarantaine de policiers s'est endormie…

– O.K. On arrête, on arrête. Ça valait le coup d'essayer. Partons.

– Dans trente secondes, vous vous réveillerez, ordonna Aziraphale à l'ancienne religieuse en transe. Et vous aurez fait un rêve merveilleux sur ce que vous aimez le plus et…

– Bon, bon, très bien, soupira Rampa. On peut y aller, maintenant ? »

Personne ne les vit quitter les lieux. La police était trop occupée à capturer quarante stagiaires en gestion ivres d'adrénaline et assoiffés de batailles. Trois paniers à salade avaient creusé de profonds sillons dans la pelouse, et Aziraphale avait forcé Rampa à reculer pour céder la place à la première ambulance, mais ensuite la Bentley avait filé dans la nuit. Derrière eux, le pavillon d'été et le belvédère étaient la proie des flammes.

« Nous avons vraiment abandonné cette pauvre femme dans une situation impossible, fit l'ange.

– Tu trouves ? » répliqua Rampa en tentant vainement d'écraser un hérisson. « Ses réservations vont doubler, crois-moi sur parole. Si elle se débrouille bien, si elle jongle avec les autorisations et circonvient les paperasses légales. Des stages d'initiative à balles réelles ? Il va y avoir la queue.

– Pourquoi faut-il que tu sois toujours tellement cynique ?

– Parce que c'est mon boulot, pardi. »

Ils roulèrent en silence pendant un moment. Puis Aziraphale s'enquit : « Il devrait être repérable, non ? On devrait pouvoir le détecter d'une façon ou d'une autre.

– Pas pour nous. Camouflage de protection. Sans même qu'il s'en rende compte, ses pouvoirs le dissimuleront aux puissances occultes indiscrètes.

– Les puissances occultes ?

– Toi et moi.

– Je ne suis pas occulte, moi. Les anges ne sont pas occultes, ils sont éthérés.

– Si tu préfères, trancha Rampa, trop inquiet pour se perdre en arguties.

– Y a-t-il un autre moyen de le localiser ? »

Rampa haussa les épaules. « Tu m'en demandes trop. Quelle expérience crois-tu que j'ai en ce domaine ? L'Apocalypse ne se produit qu'une fois, tu sais ? On ne te donne pas l'occasion de recommencer jusqu'à ce que tout se passe comme prévu. »

L'ange regardait défiler les haies.

« Tout semble si paisible. Comment crois-tu que ça va se dérouler ?

– Eh bien, l'extinction thermonucléaire a toujours été très en faveur. Mais je dois reconnaître que les Grands sont très polis entre eux, ces derniers temps.

– Une collision avec un astéroïde ? C'est très coté, actuellement, à ce que je me suis laissé dire. Un choc dans l'océan Indien, un énorme nuage de poussière et de vapeur d'eau, et adieu aux formes de vie évoluées.

– Fichtre, fit Rampa, en prenant bien soin de rester au-dessus de la limitation de vitesse. Il n'y a pas de petits profits.

– C'est difficile à concevoir, non ? compléta Aziraphale sur un ton lugubre.

– Toutes les formes de vie supérieures balayées d'un seul coup de faux, comme ça.

– Horrible.

– Il ne restera que de la poussière et des intégristes.

– C'est une méchanceté gratuite, cette remarque.

– Désolé, je n'ai pas pu résister. »

Ils regardèrent la route.

« Un terroriste, peut-être... ? commença Aziraphale.

– Pas chez nous.

– Chez nous non plus. Encore que les nôtres soient des résistants, évidemment.

– Bon, écoute, fit Rampa en abandonnant le caoutchouc brûlant de ses pneus sur la bretelle de Tadfield. Jouons cartes sur table. Je te dis les miens si tu me dis les tiens.

– D'accord. Tu commences.

– Ah, non ! Toi d'abord.

– Mais tu es un démon.

– Oui, mais un démon de parole, j'ose l'espérer. »

Aziraphale nomma cinq leaders politiques. Rampa en cita six. Trois noms apparaissaient sur les deux listes.

« Tu vois, fit Rampa. Je l'ai toujours dit : de rusés salopiots, ces humains. On ne peut pas leur faire confiance une seconde.

– Mais je ne crois pas qu'aucun des nôtres ait de grands plans en train. Rien que des petites actions politiques terro... euh, de revendication, corrigea-t-il.

– Ah, soupira Rampa avec amertume, tu veux dire : pas de meurtres bon marché, rien de fabriqué en série ? Uniquement des services personnalisés, avec balles ciselées une par une à la main par des artisans raffinés ? »

Aziraphale refusa de répliquer. « Qu'est-ce qu'on fait, maintenant ?

– On va essayer d'aller dormir.

– Tu n'as pas besoin de dormir. Moi non plus d'ailleurs. Le Mal ne dort jamais et le Bien est toujours sur le qui-vive.

– Le Mal en général, c'est possible. Mais le cas particulier qui te parle a pris l'habitude de piquer un petit roupillon de temps en temps. » Il regarda la lumière des phares. L'heure viendrait bientôt où il ne serait plus question de dormir. Quand ceux d'En Bas découvriraient qu'il avait, lui, personnellement, égaré l'Antéchrist, ils allaient probablement faire rechercher l'intégralité des rapports qu'il avait transmis sur l'Inquisition et les mettre en application sur sa personne, d'abord un par un, puis tous à la fois.

Il farfouilla dans la boîte à gants, tomba sur une cassette non identifiée et l'inséra dans le lecteur. Un peu de musique allait…

Bee-elzebub has a devil put aside for me, for me…

Belzébuth a mis un démon de côté pour moi, pour moi.

« Pour moi, oui », murmura Rampa. Son visage fut momentanément dénué d'expression. Puis il poussa un cri étranglé et éteignit le lecteur d'un geste spasmodique.

« Bien sûr, on pourrait demander à un humain de le chercher, fit Aziraphale en pleine réflexion.

– Quoi ? demanda Rampa, distrait.

– Les humains savent trouver d'autres humains. Ils font ça depuis des milliers d'années. Et l'enfant est humain. En même temps que… tu sais quoi. Il est caché à nos pouvoirs, mais d'autres humains devraient pouvoir… le sentir, peut-être. Ou remarquer des choses qui nous échappent.

– Ça ne marchera pas. C'est un Antéchrist ! Il possède une espèce de… de défense automatique, tu saisis ? Même s'il ne s'en doute pas. Ça ne laissera rien soupçonner à quiconque. Pas encore. Pas tant qu'il n'est pas prêt. Les soupçons glisseront sur lui comme… comme… comme ces trucs sur lesquels l'eau glisse, acheva-t-il gauchement.

– Tu as une meilleure idée ? Une seule, même toute petite ?

– Non.

– Bon, très bien. Ça peut marcher. Ne me dis pas que tu n'as pas des organisations prête-noms que tu peux utiliser. J'en ai. Nous verrons bien si elles réussissent à retrouver la piste.

– Et que pourraient-elles faire de plus que nous ?

– Eh bien, pour commencer, elles ne pousseraient pas les gens à s'entre-tuer avec des armes à feu, elles n'hypnotiseraient pas les dames respectables, elles…

– Ça va, ça va. Mais ça n'a pas plus de chance d'aboutir qu'une boule de neige de tenir en Enfer. Et je sais de quoi je parle. Mais je n'ai pas de meilleure suggestion. »

Rampa s'engagea sur l'autoroute et prit la direction de Londres.

« J'ai un… un réseau d'agents, fit Aziraphale au bout d'un moment. Ils sont répartis à travers tout le pays. Un groupe bien organisé. Je pourrais les mettre en chasse.

– J'ai, euh… quelque chose de semblable, reconnut Rampa. Tu sais ce que c'est, ça peut toujours être utile…

– Il vaudrait mieux les alerter. Tu penses qu'ils devraient collaborer ? »

Rampa secoua la tête.

« Je ne crois pas que ce serait une bonne idée. Ils ne sont pas très sophistiqués, sur le plan politique.

– Alors, chacun contacte son organisation et on voit à quoi elles aboutissent.

– Ça vaut le coup d'essayer, je suppose. Ce n'est pas comme si j'avais grand-chose d'autre à faire, Dieu sait. »

Son front se plissa un instant, puis il administra une claque victorieuse contre le volant.

« Le dos d'un canard ! hurla-t-il.

– Pardon ?

– C'est sur ça que glisse l'eau. »

Aziraphale prit une profonde inspiration.

« Contente-toi de conduire, s'il te plaît », soupira-t-il d'un air las.

Ils refirent le trajet aux premières lueurs de l'aube, tandis que le lecteur de cassettes jouait la *Messe en Ré Mineur* de Bach, paroles de F. Mercury.

Rampa aimait la capitale au petit matin. Sa population se composait essentiellement de gens légitimement employés, qui avaient de bonnes raisons de se trouver là, par opposition aux millions qui traînaient après huit heures du matin ; de plus, les rues étaient raisonnablement calmes. Des bandes jaunes interdisaient le stationnement des deux côtés du trottoir dans la rue étroite où se trouvait la librairie d'Aziraphale, mais elles s'enroulèrent docilement quand la Bentley se gara.

« Bon, très bien, fit-il pendant qu'Aziraphale récupérait son manteau sur le siège arrière. On se tient au courant, d'accord ?

– Qu'est-ce que c'est que ça ? » demanda Aziraphale en brandissant un objet brun et oblong.

Rampa plissa les yeux pour mieux voir. « Un bouquin ? Ce n'est pas à moi. »

Aziraphale tourna quelques pages jaunies. De petites sonneries d'alarme bibliophile commencèrent à tinter au fond de son crâne.

« Il devait appartenir à cette jeune personne, dit-il lentement. Nous aurions dû prendre ses coordonnées.

– Écoute, j'ai assez de problèmes comme ça, sans qu'on raconte partout que je rends les objets trouvés à leurs légitimes propriétaires. »

Aziraphale atteignit la page de titre. C'était probablement une bonne chose que Rampa ne puisse pas voir son expression.

« Tu pourrais toujours l'expédier par la poste, j'imagine, fit Rampa, si tu y tiens tant que ça. À l'attention de la foldingue en vélo. Il ne faut jamais faire confiance à une bonne femme qui baptise ses moyens de transport de noms bizarres…

– Oui, oui, absolument », bredouilla l'ange. Il chercha ses clés d'une main tremblante, les laissa tomber sur le trottoir, les ramassa, les refit tomber et se hâta vers la porte de sa boutique.

« Alors, on garde le contact, d'accord ? » lui lança Rampa.

Aziraphale, la clé dans la serrure, s'interrompit.

« Hein ? Oh. Oh. Oui. Très bien. Excellent. » Et il claqua la porte derrière lui.

« Super », marmonna Rampa, qui se sentit soudain bien seul.

La lueur d'une torche électrique brillait sur la petite route.

L'ennui, quand il faut retrouver un livre à couverture brune entre des feuilles brunies et de l'eau brunissante au fond d'un fossé de terre brunasse dans la lumière brunâtre, enfin grisâtre, de l'aube, c'est qu'on ne peut pas.

Il n'était pas là.

Anathème mit en pratique toutes les méthodes de recherche qui lui vinrent à l'esprit. Le quadrillage méthodique du secteur. Le tripatouillage aléatoire dans les fougères du bas-côté. L'avance en pas chassés suivie d'un regard coulé en biais. Elle avait même essayé la tactique dont son cœur romantique garantissait l'infaillibilité : abandonner les fouilles de façon théâtrale, s'asseoir et laisser tout naturellement tomber son regard sur un coin de terrain qui, si elle avait été dans n'importe quel roman correct, aurait dû contenir l'ouvrage.

Il n'y était pas.

Ce qui signifiait, comme elle l'avait redouté depuis le début, qu'il devait se trouver sur la banquette arrière d'une voiture appartenant à deux réparateurs de vélos, adultes et consentants.

Elle pouvait entendre des générations de descendants d'Agnès Barge se gausser d'elle.

Même si ces deux-là étaient assez honnêtes pour avoir l'impulsion de lui rendre le livre, ils ne se donneraient probablement pas la peine de rechercher un cottage qu'ils avaient à peine entrevu dans la nuit.

Il ne restait qu'un dernier espoir : qu'ils ne se rendent pas compte de l'importance de ce qu'ils avaient.

Comme nombre de boutiquiers de Soho spécialisés dans le livre particulier pour amateurs éclairés, Aziraphale possédait une arrière-boutique ; mais son contenu dépassait en excentricité ce que le Client Qui Sait Ce Qu'il Veut trouve normalement sous emballage cellophane.

Il était particulièrement fier de ses livres de prophéties.

Des premières éditions, en général.

Et toutes dédicacées.

Il avait Richard Nixon[1], Martha la Bohémienne, Ignatius Sybilla et la vieille Ottwell Binns. Nostradamus avait écrit : *À mon très-ancien ami Azerafel, avec mes falutations ;* la Mère Shipton avait renversé une partie de sa chope sur son exemplaire ; et dans une vitrine à l'hygrométrie contrôlée reposait le manuscrit original, écrit de la main tremblante du divin saint Jean de Patmos, dont l'*Apocalypse* avait été le best-seller incontesté. Aziraphale l'avait trouvé assez sympathique, malgré son goût excessif pour les champignons bizarres.

Ce que sa collection ne possédait pas, c'était un exemplaire des *Belles et bonnes prophéties* d'Agnès Barge, et Aziraphale entra dans la pièce en le tenant comme un philatéliste passionné aurait étreint un Vingt Centimes bleu de l'île Maurice qu'il venait de découvrir sur une carte postale de sa tantine.

1. Pas l'ancien Président des États-Unis, mais un simplet du XVIe siècle.

Il n'en avait encore jamais vu un exemplaire, mais il en avait entendu parler. Tout le monde dans sa profession, ce qui, considérant l'extrême spécialisation de ce genre de négoce, représentait environ une douzaine de personnes, en avait entendu parler. Son existence formait une sorte de vide autour duquel les histoires bizarres gravitaient depuis des siècles. Pouvait-on graviter autour du vide ? Aziraphale l'ignorait et s'en fichait éperdument ; à côté des *Belles et bonnes prophéties,* les *Carnets secrets* d'Hitler ressemblaient à… eh bien, à des faux.

Ses mains tremblaient à peine quand il le déposa sur un établi, enfila une paire de gants chirurgicaux en latex et l'ouvrit avec révérence. Aziraphale était un ange, mais il avait aussi la religion des livres.

Le titre annonçait :

Les Belles et Bonnes Propheſies
d'Agnes Barge

En plus petits caractères :

Ou l'on trouuera une Histoire fiable et Preciſe
Allant de nos Jours juſqu'aux Termes de ce Monde.

En caractères un peu plus gros :

Contenant des Merueilles maintes et uariees
et des Preceptes edifiants pour les Sages

En caractères différents :

Oncques n'a rien ete publie de plus complet

En caractères plus petits mais en capitales :

SUR LES ESPOQVES ENCORE A VENIR

En italiques un peu hystériques :

Et des Euenements de Nature merueilleuse.

De nouveau en gros caractères :

Rivalise avec les meilleures pages de Noſtradamus
– Urſula Shipton

Les prophéties étaient numérotées et il y en avait plus de quatre mille.

« On se calme, on se calme », s'enjoignit Aziraphale à mi-voix. Il alla dans la kitchenette, se prépara un chocolat et respira plusieurs fois à fond.

Puis il revint et lut une prophétie au hasard.

Quarante minutes plus tard, il n'avait toujours pas touché à son chocolat.

I

La femme rousse assise dans un coin du bar de l'hôtel était la correspondante de guerre la plus accomplie du monde. Son passeport actuel portait le nom de Carmine Zuigiber ; et elle allait partout où il y avait des guerres.

Enfin, plus ou moins.

En réalité, elle allait là où il n'y avait pas la guerre. Elle était déjà passée aux endroits où régnait la guerre.

On la connaissait peu, sauf dans les cercles où cela comptait vraiment. Rassemblez une demi-douzaine de correspondants de guerre dans un bar d'aéroport et, comme l'aiguille d'une boussole se tourne vers le Nord, la conversation s'orientera vers Murchison du *New York Times,* vers Van Horne de *Newsweek,* vers Anforth d'*ITN News.* Les Correspondants de Guerre des correspondants de guerre.

Mais quand Murchison, Van Horne et Anforth tombent nez à nez dans une cahute calcinée de tôle ondulée, à Beyrouth, en Afghanistan ou au Soudan, après avoir admiré leurs cicatrices respectives et vidé quelques verres, ils échangent des anecdotes admiratives sur Zuigiber la Rouquine, du *National World Weekly.*

« Ce torchon est nul, disait Murchison. Il ne sait pas ce qu'il a entre les mains. »

En fait, le *National World Weekly* le savait parfaitement : il avait une correspondante de guerre. Simplement, il ignorait pourquoi, et ce qu'il devait en faire, maintenant.

Dans un numéro typique, le *National World Weekly* annonçait au monde que le visage de Jésus était apparu sur le pain d'un Big Mac acheté par un habitant de Des Moines, accompagné par une interprétation artistique dudit petit pain ; qu'on avait récemment vu Elvis travailler dans un Burger Lord de Des Moines ; qu'une ménagère de Des Moines avait été guérie de son cancer en écoutant des disques d'Elvis ; que les nombreux loups-garous qui infestent le Middle West descendent d'une valeureuse pionnière violée par le Bigfoot, ce Yéti des forêts américaines ; et qu'Elvis a été enlevé par des Extraterrestres Venus de l'Espace en 1976 parce que ce monde ne le méritait pas[1].

C'était ça, le *National Weekly News.* Il se vendait à quatre millions d'exemplaires par semaine et avait autant besoin d'un Correspondant de Guerre que d'une interview exclusive avec le Secrétaire Général des Nations Unies[2].

Et donc, il donnait pas mal d'argent à Zuigiber la Rouquine pour qu'elle aille dénicher des guerres, et ne tenait aucun compte des énormes enveloppes mal dactylographiées qu'elle leur transmettait des quatre coins du globe à l'occasion, pour justifier ses notes de frais – en général très raisonnables.

1. Aussi bizarre que cela puisse paraître, une de ces histoires décrit la pure vérité.

2. L'interview eut lieu en 1983 et se déroula comme suit :
Q. : Vous êtes donc le Secrétaire Général des Nations Unies ?
R. : *Sí.*
Q. : Et vous avez déjà vu Elvis ?

Le journal estimait sa conduite parfaitement raisonnable ; de son point de vue, Zuigiber n'était pas une correspondante de guerre très performante, même si elle était la plus belle, ce qui comptait énormément au *National World Weekly.* Ses communiqués parlaient toujours de types qui se tiraient dessus, sans s'intéresser aux ramifications politiques et, plus grave, à l'Aspect Humain de la Situation.

À l'occasion, ils confiaient un de ses articles à un *rewriter* pour qu'il le mette en forme. (« *Jésus est apparu à Manuel Gonzalez, neuf ans, au cours d'une bataille rangée au bord du Rio Concorsa, et lui a dit de rentrer chez lui, car sa mère s'inquiétait. "J'ai su que c'était Jésus, a déclaré le courageux enfant, parce qu'Il ressemblait à l'image déjà apparue miraculeusement sur ma boîte à goûter."* »)

Mais la plupart du temps, le *National World Weekly* ne s'occupait pas d'elle et archivait soigneusement ses articles dans la corbeille à papier.

Murchison, Van Horne et Anforth se fichaient bien de ces considérations. Ils ne voyaient qu'une chose : chaque fois qu'éclatait une guerre, Miss Zuigiber était la première arrivée sur les lieux. Pratiquement *avant* que la guerre n'éclate.

« Mais comment fait-elle ? se demandaient-ils, mystifiés. Comment s'y prend-elle, bon sang ? » Et ils se regardaient dans un silence éloquent : si cette femme devait être une voiture, ce serait une Ferrari ; on s'attend à trouver ce genre de créature dans les bras du generalissimo corrompu d'une nation du Tiers-Monde au bord du gouffre, et pourtant, elle passe son temps avec nous. On a une sacrée veine, non ?

Miss Zuigiber se contentait de sourire et de payer une nouvelle tournée générale, aux frais du *National World Weekly.* Et elle regardait les bagarres éclater autour d'elle. Et elle souriait.

Elle avait eu raison. Le journalisme lui convenait à merveille.

Cependant, tout le monde a besoin de vacances, et Zuigiber la Rouquine prenait ses premières vacances depuis onze ans.

Elle se trouvait sur une petite île méditerranéenne qui tirait ses revenus du tourisme. Le fait était curieux en lui-même. La Rouquine était le genre de femme qui ne prend ses vacances sur des îles plus petites que l'Australie que lorsqu'elle en connaît bien le propriétaire. Si, un mois plus tôt, on avait dit aux insulaires qu'une guerre allait éclater, ils vous auraient ri au nez avant d'essayer de vous vendre un porte-bouteille en raphia ou une vue de la baie entièrement réalisée en coquillages ; c'était le bon temps.

Ce temps n'était plus.

Désormais, un grand fossé politico-religieux, pour savoir duquel des quatre minuscules pays du continent l'île ne dépendait pas, avait scindé le pays en trois factions, détruit la statue de Santa Maria sur la grand-place et anéanti le tourisme local.

Zuigiber la Rouquine était assise au bar de l'Hôtel de Palomar del Sol, et buvait ce qui passait pour un cocktail. Dans un coin, un pianiste las jouait, et un serveur affublé d'une perruque roucoulait dans un micro :

« *Aîîîîîîîîîl était-une-fouououâ*
Oun-pétit-toro-blancoooo
Aîîîîîîîîîl ignorait-la-jouououâââ
Lé-pétit-toro-blancoooo... »

Un homme fit irruption par la fenêtre, un couteau entre les dents, un pistolet automatique Kalachnikov dans une main, une grenade dans l'autre.

« Dje rebenditche chett hôdel au dom de... » Il s'interrompit. Il sortit le couteau d'entre ses dents et recommença à zéro. « Je revendique cet hôtel au nom de la Fraction de Libération pro-turque ! »

Les deux derniers touristes encore présents sur l'île[1] se réfugièrent sous leur table. La Rouquine retira nonchalamment de son verre la cerise au marasquin, la porta à ses lèvres rouges pour la faire glisser de son bâtonnet avec une technique qui donna des sueurs froides à plus d'un homme dans la salle.

Le pianiste se leva, plongea la main dans son piano et en tira une mitraillette qui aurait fait le bonheur d'un collectionneur. « Hôtel déjà revendiqué par Brigade Territoriale pro-hellène ! hurla-t-il. Un faux mouvement et je dégomme vous ! »

Quelque chose bougea du côté de la porte. Un colosse avec une barbe noire, un sourire aurifié et une mitrailleuse Gatling d'origine vint se camper sur le seuil, soutenu par une cohorte de gaillards à la carrure comparable, quoique moins formidablement armés.

« Cet hôtel d'importance stratégique, longtemps symbole du commerce touristique collaborationniste de l'impérialisme fasciste turco-hellène, est maintenant aux mains de la Résistance italo-maltaise ! tonna-t-il sur un ton aimable. Donc, nous tuons tout le monde.

– Foutaises ! rétorqua le pianiste. Pas avoir stratégique importance. Simplement excellente cave à vins !

– Il a raison, Pedro, fit l'homme à la Kalachnikov. C'est pour ça que ma faction le voulait. Il General Ernesto de Montoya, il m'a dit, Fernando, qu'il me dit comme ça, la guerre sera finie samedi prochain, et les p'tits gars auront envie de faire la fête. Va donc revendiquer l'Hôtel de Palomar del Sol comme prise de guerre, tu veux ? »

1. Mr et Mrs Thomas Threlfall du n° 9, The Elms, à Paignton. Ils soutenaient qu'un des grands plaisirs des vacances était d'oublier les journaux ou la télévision et, en fait, de tout laisser derrière soi. Suite à une légère indisposition stomacale contractée par Mr Threlfall, et à une surexposition au soleil de Mrs Threlfall dès son arrivée, c'était la première fois qu'ils quittaient leur chambre depuis une semaine et demie.

Le barbu vira au rouge pivoine. « Avoir foutue stratégique importance, Fernando Chianti ! J'ai dessiné grande carte de l'île et être en plein milieu. Voilà pourquoi vachement stratégique importance, je peux te dire.

– Ha ! ricana Fernando. Pourquoi tu prétendrais pas que la maison du p'tit Diego, avec sa vue imprenable sur la plage naturiste privée des capitalistes décadents, a elle aussi une grande importance stratégique, tant que tu y es ? »

Le pianiste rougit brutalement. « Notre parti l'avoir annexée ce matin », reconnut-il.

Il y eut un instant de flottement.

Dans ce silence, on entendit un crissement de soie. La Rouquine avait décroisé les jambes.

La pomme d'Adam du pianiste tressauta. « Hé, avoir grande stratégique importance, réussit-il à articuler en tentant d'ignorer la femme perchée sur son tabouret. Je veux dire, si quelqu'un il peut faire venir sous-marin là-bas, pouvoir tout voir de là-bas. »

Silence.

« En tout cas, avoir sacrément plus stratégique importance qu'hôtel », conclut-il.

Pedro toussota de manière inquiétante. « La première personne qui dit *quoi que ce soit – n'importe quoi* – est morte. » Il sourit. Leva le canon de son arme. « Bien. Maintenant, tout le monde contre le mur du fond. »

Personne ne bougea. On ne l'écoutait plus. L'assistance prêtait l'oreille à un murmure bas et confus qui sortait du couloir derrière lui, un léger marmonnement monocorde.

Dans l'entrée, les hommes de l'escorte étaient bousculés. Ils semblaient faire de leur mieux pour tenir leur place, mais le murmure, qui évoluait pour devenir des phrases distinctes, semblait les écarter inexorablement de son passage. « Ne faites pas attention à moi, messieurs, quelle nuit, pas vrai ? C'est la troisième fois que je fais le tour de l'île, j'ai failli ne jamais trouver, apparemment on n'aime pas trop les panneaux indicateurs dans le coin, hein ? Enfin, bon, j'ai quand même fini par arriver, j'ai dû m'arrêter quatre fois pour demander mon chemin, je me suis renseigné à la poste, finalement ; ils savent toujours tout, à la poste, mais ils ont quand même dû me faire un plan, où est-ce que je l'ai fichu ?... »

Se glissant en toute sérénité entre les hommes armés, telle une lance dans un étang à truites, apparut un petit bonhomme à lunettes, en uniforme bleu, qui portait un long paquet mince, emballé de papier kraft et de ficelle. Comme seule concession au climat, il avait adopté des sandales ouvertes en plastique marron, bien que les chaussettes en laine verte qu'il portait dessous montrassent assez sa profonde défiance naturelle envers les climats étrangers.

Il était coiffé d'une casquette marquée *International Express* au-dessus de la visière, en grosses lettres blanches.

Il ne portait pas d'arme, mais personne ne le toucha. Personne ne pointa son arme sur lui. Tout le monde le regardait bouche bée.

Le petit homme jeta un coup d'œil autour de la salle, en étudiant les visages, puis il reporta son regard sur son carnet à souches ; ensuite, il se dirigea droit vers la Rouquine, toujours perchée sur son tabouret de bar. « Un paquet pour vous, Miss. »

La Rouquine l'accepta et commença à défaire la ficelle.

L'employé de l'*International Express* toussota discrètement et présenta à la journaliste un carnet à souches usagé et un stylo bille en plastique jaune, attaché au carnet par une cordelette. « Il faut signer, Miss. Là. Vous écrivez votre nom en toutes lettres ici, et vous signez là.

– Mais bien sûr. » La Rouquine traça sur le reçu un paraphe indéchiffrable, puis elle écrivit son nom en toutes lettres. Ce n'était pas Carmine Zuigiber, mais un mot beaucoup plus court.

L'homme la remercia poliment et sortit, en marmonnant : « Très beau pays, messieurs, j'ai toujours eu envie de venir y passer les vacances, désolé de vous avoir dérangés, si vous voulez bien m'excuser, monsieur… » et il sortit de leurs vies avec autant de sérénité qu'il y était entré.

La Rouquine finit d'ouvrir son paquet. Les gens commencèrent à faire le cercle pour mieux voir. À l'intérieur, il y avait une grande épée.

Elle l'examina. C'était une épée toute simple, longue et acérée ; elle semblait à la fois ancienne et inutilisée ; et elle n'avait rien d'un ornement ni d'un objet destiné à impressionner les gens. Ce n'était pas une épée magique, une arme puissante aux pouvoirs mystiques. À l'évidence, on avait conçu cette arme pour trancher, couper, tailler en pièces et, de préférence, tuer ou, à défaut, mutiler de façon irréparable un très grand nombre de gens. D'elle émanait une aura indéfinissable de haine et de menace.

La Rouquine saisit la garde dans sa main droite impeccablement manucurée et la brandit devant ses yeux. La lame brilla.

« Ça y est !!! dit-elle en descendant de son tabouret. En-*fin* ! »

Elle termina son verre, posa son épée sur l'épaule et regarda autour d'elle les factions médusées qui, désormais, la cernaient complètement. « Désolée de devoir vous quitter, les p'tits gars, dit-elle. J'aurais été ravie de rester pour mieux vous connaître. »

Tous les hommes présents comprirent soudain qu'ils n'avaient aucune envie de mieux la connaître. Elle était belle, mais belle comme un incendie de forêt : d'une beauté qu'il vaut mieux admirer de loin, pas de trop près.

Elle tenait son épée et son sourire coupait comme une lame.

Il y avait pas mal de fusils dans la pièce. Lentement, en tremblant, les canons se braquèrent sur sa poitrine, sur son dos, sur sa tête.

Ils l'encerclaient complètement.

« Ne bougez pas ! » croassa Pedro.

Tout le monde opina.

La Rouquine haussa les épaules. Elle commença à avancer.

Tous les doigts se crispèrent sur les détentes, de façon presque indépendante. Le plomb et l'odeur de la cordite emplirent l'atmosphère. Le verre à cocktail de la Rouquine se brisa entre ses doigts. Les miroirs survivants de la salle explosèrent en éclats meurtriers. Une portion du plafond s'effondra.

Et tout fut fini.

Carmine Zuigiber se retourna et regarda les cadavres qui l'entouraient comme si elle n'avait aucune idée de leur origine.

Elle lécha une éclaboussure de sang – le sang de quelqu'un d'autre – sur le dos de sa main avec une langue de chat, très rouge. Puis elle sourit.

Et elle sortit du bar, ses talons sonnant sur le carrelage comme des marteaux dans le lointain.

Le couple de vacanciers émergea de sous la table et contempla le carnage.

« On serait allés à Torremolinos, comme d'habitude, ça ne serait pas arrivé, gémit la femme.

– Ce sont des étrangers, soupira son époux. Ce ne sont pas des gens comme nous, Patricia.

– En tout cas, c'est décidé. L'an prochain, on va à Brighton », conclut Mrs Threlfall, qui n'avait pas pris conscience de l'importance de ce qui venait de se passer.

Cela signifiait qu'il n'y aurait pas d'an prochain.

Les chances pour qu'il y ait une semaine prochaine venaient d'ailleurs de se réduire sérieusement.

Jeudi

/

Il y avait quelqu'un de nouveau au village.

Les nouveaux étaient toujours source d'intérêt et de spéculations pour les Eux[1], mais cette fois-ci, les informations qu'apportait Pepper étaient impressionnantes.

« Elle s'est installée au cottage des Jasmins et c'est une sorcière, dit-elle. Je le sais, parce que Mrs Henderson, qui s'occupe du ménage, elle a dit à ma mère qu'elle était abonnée à un journal de sorcières. Elle reçoit plein d'autres journaux, mais il y en a un qui est spécial pour les sorcières.

– Mon père dit que les sorcières n'existent pas », déclara Wensleydale, qui avait les cheveux blonds et ondulés et qui considérait la vie d'un air sérieux, derrière d'épaisses lunettes à monture noire. On racontait qu'il avait jadis été baptisé Jeremy, mais personne n'utilisait ce prénom, pas même ses parents, qui l'appelaient Junior dans l'espoir subconscient qu'il comprendrait l'allusion ; Wensleydale donnait l'impression d'être né avec quarante-sept ans d'âge mental.

1. Malgré tous les noms dont la bande s'était parée au fil des ans, des changements en général influencés par les lectures d'Adam ou par ce qu'il avait pu voir à la télé la veille (L'Escadrille d'Adam Young ; Adam et Cie ; le Gang de la Carrière ; le Club des Quatre ; la Légion des Héros vraiment Super ; la Bande des Quatre ; la Société des Justiciers de Tadfield ; les Galaxatrons ; l'Agence Presque Tous-Risques ; les Rebelles), tout le monde les appelait toujours Eux, sur un ton rogue, et ils finirent par faire de même.

« Je vois pas pourquoi », fit Brian, dont le gros visage jovial portait une couche de crasse apparemment inaltérable. « Je vois pas pourquoi les sorcières auraient pas un journal à elles. Avec des articles sur les dernières nouveautés en matière de sorts et tout ça. Mon papa reçoit le *Courrier du Pêcheur* et je parie qu'y a davantage de sorcières que de pêcheurs.

– Ça s'appelle les *Nouvelles Psychiques*, déclara Pepper.

– Ce ne sont pas des sorcières, répondit Wensleydale. Ma tante y est abonnée. Ce sont des histoires de petites cuillères qu'on tord et de bonne aventure, et de gens qui croient qu'ils ont été la reine Élisabeth Ire dans une autre vie. D'abord, il n'y en a plus, des sorcières. Les gens ont inventé les médicaments, et tout, et on leur a dit qu'on n'avait plus besoin d'elles et on les a brûlées.

– Il pourrait y avoir des photos de crapauds, des trucs comme ça, persévéra Brian qui n'aimait pas laisser perdre une belle idée. Et… et des études sur la tenue de route des balais. Et une rubrique sur les chats noirs.

– Et puis, ta tante est peut-être une sorcière, fit Pepper. En secret. Elle serait ta tante le jour et elle irait faire la sorcière la nuit.

– Ça m'étonnerait d'elle, répondit Wensleydale, lugubre.

– Et des recettes, fit Brian. Comment accommoder les restes de crapaud.

– Oh, ta boîte ! » lui dit Pepper.

Brian ronchonna. Si Wensley lui avait dit ça, ils se seraient vaguement battus, en copains. Mais les autres Eux avaient appris depuis longtemps que Pepper ne s'estimait pas tenue par les règles tacites des bagarres entre copains. Elle savait donner des coups de pied et de dents d'une précision physiologique confondante pour une gamine de onze ans. De plus, à onze ans, les Eux commençaient à être troublés par la notion confuse qu'en portant la main sur cette bonne vieille Pep ils feraient évoluer la situation vers des territoires d'exaltation auxquels ils n'étaient pas totalement acclimatés. Sans compter le risque d'une baffe décochée avec la vivacité du serpent, du genre à étendre Karaté Kid pour le compte.

Mais c'était une bonne recrue. Ils se souvenaient avec fierté de la fois où Boule-de-Suif Johnson et sa bande s'étaient fichus d'eux parce qu'ils jouaient avec une fille. Pepper avait explosé avec une fureur qui avait fait se déplacer la mère de Boule-de-Suif le soir même pour se plaindre[1].

Du point de vue de Pepper, ce mâle géant était un adversaire naturel.

Elle avait pour sa part des cheveux roux et courts ; quant à son visage, plutôt que de dire qu'il portait des taches de rousseur, mieux valait reconnaître que c'était une grande tache de rousseur ponctuée de quelques zones de peau claire.

Pepper se prénommait Pippin Galadriel Fille-de-Lune. On l'avait baptisée au cours d'une cérémonie qui s'était

1. Boule-de-Suif Johnson était un gamin triste et gigantesque. Il y en a un dans chaque école. Pas gros, exactement, mais énorme – il porte à peu près les mêmes vêtements que son père. Le papier se déchirait sous ses mains en battoir, les crayons se brisaient entre ses doigts. Les enfants avec lesquels il jouait à des jeux calmes et gentils finissaient foulés par ses pieds de titan, et Boule-de-Suif était devenu une brute quasiment par réflexe de légitime défense. Après tout, mieux valait se faire traiter de brute, ce qui sous-entend un minimum de contrôle et de volonté, que de gros niais maladroit. Il faisait le désespoir du prof de gym : si Boule-de-Suif Johnson avait porté le moindre intérêt au sport, l'école aurait trusté les titres de champion. Mais Boule-de-Suif Johnson n'avait jamais trouvé de sport à sa mesure. Il se consacrait en secret à sa collection de poissons tropicaux, qui lui avait valu plusieurs trophées. Boule-de-Suif Johnson avait le même âge qu'Adam Young, à quelques heures près, et ses parents ne lui avaient jamais avoué qu'il était adopté. Vous voyez ? Pour l'histoire des bébés, c'est *vous* qui aviez raison.

déroulée dans une vallée boueuse, entre trois brebis souffreteuses et quelques tipis en polyéthylène poreux. Sa mère avait choisi la vallée de Pant-y-Heguenn comme site idéal pour un Retour vers la Nature. (Six mois plus tard, dégoûtée de la pluie, des moustiques, des hommes, des brebis qui avaient piétiné les tipis et dévoré, d'abord toute la récolte de marijuana de la communauté, et ensuite son minibus antédiluvien, et commençant désormais à comprendre pourquoi toute l'histoire de l'humanité se résumait à une tentative de s'éloigner le plus possible de la Nature, la mère de Pepper avait regagné Tadfield, à la surprise des grands-parents de Pepper, s'était acheté un soutien-gorge et s'était inscrite en fac de sociologie avec un profond soupir de soulagement.)

Une enfant prénommée Pippin Galadriel Fille-de-Lune n'a le choix qu'entre deux voies. Pepper avait opté pour la seconde ; les trois Eux mâles l'avaient appris dès leur premier jour d'école, dans la cour de récréation, à l'âge de quatre ans.

Ils lui avaient demandé son nom et, en toute innocence, elle le leur avait dit.

Il avait ensuite fallu un seau d'eau pour desserrer les dents de Pippin Galadriel Fille-de-Lune de la chaussure d'Adam. La première paire de lunettes de Wensleydale avait été fracassée et le chandail de Brian avait nécessité la pose de quinze points.

Les Eux ne s'étaient plus quittés depuis, et Pepper était désormais Pepper, sauf pour sa mère et (quand ils se sentaient particulièrement braves et que les Eux étaient presque hors de portée de voix) pour Boule-de-Suif Johnson et ses Johnsoniens, la seule autre bande du village.

Adam battait des talons contre le bord de la caisse de lait qui faisait office de siège, écoutant ces menues chamailleries avec la majesté d'un roi supervisant les bavardages futiles de sa cour.

Il mâchouillait une paille. C'était un jeudi matin. La pureté infinie des vacances s'étirait devant eux. Il fallait la meubler.

Il laissa la conversation flotter autour de lui, pareille aux crissements des criquets. Plus précisément, il agissait comme le prospecteur qui guette une lueur d'or dans les remous du gravier.

« Dans le journal de dimanche, on disait qu'il y a des milliers de sorcières dans le pays, fit Brian. Elles adorent la Nature et elles mangent des produits diététiques. Alors je vois pas pourquoi on n'en aurait pas une ici. Le pays est noyé sous la Déferlante Irrésistible de leurs Maléfices, qu'ils disaient.

– Comment elles font, si elles adorent la Nature et qu'elles mangent des trucs diététiques ? demanda Wensleydale.

– C'était marqué comme ça. »

Les Eux y réfléchirent comme il se devait. Une fois – à l'instigation d'Adam –, ils avaient suivi un régime diététique pendant tout un après-midi. Ils en avaient conclu qu'on peut très bien survivre en mangeant des produits sains, du moment qu'on a fait auparavant un bon déjeuner bien mitonné.

Brian se pencha en avant avec des airs de conspirateur.

« *Et* on disait qu'elles dansent partout sans leurs affaires, ajouta-t-il. Elles vont sur des collines, ou à Stonehenge ou comme ça, et elles dansent toutes nues. »

Cette fois-ci, la réflexion fut plus profonde. Les Eux avaient atteint le moment où, si l'on veut, le Grand Huit de la Vie est presque parvenu au faîte de la première côte de la Puberté, si bien qu'ils voyaient la descente périlleuse commencer devant eux, pleine de mystères, de terreur et de courbes provocantes.

« Hum, fit Pepper.

– Pas ma tante, déclara Wensleydale en rompant le charme. Certainement pas ma tante. Elle essaie juste de parler à mon oncle.

– Il est mort, ton oncle, dit Pepper.

– Elle prétend qu'il continue à bouger des verres, se défendit Wensleydale. Mon papa dit que c'est en les bougeant sans arrêt qu'il est mort, pour commencer. Je ne sais pas pourquoi elle tient à lui causer, ajouta-t-il. Ils ne se causaient jamais beaucoup de son vivant.

– C'est de la nécromancie, voilà ce que c'est, lança Brian. On en parle dans la Bible. Faut qu'elle arrête. Dieu, Il aime pas du tout ça, la nécromancie. Et les sorcières non plus. C'est des trucs à aller en Enfer. »

Il y eut un changement de position nonchalant sur le trône/caisse à lait. Adam allait parler.

Les Eux se turent. Adam avait toujours des choses intéressantes à dire. Au tréfonds de leur cœur, les Eux le savaient : ils n'étaient pas une bande des quatre, mais une bande des trois, sous les ordres d'Adam. Cependant, si on cherchait des activités passionnantes, palpitantes et des journées bien remplies, alors les Eux auraient abandonné le commandement de n'importe quelle bande pour une position subalterne dans celle d'Adam.

« Je vois pas ce que tout le monde a contre les sorcières », fit Adam.

Les Eux se regardèrent. Voilà un début prometteur.

« Ben, elles font pourrir les récoltes, dit Pepper. Et couler les bateaux. Et puis elles t'annoncent quand tu vas être roi, des trucs comme ça. Et elles préparent de la soupe avec des herbes.

– Ma maman se sert d'herbes, répondit Adam. La tienne aussi.

– Oh oui, mais ces herbes-là, ça va », attaqua Brian, résolu à ne pas céder sa position d'expert en occultisme. « La menthe, la sauge et tout, je suppose que c'est autorisé par le bon Dieu. Forcément ; la menthe et la sauge, y a rien de mal à ça.

– Et elles peuvent te rendre malade rien qu'en te regardant, poursuivit Pepper. Ça s'appelle le Mauvais Œil. Elles te regardent et tu tombes malade, et personne sait pourquoi. Ou alors, elles font une poupée qui te ressemble et elles plantent tout un tas d'aiguilles dedans, et tu tombes malade là où elles enfoncent les aiguilles, ajouta-t-elle d'un ton guilleret.

– Ça n'existe plus, des choses comme ça, répéta le cartésien Wensleydale. Parce qu'on a inventé la science et que tous les curés ont brûlé les sorcières, pour leur propre bien. On a appelé ça l'Inquisition espagnole.

– Alors, il me semble qu'on devrait chercher à savoir si celle du cottage des Jasmins est une sorcière et, dans ce cas, on devrait prévenir Mr Pickersgill », dit Brian. Mr Pickersgill était le pasteur. Pour l'heure, il était en froid avec les Eux pour des motifs allant de l'escalade des ifs du cimetière jusqu'aux sonneries de cloches aggravées de fuites à toutes jambes.

« Ça m'étonnerait qu'on ait le droit de mettre le feu aux gens, jugea Adam. Sinon, tout le monde le ferait.

– Y a pas de problèmes quand on est curé, le rassura Brian. Et puis ça évite aux sorcières d'aller en Enfer, alors je suppose qu'elles seraient bien contentes si elles comprenaient.

– J'imagine pas Picky en train de mettre le feu à quelqu'un, fit Pepper.

– Oh, chais pas, répondit Brian sur un ton lourd de sous-entendus.

– Pas mettre le feu lui-même, renifla Pepper. Il est plus du genre à cafarder aux parents et à leur laisser décider s'il faut mettre le feu ou pas. »

Les Eux hochèrent la tête, écœurés par la dégradation actuelle de la notion de responsabilité chez les autorités ecclésiastiques. Puis les trois autres braquèrent des regards expectatifs vers Adam.

Ils se tournaient toujours vers Adam en pareil cas. Invariablement, c'est lui qui trouvait les idées.

« Faudrait p't-être s'en charger nous-mêmes, dit-il. Faut bien que quelqu'un fasse quelque chose, s'il y a tant de sorcières partout. C'est… c'est comme ces histoires de Comités de Quartier.

– Un Comité d'Écarteler, suggéra Pepper.

– C'est nul, jugea Adam, glacial.

– Mais on ne peut pas être l'Inquisition espagnole. On n'est pas Espagnols, protesta Wensleydale.

– Je suis sûr qu'il faut pas être espagnol pour faire partie de l'Inquisition espagnole, répliqua Adam. Je parie que c'est comme les douches écossaises ou les sauces hollandaises. Il suffit d'avoir l'air espagnol. On n'a qu'à faire comme si on était Espagnols. Alors, tout le monde saura qu'on est l'Inquisition espagnole. »

Il y eut un silence.

Il fut rompu par le froissement d'un des paquets de chips vides qui s'accumulaient partout où s'asseyait Brian. Les autres le regardèrent.

« J'ai une affiche de corrida, et y a mon nom dessus », annonça-t-il d'une voix lente.

L'heure du déjeuner s'en vint et s'en fut. La nouvelle Inquisition espagnole reprit sa session.

L'Inquisiteur en chef examina l'objet d'un œil critique.

« C'est quoi ? demanda-t-il.

– On les fait claquer quand on danse », expliqua Wensleydale, légèrement sur la défensive. « C'est ma tante qui a ramené ça d'Espagne, il y a des années. On appelle ça des maracas, je crois. Y a même une image de danseuse espagnole, tu vois ?

– Pourquoi elle danse avec un taureau ? demanda Adam.

– C'est pour bien montrer que c'est espagnol », rétorqua Wensleydale. Adam n'insista pas.

L'affiche de corrida tint toutes les promesses de Brian.

Pepper avait une espèce de saucière en raphia.

« C'est pour poser les bouteilles de vin, jeta-t-elle sur un ton de défi. Ma mère a rapporté ça d'Espagne.

– Y a pas de taureau dessus, constata Adam avec sévérité.

– Y a pas besoin », repartit Pepper, adoptant discrètement sa position de combat.

Adam hésita. Sa sœur Sarah et son petit ami avaient été en Espagne, eux aussi. Sarah en était revenue avec un gros âne en peluche mauve qui, même s'il était indubitablement espagnol, ne manifestait pas tout à fait le cachet requis par l'Inquisition espagnole, telle qu'Adam la concevait. De son côté, le petit ami avait ramené une épée très ouvragée qui, malgré une propension à se tordre quand on la prenait en main et à s'émousser quand on voulait couper du papier avec, revendiquait son statut de lame en acier de Tolède. Adam avait passé une demi-heure fort instructive en compagnie de l'encyclopédie, et il avait la certitude que c'était exactement ce dont l'Inquisition avait besoin. Mais de discrètes allusions s'étaient révélées stériles.

Finalement, Adam avait prélevé un chapelet d'oignons dans la cuisine. Ils auraient très bien pu être espagnols. Mais même Adam devait admettre qu'en tant qu'ornements du siège de l'Inquisition, il leur manquait un petit quelque chose. Il n'était pas en position de force pour critiquer les porte-bouteille en raphia.

« Très bien, décréta-t-il.

– T'es sûr que ce sont des oignons d'*Espagne* ? demanda Pepper en retrouvant une attitude plus détendue.

– Bien sûr. Les oignons d'Espagne, tout le monde connaît ça.

– Ils pourraient être français, s'entêta Pepper. La France est célèbre pour ses oignons.

– Ça fait rien », jugea Adam, que le sujet des oignons commençait à agacer. « La France, c'est presque l'Espagne, et puis ça m'étonnerait que les sorcières fassent la différence, si elles sont tout le temps dehors à voler, la nuit. Pour une sorcière, tout ça, c'est l'Incontinent. Et puis si ça te plaît pas, t'as qu'à aller faire ta propre Inquisition ailleurs. »

Pour une fois, Pepper n'insista pas. On lui avait promis le poste de Tortureuse en chef. L'attribution de celui d'Inquisiteur en chef ne faisait aucun doute. Wensleydale et Brian étaient moins fascinés par leur charge de Gardes de l'Inquisition.

« D'abord, vous connaissez pas l'espagnol, fit Adam, dont la pause repas s'était enrichie de dix minutes devant un manuel de conversation que Sarah, perdue dans une brume romantique, avait acheté à Alicante.

– Ça, ça fait rien, parce que, *d'abord*, il faut parler en latin, rétorqua Wensleydale, qui avait lui aussi employé sa pause repas à des lectures un peu mieux choisies.

– *Et* l'espagnol, affirma Adam. C'est pour ça que ça s'appelle l'Inquisition espagnole.

– Je vois pas pourquoi on pourrait pas être une Inquisition britannique, intervint Brian. À quoi ça sert d'avoir repoussé l'Invincible Armada et tout ça, si c'est pour avoir leur sale Inquisition ? »

Cette pensée avait également troublé la fibre patriotique d'Adam.

« Je crois qu'on ferait mieux de commencer espagnol, et puis, quand on sera bien au point, on deviendra l'Inquisition britannique. Et maintenant, ajouta-t-il, que la Garde de l'Inquisition aille chercher la première sorcière, *por favor.* »

Ils avaient décidé que la nouvelle occupante du cottage des Jasmins attendrait. Ils allaient commencer petit et se développer au fur et à mesure.

« Es-tu une sorcière, *olé* ? demanda l'Inquisiteur en chef.

– Voui, répondit la petite sœur de Pepper qui, à six ans, était bâtie comme un petit ballon blond.

– Faut pas dire oui, faut dire non, siffla la Tortureuse en chef en donnant un coup de coude à la suspecte.

– Et après, y va m'arriver quoi ? s'enquit cette dernière.

– Après, on te torturera pour que tu dises oui. Je t'ai dit, ça va être marrant, la torture. Ça fait pas mal. *Rasta la visa* », ajouta-t-elle précipitamment.

La petite suspecte jeta un coup d'œil critique sur le décor du quartier général de l'Inquisition. Ça sentait distinctement l'oignon.

« Boh, fit-elle, moi, j'*veux* être une sorcière, avec un nez plein de verrues, pis la peau verte, pis un gentil chat, et je l'appellerai Noiraud, pis plein de potions et… »

La Tortureuse en chef adressa un signe de tête à l'Inquisiteur en chef.

« Écoute », expliqua Pepper, à bout d'arguments, « personne a dit que tu pouvais pas être une sorcière, mais faut pas le dire, c'est tout. C'est vraiment pas la peine qu'on se donne tout ce mal, ajouta-t-elle sur un ton plus sévère, si tu réponds oui dès qu'on te pose la question. »

La suspecte prit la chose en considération.

« Mais j'*veux* être une sorcière », pleurnicha-t-elle. Les Eux du sexe fort échangèrent des regards las. La situation dépassait leurs compétences.

« Si tu dis non, proposa Pepper, je te donnerai l'écurie de Sindy. J'ai jamais joué avec, ajouta-t-elle, foudroyant du regard les autres Eux, les mettant au défi de risquer un commentaire.

– Si ! Tu t'en es servie, clama sa petite sœur. Je l'ai vue, elle est toute vieille, et pis l'endroit où on met la paille, il est cassé, et… »

Adam toussota comme un vrai magistrat.

« Es-tu une sorcière, *viva España* ? » répéta-t-il.

La petite sœur regarda le visage de Pepper et décida de ne pas prendre de risques.

« Non », décida-t-elle.

Tout le monde était d'accord : c'était une torture vachement bien. Le problème était de convaincre la sorcière putative d'en descendre.

L'après-midi était chaud et les Gardes de l'Inquisition avaient l'impression qu'on abusait de leur bonne volonté.

« Je vois pas pourquoi c'est moi et le frère Brian qui devons faire tout le travail, déclara le frère Wensleydale en épongeant la sueur de son front. Je trouve que ça suffit pour elle, et que ça devrait être notre tour, maintenant. *Benedictine dans le décanteur.*

– Pourquoi on arrête ? » demanda la suspecte, l'eau ruisselant de ses chaussures.

Suite à ses recherches, l'Inquisiteur en chef avait conclu que l'Inquisition britannique n'était probablement pas encore prête pour le retour de la Vierge de Nuremberg et de la poire d'angoisse. Mais une illustration représentant le supplice médiéval de l'eau semblait convenir à merveille. Il suffisait de trouver une mare, des planches et une corde. Ce genre de combinaison avait toujours eu la faveur des Eux, et ils n'avaient jamais eu de problèmes à se procurer ces trois ingrédients.

La suspecte était maintenant verte jusqu'à la taille.

« C'est comme une balançoire, dit-elle. Ouaiiiis !

– Moi, si j'ai pas le droit d'en faire aussi, je rentre chez moi, grommela le frère Brian. Je vois pas pourquoi y aurait que les méchantes sorcières qui ont le droit de s'amuser.

– Les Inquisiteurs ont pas le droit de se faire torturer », décréta sévèrement l'Inquisiteur en chef, quoique sans conviction excessive. L'après-midi était caniculaire, la toile de sac des robes inquisitoriales grattait et sentait l'orge moisie, et la mare déployait une incroyable séduction.

« Bon, d'accord, d'accord », dit-il. Il se retourna vers la suspecte. « Bon, t'es une sorcière. Alors, recommence plus. Et maintenant, tu descends, c'est au tour de quelqu'un d'autre. *Olé*, ajouta-t-il.

– Et après, on fait quoi ? » s'enquit la petite sœur de Pepper.

Adam hésita. Si on lui mettait le feu, ça allait sans doute faire des histoires à n'en plus finir, supposa-t-il. Sans compter qu'elle était trop mouillée pour brûler correctement.

Il avait confusément conscience que dans un futur nébuleux, il devrait rendre des comptes pour les souliers boueux et les robes roses maculées d'herbe à canard. Mais tout ça, c'était l'avenir, et il les attendait à l'autre bout d'un long et chaud après-midi plein de planches, de cordes et de mares. Qu'il attende.

Le futur s'en vint et s'en fut, de cette façon légèrement déprimante qui caractérise tous les futurs, bien que Mr Young ait eu d'autres soucis en tête que les robes roses saturées de boue, et se soit contenté de priver Adam de télé. En pratique, cela signifiait qu'il devrait la regarder sur le vieux poste en noir et blanc de sa chambre.

Adam entendit Mr Young déclarer à Mrs Young : « Je ne vois pas pourquoi il faudrait interdire l'arrosage. Je paie mon abonnement comme tout le monde. Le jardin est un vrai Sahara. Je m'étonne que les gamins aient encore trouvé de l'eau dans la mare. Si tu veux mon avis, tout ça, c'est depuis qu'on a arrêté les expériences atomiques. Quand j'étais gosse, on avait de vrais étés. Il pleuvait sans arrêt. »

Ça, c'était hier.

Maintenant, Adam traînait seul le long de la route poussiéreuse. C'était une traînerie de bonne facture. Adam avait une façon de traîner qui scandalisait toutes les bonnes gens. Ce n'est pas seulement qu'il laissait tomber les épaules. Il savait traîner avec diverses modulations, et sa ligne d'épaules, pour l'heure, reflétait la douleur et le désarroi de ceux qu'on a injustement contrariés dans leur quête désintéressée pour porter assistance à leurs frères humains.

Les buissons étaient chargés de poussière.

« Ça serait bien fait pour eux tous, si les sorcières s'emparaient du pays et si elles forçaient tout le monde à manger des produits diététiques, et à pas aller à l'église, et à danser tout nu », fit-il en donnant un coup de pied dans un caillou. Il devait reconnaître que, nourriture diététique exceptée, ce n'était pas une menace trop tragique.

« Je parie que si on nous avait laissés nous entraîner comme il faut, on en aurait trouvé des *centaines*, de sorcières, se dit-il en donnant un nouveau coup de pied dans un nouveau caillou. Je suis sûr que Torturemada, lui, on l'a pas tout de suite forcé à s'arrêter, juste parce qu'une idiote de sorcière avait la robe pleine de boue. »

Toutou traînait docilement sur les talons de son Maître. Pour autant qu'un Molosse Infernal avait des espérances, ce n'était pas jusqu'à présent ainsi qu'il avait imaginé sa vie dans les derniers jours avant l'Apocalypse, mais, malgré lui, il commençait à apprécier.

Il entendit son Maître dire : « Je parie que, même à l'époque *victorienne*, on forçait pas les gens à regarder la télé en noir et blanc. »

La forme détermine le fond. Certains types de conduite qu'on associe avec les petits corniauds hirsutes sont en fait chevillés au patrimoine génétique. Quand on adopte l'aspect d'un petit chien, il ne faut pas croire qu'on échappera aux conséquences internes : une certaine petit-chienitude commence à imprégner tout votre être.

Il avait déjà poursuivi un rat. Ça avait été l'expérience la plus délicieuse de sa vie.

« Ça leur apprendrait, si on était envahis par les Forces du Mal », bougonna son Maître.

Et puis, il y avait les chats, songea Toutou. Il avait surpris le gros matou roux du voisin et tenté de le réduire à une pitoyable gelée apeurée par les techniques habituelles : le regard luisant et le grondement monté des profondeurs avaient toujours fonctionné avec les damnés, par le passé. Cette fois-ci, il y avait gagné un coup de patte sur le nez qui lui avait fait venir les larmes aux yeux. Les chats, en conclut Toutou, étaient à l'évidence beaucoup moins impressionnables que les âmes perdues. Il lui tardait de rééditer l'expérience avec un autre chat. Il avait prévu de décrire des cercles autour lui en trépignant et en poussant des aboiements surexcités. La partie n'était pas gagnée d'avance, mais ça pouvait marcher.

« En tout cas, qu'ils viennent pas me trouver quand ce vieux schnock de Picky sera changé en crapaud, c'est tout », marmonna Adam.

C'est alors qu'il s'aperçut de deux choses. D'abord, que sa randonnée de martyr l'avait mené jusqu'au cottage des Jasmins. Ensuite, que quelqu'un était en train de pleurer.

Les larmes étaient le point faible d'Adam. Il hésita un instant, avant de jeter un coup d'œil par-dessus la haie.

Pour Anathème, assise dans une chaise longue et parvenue à mi-chemin de sa provision de Kleenex, on aurait dit qu'un petit soleil ébouriffé se levait.

Adam douta d'avoir affaire à une sorcière. Il avait des sorcières une image mentale parfaitement définie. Les Young s'en tenaient au seul représentant valable de la presse du dimanche la plus respectable, et rien de l'occultisme éclairé de ce dernier siècle n'avait transpiré jusqu'à Adam. Elle n'avait pas le nez crochu, pas de verrues, elle était jeune… enfin, assez jeune. Cela suffisait à Adam.

« Salut », dit-il en rectifiant sa posture.

Elle se moucha et le regarda.

Il conviendrait, arrivé à ce point de l'histoire, de décrire ce qu'Anathème vit dépasser de la haie. Elle décrivit plus tard une sorte de dieu grec prépubère. Ou peut-être une illustration tirée de la Bible, une de celles où des anges musclés accomplissaient quelque divin châtiment. Ce n'était pas un visage qui appartenait au XXe siècle. Il était coiffé de boucles dorées et brillantes. Michel-Ange en aurait tiré une statue.

Cela dit, il aurait probablement évité de représenter les tennis éreintés, les jeans effilochés et le T-shirt crasseux.

« Qui es-tu ? demanda-t-elle.

– Adam Young. J'habite en bas de la route.

– Oh. Oui. J'ai entendu parler de toi », dit Anathème en se tapotant les yeux. Adam se rengorgea. « Mrs Henderson m'a recommandé de te tenir à l'œil.

– Je suis assez connu par ici, admit Adam.

– Elle a dit que tu étais de la graine de potence. »

Adam sourit. Une mauvaise réputation ne valait peut-être pas une bonne gloire, mais c'était quand même infiniment préférable à l'anonymat.

« Elle a dit que, parmi les Eux, c'était toi le pire », fit Anathème qui paraissait un peu rassérénée. Adam hocha la tête.

« Elle a dit : *méfiez-vous d'Eux, Miss, c'est rien qu'une bande de chefs de gang. Le jeune Adam, il a tout le vice du Vieil Adam,* voilà ce qu'elle a dit.

– Pourquoi vous pleuriez ? demanda Adam sans s'attarder en détails.

– Hein ? Oh, je viens de perdre quelque chose. Un livre.

– Si vous voulez, je vous aiderai à le chercher, proposa galamment Adam. Je m'y connais vachement en bouquins. J'en ai même écrit un, une fois. C'était un livre super. Il faisait presque huit pages. Y avait un pirate, c'était un détective célèbre. Et puis j'ai même dessiné les images. » Dans un élan de générosité, il ajouta : « Si vous voulez, je vous le ferai lire. Je suis sûr que c'est drôlement mieux que celui que vous avez perdu. Surtout le moment dans le vaisseau spatial, quand le dinosaure arrive et qu'il se bagarre contre les cow-boys. Je suis sûr que mon livre, il vous consolerait et que vous arrêteriez de pleurer. Brian, ça lui a drôlement plu. Il a dit qu'il avait jamais rien lu qui lui pluvait autant.

– Merci, je suis certaine que tu as écrit un très bon livre », dit-elle, s'assurant éternellement une place dans le cœur d'Adam. « Mais je n'ai pas besoin que tu m'aides à retrouver mon livre – c'est trop tard, maintenant, je crois. »

Elle regarda pensivement Adam. « Je suppose que tu connais bien la région ?

– Sur des kilomètres et des kilomètres, assura Adam.

– Tu n'aurais pas vu deux hommes dans une grosse voiture noire ?

– C'est eux qui l'ont volé ? » demanda Adam, soudain passionné. Arrêter un gang international de voleurs de livres terminerait sa journée en beauté.

« Non, pas vraiment. Enfin, si, mais sans le faire exprès. Ils cherchaient le Manoir, mais j'y suis allée aujourd'hui et personne ne les a vus. Il y a eu un accident là-bas, je ne sais pas quoi. »

Elle contempla Adam. Il avait quelque chose de bizarre, mais elle n'arrivait pas à déterminer quoi. Elle sentait que cet enfant était important, soudain, qu'il ne fallait pas le laisser filer. Quelque chose...

« Il s'appelle comment, ce livre ? demanda Adam.

– *Les Belles et Bonnes Prophéties d'Agnès Barge, Sorcière de son état.*

– De quel État ?

– Non. De son métier. C'était une sorcière, comme dans *Macbeth.*

– Ah, oui, ça, je l'ai vu. C'était drôlement intéressant, comment les rois ils se battaient à l'époque. Mince. Et qu'est-ce qu'elles ont de beau ?

– Autrefois, *beau,* ça pouvait signifier *précis.* Ou *exact.* » Quelque chose de vraiment étrange. Une sorte d'intensité sereine. On finissait par se dire que, quand il était là, tout le reste, paysage compris, n'était que du décor.

Elle habitait Tadfield depuis un mois. À l'exception de Mrs Henderson, qui faisait en théorie le ménage dans le cottage et fouillait sans doute partout à la moindre occasion, elle n'avait pas échangé plus d'une dizaine de paroles avec quiconque. Elle laissait croire qu'elle était peintre. Le paysage alentour était du genre qui a la faveur des peintres.

En fait, c'était vachement beau. Rien que les environs du village étaient superbes. Si Turner et Landseer avaient rencontré Samuel Palmer dans un pub, s'ils avaient collaboré, en demandant ensuite à Stubbs de dessiner les chevaux, ils n'auraient pas réussi à faire mieux.

Et c'était très déprimant, parce que c'est ici que *ça* allait se passer. Enfin, selon Agnès. Dans un livre qu'Anathème avait laissé s'égarer. Elle avait ses fiches, bien sûr, mais ce n'était pas la même chose.

Si Anathème avait mieux maîtrisé ses pensées à ce moment-là – et personne, en présence d'Adam, ne dominait jamais totalement ses processus mentaux –, elle aurait remarqué que chaque fois qu'elle voulait accorder à Adam une attention plus que superficielle, ses pensées glissaient sur lui comme un canard sur l'eau.

« Super ! s'écria Adam qui avait médité les implications d'un livre de belles et bonnes prophéties. Ça raconte qui va gagner le Derby d'Epsom, alors ?

– Non.

– Y a des vaisseaux spatiaux, dedans ?

– Pas beaucoup.

– Dcs robots ? demanda Adam avec un petit espoir.

– Désolée.

– Ben, je vois pas ce qu'il y a de beau, alors. Qu'est-ce qu'il reste du futur, s'il n'y a ni robots ni vaisseaux spatiaux ? »

Encore trois jours, songea Anathème, lugubre. *Voilà ce qui reste.*

« Tu veux une limonade ? » proposa-t-elle.

Adam hésita, avant de se résoudre à prendre le taureau par les cornes.

« Écoutez, je peux vous demander, si c'est pas indiscret... vous êtes une sorcière ? »

Anathème rétrécit ses yeux. La question de savoir si Mrs Henderson fouinait dans ses affaires était réglée.

« Il y a des gens qui peuvent le croire, répondit-elle. En fait, je suis occultiste.

– Oh, ben alors, ça, ça va », fit Adam, rassuré.

Elle l'inspecta soigneusement.

« Alors, tu sais ce que c'est, un occultiste ?

– Oh oui, répondit Adam avec assurance.

– Bon, du moment que tu te sens mieux. Allez, entre. J'ai bien besoin de boire quelque chose, moi aussi. Et... Adam Young ?

– Oui ?

– Tu étais en train de penser : " Ils vont très bien, mes yeux, pas la peine de les examiner. " Je me trompe ?

– Qui, moi ? » répondit Adam avec une mine coupable.

Toutou posa problème. Il refusait d'entrer dans le cottage. Il se coucha sur le pas de la porte en grondant.

« Allez viens, bête chien, lui enjoignit Adam. Tu vas pas avoir peur du cottage des Jasmins ? » Il se retourna vers Anathème, embarrassé. « D'habitude, il fait tout ce que je lui dis, tout de suite.

– Laisse-le courir dans le jardin.

– Non. Il faut qu'il obéisse. J'ai lu ça dans un livre. Le dressage, c'est très important. On peut dresser n'importe quel chien. Mon papa a dit que je pourrais le garder que s'il était bien élevé. Allez, *Toutou.* Entre. »

Toutou geignit et lui lança un regard implorant. Son moignon de queue battit le sol une ou deux fois.

La voix de son Maître.

Avec une répugnance extrême, comme s'il avançait face à un ouragan, il franchit le seuil en rampant.

« Là, voilà, dit fièrement Adam. Gentil toutou. »

Et une nouvelle petite partie de l'Enfer se trouva cautérisée...

Anathème referma la porte.

Il y avait toujours eu un fer à cheval sur le linteau de la porte, au cottage des Jasmins, depuis le premier occupant, plusieurs siècles auparavant ; la Peste noire était très en vogue à l'époque, et il avait sans doute jugé qu'on n'est jamais trop protégé.

Le fer à cheval était rouillé et à demi enfoui sous des siècles de peinture. Si bien que ni Adam ni Anathème n'y prirent garde, ou ne remarquèrent comment il refroidissait à présent, après avoir été chauffé à blanc.

Le chocolat d'Aziraphale était froid comme la pierre.

On n'entendait dans la pièce que le bruit sporadique d'une page qu'on tourne.

De temps à autre, on secouait la porte pour tenter de l'ouvrir, quand les clients de *Livres Intimes*, à côté, se trompaient d'entrée. Il les ignora.

Plusieurs fois, il manqua de jurer.

Anathème ne s'était pas réellement installée dans le cottage. La plupart de ses instruments étaient empilés sur la table. L'ensemble ne manquait pas d'intérêt. On aurait dit qu'on avait soudain confié la gestion d'un magasin de matériel scientifique à un prêtre vaudou.

« Super ! s'exclama Adam en tapotant l'amas du bout du doigt. C'est quoi, ce machin à trois pieds ?

– C'est un thauodalite, répondit Anathème depuis la cuisine. Ça sert à repérer les leys.

– Et c'est quoi, les leys ? »

Elle lui expliqua.

« Wohhh. C'est vrai ?

– Oui.

– Partout ?

– Oui.

– Et j'en ai jamais vu. C'est dingue, toutes ces lignes de forces invisibles. Elles sont partout, et moi, j'en ai jamais vu une seule. »

Adam n'écoutait pas très souvent, mais il passa les vingt minutes les plus captivantes de sa vie ou, en tout cas, de sa vie ce jour-là. Chez les Young, on ne touchait jamais du bois, pas plus qu'on ne jetait du sel par-dessus son épaule. Leur seul vague flirt avec le surnaturel avait été de soutenir sans conviction, quand Adam était plus jeune, que le Père Noël descendait par la cheminée[1].

Il avait faim de choses plus consistantes que le Festival des Moissons. Les paroles d'Anathème se déversèrent dans l'esprit d'Adam comme de l'eau dans une ramette de papier buvard.

Toutou grondait, couché sous la table. Il commençait à se poser de graves questions sur son propre compte.

Anathème ne croyait pas uniquement aux leys. Elle croyait aux bébés phoques, aux baleines, aux bicyclettes, aux forêts tropicales, au pain complet, au papier recyclé, au départ des Blancs d'Afrique du Sud et des Américains d'à peu près partout, jusques et y compris de Long Island. Ses croyances n'obéissaient à aucune hiérarchie. Elles étaient toutes soudées en un énorme bloc de foi sans solution de continuité, à côté duquel la foi de Jeanne d'Arc ressemblait à une vague idée en passant. Sur l'échelle de déplacement des montagnes, elle soulevait au moins 0,5 alpe[2].

Personne n'avait jamais utilisé le mot « environnement » à portée d'ouïe d'Adam. Les forêts tropicales d'Amazonie étaient lettre morte pour lui, morte sans être recyclée.

1. Si Adam avait été en pleine possession de ses pouvoirs à l'époque, le Noël des Young aurait été gâché par la découverte du cadavre d'un vieillard ventripotent, la tête en bas dans le conduit principal du chauffage central.

2. Il est peut-être utile de signaler ici que la plupart des êtres humains ne déplacent jamais plus de 0,3 alpe (30 centialpes). Adam croyait aux choses sur une échelle qui allait de 2 à quinze mille six cent quarante everests.

Une seule fois, il interrompit Anathème, et ce fut pour approuver ses vues sur l'énergie atomique : « J'ai visité une centrale atomique, un jour. C'était *pas terrible*. Y avait pas de fumées vertes ni de liquides qui gargouillaient dans des cornues. Ça devrait pas être permis de pas avoir des trucs qui gargouillent comme il faut, quand les gens se déplacent exprès pour voir. Il y avait juste des types un peu partout, et ils étaient même pas habillés en cosmonautes.

– Pour leurs gargouillements, ils attendent le départ des visiteurs, répondit Anathème d'une voix sombre.

– Ha.

– Il faudrait se débarrasser d'eux tout de suite.

– Ça leur apprendrait à pas avoir des trucs qui gargouillent. »

Anathème hocha la tête. Elle essayait encore de mettre le doigt sur ce qu'Adam avait de si singulier, et soudain, elle comprit.

Il n'avait pas d'aura.

Elle était très experte en auras. Elle pouvait les distinguer, en se concentrant suffisamment. C'était un petit halo lumineux autour de la tête des gens et, à en croire un ouvrage qu'elle avait lu, sa couleur vous renseignait sur leur santé et leur état général. Tout le monde avait la sienne. Chez les gens mesquins, renfermés, elle se réduisait à une ligne pâle et tremblante, tandis que celle des gens créatifs et extravertis pouvait s'étendre à plusieurs centimètres autour de leur corps.

Elle n'avait encore jamais entendu dire qu'on puisse en être dépourvu, mais elle n'arrivait pas à en percevoir une autour d'Adam. Et pourtant, il semblait joyeux, enthousiaste ; aussi équilibré qu'un gyroscope.

C'est peut-être la fatigue, se dit-elle.

Et puis il était extrêmement gratifiant de rencontrer un élève qui semblait tant se passionner pour le sujet. Elle lui prêta même quelques exemplaires du *Nouvel*

Aquarien, la Revue de l'Ère du Verseau, un petit magazine édité par un de ses amis.

La vie d'Adam en fut bouleversée. Enfin, elle fut bouleversée pour la journée.

À la stupeur de ses parents, il monta se coucher de bonne heure, puis il veilla jusqu'après minuit sous les couvertures, équipé d'une lampe électrique, des revues et d'une poche de bonbons au citron. À l'occasion, un « Super ! » échappait à sa féroce mastication.

Quand les piles furent épuisées, il émergea dans l'obscurité de la pièce et se coucha sur le dos, la tête posée sur ses mains, les yeux apparemment fixés sur l'escadron de chasseurs X-wing (™) qui pendait du plafond. La brise nocturne les agitait doucement.

Mais Adam ne les regardait pas vraiment. En fait, il contemplait les splendeurs rutilantes de sa propre imagination, qui tourbillonnaient comme un panorama de fête foraine.

On était loin de la tante de Wensleydale et de son verre à vin. Ce genre d'occultationnement était nettement plus passionnant.

En plus, il aimait bien Anathème. Bien entendu, elle était très vieille, mais quand Adam aimait bien quelqu'un, il cherchait à faire plaisir.

Il se demanda comment il pourrait faire plaisir à Anathème.

On a longtemps cru que c'étaient les grands événements qui changeaient le monde : les bombes géantes, les politiciens dérangés, les tremblements de terre catastrophiques, les vastes migrations de population... On a récemment compris que cette notion était dépassée, indigne de gens en phase avec la pensée moderne. En réalité, la théorie du Chaos nous apprend que ce sont les petites choses qui transforment le monde. Un papillon bat des ailes dans la jungle amazonienne, et donne naissance à une tornade qui ravage la moitié de l'Europe.

Quelque part dans le cerveau endormi d'Adam, un papillon venait d'émerger.

Anathème aurait pu – mais pas obligatoirement – avoir une idée plus claire de la situation si elle avait compris pourquoi elle ne voyait pas l'aura d'Adam.

C'était pour la même raison qu'on ne peut pas voir l'Angleterre quand on se tient au milieu de Trafalgar Square.

Des alarmes se déclenchèrent.

Bien sûr, dans la salle de contrôle d'une centrale nucléaire, une alarme qui se déclenche n'a rien d'exceptionnel. Ça arrive tout le temps. Il y a tant de cadrans, de compteurs et de machins qu'on pourrait rater des choses importantes si elles ne *bip*aient pas.

Et le poste d'ingénieur de quart exige un homme solide, capable et placide, un homme sur lequel on peut compter pour ne pas filer en droite ligne vers le parking à la première alerte. Le genre d'homme, en fait, qui donne l'impression de fumer la pipe même quand ce n'est pas le cas.

Il était trois heures du matin à la centrale de Turning Point, une heure calme et tranquille où il n'y a d'ordinaire pas grand-chose à faire, sinon remplir le journal de marche et écouter le mugissement lointain des turbines.

Jusqu'à maintenant.

Horace Gander regarda clignoter les voyants rouges. Ensuite, il regarda certains indicateurs. Puis il regarda le visage de ses collègues de travail. Enfin, il leva les yeux vers le grand cadran à l'autre bout de la salle. Quatre cent vingt mégawatts presque fiables et quasiment bon marché quittaient la station. À en croire les autres cadrans, rien ne les produisait.

Il ne dit pas : « Bizarre. » C'est ce qu'il aurait dit si un troupeau de moutons à vélo étaient passés devant la fenêtre en jouant du violon. Un ingénieur responsable n'emploie pas ce genre de mot.

En fait, il dit : « Alf, tu ferais mieux de prévenir le directeur de la centrale. »

Trois heures très chargées s'écoulèrent. Elles donnèrent lieu à de nombreux échanges au téléphone, au télex et au fax. On tira vingt-sept personnes de leur lit en rapide succession, puis on tira du leur cinquante-trois individus supplémentaires, parce que, quand on est réveillé par une situation de crise à quatre heures du matin, on veut être sûr qu'on n'est pas le seul dans ce cas.

De plus, il faut obtenir tout un tas de permissions avant de pouvoir dévisser le couvercle d'un réacteur nucléaire en activité, et jeter un coup d'œil à l'intérieur.

Ils les obtinrent. Ils dévissèrent. Ils jetèrent un coup d'œil.

Horace Gander déclara : « Il doit y avoir une explication rationnelle. Cinq cents tonnes d'uranium ne disparaissent pas comme ça. »

Le compteur Geiger dans sa main aurait dû hurler à plein volume. En fait, il laissait de temps en temps échapper un craquement sans conviction.

À l'emplacement théorique du réacteur s'étendait un espace vide. On aurait pu s'y livrer à un beau tournoi de squash.

Tout au fond, au centre du sol froid et crûment éclairé, reposait un bonbon au citron.

Au-dehors, dans la caverne de la salle des turbines, les machines continuaient à rugir.

Et à deux cents kilomètres de là, Adam Young se retourna dans son sommeil.

Vendredi

Raven Sable, mince, barbu et tout de noir vêtu, était assis à l'arrière de sa limousine noire profilée, en ligne sur son mince téléphone noir avec sa base de la côte Ouest.

« Comment ça se présente ? demandait-il.

– Très bien, boss, lui répondit son chef des ventes. Demain, je déjeune avec les acheteurs de toutes les grandes chaînes de supermarchés du pays. Pas de problème. On trouvera MENUS™ dans tous les magasins d'ici un mois.

– Bon travail, Nick.

– Pas de problème, pas de problème. C'est parce qu'on sait que vous êtes derrière nous, Rave. Vous êtes un chef super, mon vieux. Ça me motive à tous les coups.

– Merci », répondit Sable, puis il coupa la communication.

Il était particulièrement fier de MENUS™.

La compagnie NEWtrition avait commencé petit, onze ans plus tôt. Une petite équipe de diététiciens, une énorme équipe de marketing et de spécialistes des relations publiques, et un logo accrocheur.

Deux ans d'investissement et de recherche chez NEWtrition avaient abouti à PLATS™. PLATS™ contenait des molécules de protéines, filées, tressées, tissées, encapsulées et codées, méticuleusement conçues pour être ignorées des enzymes digestives les plus gloutonnes ; des édulcorants sans calories ; des huiles minérales substituées aux huiles végétales ; des matériaux fibreux, des colorants et des agents de sapidité. Le résultat final était un nutriment presque semblable à tous les autres, à deux détails près. D'abord le prix, légèrement plus élevé, et ensuite le quotient nutritif, à peu près comparable à celui d'un baladeur Sony. Vous pouviez en manger autant que vous vouliez, vous finissiez toujours par perdre du poids[1].

Les gens gros en achetaient. Les gens minces qui ne voulaient pas avoir de problèmes de poids en achetaient. PLATS™ était l'aliment de régime parfait – soigneusement tissé, filé, structuré et broyé pour prendre n'importe quelle apparence, des pommes de terre à la venaison, bien que le poulet enregistrât les meilleures ventes.

Sable, carré au fond de son fauteuil, avait regardé l'argent couler à flots. Il vit PLATS™ occuper petit à petit la niche écologique jusque-là dévolue aux anciens aliments, ceux qui n'étaient pas des marques déposées.

À PLATS™, il fit succéder VITCROCK™, des petites cochonneries vraiment fabriquées à partir de cochonneries – des ordures ménagères, en fait.

MENUS™ était la dernière idée géniale de Sable.

MENUS™, c'était PLATS™, additionné de sucre et de corps gras. En théorie, si on mangeait suffisamment de MENUS™, 1) on devenait obèse et 2) on mourait de malnutrition.

Ce paradoxe ravissait Sable.

On procédait actuellement à des ventes tests de MENUS™ dans toute l'Amérique. MENUS Pizza, MENUS Poisson, MENUS Chinois, MENUS macrobiotiques au riz. Et même des MENUS Hamburgers.

La limousine de Sable était garée sur le parking d'un Burger Lord de Des Moines, dans l'Iowa – une chaîne de fast-foods qui appartenait totalement à son organisation. Depuis six mois, ses restaurants étaient mis à

1. Et des cheveux. Et de la pigmentation. Et, si on en mangeait assez longtemps, des signes vitaux.

contribution pour tester les MENUS™ hamburgers. Il voulait voir quel genre de résultats on obtenait.

Il se pencha en avant, cogna à la vitre qui le séparait du chauffeur. Ce dernier pressa un bouton et la glace descendit.

« Monsieur ?

– Je vais aller inspecter notre opération, Marlon. Ça prendra dix minutes. Ensuite, nous retournons à L.A.

– Monsieur. »

Sable entra d'un pas léger dans le Burger Lord. Il ressemblait à tous les Burger Lord d'Amérique[1]. Le clown McLordy dansait dans le Coin des Enfants. Le personnel arborait des sourires étincelants qui ne montaient jamais jusqu'à leurs yeux. Et derrière le comptoir, un homme replet d'un certain âge jetait les pâtés de viande hachée sur la plaque chauffante. Il sifflotait, travaillant avec un plaisir visible.

Sable se rendit au comptoir.

« Bonjour-je-m'appelle-Marie, fit la jeune fille derrière le comptoir. Que-puis-je-pour-votre-service ?

– Un double Maousse Tonnerre avec une grosse portion de frites, sans moutarde.

– Quelque-chose-à-boire ?

– Un milk-shake chocolat/banane extra-dru à la crème fouettée. »

Elle pressa les petits pictogrammes qui ornaient sa caisse. (L'alphabétisation n'était plus une condition obli-

1. Mais pas à tous les Burger Lord du monde. Les Burger Lord allemands, par exemple, vendaient de la bière au lieu de boissons non alcoolisées, tandis que les Burger Lord anglais avaient réussi à capter toutes les qualités des fast-foods américains (la rapidité du service, par exemple) et à les éliminer proprement ; votre repas arrivait au bout d'une demi-heure, à température ambiante, et ce n'est que par l'existence d'une feuille de laitue chaude intermédiaire qu'on pouvait distinguer la viande du petit pain. Les éclaireurs de Burger Lord avaient été abattus vingt-cinq minutes après avoir posé le pied en France.

gatoire pour travailler dans ces restaurants, contrairement au sourire.) Puis elle se retourna vers l'homme replet, derrière le comptoir.

« Un DMT, GPF, sans moutarde. Choco-shake.

– Hahaaahummm », chantonna le cuistot. Il répartit la nourriture dans de petits récipients de papier, ne s'interrompant que pour repousser en arrière la banane grisonnante qui lui tombait sur les yeux.

« Ah que, voilà », fit-il.

Elle prit le tout sans regarder le cuisinier. Ce dernier regagna gaiement sa plaque chauffante, en fredonnant. « *Looove me tender, loooove me long, neeever let me go…* »

Le chantonnement de l'homme, constata Sable, ne se mariait pas du tout à la musique d'ambiance du Burger Lord, un générique de pub monté en boucle, à la sonorité aigrelette. Sable se dit qu'il faudrait songer à le mettre à la porte.

Bonjour-je-m'appelle-Marie donna son MENUS™ à Sable et lui dit de passer une bonne journée.

Il trouva une petite table libre en plastique, s'assit sur le siège en plastique et examina sa nourriture.

Un petit pain synthétique. De la viande synthétique. Des frites qui n'avaient jamais connu de pommes de terre. Des sauces qui ignoraient toute composante nutritive. Et même (Sable en fut particulièrement satisfait) une tranche de cornichon synthétique. Il ne prit pas la peine d'examiner le milk-shake. Il n'avait aucune valeur nutritionnelle mais, après tout, ceux que vendaient ses concurrents n'en avaient pas davantage.

Tout autour de lui, les gens mangeaient leur non-repas et, à défaut de marques de satisfaction, ils ne manifestaient pas de dégoût plus évident que dans n'importe quel fast-food de la planète.

Il se leva, porta son plateau vers le réceptacle marqué MERCI DE PRENDRE SOIN DE VOS DÉTRITUS et jeta le tout. Si vous lui aviez fait la remarque que des enfants meurent de faim en Afrique, il se serait senti flatté que vous vous en soyez aperçu.

On le tira par la manche. « À l'intention d'un Mr Sable… » annonça un petit homme à lunettes, coiffé d'une casquette de l'*International Express*, qui tenait un colis emballé de papier kraft.

Sable opina.

« Je me disais bien… J'ai regardé tout autour, je me suis dit : un grand monsieur avec une barbe, un costume chic, y en a pas des dizaines ici. Un colis pour vous, m'sieur. »

Sable signa le récépissé de son vrai nom – un seul mot, six lettres. Qui rime avec *examine*.

« Je vous remercie bien, m'sieur », fit le livreur. Il observa un silence. « Dites, reprit-il. Ce type, là, derrière le comptoir. Il ne vous rappelle pas quelqu'un ?

– Non », répondit Sable. Il donna un pourboire à l'homme – cinq dollars – et ouvrit le colis.

À l'intérieur se trouvait une petite balance de bronze.

Sable sourit. C'était un mince sourire, et il disparut presque aussitôt.

« Enfin », fit-il. Il fourra la balance dans sa poche, sans se soucier d'abîmer la ligne élégante de son costume noir, et il revint à la limousine.

« Retour au bureau ? s'enquit le chauffeur.

– L'aéroport, répondit Sable. Et téléphonez pour prévenir. Je veux un billet pour l'Angleterre.

– Bien, monsieur, un aller-retour pour l'Angleterre. »

Sable triturait la balance au fond de sa poche. « Disons plutôt un aller simple. Je me débrouillerai pour rentrer. Oh, et appelez le bureau pour moi. Annulez tous mes rendez-vous.

– Pour combien de temps, monsieur ?

– Pour le futur prévisible. »

Et dans le Burger Lord, derrière le comptoir, l'homme ventru à la longue banane fit glisser une demi-douzaine de hamburgers sur le gril. C'était l'homme le plus heureux du monde, et il chantonnait, tout doucement.

« *...y'ain't never caught a rabbit and y'ain't no friend of mine...* »

ǂ

Les Eux écoutaient avec intérêt. Il tombait une petite pluie fine, à peine tenue en respect par les vieilles tôles et les bouts de lino râpé qui servaient de toit à leur repaire dans la carrière, et ils comptaient toujours sur Adam pour trouver une activité chaque fois qu'il pleuvait. Ils ne furent pas déçus. Les yeux d'Adam luisaient de la joie de savoir.

Il ne s'était pas endormi avant trois heures du matin, enfoui sous une pile de *Nouvel Aquarien*.

« Et pis y avait un type, il s'appelait Charles Fort, expliquait-il. Il faisait tomber des pluies de poissons, de grenouilles et des tas de trucs comme ça.

– Hmmm. Ben voyons, intervint Pepper. Des grenouilles vivantes ?

– Oh oui », assura Adam qui, s'échauffant sur son sujet, atteignait sa vitesse de croisière. « Ça sautait partout, ça coassait et tout. Et à la fin les gens lui ont donné de l'argent pour qu'il parte et, et... » Il se creusa la tête pour trouver de quoi satisfaire son public ; pour Adam, ça avait représenté beaucoup de lecture d'un seul coup. « Et il s'est embarqué sur la *Marie-Céleste* et il a fondé le Triangle des Bermudes. C'est aux Bermudes, ajouta-t-il pour situer.

– Eh bien, ça, ce n'est pas possible », contra Wensleydale, implacable, « parce que j'ai lu des trucs sur la *Marie-Céleste* et il n'y avait personne à bord. C'est pour ça qu'elle est célèbre. On l'a retrouvée à la dérive sans personne à bord.

– J'ai jamais dit qu'il était à bord quand on l'a retrouvée, riposta Adam. Bien sûr, qu'il était pas là. Parce que les OVNIs avaient atterri pour l'emporter. Je croyais que tout le monde savait ça. »

Les Eux se détendirent un peu. Avec les OVNIs, ils se trouvaient en terrain plus familier. Toutefois, les OVNIs New Age les laissaient sceptiques ; ils avaient poliment écouté Adam en discuter, mais les OVNIs modernes manquaient un peu de punch, quelque part.

« Eh ben moi, si j'étais une extratresse », déclara Pepper en exprimant l'opinion générale, « j'irais pas raconter à tout le monde des histoires d'harmonie mystique cosmique. Je dirais » et sa voix se fit rauque et nasillarde, comme quelqu'un que muselle un diabolique masque noir : « " Chechi est un canon lajer, alors obéisshez aux ordres, chien de rebelle. " »

Tout le monde l'approuva. Un de leurs jeux préférés dans la carrière s'inspirait d'une série de films très populaires, avec des lasers, des robots et une princesse dont la coiffure ressemblait à un casque stéréo™. (On avait tacitement décidé que si quelqu'un devait jouer le rôle de la princesse, il était hors de question que ce soit Pepper.) Mais le jeu s'achevait généralement par une bagarre pour déterminer qui porterait le seau à charbon™ et ferait exploser les planètes. Adam était le plus doué dans ce rôle – quand il était le méchant, on l'aurait vraiment cru capable de faire sauter le monde. De toute façon, les Eux penchaient en faveur des exploseurs de planètes, pourvu qu'ils puissent *également* sauver les princesses.

« J'suppose qu'ils faisaient ça, dans le temps, fit Adam. Mais ils ont changé. Ils sont tous entourés d'une espèce de lumière bleue brillante et ils voyagent pour faire le bien. Des espèces de policiers galactiques. Ils vont partout dire à tout le monde de vivre dans la paix et l'harmonie et tout ça. »

Il y eut un instant de silence pendant qu'ils méditaient sur ce scandaleux gaspillage d'OVNIs.

« Ce que je comprends pas, intervint Brian, c'est pourquoi on appelle ça des OVNIs, alors qu'on sait que c'est des soucoupes volantes. Je veux dire, c'est des Objets Volants *Identifiés*, maintenant.

– C'est parce que le gouvernement veut étouffer l'affaire, répondit Adam. Y a des millions de soucoupes volantes qui atterrissent tout le temps et le gouvernement veut tout étouffer.

– Pourquoi ? » s'étonna Wensleydale.

Adam hésita. Ses lectures n'avaient pas fourni de réponse simple à cette question ; le *Nouvel Aquarien* tenait simplement comme un des fondements de sa foi – celle de la revue autant que de ses lecteurs – le fait que le gouvernement étouffait tout.

« Parce que c'est le *gouvernement*, répondit simplement Adam. Ils font comme ça, les gouvernements. Y a un grand immeuble à Londres, il est plein de livres avec toutes les choses qu'ils ont étouffées. Quand le Premier ministre arrive pour travailler, le matin, la première chose qu'il fait, il lit une énorme liste de tout ce qui s'est passé pendant la nuit, et il met un gros tampon rouge dessus.

– Eh ben, moi, je crois plutôt qu'il commence par prendre une tasse de thé et ensuite, il lit le journal », fit Wensleydale qui, en une occasion mémorable pendant ses vacances, avait visité à l'improviste le bureau de son père, où il avait conçu certaines certitudes. « Et il discute de ce qui est passé la veille à la télé.

– Ouais, bon, d'accord, mais après ça, eh bien, il prend son grand livre et le gros tampon.

– Où y a marqué "à étouffer", ajouta Pepper.

– Où y a marqué "Top Secret" », riposta Adam, irrité par cette tentative de créativité bipartisane. « C'est comme les centrales nucléaires. Elles sautent tout le temps, mais personne le sait jamais parce que le gouvernement étouffe toujours tout.

– Elles ne sautent pas *tout le temps*, s'indigna Wensleydale. Mon papa dit qu'elles sont drôlement sûres et que, grâce à elles, on n'est pas obligés de vivre dans une serre. Et puis, il y a une grande image de centrale dans ma BD[1] et personne ne dit nulle part qu'elles sautent tout le temps.

– Ouais, fit Brian, ben, tu me l'as prêtée après, ta BD, et je sais quel genre d'image c'était. »

Wensleydale hésita, puis déclara, la voix chargée d'une patience qui arrivait à bout : « Brian, ce n'est pas parce qu'il y avait marqué *Vue éclatée*... »

La conversation déboucha sur la courte bagarre traditionnelle.

« Bon, se fâcha Adam, si vous voulez pas que je vous parle de l'Air du Cerceau, vous le dites ! »

La bataille s'apaisa. Les pugilats n'étaient jamais bien sérieux dans la confrérie des Eux.

« Bien. » Adam se gratta l'occiput. « Voilà ! Avec tout ça, j'ai oublié où j'en étais resté.

– Les soucoupes volantes, fit Brian.

– Oui. C'est ça. Bon, eh ben, si vous en voyez un, d'OVNI volant, les types du gouvernement, ils viennent vous engueuler », reprit Adam, en retrouvant son élan.

1. La prétendue BD de Wensleydale était un ouvrage publié en 94 livraisons hebdomadaires, intitulé *Les Merveilles de la Nature et de la Science*. Il avait tous les numéros parus jusqu'à présent et avait demandé des reliures pour son anniversaire. Brian, lui, lisait n'importe quel illustré, du moment qu'il y avait beaucoup de points d'exclamation dans le titre : « WhiZZ !!! » ou « Clang !! », par exemple. Il en allait de même pour Pepper, mais les tortures les plus raffinées n'auraient pu lui faire avouer qu'elle achetait également *Jeune et Jolie* sous emballage discret. Adam ne lisait pas de bandes dessinées. Elles ne valaient jamais ce qu'il avait dans la tête.

« Dans une grosse voiture noire. Ça arrive tout le temps, en Amérique. »

Les Eux opinèrent d'un air entendu. Sur ce point au moins, le doute n'était pas de mise. Pour eux, l'Amérique était l'endroit où vont les Justes après leur mort. Ils étaient prêts à croire que tout pouvait arriver, là-bas.

« Ça doit faire des tas d'embouteillages, poursuivit Adam, tous ces types en voitures noires qui vont engueuler les gens qui ont vu des OVNIs. Ils vous disent que si vous continuez à en voir, il va vous arriver un Regrettable Accident.

– Se faire écraser par une grosse voiture noire, sans doute », fit Brian en grattant une croûte sur son genou sale. Son visage s'illumina. « Vous savez, mon cousin, il m'a dit qu'en Amérique, y a trente-neuf parfums de glaces ? »

La nouvelle réduisit même Adam au silence, brièvement.

« C'est même pas vrai, contra Pepper. Ça existe pas, trente-neuf parfums, dans tout le monde entier.

– Si, c'est possible, si on les mélange », intervint Wensleydale, en clignant des yeux comme un hibou. « Tu sais. Fraise et chocolat. Chocolat et vanille. » Il chercha d'autres parfums anglais. « Fraise *et* vanille *et* chocolat, ajouta-t-il, plus piteux.

– Et puis, y a l'Atlantide », jeta Adam en forçant la voix.

Là, il avait capté leur attention. L'Atlantide, ça leur plaisait. Les cités qui disparaissent sous les flots entraient tout à fait dans les cordes des Eux. Ils écoutèrent avec passion une histoire confuse de pyramides, de cultes bizarres et de secrets millénaires.

« Ça s'est passé d'un coup, ou lentement ? s'inquiéta Brian.

– Plus ou moins d'un coup, *et* lentement, répondit Adam, passqu'y en a plein qui sont partis en bateau dans d'autres pays pour leur apprendre les maths et l'anglais et l'histoire et tout ça.

– C'était vraiment pas une bonne idée, fit Pepper.

– Ça devait être bien, quand ça a coulé », fit Brian, rêveur, en se souvenant d'une inondation à Lower Tadfield. « Les gens qui livrent le lait et le journal en bateau et puis, pas pouvoir aller en classe.

– Si moi, j'avais été un Atlantidais, je serais resté. »

Cette remarque de Wensleydale fut saluée par des rires sarcastiques, mais il insista. « Il suffirait de porter un casque de plongeur, c'est tout. Et puis de clouer toutes les fenêtres et de remplir les maisons d'air. Ça serait super. »

Adam accueillit cette proposition avec le regard glacial qu'il réservait à tout Eux qui avait exprimé une idée qu'il aurait aimé avoir le premier.

« Ouais, ils auraient pu, concéda-t-il un peu lâchement. Après avoir envoyé les maîtres d'école en bateau. Peut-être que tous les autres sont restés quand ça a coulé.

– Ils auraient pas été obligés de se laver », nota Brian, que ses parents forçaient à se laver au-delà des normes tolérables en matière de salubrité, à son avis. Ce qui ne changeait rien. Brian manifestait une qualité d'incrustation. « Parce que tout resterait toujours propre. Et puis... et puis, on pourrait faire pousser des algues et des trucs dans le jardin, et on chasserait le requin. Et on aurait des pieuvres apprivoisées, et tout ça. Et y aurait pas d'école ou de trucs comme ça, parce qu'ils se sont débarrassés de tous les maîtres.

– Ils sont peut-être encore sous l'eau », suggéra Pepper.

Ils songèrent aux Atlantidais, vêtus de toges mystiques flottant au gré des courants, coiffés de bocaux à poissons rouges, en train de prendre du bon temps sous le tumulte des vagues de l'océan.

Pepper résuma l'opinion générale : « Hum.

– Et maintenant, on fait quoi ? demanda Brian. Le temps s'est un peu éclairci. »

Finalement, ils jouèrent à *Charles Fort Qui Faisait Des Découvertes.* Pour ce faire, l'un d'eux se promenait sous les vestiges délabrés d'un parapluie pendant que les autres lui faisaient les honneurs d'une averse de grenouilles, ou plus précisément, de grenouille. Ils n'avaient pu en découvrir qu'une seule dans la mare. C'était un batracien d'un âge avancé qui avait une longue pratique des Eux et qui tolérait leurs attentions comme le prix à payer pour la jouissance d'une mare par ailleurs libre de poules d'eau ou de brochets. Il endura patiemment la situation un moment avant de gagner en quelques sauts une retraite secrète et encore ignorée des Eux, dans une vieille conduite.

Ensuite, ils rentrèrent déjeuner.

Adam se sentait très content du travail accompli au cours de la matinée. Il avait toujours *su* que le monde était un endroit passionnant, et son imagination l'avait peuplé de pirates, de bandits, d'espions, d'astronautes et assimilés. Mais il avait aussi le soupçon lancinant que, quand on y regardait de vraiment près, toutes ces choses n'existaient plus que dans les livres.

Tandis que ces histoires sur l'Air du Cerceau, c'était la vérité vraie. Les adultes écrivaient plein de bouquins dessus (*Le Nouvel Aquarien* regorgeait de publicités sur ce sujet) et les Petits Gris, les Hommes-Papillons, les Yétis, les monstres marins et les pumas du Surrey existaient réellement. Si Cortés, sur son promontoire de Darién, avait eu les pieds légèrement humides après une chasse aux grenouilles, il aurait ressenti exactement les mêmes émotions qu'Adam en cet instant.

Le monde était riche de merveilles et d'étrangetés, et il en occupait le centre.

Il avala son repas à toute allure et se retira dans sa chambre. Il y avait encore plein de *Nouvel Aquarien* qu'il n'avait pas encore lus.

Le chocolat, figé en une pâte brunâtre, remplissait la moitié de la tasse.

Certaines personnes avaient passé des siècles à essayer de déchiffrer les prophéties d'Agnès Barge. Elles avaient été très intelligentes, dans l'ensemble. Anathème Bidule, qui était aussi près d'*être* Agnès que l'autorisaient les dérives génétiques, était la plus douée du lot. Mais aucune n'avait été un ange.

Beaucoup de gens qui rencontraient Aziraphale pour la première fois en tiraient trois conclusions : qu'il était anglais, qu'il était intelligent et qu'il était plus gay qu'un arbre chargé de singes gazés à l'oxyde d'azote. Sur les trois, deux étaient erronées : le Paradis n'est pas situé en Angleterre, quoi qu'aient pu en penser certains poètes, et les anges n'ont pas de sexe, à moins qu'ils ne veuillent vraiment faire un effort. Mais intelligent, il l'était certainement. Et son intelligence était celle des anges qui, sans être spécialement plus élevée que celle des humains, a un champ d'action beaucoup plus large. Et il avait l'avantage de millénaires d'expérience.

Aziraphale était le premier ange à posséder un ordinateur. C'était une petite machine en plastique, bon marché, lente, qu'on avait prétendue idéale pour les petites entreprises. Aziraphale s'en servait religieusement pour tenir des comptes d'une si scrupuleuse exactitude que les services des Impôts l'avaient déjà soumis à cinq vérifications, intimement persuadés qu'ils étaient que tout cela dissimulait une combine louche.

Mais les calculs auxquels il se livrait pour l'heure n'étaient pas de ceux dont un ordinateur est capable.

Parfois, il griffonnait quelque chose sur une feuille de papier placée à côté de lui. Elle était couverte de symboles que huit autres personnes au monde auraient pu comprendre ; deux d'entre elles avaient obtenu le prix Nobel, et parmi les six qui restaient, il y en avait un qui bavait beaucoup et qu'on n'autorisait pas à détenir des objets tranchants, par crainte de l'emploi qu'il pourrait en faire.

Anathème fit son déjeuner d'une soupe au miso et médita sur ses cartes d'état-major. Aucun doute, la zone qui entourait Tadfield était riche en lignes de force ; le célèbre révérend Watkins en personne y avait identifié quelques leys. Mais, sauf erreur considérable de la part d'Anathème, ils commençaient à changer de position.

Elle avait passé son week-end à faire des relevés avec son thauodalite et son pendule, et sa carte au millième de la région de Tadfield était désormais couverte de petits points et de flèches.

Elle les considéra un moment. Puis elle s'empara d'un stylo-feutre et, jetant un occasionnel coup d'œil de confirmation sur son carnet de notes, elle commença à les joindre.

La radio était allumée. Anathème ne l'écoutait pas vraiment. Et donc une grande partie des gros titres lui passa largement au-dessus de la tête. Ce n'est que lorsque deux ou trois mots clés s'immiscèrent jusqu'à sa conscience qu'elle commença à prêter l'oreille.

Un nommé Un Porte-Parole était à deux doigts de l'hystérie.

« … danger pour les employés ou le public, disait-il.

– Et quelle quantité exacte de matériau s'est échappée ? » s'enquit l'interviewer.

Il y eut un silence. « Nous préférerions ne pas employer le terme *échappée*, dit le porte-parole. Pas échappée. Temporairement égarée.

– Vous voulez dire qu'elle est toujours sur place ?

– Nous ne voyons vraiment pas comment on aurait pu la soustraire d'ici.

– Vous avez bien dû envisager une intervention terroriste ? »

Il y eut un nouveau silence. Puis le porte-parole déclara, sur le ton calme de quelqu'un qui a supporté tout ce qu'il était capable de supporter et qui va démissionner tout de suite après, pour aller élever des poulets quelque part : « Oui, il le faut bien, je suppose. Il nous suffit de trouver des terroristes capables de retirer de son logement tout un réacteur nucléaire en service sans que personne ne s'aperçoive de rien. Il pèse un millier de tonnes et mesure une douzaine de mètres de hauteur. Ce sont donc des terroristes *très* musclés. Vous avez peut-être envie de leur passer un coup de fil, monsieur, pour leur poser des questions sur ce même ton pincé et comminatoire ?

– Mais vous avez dit que la centrale continuait à produire de l'électricité, s'étrangla l'interviewer.

– C'est bien le cas.

– Mais comment est ce possible, s'il n'y a plus de réacteur ? »

Même à la radio, on distinguait clairement le sourire dément du porte-parole. On voyait d'ici son stylo, en suspens au-dessus de la rubrique *Fermes à vendre* du *Monde de la Volaille*. « Nous n'en savons rien, répondit-il. Nous comptions sur vous pour nous l'expliquer, puisque vous êtes si malins, à la BBC. »

Anathème baissa les yeux vers sa carte.

Ce qu'elle venait de dessiner ressemblait à une galaxie, ou aux pétroglyphes qu'on trouve sur les monolithes celtiques les plus huppés.

Les leys se déplaçaient. Ils dessinaient une spirale.

Elle était centrée – en gros, en tenant compte d'une certaine marge d'erreur, mais centrée, néanmoins – sur Lower Tadfield.

À plusieurs milliers de kilomètres de là, quasiment à l'instant où Anathème contemplait ses spirales, le vaisseau de plaisance *Morbilli* était échoué par trois cents brasses d'eau.

Pour le capitaine Vincent, ce n'était qu'un problème parmi d'autres. Par exemple, il savait qu'il devait contacter ses propriétaires, mais d'un jour à l'autre – et parfois d'une heure à l'autre, dans notre monde informatisé – il ne savait jamais *qui* en était le propriétaire.

Les ordinateurs, voilà ce qui engendrait ce bazar. Les titres de propriété du vaisseau étaient informatisés ; le bâtiment pouvait adopter en quelques microsecondes le pavillon de complaisance le plus avantageux pour le présent. La navigation aussi avait été informatisée, et sa position était constamment tenue à jour par satellite. Avec patience, le capitaine Vincent avait expliqué aux propriétaires, quels qu'ils soient, qu'ils feraient un meilleur investissement en achetant plusieurs centaines de mètres carrés de plaques d'acier et une barrique de rivets. On l'avait informé que ses recommandations n'étaient pas en accord avec les prévisions en vigueur sur le flux des coûts et des bénéfices.

Le capitaine Vincent soupçonnait qu'en dépit de toute son électronique le vaisseau avait davantage de valeur coulé qu'en surface, et qu'il deviendrait probablement l'épave la plus précisément repérée de toute l'histoire de la marine.

Par voie de conséquence, cela signifiait qu'il avait lui-même plus de valeur mort que vif.

Il s'assit tranquillement à son bureau et compulsa les *Codes maritimes internationaux,* dont les six cents pages renferment des messages brefs mais circonstanciés, conçus pour faire connaître n'importe quelle situation nautique à travers le monde, avec un minimum d'imprécision et, par-dessus tout, de dépense.

Ce qu'il voulait exprimer, c'était ceci : « Faisions route SSO position 33°N 47°720. Le second, qu'on a engagé en Nouvelle-Guinée, vous vous en souviendrez peut-être, sans tenir compte de mon avis, et qui est probablement chasseur de têtes, indiqua par signes la présence d'une anomalie. Il semble qu'une vaste superficie de fonds marins ait fait l'objet d'une émersion au cours de la nuit. Ladite superficie présente un grand nombre de bâtiments où paraît prédominer la structure pyramidale. Nous sommes échoués dans la cour de l'un de ces bâtiments. Il y a des statues très laides. De courtois vieillards vêtus de longues toges et coiffés de casques de plongée sont montés à bord et se mêlent avec entrain aux passagers, qui croient que nous avons tout organisé. Demandons instructions. »

Son doigt descendit lentement le long de la page et s'arrêta. Ces bons vieux *Codes internationaux.* Ils avaient été conçus quatre-vingts ans plus tôt, mais les gens en ce temps-là avaient vraiment fait des efforts pour envisager tous les périls qu'on pouvait rencontrer sur la Grande Bleue.

Il prit son stylo et écrivit : « XXXV QVVX. »

La traduction en était : « Avons découvert le continent perdu de l'Atlantide. Grand Prêtre vient de remporter tournoi de palets. »

« Et d'abord, ça, c'est pas vrai !

– Si, c'est vrai !

– Je te dis que non !

– Et moi, je te dis que si !

– Pas du tout. Bon, d'accord, et les volcans, alors ? » Wensleydale se rassit, le visage empreint d'une expression triomphale.

« Qu'est-ce qu'ils ont, les volcans ? demanda Adam.

– Toute la bave qui remonte du centre de la Terre, où c'est brûlant, répliqua Wensleydale. J'ai vu une émission à la télé. Y avait Haroun Tazieff, alors c'est forcément vrai. »

Les autres Eux se tournèrent vers Adam. Ils semblaient suivre un match de tennis.

Dans la carrière, la Théorie de la Terre Creuse avait du mal à passer. Ce concept singulier qui a sous-tendu la quête de penseurs aussi remarquables que Cyrus Read Teed, Bulwer-Lytton et Adolf Hitler, ployait dangereusement au vent brûlant de la logique enlunettée de Wensleydale.

« J'ai pas dit qu'elle était complètement creuse, dit Adam. Personne a dit qu'elle était complètement creuse. Y a probablement des kilomètres et des kilomètres de bave, et de pétrole et de charbon et de tunnels du Tibet et tout et tout. Mais après, elle est toute creuse. C'est ce que disent les gens. Et y a un trou au pôle Nord, pour l'aération.

– Je n'ai jamais vu ça sur un atlas, fit Wensleydale en reniflant avec mépris.

– Le gouvernement va pas les laisser imprimer ça sur les cartes, des fois que les gens iraient y voir, repartit Adam. Pour la bonne raison que les gens à l'intérieur veulent pas qu'on vienne tout le temps les regarder.

– Qu'est-ce que tu racontes ? Des tunnels du Tibet ? intervint Pepper. T'as parlé de tunnels du Tibet.

– Ah ! Je vous avais pas dit ? »

Trois têtes se secouèrent en signe de dénégation.

« C'est un truc vachement bizarre. Vous connaissez, le Tibet ? »

Ils opinèrent d'un air dubitatif. Une série d'images s'était imposée à leur esprit : les yaks, le mont Everest, des gens appelés Petit Scarabée, des petits vieux assis sur des montagnes, d'autres qui apprenaient le kung-fu dans des temples anciens, et de la neige.

« *Bon*. Vous vous souvenez, tous les maîtres qui ont quitté l'Atlantide quand elle a coulé ? »

Ils opinèrent à nouveau.

« *Bon*. Eh ben, y en a qui sont allés au Tibet et maintenant, ils sont les chefs du monde. On les appelle les Maîtres Secrets. Parce que ce sont d'anciens maîtres d'école, j'suppose. Et puis ils ont une ville souterraine drôlement vieille qui s'appelle Shamballa, et des tunnels qui vont partout dans le monde ; comme ça, ils savent tout ce qui se passe et ils contrôlent tout. Y en a qui disent qu'ils vivent sous le désert des Gros Bis, ajouta-t-il avec hauteur, mais la plupart des autorités compétentes disent qu'en réalité, c'est au Tibet. Et puis, pour les tunnels, c'est mieux. »

Les Eux baissèrent instinctivement les yeux vers la craie sale et couverte de terre sous leurs pieds.

« Comment ça se fait, qu'ils savent tout ? demanda Pepper.

– Il leur suffit d'écouter, tu vois ? risqua Adam. Ils ont qu'à rester assis dans leurs tunnels et ils écoutent. Tu sais bien : ça entend tout, un maître. Il t'entend quand tu chuchotes, même de l'autre bout de la classe.

– Ma grand-mère, elle collait un verre contre le mur, dit Brian. Elle disait que c'était une honte, tout ce qu'on pouvait entendre dans l'appartement d'à côté.

– Et ces tunnels, ils vont partout, c'est ça ? dit Pepper, les yeux toujours rivés au sol.

– Partout dans le monde, affirma Adam.

– Ça a dû prendre du temps, jugea Pepper, incrédule. Tu te souviens, quand on a essayé de creuser notre tunnel dans le champ ? On y a passé tout l'après-midi et il fallait s'accroupir pour tenir dedans en entier.

– Oui, mais eux, ils font ça depuis des millions d'années. On peut faire des tunnels vachement bien quand on a des millions d'années pour creuser.

– Et moi, je croyais que le Tibet avait été envahi par les Chinois et que le Dali Rama avait été obligé de partir en Inde », intervint Wensleydale, quoique sans grande conviction. Wensleydale lisait tous les soirs le journal de son père, mais le monde quotidien et prosaïque semblait se désintégrer sous les coups de boutoir des explications d'Adam.

« Je parie qu'ils sont là-dessous, fit Adam en l'ignorant. Ils doivent être partout, maintenant. Ils sont assis sous terre et ils écoutent. »

Ils échangèrent un regard.

« Si on creusait très vite… » fit Brian. Pepper, qui était nettement plus vive d'esprit, poussa un grognement navré.

« T'avais bien besoin de dire ça, dit Adam. Ça m'étonnerait qu'on arrive à les surprendre, maintenant que t'as crié ça. J'étais justement en train de me dire qu'on pourrait creuser, et toi, tu les préviens !

– Je ne crois pas qu'ils ont creusé tous ces tunnels, s'entêta Wensleydale. C'est *idiot.* Le Tibet est à des centaines de kilomètres d'ici.

– Ah, oui ? Ah oui ? Et je suppose que t'es plus malin que madame Blagatabasky ? demanda Adam, reniflant avec mépris.

– En tout cas, moi, si j'étais du Tibet, répliqua Wensleydale sur un ton de voix raisonnable, je creuserais tout droit vers la partie creuse au milieu, et ensuite, je me déplacerais à l'intérieur, avant de remonter tout droit où je voudrais aller. »

Ils accordèrent à la proposition toute la réflexion qu'elle méritait.

« Faut reconnaître que c'est plus malin que de creuser des tunnels, fit Pepper.

– Ouais, ben, je suppose que c'est comme ça qu'ils font, concéda Adam. Ils ont dû y penser, c'est tellement évident. »

Brian contemplait rêveusement le ciel, tandis qu'un de ses doigts inventoriait le contenu d'une de ses oreilles.

« C'est quand même drôle. Tu passes toute ta vie à aller à l'école pour apprendre des choses, et on te parle jamais du Triangle des Bermudes, ou des OVNIs ou des Maîtres du Mystère qui courent à l'intérieur de la Terre. J'aimerais bien savoir pourquoi on doit étudier des trucs barbants, alors qu'y a des tas de trucs super qu'on pourrait apprendre. »

Un chœur d'approbation s'éleva.

Ensuite, ils sortirent jouer à Charles Fort et aux Atlantidais contre les Maîtres Secrets du Tibet, mais les Tibétois se plaignirent qu'utiliser d'anciens lasers mystiques, c'était de la triche.

À une certaine époque, on avait eu du respect pour les Inquisiteurs. Ça n'avait pas duré.

Matthew Hopkins, par exemple, l'Inquisiteur général, découvrit des sorcières dans tout l'est de l'Angleterre, au milieu du XVIIe siècle, percevant auprès de chaque ville et village neuf pence par sorcière dénichée.

Le problème était là. On ne paie pas un Inquisiteur à l'heure. Quand un Inquisiteur, au bout d'une semaine d'inspection des vieillardes locales, déclarait au maire : « Félicitations, pas un seul chapeau pointu en vue », il recevait pour sa peine des remerciements empressés, un bol de soupe et un au revoir poli, mais ferme.

Et donc, pour ne pas se retrouver dans le rouge, Hopkins fut contraint de mettre au jour une prodigieuse quantité de sorcières. La chose nuisit à sa popularité auprès des conseils municipaux. Il finit pendu pour sorcellerie à son tour, dans un village d'East Anglia qui avait conclu, avec un certain bon sens, qu'on pouvait restreindre les dépenses en éliminant les intermédiaires.

Beaucoup de gens croient que Hopkins a été le dernier Inquisiteur général.

Au sens strict, ils ont raison. Mais pas comme ils l'imaginent, cependant. L'armée des Inquisiteurs continua sa carrière, plus discrètement.

Il n'y a plus de véritable Inquisiteur général.

Pas plus qu'il n'y a d'Inquisiteur colonel, d'Inquisiteur major, d'Inquisiteur capitaine ou même d'Inquisiteur lieutenant (le dernier s'est tué en 1933, en tombant d'un très grand arbre à Caterham, tandis qu'il essayait de mieux voir ce qu'il prenait pour une orgie satanique de l'espèce la plus décadente, et qui n'était que le banquet dansant annuel de l'association des commerçants de Caterham et Whyteleafe).

Toutefois, il existe un Inquisiteur sergent.

Il y a aussi, désormais, un Inquisiteur deuxième classe. Il s'appelle Newton Pulsifer.

C'était la petite annonce de la *Gazette* qui l'avait attiré, entre un frigo à vendre et une portée de pas-tout-à-fait-dalmatiens.

VENEZ REJOINDRE LES PROFESSIONNELS.
ON RECHERCHE ASSISTANT À MI-TEMPS
POUR COMBATTRE LES PUISSANCES DES TÉNÈBRES.
UNIFORME ET ENTRAÎNEMENT DE BASE FOURNIS.
PROMOTION AU CHAMP D'HONNEUR ASSURÉE.
MONTREZ QUE VOUS ÊTES UN HOMME !

Pendant sa pause déjeuner, il avait téléphoné au numéro inscrit au bas de l'annonce. Une voix de femme lui avait répondu.

« Heu, bonjour, fit-il d'une voix hésitante, j'ai lu votre annonce.

– Laquelle, mon chou ?

– Heu, ben… celle qui était dans le journal.

– D'accord, mon chou. Bon, madame Tracy Écarte le Voile tous les après-midi, sauf le jeudi. Les groupes sont les bienvenus. Alors, à quel moment aimeriez-vous découvrir les Mystères, mon chou ? »

Newton hésita. « L'annonce disait : "Venez rejoindre les professionnels", dit-il. On n'y parlait pas de madame Tracy.

– Alors, c'est à Mr Shadwell que vous voulez parler. Une petite seconde, je vais voir s'il est là. »

Plus tard, quand il connut madame Tracy un petit peu mieux, Newt apprit qu'en citant l'autre petite annonce, celle du magazine, il aurait pu recourir aux services de madame Tracy en matière de discipline stricte et de massages intimes, tous les soirs sauf le jeudi. Il y avait encore une troisième petite annonce, collée dans une cabine téléphonique, quelque part. Quand, très longtemps après, Newt lui demanda de quoi il était question dans cette dernière, elle répondit : *du jeudi.* Finalement, on entendit un bruit de pieds traînant dans un couloir sans moquette, une toux rauque et une voix couleur de vieil imperméable grommela :

« Ouais ?

– J'ai lu votre annonce : VENEZ REJOINDRE LES PROFESSIONNELS. Je voulais en savoir un peu plus.

– Oui-da. Y en a beaucoup qu'aimeraient en savoir un peu plus, et y en a beaucoup… » La voix laissa couler un silence impressionnant, puis reprit à plein volume : « Y en beaucoup qu'AIMERAIENT PAS.

– Oh, couina Newton.

– C'est quoué, ton nom, mon gars ?

– Newton. Newton Pulsifer.

– LUCIFER ? C'est ça qu't'as dit ? Appartiens-tu aux fils des Ténèbres, es-tu une eud'ces créatures tentatrices et affriolantes issues des profondeurs, dont les membres voluptueux s'élèvent des lupanars d'Hadès, un esclave torturé et lubrique eud'tes maîtres infernaux au bord du Styx ?

– Non : Pulsifer. Avec un P. Le reste de ce que vous avez dit, je ne sais pas, mais ma famille est originaire du Surrey. »

À l'autre bout du fil, la voix prit un ton vaguement déçu.

« Oh ! Certes. Bon, d'accord. Pulsifer. *Pulsifer.* J'avions déjà vu ce nom-là quéq'part, je m'trompe ?

– Je n'en sais rien. Mon oncle tient une boutique de jouets à Hounslow, ajouta Newton à tout hasard.

– Ha bé tiens dooonc... » fit Shadwell.

Il avait un accent indéfinissable, qui parcourait toutes les régions d'Angleterre comme un rallye automobile. Ici, un sergent instructeur fou originaire du pays de Galles, là un ancien de High Kirk, qui avait vu quelqu'un faire quelque chose le dimanche et, entre les deux, un lugubre berger du Dale, ou un avare aigri du Somerset. Les différentes origines de l'accent importaient peu : aucune n'était aimable.

« Et t'as toutes tes dents ?

– Oh oui. Avec quelques plombages.

– Es-tu en bonne condition physique ?

– Je crois bien, bredouilla Newt. Je veux dire, c'est pour ça que je voulais m'inscrire dans la Brigade Territoriale. Brian Potter, de la Comptabilité, arrive à soulever cinquante kilos, sur le banc, depuis qu'il en fait partie. Et il a défilé devant la Reine Mère.

– Combien eud'tétons ?

– Pardon ?

– Eud'tétons, mon gars, eud'tétons, s'irrita la voix. T'as combien eud'tétons ?

– Euh. Deux ?
– Parfait. Et t'as tes prop' ciseaux ?
– Mes quoi ?
– Ciseaux ! *Des ciseaux !* Mais t'es sourd ?
– Non. Si. Enfin, je veux dire : j'ai des ciseaux. Je ne suis pas sourd. »

✄

Le chocolat était pratiquement solidifié. Une moisissure verte prospérait à l'intérieur de la tasse.

Et la personne d'Aziraphale était couverte d'une fine couche de poussière.

La pile de notes s'accumulait à côté de lui. *Les belles et bonnes prophéties* étaient devenues une masse de marque-page improvisés à partir de bandes arrachées au *Daily Telegraph.*

Aziraphale s'étira, puis se pinça le nez.

Il touchait au but.

Il voyait comment tout s'agençait.

Il n'avait jamais rencontré Agnès. Elle était à l'évidence trop maligne pour ça. D'ordinaire, le Ciel et l'Enfer repéraient les individus aptes à la prophétie et émettaient assez de friture sur les mêmes canaux mentaux pour en brouiller la précision. En fait, c'était rarement nécessaire ; ils trouvaient tout seuls le moyen de créer des parasites, afin de se défendre contre les images qui résonnaient dans leur tête. Ce pauvre vieux saint Jean avait ses champignons, par exemple. La mère Shipton, sa bière. Nostradamus, une collection de singulières concoctions orientales. Saint Malachi avait un alambic.

Sacré Malachi… C'était un brave type, assis toute la journée à rêvasser aux papes du futur. Un incurable poivrot, bien sûr. Il aurait pu devenir un vrai penseur, sans son tord-boyaux.

Triste fin. Il y a des moments où on espère vraiment que le plan ineffable a été correctement pensé.

Pensé. Il avait quelque chose à faire. Ah, oui. Contacter ses agents, dresser un plan d'action.

Il se leva, s'étira et appela.

Puis il se dit : pourquoi pas ? Ça ne coûte rien d'essayer.

Il revint à sa liasse de notes et les fouilla. Agnès avait été réellement très douée. Et futée. Des prophéties exactes n'intéressent personne.

Un bout de papier en main, il appela les Renseignements.

« Allô ! Bonjour. Très aimable à vous. Oui. Il s'agit d'un numéro à Tadfield, je crois. Ou Lower Tadfield… euh. Ou Norton, c'est possible. Je ne connais pas le code exact. Oui. Young. Young, c'est le nom. Désolé, je n'ai pas les initiales. Oh ! Eh bien, pouvez-vous tous me les donner ? Je vous remercie. »

Sur la table, un crayon se leva tout seul et griffonna furieusement.

Au troisième nom, il cassa sa mine.

« Ah », fit Aziraphale, dont la bouche continua en automatique pendant que sa cervelle explosait. « Je crois que c'est celui-là. Merci. Très aimable. Bonne journée. »

Il raccrocha avec un mouvement proche de la révérence, aspira plusieurs fois profondément et composa un nouveau numéro. Les trois derniers chiffres lui donnèrent un peu de mal, parce que ses mains tremblaient.

Il écouta la tonalité de la sonnerie. Puis une voix répondit. C'était celle d'un homme d'âge mûr, pas vraiment désagréable ; mais on l'avait probablement tiré de sa sieste, et il ne se sentait pas au mieux de sa forme.

Il dit : « Tadfield, six soixante-six. »

La main d'Aziraphale commença à trembler.

« Allô, fit le combiné, allô. »

Aziraphale se reprit.

« Excusez-moi, fit-il. J'ai fait un bon numéro. »

Il raccrocha.

✂

Non, Newt n'était pas sourd. Et il possédait bien une paire de ciseaux.

De plus, il se trouvait à la tête d'une gigantesque pile de journaux.

S'il avait su que la vie militaire se résumait à faire usage des premiers sur la seconde, se répétait-il, il ne se serait jamais engagé.

L'Inquisiteur sergent Shadwell lui avait fait une liste qui était scotchée au mur de son minuscule appartement encombré, au-dessus de chez Rajit, Presse & Location Vidéo. On pouvait y lire :

1) Sorcières.

2) Phénomènes surnaturelles. Surnaturaux. Surnatureux. Enfin, pas normaux, tu vois ben ce que je voulions dire.

Newt recherchait les unes et les autres. Il poussa un soupir et s'empara d'un autre journal, inspecta la première page, ouvrit le quotidien, ignora la page 2 (il n'y avait jamais rien) puis vira à l'écarlate en accomplissant le décompte rituel des tétons sur la photo coquine en page 3. Shadwell avait bien insisté là-dessus. « On peut point leur faire confiance, elles sont rusées, les garces, avait-il dit. Ça serait ben leur genre de parader en plein jour, comme qui dirait pour nous défier. »

Un couple en pull à col roulé noir fusillait du regard l'objectif, en page 9. Ils se vantaient de diriger le plus grand cercle de sorcières de Saffron Walden, et de rendre la virilité par l'emploi de petites poupées extrêmement phalliques. Le journal en offrait dix aux lecteurs prêts à rédiger un compte rendu sur le thème « La pire humiliation que m'ait infligée mon impuissance. » Newt découpa l'article et le colla dans un album.

La porte laissa filtrer un choc étouffé.

Newt alla ouvrir ; une pile de journaux se dressait sur le paillasson. « On s'écarte, deuxième classe Pulsifer », aboya-t-elle, et elle entra en titubant. Les journaux s'abattirent sur le sol, dévoilant l'Inquisiteur sergent Shadwell, qui éclata d'une douloureuse quinte de toux et ralluma sa cigarette qui s'était éteinte.

« Faut que tu l'tiennes à l'œil. *C'en est un*, fit-il.

– Qui ça, sergent ?

– Repos, deuxième classe. Lui. Le p'tit moricaud. Môssieur soi-disant Rajit. C'est un de ces dangereux autochtones venus d'ailleurs. Une lueur rubis dans l'œil torve du petit dieu jaune. Les fumelles avec des bras partout. Des sorciers et des sorcières, tous autant qu'ils sont.

– Pourtant, il nous fournit la presse gratuitement, sergent. Et des journaux pas très vieux.

– Et le vaudou. J't'parie qu'il pratique le vaudou. Qu'il sacrifie eud'la volaille à son baron Samedi. Tu sais bien, un grand bronzé en haut-eud'forme. Il fait revenir les gens d'entre les morts, oui-da, pour les faire travailler le jour du Sabbat. Le vaudou. » Shadwell huma l'atmosphère.

Newt essaya d'imaginer le propriétaire de Shadwell en train de pratiquer le vaudou. Certes, Mr Rajit travaillait le jour du Sabbat. En fait, secondé par sa femme grassouillette et silencieuse et ses enfants grassouillets et enjoués, il travaillait vingt-quatre heures sur vingt-quatre, sans se soucier du calendrier, satisfaisant avec diligence aux besoins du quartier en boissons non alcoolisées, pain de mie, tabac, confiserie, presse quotidienne, magazines et revues pornographiques, de celles qu'on range sur la plus haute étagère du magasin, et dont la seule évocation faisait monter les larmes aux yeux de Newt. L'acte le plus grave dont Mr Rajit puisse se rendre coupable avec un poulet était de le vendre après expiration du délai de fraîcheur.

« Mais Mr Rajit vient du Bangladesh, ou d'Inde ou je ne sais quoi, dit-il. Je croyais que le vaudou était originaire d'Haïti.

– Ah », fit l'Inquisiteur sergent Shadwell, en tirant une nouvelle bouffée sur sa cigarette. Du moins, c'est l'impression qu'il donnait. Newt n'avait jamais vu clairement une des cigarettes de son supérieur – ça tenait à sa façon de garder les mains en coupe. Il faisait même disparaître les mégots quand il en avait terminé. « Ah.

– Je ne me trompe pas ?

– La sagesse des initiés, mon p'tit gars. Les secrets militaires internes à l'armée des Inquisiteurs. Quand tu s'ras initié ben comme il faut, tu sauras les vérités profondes. Y a des vaudous qui viennent d'Haïti. J'te l'accordions. Oh, dame, ça, j'te l'accordions. Mais la pire sorte. La sorte la plus noire, elle... elle vient du... euh...

– Du Bangladesh ?

– Xactement ! Si fait, mon gars, c'est ça. Tu m'enlèves les mots eud'la bouche. Le Bangladesh. C'est c'la même. »

Shadwell escamota son mégot de cigarette et réussit furtivement à s'en rouler une autre, sans jamais laisser apercevoir ni papier ni tabac.

« Bon. T'as trouvé quelque chose, Inquisiteur deuxième classe ?

– Ben, j'ai ça. » Newton tendit la coupure de presse.

Shadwell l'observa en plissant les yeux. « Oh, *ceux-là*, dit-il. C'est du vent, tout ça. J'avions mené mon enquête l'an dernier. J'y étions allé avec mon Arsenal du Bon Droit et un paquet d'allume-feu et j'm'étions introduit par effraction. Ils sont blancs comme neige. Ils cherchent à donner un coup de pouce à leur commerce de vente de gelée royale par correspondance. Des couillonnades, tout ça. Ils r'connaîtraient pas un familier même si y en avait un qui leur bouffait le bas du pantalon. Du vent. C'est pus comme dans l'temps, p'tit gars. »

Il s'assit et prit une thermos crasseuse pour se verser une tasse de thé sucré.

« J't'avions raconté comment on m'a recruté dans l'armée ? » s'enquit-il.

Newt prit la question comme une invite à s'asseoir. Il secoua la tête en signe de dénégation. Shadwell alluma sa cigarette faite main avec un briquet Bic fatigué et toussa en connaisseur.

« C'était mon compagnon de cellule. L'Inquisiteur capitaine Ffolkes. Dix ans pour incendie volontaire. Il avait fait brûler un cercle eud'sorcières à Wimbledon. Et il aurait eu tout le monde, s'il s'était pas trompé de jour. Un brave type. Il m'a parlé de la bataille – la grande Bataille entre le Ciel et l'Enfer… C'est lui qui m'a enseigné les Secrets Internes de l'Armée des Inquisiteurs. Les familiers, les tétons. Tout le toutim…

« Il savait qu'il allait mourir, tu vois. Fallait que quéqu'un reprenne le flambeau. Comme toi, maintenant… » Il secoua la tête.

« V'là à quoi on en est réduit, mon gars, ajouta-t-il. Y a quéq' siècles, on était puissants. On définissait la ligne de démarcation entre la lumière et l'ombre. La ligne bleue des Vosges, en quéqu' sorte. Le feu rouge, quoi.

– Je croyais que les églises… commença Newt.

– Peuh ! » repartit Shadwell. Newt avait déjà vu le mot écrit, mais c'était la première fois qu'il entendait quelqu'un le prononcer. « Les églises ? Qu'est-ce qu'elles ont jamais réussi à faire, les églises ? Elles sont pas mieux. En fait, tout ça, c'est le même commerce. Faut pas leur faire confiance pour éliminer le Malin, parce que si elles y arrivaient, faudrait qu'elles changent de boulot. Si tu pars affronter un tigre, t'as pas intérêt à t'encombrer de gonzes qui croient qu'on le chasse en lui jetant de la viande. Oh, que non, mon gars. On est seul sur ce coup. Contre les ténèbres. »

Tout fut tranquille pendant un instant.

Newt essayait toujours de voir le bon côté des gens, mais peu de temps après s'être enrôlé dans l'AdI, il avait eu l'impression que son supérieur et seul autre compagnon de lutte était aussi équilibré qu'une pyramide renversée. Par « peu de temps », nous entendons moins de cinq secondes. Le quartier général de l'AdI était une pièce fétide aux murs couleur nicotine, ce qui était probablement la nature du revêtement. Et au sol couleur cendre, ce qui était vraisemblablement le cas. Il y avait un petit carré de tapis. Newt évitait autant que possible de le fouler, car la surface faisait ventouse sous les semelles.

Sur un des murs était punaisée une carte jaunissante des îles Britanniques, avec, fichés çà et là, des drapeaux bricolés. La plupart se trouvaient dans un cercle centré sur Londres dont le rayon était défini par la distance qu'autorisait la réduction aller-retour en 24 heures des chemins de fer britanniques.

Mais Newt était resté à ses côtés au cours de ces dernières semaines, parce que, eh bien, parce que sa fascination horrifiée s'était changée en pitié horrifiée, puis en une espèce d'affection horrifiée. En personne, Shadwell mesurait environ un mètre cinquante, et il portait des vêtements qui, quelle que soit leur nature, vous restaient toujours en mémoire sous la forme d'un vieil imperméable. Si le vieil homme avait encore toutes ses dents, c'est que personne n'en aurait voulu ; avec une seule, posée sous l'oreiller, il aurait poussé la Petite Souris à rendre son tablier.

Apparemment, il ne vivait que de thé sucré, de lait condensé et de cigarettes roulées à la main, et d'une sorte de centrale interne de mauvaise humeur. Shadwell avait une Cause, qu'il défendait avec toutes les ressources de son âme et de sa Carte Vermeil. Il y croyait. Elle l'alimentait comme une turbine.

De sa vie, Newton Pulsifer n'avait jamais eu de cause. Et, pour autant qu'il s'en souvienne, il n'avait jamais cru à quoi que ce soit. C'était très gênant ; il aurait bien voulu croire à quelque chose car, pour lui, la foi était la bouée de sauvetage à laquelle s'agrippent les gens sur les océans déchaînés de l'existence. Il aurait aimé croire en un Dieu Suprême, encore qu'il eût préféré s'entretenir une demi-heure avec lui avant de s'engager sur quoi que ce soit, afin de préciser deux ou trois détails. Il était allé s'asseoir dans toutes sortes d'églises, en attendant un grand éclair bleuté qui n'était jamais venu. Ensuite, il avait tenté de devenir un véritable athée, mais il n'avait pas la foi inébranlable et autosatisfaite nécessaire. Tous les partis politiques lui avaient paru équivalents dans la malhonnêteté. Il avait laissé tomber les Verts quand le magazine d'écologie auquel il était abonné avait publié pour ses lecteurs le plan d'un jardin autonome, qui dépeignait la chèvre écologique attachée à son piquet à moins d'un mètre de la ruche écologique. Newt avait vécu pas mal de temps chez sa grand-mère, à la campagne, et pensait connaître assez bien les mœurs des chèvres et des abeilles. Il en conclut que le magazine était dirigé par une clique de zozos en salopettes. Et puis, ils utilisaient trop souvent le mot *communauté* ; Newt avait toujours soupçonné les gens qui le prononçaient régulièrement de l'employer dans un sens très précis qui l'excluait, lui et tous les gens qu'il connaissait.

Après, il avait essayé de croire en l'Univers, ce qui semblait un terrain assez solide, jusqu'à ce qu'il commence à lire des livres récents dont les titres comportaient les mots *chaos, temps* ou *quantique.* Il avait découvert que même les gens dont l'Univers était, si l'on peut dire, le gagne-pain, n'y croyaient pas vraiment et s'enorgueillissaient, en fait, de ne pas être sûrs de sa nature exacte, ou même de son existence théorique.

Pour l'esprit pratique de Newt, c'était intolérable.

Newt n'avait pas cru aux louveteaux et, plus tard, quand il avait été assez grand, il n'avait pas cru aux éclaireurs non plus.

Cependant, il était prêt à croire que le travail d'employé au bureau des traitements à la Nationale de Groupement (Groupement) SA était sans doute le plus ennuyeux qui soit au monde.

Physiquement, voilà quel homme était Newton Pulsifer : s'il était entré dans une cabine téléphonique pour se changer, il aurait sans doute réussi à ressembler à Clark Kent, en sortant.

Mais il s'aperçut qu'il aimait bien Shadwell. C'était l'opinion générale, ce qui ulcérait Shadwell. Les Rajit l'aimaient bien : il finissait toujours par payer son loyer, c'était un locataire calme, et son racisme était si gauchement ostentatoire, si brouillon, qu'il en devenait inoffensif ; simplement, Shadwell haïssait tout le monde, sans distinction de milieu social, de couleur ou de croyance, et il n'allait pas commencer à faire des exceptions.

Madame Tracy l'aimait bien. Newt avait été stupéfait de découvrir que la locataire du deuxième appartement était une créature d'âge mûr à l'âme maternelle, que ses hôtes venaient voir autant pour prendre le thé et discuter gentiment que pour les vagues châtiments disciplinaires qu'elle pouvait encore leur infliger. Certains samedis soir, après avoir biberonné une demi-pinte de Guinness, Shadwell se plantait dans le couloir qui séparait leurs deux portes et braillait des choses comme : « Khââââtin eud'Babylone ! » mais elle avait confié à Newton qu'elle trouvait cela plutôt flatteur, bien que le lieu le plus proche de Babylone où elle soit jamais allée fût Torremolinos. C'était un peu de la publicité gratuite, disait-elle.

Elle ne lui en voulait pas non plus de cogner contre les murs en sacrant, durant ses séances de spiritisme, l'après-midi. Son genou faiblissait souvent et elle n'était pas toujours capable d'actionner le mécanisme frappeur, expliquait-elle, aussi quelques chocs sourds s'avéraient-ils bien utiles.

Le dimanche, elle lui laissait un petit repas sur le pas de la porte, couvert d'une seconde assiette pour le garder chaud.

On ne peut pas ne pas aimer Shadwell, ajoutait-elle. Mais pour les résultats qu'elle obtenait, elle aurait tout aussi bien pu jeter des miettes de pain dans un trou noir.

Newt se souvint des autres coupures de presse. Il les poussa en avant sur le bureau.

« Et c'est quoi ? s'enquit Shadwell, soupçonneux.

– Des phénomènes paranormaux. Vous m'aviez dit de m'intéresser aux phénomènes paranormaux. Ces temps-ci, il est plus facile de trouver des phénomènes que des sorcières, je le crains.

– Y a personne qu'a tiré des lièvres avec des balles d'argent et le lendemain, y a tout d'un coup une vieille qui boite ? s'enquit Shadwell, avec une pointe d'espoir.

– J'ai peur que non.

– Des vaches qui crèvent juste après qu'une fumelle les aye regardées ?

– Non !

– Bon, alors, c'est quoi ? » Shadwell alla d'un pas traînant jusqu'au placard marron poisseux et y prit une boîte de lait condensé.

« Il se passe de drôles de choses », répondit Newt.

Il y avait consacré des semaines. Shadwell avait vraiment laissé le travail s'accumuler. Certains journaux remontaient à plusieurs années. Newton avait une excellente mémoire, sans doute parce qu'au cours de ses vingt-six ans d'existence il avait eu très peu de choses pour la remplir. Il était devenu expert en quelques sujets particulièrement ésotériques.

« On dirait qu'il y a du nouveau chaque jour, expliqua Newt en feuilletant les rectangles de papier journal. Il est arrivé quelque chose de bizarre dans les centrales nucléaires, et personne ne semble savoir ce que c'est. Et certains affirment que l'Atlantide, le continent englouti, est remonté en surface. » Il semblait fier de ses efforts.

Le canif de Shadwell perça la boîte de lait condensé. On entendit au loin un téléphone sonner. Les deux hommes l'ignorèrent instinctivement. Tous les appels étaient pour madame Tracy, d'ailleurs, et certains n'avaient pas été conçus pour l'oreille de l'homme ; le premier jour, Newt avait consciencieusement répondu au téléphone, avait attentivement écouté la question, avait répondu : « À vrai dire, un slip kangourou 100 % coton de chez Marks & Spencer », et s'était retrouvé seul en ligne.

Shadwell aspira à fond. « Ach, c'est point eud'vrais phénomènes, ça. Les sorcières font pas des trucs eud'ce genre. Elles, leur spécialité, c'est plutôt de faire sombrer les choses, sais-tu. »

La bouche de Newt s'ouvrit et se referma plusieurs fois.

« Si nous voulons êt'forts dans not'lutte contre la sorcellerie, on ne peut point s'permettre d'être distraits par ce genre eud'choses, poursuivit Shadwell. Tu n'aurais rien de plus sorciéreux ?

– Mais des soldats américains ont débarqué pour protéger l'Atlantide de je ne sais quoi, gémit Newt. Un continent mythique…

– Y a-t-y des sorcières, dessus ? s'enquit Shadwell, manifestant une étincelle d'intérêt pour la première fois.

– On ne le dit pas.

– Peuchère, alors c'est uniquement des histoires de politique et de géographie », fit Shadwell, abandonnant le sujet.

Madame Tracy passa la tête par la porte. « Couououcou, Mr Shadwell », dit-elle en adressant à Newt un petit signe amical de la main. « Un monsieur au bout du fil demande à vous parler. Bonjour, Mr Newton.

– *Vade retro,* gourgandine, répondit automatiquement Shadwell.

– Il a l'air très bien élevé, continua madame Tracy sans faire attention. Et je vais aller nous acheter un beau petit morceau de foie pour dimanche.

– Plutôt souper avec le Diable, créature.

– Alors, si vous voulez bien me rendre les assiettes de la semaine dernière, ça me rendrait bien service. Vous serez un amour », acheva madame Tracy. Puis elle repartit en titubant sur des talons de dix centimètres, vers son appartement et ses mystérieuses activités un instant interrompues.

Tandis que Shadwell partait en bougonnant répondre au téléphone, Newt contempla ses coupures de presse avec un air catastrophé. L'une d'elles racontait que les mégalithes de Stonehenge changeaient de position, comme de la vulgaire limaille de fer dans un champ magnétique.

Il suivit vaguement un des côtés de la conversation.

« Qui ? Ah. Oui-da. Oui-da. Vous dites ? Et ce serait quoi, comme genre eud'travail ? Dame. Comme vous dites, m'sieur. Et cet endroit se trouverait… ? »

Mais les pierres qui se déplacent mystérieusement n'étaient pas la tasse de thé – ou plutôt la boîte de lait – de Shadwell.

« Parfait, parfait, assurait Shadwell. Nous nous y mettrons sur-le-champ. J'mettions ma meilleure équipe sur l'affaire et j'vous confirmerions not' succès sans délai, j'n'en doutions point. Bien le bonsoir, monsieur. Et qu'Il vous bénisse également, monsieur. » On entendit le *ding* d'un combiné qu'on raccroche, et la voix de Shadwell, qui avait fini la conversation métaphoriquement plié en deux à force de déférence, grommela : « "Mon cher enfant" ! 'Spèce de tantouze sudiste[1] ! »

Il revint à pas traînants dans la pièce, puis considéra Newton comme s'il avait oublié les raisons de sa présence ici.

« C'était quoi, toutes ces histoires que tu m'as sorties ? demanda-t-il.

– Tous ces événements qui se passent... commença Newt.

– Oui-da. » Shadwell continua à ne pas le voir tout en tapotant d'un air pensif la boîte de lait contre ses dents.

« Eh bien, il y a une petite ville qui jouit d'un temps incroyable depuis des années, poursuivit Newt, désemparé.

– Quoi ? Des pluies de grenouilles et autres ? » La mine de Shadwell s'illumina un peu.

« Non. Simplement, elle bénéficie d'un temps normal pour la saison.

– Et c'est ça qu't'appelles des phénomènes ? J'en avions vu, moi, des phénomènes, à t'en faire dresser les cheveux sur le crâne, mon gaillard. » Il recommença son tapotement.

« Et depuis quand a-t-on déjà vu un temps de saison ? répliqua Newt, légèrement agacé. Un temps normal pour la saison n'a rien de normal, sergent. Là-bas, il neige à Noël. C'était quand, la dernière fois que vous avez vu de la neige pour Noël ? Et des mois d'août longs et chauds ? Chaque année ? Et des automnes dorés ? Le genre de temps dont on rêve quand on est gosse ? Jamais

1. Shadwell haïssait tous les gens du Sud et, par voie de conséquence, sa présence définissait l'emplacement du pôle Nord.

de neige le 5 novembre, pour les feux de Guy Fawkes, et toujours la veille de Noël ? »

Le regard de Shadwell semblait perdu dans le vide. Il s'immobilisa, la boîte de lait à mi-chemin de ses lèvres.

« J'rêvions jamais, étant gosse », dit-il doucement.

Newt eut la sensation de vaciller au bord d'un puits sombre et terrible. Mentalement, il battit en retraite.

« C'est bizarre, en tout cas, fit-il. Ici, un météorologue parle de moyennes et de normes, de microclimats et de choses dans ce genre.

– Ce qui signifie ?

– Ça signifie qu'il ne sait pas comment expliquer la chose », répondit Newt, qui n'avait pas passé des années sur les rives des affaires sans apprendre une ou deux choses. Il coula un regard en biais vers l'Inquisiteur sergent.

« Les sorcières ont la réputation d'influer sur le temps, suggéra-t-il. J'ai vérifié dans le *Descouvertes*. »

Ô mon Dieu, ou n'importe quelle entité compétente, faites que je ne passe pas une soirée de plus dans cette pièce-cendrier, à découper des articles dans les journaux. Faites-moi sortir au grand air. Accordez-moi l'équivalent AdI d'un stage de ski nautique en Allemagne.

« C'est à soixante-dix kilomètres, pas plus, risqua-t-il. J'avais pensé aller y faire un petit tour demain. Histoire de jeter un coup d'œil, quoi. Je paierai l'essence », ajouta-t-il.

Shadwell s'essuya la lèvre supérieure d'un air méditatif.

« Cet endroit, demanda-t-il, il s'appellerait point Tadfield, par hasard ?

– C'est bien ça, Mr Shadwell. Comment le savez-vous ?

– J'me demandions bien à quoi il s'amuse, le Sudiste ? souffla Shadwell pour lui-même. Hééééé, ma foué, reprit-il à voix haute. Et pourquoi pas ?

– Qui s'amuse, sergent ? »

Shadwell ignora la question. « Oui-da. Ça peut point faire de mal, ma foué. Et tu paierais l'essence, tu dis ? »

Newt hocha la tête.

« Alors, passe ici à neuf heures, demain matin, avant de partir.

– Pourquoi donc ?

– Pour prendre ton Arsenal du Bon Droit. »

Newt venait à peine de partir que le téléphone sonna à nouveau. Cette fois-ci, c'était Rampa, qui donna à peu près les mêmes instructions qu'Aziraphale. Shadwell les nota à nouveau pour la forme, tandis que madame Tracy, ravie, papillonnait autour de lui.

« Deux appels le même jour, Mr Shadwell, disait-elle. Mais votre petite armée a le vent en poupe !

– Ach, arrière, ribaude en bacchanale », marmonna Shadwell en claquant la porte. Tadfield, songeait-il. Bah, du moment qu'ils payaient rubis sur l'ongle...

Ni Aziraphale ni Rampa ne dirigeaient l'Armée des Inquisiteurs, mais ils en approuvaient tous deux l'existence ou, du moins, ils savaient que son existence serait bien vue de leurs supérieurs. Elle figurait donc au catalogue des agences d'Aziraphale, parce que c'était une armée d'Inquisiteurs après tout, et qu'il faut soutenir les chasseurs de sorcières, tout comme les États-Unis se doivent d'encourager les gens qui se proclament anticommunistes. Et elle apparaissait sur les listes de Rampa pour une raison légèrement plus sophistiquée : des gens comme Shadwell ne font aucun tort à la cause des Enfers. Bien au contraire, pensait-on.

Au sens le plus strict, ce n'était pas non plus Shadwell qui dirigeait l'AdI. Selon les livres de comptes de Shadwell, le chef était un certain Inquisiteur général Smith. Ses subalternes étaient les Inquisiteurs colonels Green et

Jones, et les Inquisiteurs majors Jackson, Robinson et Smith (aucun lien de parenté). Ensuite venaient les Inquisiteurs majors Poêle, Frigo, Lait et Placard, parce que, arrivée à ce point, l'imagination limitée de Shadwell commençait à peiner. Et les Inquisiteurs capitaines Smith, Smith, Smith, Smythe et Idem. Et cinq cents Inquisiteurs première classe, caporaux et sergents. Ils comptaient bon nombre de Smith, mais c'était sans importance : ni Rampa ni Aziraphale ne s'étaient donné la peine de lire la liste jusqu'au bout. Ils se contentaient de verser la solde.

Après tout, les deux versements additionnés atteignaient à peine les soixante livres par an.

Pour Shadwell, il n'y avait là rien de criminel. L'armée était une responsabilité sacrée et il fallait bien faire quelque chose. Les neuf pence de prime ne rentraient plus aussi facilement que dans le temps.

Samedi

C'était le samedi matin, très tôt, le dernier jour du monde, et le ciel était plus rouge que le sang.

Le commissionnaire de l'International Express négocia prudemment le virage à soixante-cinq à l'heure, repassa en seconde et se rangea sur l'herbe du bas-côté.

Il descendit de la fourgonnette et plongea immédiatement dans un fossé pour éviter un camion qui avait pris le virage à un bon cent trente de moyenne.

Il se releva, ramassa ses lunettes, les rechaussa, récupéra son paquet et son carnet à souches, débarrassa son uniforme des traces d'herbe et de boue, puis, comme si l'idée lui en venait seulement maintenant, brandit le poing en direction du camion qui diminuait rapidement à sa vue.

« Ça devrait pas être permis, saleté de camions, ça respecte pas les autres usagers de la route. Ce que je dis toujours, ce que je dis toujours, c'est : souviens-toi, mon gars, sans voiture, t'es rien qu'un piéton, toi aussi… »

Il dévala l'escarpement herbu, enjamba une barrière basse et se retrouva au bord de la rivière Beurque.

Le commissionnaire de l'International Express longea les berges, le colis à la main.

Un peu plus loin sur la rive était assis un jeune homme, tout de blanc vêtu. Il n'y avait personne d'autre en vue. Il avait les cheveux blancs, la peau crayeuse et son regard remontait et descendait le cours de la rivière, comme s'il admirait le panorama. Il avait l'allure de ces poètes romantiques victoriens, juste avant que la tuberculose et l'abus de drogues commencent à vraiment faire sentir leur effet.

L'homme de l'International Express n'y comprenait rien. Enfin, quoi, dans le temps, et ce n'était pas si loin que ça, on voyait un pêcheur tous les dix mètres, le long de la berge. Les enfants jouaient là ; des couples d'amoureux venaient écouter les friselis et les gargouillis de l'eau qui coule, pour se tenir par la main, pour se sentir tout romantiques devant les couchers de soleil du Sussex. Il avait fait ça avec Maud, sa légitime, avant leur mariage. Ils y étaient venus s'y délasser, et, en une occasion mémorable, s'y enlacer.

Les temps changent, songea le commissionnaire.

Maintenant, des empilements blancs et bruns de mousse et de rejets descendaient avec majesté le cours de la rivière, la couvrant souvent sur des mètres à la ronde. Et aux endroits où la surface de l'eau était visible, elle était parée d'une moire monomoléculaire de dérivés pétroliers.

On entendit un lourd bruissement et un couple d'oies, soulagées d'être rentrées en Angleterre au terme d'un vol long et épuisant à travers l'Atlantique Nord, se posèrent sur l'eau lissée par l'irisation, pour couler sans laisser de traces.

C'est un drôle de monde, songea le commissionnaire. La Beurque, qui avait été la plus jolie rivière en cette partie du monde, n'était plus qu'un égout industriel haut de gamme. Les cygnes coulent à pic et les poissons remontent à la surface.

Voilà, c'est ça, le progrès. On n'arrête pas le progrès.

Il était arrivé près de l'homme en blanc.

«'Scusez moi, m'sieur. Je cherche un certain M. Crayeux ? »

L'homme en blanc hocha la tête sans rien dire. Il continua d'admirer la rivière, suivant des yeux une spectaculaire structure d'écume et de détritus.

« Si beau, murmura-t-il. C'est si beau, bon sang. »

Le commissionnaire se trouva temporairement à court de mots. Puis il passa en automatique. « C'est un drôle de monde, y a pas à dire. C'est vrai, quoi : on parcourt la planète entière pour faire ses livraisons et voilà qu'on se retrouve pratiquement chez soi. Je veux dire, je suis né dans le coin, j'y ai été élevé, m'sieur, et j'ai été en Méditerranée, et à Des Moines, c'est en Amérique, m'sieur, et me voilà, et tenez, voilà votre paquet, m'sieur. »

Un certain M. Crayeux prit le colis, le carnet à souches, et signa le bon de livraison. Le stylo commença à perdre de l'encre pendant l'opération et la signature s'effaça au fur et à mesure qu'il la traçait. C'était un mot assez long, qui commençait par P, se poursuivait par un pâté, et se terminait par *ence,* peut-être, ou bien *ution.*

« Je vous remercie bien, m'sieur », fit le commissionnaire.

Il remonta le long de la berge en direction de la route encombrée sur laquelle il avait garé sa camionnette, tout en essayant de ne pas regarder la rivière.

Derrière lui, l'homme en blanc ouvrit le colis. À l'intérieur, il y avait une couronne – un anneau de métal blanc serti de diamants. Il la contempla quelques secondes, d'un air satisfait, avant de s'en coiffer. Elle scintilla sous les feux du soleil levant. Puis sa surface argentée, qui avait commencé à se ternir quand ses doigts l'avaient touchée, fut complètement envahie ; et la couronne vira au noir.

Blanc se leva. Un des avantages de la pollution atmosphérique, c'est qu'elle donne lieu à des levers de soleil prodigieux. On aurait dit que quelqu'un avait incendié les cieux.

Et une allumette négligemment jetée aurait incendié la rivière, mais hélas, le temps pressait. Dans son esprit, il savait où et quand se rencontreraient les Quatre, et il devait se hâter pour être là-bas dans l'après-midi.

Peut-être allumera-t-on un incendie dans les cieux, après tout, se dit-il. Et il quitta ce lieu, de façon presque imperceptible.

L'heure était presque arrivée.

Le commissionnaire avait laissé sa camionnette garée sur l'herbe du bas-côté, au bord de la nationale. Il regagna la portière du conducteur (avec prudence, car voitures et camions continuaient à jaillir du virage), passa la main par la vitre ouverte et prit la Liste sur le tableau de bord.

Bon. Plus qu'une livraison à faire.

Il lut attentivement les directives sur le bon de livraison.

Il les relut, en s'attachant particulièrement à l'adresse, et au message. L'adresse tenait en un seul mot : Partout.

Ensuite, avec son stylo qui fuyait, il rédigea un mot rapide à l'intention de sa femme, Maud. Il inscrivit seulement : *Je t'aime.*

Alors, il replaça la liste sur le tableau de bord, regarda à gauche, à droite, et encore à gauche, puis il entreprit de traverser la route d'un pas résolu. Il était parvenu au milieu quand un énorme bolide venu d'Allemagne surgit du virage, piloté par un chauffeur que la caféine, de petites pilules blanches et les règlements de la CEE en matière de transports avaient rendu fou.

Le commissionnaire le regarda s'éloigner.

Fichtre, songea-t-il. Il est pas passé loin, celui-là.

Puis il baissa les yeux vers le caniveau.

Oh, songea-t-il.

OUI, acquiesça une voix derrière son épaule gauche ou, du moins, derrière le souvenir de son épaule gauche.

Le commissionnaire se tourna, regarda et il vit. Tout d'abord, il ne trouva pas ses mots, il ne retrouvait plus rien. Et puis les automatismes de toute une vie professionnelle prirent les commandes, et il dit : « Un message pour vous, m'sieur.

POUR MOI ?

– Oui, m'sieur. » Il regretta de ne plus avoir de gorge. S'il en avait encore possédé une, il aurait pu déglutir. « Pas de colis, j'en ai peur… euh, m'sieur. C'est un message.

EH BIEN, ALLEZ-Y. LISEZ-LE-MOI.

– Voilà, m'sieur. Ahem. *Venez et voyez.*

ENFIN. Son visage portait un sourire, mais, étant donné le genre de visage dont il s'agissait, il n'aurait pu en être autrement.

MERCI, poursuivit-il. JE DOIS VOUS FÉLICITER DE VOTRE CONSCIENCE PROFESSIONNELLE.

« Je vous demande pardon ? » Feu le commissionnaire tombait à travers une brume grise, et il n'y distinguait que deux points bleus, qui auraient pu être des yeux, ou qui auraient pu être de lointaines étoiles.

NE VOYEZ PAS ÇA COMME UN DÉCÈS, DIT LA MORT, DITES-VOUS QUE VOUS PARTEZ EN AVANCE POUR ÉVITER LES EMBOUTEILLAGES.

Le commissionnaire se demanda un instant si son nouvel interlocuteur avait fait de l'humour, et décida que non ; et puis il n'y eut plus rien.

Ciel rouge le matin. Il allait pleuvoir.

Oh, que oui.

L'Inquisiteur sergent Shadwell recula, la tête inclinée sur le côté. « Parfait, dit-il. Te v'là paré. T'as ben tout ?

– Oui, sergent.

– Le pendule de découverte ?

– Pendule de découverte, oui.

– Poucettes ? »

Newt déglutit et tapota sa poche.

« Poucettes, confirma-t-il.

– Allume-feu ?

– Là, sergent, je crois vraiment que…

– Allume-feu ?

– Allume-feu[1], répondit tristement Newt. Et allumettes.

– Cloche, livre et chandelle ? »

Newt tapota une autre poche. Elle contenait un sac en papier renfermant une clochette du genre dont on se sert pour agacer les perruches, une bougie rose tendance gâteau d'anniversaire, et un livre minuscule, intitulé *Le Bréviaire des petites mains.* Shadwell avait insisté, disant que, bien que les sorcières soient sa cible première, un bon inquisiteur ne devait jamais laisser passer l'occasion d'un exorcisme vite fait, et devait toujours avoir sur lui le matériel adéquat.

« Cloche, livre et chandelle, confirma Newt.

– Épingle ?

– Épingle.

– C'est bien, ça. Faut jamais oublier son épingle. C'est la baïonnette de ton arsenal d'lumiâire. »

Shadwell recula d'un pas. Newt constata avec stupeur que les yeux du vieillard s'étaient embués.

1. Note à l'intention des Américains et autres créatures urbicoles : les Britanniques ruraux, ayant répudié le chauffage central, jugé beaucoup trop compliqué et, de toute façon, facteur de dégénérescence de la fibre morale, lui préfèrent un autre système : empiler de petits morceaux de bois et des boulets de charbon, surmontés d'énormes bûches humides, de préférence composées d'amiante, en amas fumants qu'on appelle généralement : « une bonne flambée, y a rien de tel, pas vrai ? ». Comme aucun de ces ingrédients n'a de don naturel pour la combustion, on introduit sous l'édifice un petit bloc rectangulaire d'un blanc cireux, qui brûle avec ardeur jusqu'à ce que le poids du bois l'étouffe. On appelle ces petits blocs blancs des allume-feu. Nul ne sait pourquoi.

« J'aimerions bien aller avec toué, dit-il. Ben sûr, ça s'ra rien, mais ça s'rait ben agréable d'aller trotter. C'est une vie ben dure, sais-tu, s'coucher dans les fougères humides pour espionner leurs danses démoniââques. Ça t'rentre dans la moelle, c'est quéq'chose eud'terrible. »

Il se redressa et salua.

« Va donc, deuxième classe Pulsifer. Que les forces de la glorification t'accompââgnent. »

Quand la voiture de Newt fut partie, Shadwell songea à quelque chose, une tâche qu'il n'avait pas encore eu le temps d'accomplir. Il lui fallait une épingle. Pas une épingle à usage militaire, sorcières (à l'intention des). Rien qu'une épingle toute simple, du genre qu'on plante dans les cartes.

La carte était accrochée au mur. Elle n'indiquait ni Milton Keynes, ni Harlow. C'est à peine si on y trouvait Manchester et Birmingham. Voilà trois siècles qu'elle servait de carte de campagne à l'état-major de l'armée. Quelques épingles y étaient encore fichées, principalement dans le Yorkshire et le Lancashire, quelques-unes dans l'Essex, mais elles étaient presque totalement rongées par la rouille. Ailleurs, de simples moignons bruns indiquaient la lointaine mission d'un inquisiteur de jadis.

Shadwell finit par dénicher une épingle dans le bric-à-brac qui encombrait un cendrier. Il souffla dessus, la frotta pour la faire reluire, plissa les yeux en examinant la carte jusqu'à ce qu'il localise Tadfield, et planta triomphalement l'épingle.

Elle brillait.

Shadwell fit un pas en arrière et exécuta un nouveau salut. Il en avait les larmes aux yeux.

Ensuite, il exécuta un demi-tour impeccable et salua la vitrine. Elle était vieille et abîmée, et la glace en était brisée, mais d'une certaine façon, elle symbolisait l'AdI. Elle abritait l'argenterie du régiment (le trophée interbataillons de golf, qu'on n'avait plus disputé depuis soixante-dix ans, hélas) ; elle abritait l'Arquebuse à chargement par le canon de l'Inquisiteur colonel Vous-ne-mangerez-point-du-sang-de-toute-chair-et-quiconque-en-mangera-sera-puni-de-mort Dalrymple ; elle abritait une collection de noix, apparemment : en fait, il s'agissait de têtes réduites de chasseurs de têtes, don de l'Inquisiteur sergent-major Horace « Flinguez-les les premiers » Narker, qui avait beaucoup bourlingué en contrées étrangères ; elle abritait des souvenirs.

Shadwell se moucha, bruyamment, sur sa manche.

Puis il ouvrit une boîte de lait condensé pour son petit déjeuner.

Si les bataillons de la glorification avaient voulu accompagner Newt, ils seraient tombés en pièces. Pour la bonne raison que, Shadwell et Newt exceptés, tout le monde était mort depuis belle lurette.

On aurait tort de croire que Shadwell (Newt ne sut jamais s'il avait un prénom) était un cinglé isolé.

Seulement, les autres n'étaient plus de ce monde, depuis quelques siècles, pour la plupart. Jadis l'Armée avait vraiment l'ampleur que lui prêtait actuellement la comptabilité aménagée de façon si créative par Shadwell. Newt avait été étonné d'apprendre que l'Armée des Inquisiteurs avait des antécédents aussi longs et presque aussi sanglants que son homologue moins surnaturel.

Les tarifs des Inquisiteurs avaient été édictés par Oliver Cromwell et jamais révisés depuis. Les officiers touchaient une couronne, et le général, un souverain. Ce n'était qu'une somme symbolique, bien entendu, puisqu'on touchait neuf pence par sorcière démasquée et qu'on avait droit de priorité sur ses possessions.

Ces primes de neuf pence finissaient par vraiment compter dans une solde. Par conséquent, Shadwell avait parfois connu des périodes difficiles avant de se retrouver à émarger aux registres du Ciel et de l'Enfer.

Newt touchait un ancien shilling par an[1].

En retour, il était tenu de conserver à tout moment sur sa personne « de l'amadou, des allumettes soufrées », quoique Shadwell lui ait signalé qu'un briquet Bic faisait parfaitement l'affaire. Shadwell avait salué l'invention du briquet à cigarette breveté dans le même état d'esprit que les soldats conventionnels avaient accueilli le fusil à répétition.

Pour Newt, c'était un peu comme s'il appartenait à une de ces organisations qui passent leur temps à reconstituer la guerre civile anglaise ou la guerre de Sécession américaine. Ça faisait une sortie le dimanche, et aidait à maintenir les grandes et belles traditions qui avaient conduit la civilisation occidentale au point où elle en était arrivée.

Une heure après avoir quitté le quartier général, Newt se gara sur une aire de repos et farfouilla dans la boîte posée sur le siège à côté de lui.

1. Note à l'intention des jeunes lecteurs et des étrangers : Un shilling = cinq pennies, ou cinq pence, ou cinq pis. On appréhendera mieux le financement de l'Armée des Inquisiteurs si l'on connaît un peu l'ancien système monétaire britannique. Deux farthings = un demi-penny. Deux demi-pennies = un penny. Trois pennies = un thrupenny. Deux thrupence = un sixpence. Deux sixpence = un shilling (un « bob » [invariable]). Deux bob = un florin. Deux florins et un sixpence = une demi-couronne. Quatre demi-couronnes = un billet de dix bob. Deux billets de dix bob = une livre (ou 240 pennies). Une livre et un shilling = une guinée.

Les Britanniques se sont longtemps opposés à la décimalisation, qu'ils jugeaient trop compliquée.

Ensuite, il baissa la vitre, en se servant d'une paire de tenailles, la poignée étant tombée depuis longtemps.

Il balança le paquet d'allume-feu par-dessus la haie. Un instant plus tard, les poucettes le suivirent.

Il hésita quant au reste des ustensiles, puis les remit dans la boîte. L'épingle était du matériel militaire de qualité, avec une belle tête en ébène, comme une épingle à chapeau de dame.

Il en connaissait l'usage. Il avait beaucoup lu. Shadwell lui avait chargé les bras d'une pile d'opuscules dès leur première rencontre, mais l'Armée avait également accumulé nombre de livres et de documents qui, de l'avis de Newt, rapporteraient une fortune si on les mettait jamais en vente.

On plantait l'épingle dans les suspects. S'ils avaient un point insensible sur leur corps, on les déclarait sorciers. Simple. Quelques Inquisiteurs malhonnêtes s'étaient servis d'aiguilles rétractiles, mais celle-ci était d'acier solide et loyal. Newt ne pourrait jamais plus regarder Shadwell en face s'il se débarrassait de l'épingle. En plus, ça portait probablement malheur.

Il redémarra et reprit la route.

Newton pilotait une Wasabi. Il l'appelait Jesse James, en espérant qu'on lui en demanderait un jour la raison.

Il faudrait être un historien très minutieux pour déterminer sans erreur le jour exact où les Japonais, jusque-là considérés comme des automates démoniaques qui copiaient tout ce que produisait l'Occident, devinrent d'habiles et astucieux ingénieurs capables de dépasser l'Occident de cent coudées. Mais la Wasabi avait justement été conçue en cette journée de transition, et elle combinait les défauts traditionnels de la plupart des automobiles occidentales avec une horde de catastrophes imaginatives dont l'absence a fait la gloire actuelle de firmes comme Honda et Toyota.

De fait, malgré tous ses efforts, Newt n'en avait jamais vu d'autre que la sienne sur les routes. Pendant des années, et sans grande conviction, il avait chanté à ses amis les louanges du véhicule, de son économie, de son efficacité, dans l'espoir insensé que l'un d'entre eux en achèterait une : on souffre toujours mieux à plusieurs.

Il avait en vain fait l'éloge de son moteur 823 cc, de sa boîte à trois vitesses, de ses incroyables options de sécurité, comme l'Air Bag qui se gonflait en cas de danger – par exemple quand vous faisiez du soixante-dix kilomètres-heure sur une route droite et sèche, mais que vous alliez avoir un accident à cause du gros ballon qui vous bouchait soudain la vue. Il avait évoqué avec des accents quasi lyriques la radio de fabrication coréenne, qui captait Radio Pyongyang avec une netteté stupéfiante, et la voix électronique de synthèse qui vous avertissait que vous ne portiez pas votre ceinture de sécurité, alors que vous l'aviez bouclée ; elle avait été programmée par quelqu'un qui ne comprenait ni l'anglais, ni même le japonais. C'était du grand art, affirmait-il.

L'art en question devait plutôt être la poterie.

Ses amis hochaient la tête et approuvaient ; en leur for intérieur, ils se juraient que, s'ils devaient jamais choisir entre l'achat d'une Wasabi ou la marche, ils investiraient dans une paire de chaussures ; de toute façon, ça reviendrait au même. En effet, une des raisons de l'incroyable sobriété de la Wasabi était le temps qu'elle passait immobilisée dans des garages, tandis qu'arbres à cames et autres pièces détachées transitaient par la poste, en provenance du dernier agent Wasabi au monde, à Nigirizushi, au Japon.

Dans ce vague état de transe très zen que connaissent la plupart des conducteurs au volant, Newt se surprit à s'interroger sur la façon exacte dont on employait l'épingle. Fallait-il dire : « J'ai une épingle et je n'hésiterai pas à m'en servir » ? *L'homme à l'épingle d'or... Les Epingleros... Les épingles de Navarone... La vieille épingle...*

Newt aurait peut-être été intéressé d'apprendre que, des trente mille femmes soumises à l'épreuve de l'épingle au cours de siècles de chasse aux sorcières, vingt-neuf mille avaient dit : « Ouille », neuf cent quatre-vingt-dix-neuf n'avaient rien senti à cause de l'usage de l'épingle rétractile déjà évoquée, et une avait affirmé que l'épingle l'avait miraculeusement guérie de son arthrite à la jambe.

Cette dernière s'appelait Agnès Barge.

C'était le grand échec de l'Armée des Inquisiteurs.

Une des premières mentions portées dans les *Belles et bonnes prophéties* concernait la propre mort d'Agnès.

Les Anglais, race composée dans son ensemble d'individus bassement matérialistes et indolents, n'avaient pas manifesté pour brûler les femmes la ferveur d'autres pays d'Europe. En Allemagne, les bûchers avaient été édifiés et entretenus avec une constance et une régularité toutes teutonnes. Même les pieux Écossais, enferrés au long de leur histoire dans un interminable combat contre leurs ennemis héréditaires les Écossais, avaient réussi à allumer quelques bûchers pour occuper les longues soirées d'hiver. Mais les Anglais ne semblèrent jamais s'y intéresser vraiment.

Les circonstances de la mort d'Agnès Barge, qui marqua en Angleterre la fin des chasses sérieuses aux sorcières, ou peu s'en faut, apportent peut-être un début d'explication. Une foule hurlante, acculée à la fureur la plus totale par cette manie qu'avait Agnès de se promener partout en étant intelligente et en aidant les gens, se présenta un soir d'avril devant sa maison, pour la trouver assise, revêtue de son manteau, en train de les attendre.

« Vous eftes bien en retard, leur dit-elle. Je devrais roftir depuis déjà dix minutes. »

Ensuite, elle se leva et claudiqua lentement à travers la foule soudain silencieuse, sortit du cottage et gagna le bûcher qu'on avait érigé à la va-vite sur le pré communal. La légende affirme qu'elle gravit les fagots avec difficulté et qu'elle mit les bras en arrière pour empoigner dans son dos le poteau central.

« Attafche-moi bien », demanda-t-elle à l'Inquisiteur stupéfait. Puis, tandis que les villageois se regroupaient lentement autour du bûcher, elle leva sa noble tête à la clarté du feu et elle déclara : « Approfchez-vous bien près, gentil peuple. Approfchez-vous jufques le feu vous efchaude prefque, car je vous somme de voir comment meurt la dernière vraie sorcière d'Angleterre. Sorcière j'eftois, car telle on m'a jugée, bien que point ne sçache quel eftoit mon crime. Et doncques soit mon trépas un message adressé au monde. Approfchez-vous fort près, vous dicz-je, et *safchez bien quel destin efchoit quiconque s'occupoit de ce qu'il n'entend point.* »

Puis elle parut sourire en regardant le ciel au-dessus du village et en ajoutant : « C'eftoit aussi valable pour toi, vieux fol. »

Après cet étrange blasphème, elle se tut. Elle se laissa bâillonner et garda une pose impérieuse, tandis qu'on boutait le feu au bois sec.

La foule s'approcha, et une ou deux personnes dans l'assistance commencèrent à se demander si, à la réflexion, ils avaient tellement bien agi.

Trente secondes plus tard, une explosion emporta le pré communal, balaya toute vie dans la vallée et fut visible jusqu'à Halifax.

On débattit beaucoup pour savoir si l'explosion avait été envoyée par Dieu ou par Satan, mais un billet retrouvé par la suite dans le cottage d'Agnès Barge indiqua que l'éventuelle intervention divine ou démoniaque avait été appuyée d'un point de vue tactique par le contenu des jupons d'Agnès : avec une certaine prévoyance, elle les avait bourrés de quatre-vingts livres de poudre à canon et de quarante livres de clous de charpentier.

Derrière elle, sur la table de la cuisine, en plus d'une note demandant au laitier de ne plus passer, Agnès avait laissé un coffret et un livre. Des instructions précisaient ce qu'on devait faire du coffret, et d'autres directives décrivaient aussi clairement ce qu'on devait faire du livre ; il fallait le faire parvenir au fils d'Agnès, John Bidule.

Les gens qui le découvrirent – ils étaient originaires du village d'à côté et avaient été réveillés par l'explosion – envisagèrent de ne pas tenir compte des instructions et de se contenter de brûler le cottage ; puis ils regardèrent autour d'eux les feux disséminés alentour et les ruines criblées de clous, et changèrent d'avis. D'ailleurs, la note d'Agnès faisait des prophéties d'une douloureuse précision sur le sort des gens qui ne satisferaient pas à ses exigences.

L'homme qui avait porté la torche contre Agnès Barge était un Inquisiteur major. On retrouva son chapeau dans un arbre, à quatre kilomètres de là.

Son nom, brodé à l'intérieur sur un assez long morceau de ruban, était Vous-Ne-Commettrez-Point-L'Adultère Pulsifer, un des inquisiteurs les plus acharnés d'Angleterre. Il aurait pu tirer quelque satisfaction de savoir que son dernier descendant suivait pour l'heure une route qui le conduisait à son insu vers la dernière descendante d'Agnès Barge. Il aurait pu en conclure qu'une ancienne vengeance allait s'accomplir.

S'il avait su ce qui allait réellement se passer lors de cette rencontre, il se serait retourné dans sa tombe, s'il en avait jamais eu une.

Mais tout d'abord, Newt devait régler le problème de la soucoupe volante.

Elle avait atterri sur la route devant lui, au moment même où il cherchait l'embranchement en direction de Lower Tadfield, les cartes étalées sur le volant. Il avait dû freiner sec.

Elle ressemblait à toutes les caricatures de soucoupe volante que Newt avait pu voir.

Tandis qu'il regardait par-dessus le rebord de son plan, une porte coulissa sur le flanc de la soucoupe avec un très beau *whoosh*, libérant une rampe d'accès chromée qui s'étira automatiquement jusqu'à la route. Une puissante lumière bleue s'alluma, délimitant trois silhouettes extraterrestres qui descendirent la rampe à petits pas. Enfin, les deux d'entre elles qui semblaient marcher. Celle qui ressemblait à une poivrière dérapa et la dévala en glissant et, arrivée en bas, elle se renversa.

Sans prêter attention à ses couinements désemparés, les deux autres avancèrent lentement vers la voiture, selon la technique adoptée partout dans le monde par les policiers qui sont déjà en train de rédiger le procès-verbal dans leur tête. Le plus grand des deux, un crapaud jaune vêtu d'aluminium ménager, frappa à la vitre de Newt. Celui-ci la baissa. La créature portait des lunettes de soleil à verres miroir, le genre qui rappelait toujours à Newt le film *Luke la main froide*.

« Bonjour, monsieur, madame ou neutre, fit la créature. C'est votre planète ? »

L'autre extraterrestre, qui était trapu et vert, s'était aventuré dans les bois en bordure de route. Du coin de l'œil, Newt le vit donner un coup de pied dans un arbre, puis examiner une feuille à l'aide d'un gadget compliqué qu'il portait à la ceinture. Le résultat ne parut guère le satisfaire.

« Euh, ben, oui, je suppose », répondit Newt.

Le crapaud inspecta le ciel d'un œil pensif.

« Et vous l'avez depuis longtemps ?

– Euh. Pas personnellement. Enfin, je veux dire, en tant qu'espèce, un demi-million d'années. Il me semble. »

L'extraterrestre échangea un coup d'œil avec son collègue. « On a un peu laissé se multiplier les pluies acides, je me trompe, monsieur ? On s'est peut-être laissé un peu aller sur les hydrocarbures, non ?

– Je vous demande pardon ?

– Vous pouvez me donner l'albédo de votre planète, monsieur ? » demanda le crapaud en fixant l'horizon, comme s'il s'y produisait des événements passionnants.

« Euh… Non.

– Eh bien, monsieur, je regrette de vous le dire, mais vos calottes polaires sont en dessous des normes admises pour cette catégorie de planète, monsieur.

– Oh, flûte. » Newt se demanda à qui il pourrait bien raconter tout ça, et comprit que personne ne le croirait jamais.

Le crapaud se pencha plus près. Quelque chose semblait le troubler, pour autant que Newt puisse interpréter la physionomie d'une race extraterrestre qu'il rencontrait pour la première fois.

« Bon, pour cette fois-ci, nous allons passer l'éponge, monsieur. »

Newton bredouilla. « Oh, euh. Je vais m'en occuper… enfin, quand je dis *je*, je veux dire, je crois que l'Antarctique ou je ne sais quoi appartient à la communauté internationale, ou un truc comme ça et…

– En fait, monsieur, on nous a demandé de vous transmettre un message.

– Ah bon ?

– Je cite : “Nous vous apportons un message de paix universelle, d'harmonie et tout ça.” Fin de citation.

– Oh. » Newt tourna et retourna la phrase dans sa tête. « Oh. C'est bien aimable à vous.

– Vous avez la moindre idée de la raison pour laquelle on nous a demandé de vous transmettre ce message, monsieur ? » s'enquit le crapaud.

Le visage de Newt s'éclaira. « Oh, euh, ben, je suppose que maintenant que l'Humanité a, euh… dompté la puissance de l'atome…

– Nous non plus. » Le crapaud se redressa. « Encore un phénomène, je suppose. Bon, il serait temps d'y aller. » Il lui adressa un signe de tête absent, tourna les talons et remonta en se dandinant à bord de sa soucoupe, sans rien ajouter.

Newt passa sa tête par la portière.

« Merci ! »

Le petit extraterrestre longea la voiture.

« Niveau de CO_2 en augmentation d'un demi pour cent, grinça-t-il en lui coulant un regard lourd de sous-entendus. Vous savez qu'on pourrait vous accuser de conduire le destin de la planète sous l'influence d'un consumérisme incontrôlé ? »

À eux deux, les extraterrestres remirent leur partenaire d'aplomb, le hissèrent à leur suite sur la rampe d'accès et refermèrent la porte.

Newt attendit un moment d'éventuelles manifestations lumineuses spectaculaires, mais la soucoupe resta plantée là. Il finit par s'en approcher en voiture et par la contourner. Quand il regarda dans le rétroviseur, elle avait disparu.

Je dois avoir abusé de quelque chose, se dit-il en proie à un sentiment de culpabilité. Mais de quoi ?

Et je ne peux même pas en parler à Shadwell : il m'engueulerait sûrement pour ne pas leur avoir compté les tétons.

« En tout cas, pour les sorcières, vous vous gourez complètement », déclara Adam.

Les Eux étaient assis sur le portail du champ et regardaient Toutou se rouler dans les bouses de vaches. Le petit bâtard semblait énormément s'amuser.

« J'ai lu des trucs à leur sujet, poursuivit Adam en haussant légèrement le ton. En fait, c'est elles qui ont raison depuis le début, et faut pas les persécuter avec des trucs comme l'Inquisition britannique et tout ça.

– Ma mère, elle dit que c'étaient seulement des femmes intelligentes et qu'elles faisaient que protester de la seule façon qui leur était offerte contre les injustices criantes d'une hiérarchie sociale dominée par le mâle », fit Pepper.

La mère de Pepper enseignait à l'École Polytechnique de Norton[1].

« Oui, mais ta mère, elle dit tout le temps des trucs comme ça », repartit Adam au bout d'un moment.

Pepper le reconnut de bon gré. « Et au pire, elle dit, c'étaient des libres-penseurs qui adoraient le principe progénératif.

– C'est quoi, le principe progératif ? demanda Wensleydale.

– Chais pas. C'est en rapport avec les mâts de cocagne, je crois.

– Ouais, ben moi, je croyais qu'elles adoraient le Diable », contra Brian sans intention péjorative. Les Eux

1. Pendant la journée. Le soir, elle donnait des consultations de tarot aux cadres nerveux, parce qu'on ne se débarrasse pas si facilement des mauvaises habitudes.

étaient très larges d'esprit sur le chapitre des cultes démoniaques. Les Eux étaient très larges d'esprit sur tous les chapitres. « J'espère que le Diable est plus intéressant qu'un bête mât de cocagne.

– C'est là que t'as tout faux, intervint Adam. C'est pas le Diable. C'est un autre dieu, ou chais pas quoi. Avec des cornes.

– Le Diable, fit Brian.

– Non, répliqua Adam avec patience. Les gens ont confondu les deux. C'est juste qu'il a des cornes, tout pareil. Il s'appelle Pan. Il est à moitié chèvre.

– Quelle moitié ? » demanda Wensleydale.

Adam y réfléchit.

« Le bas, finit-il par répondre. C'est marrant que tu saches pas ça. Je croyais que tout le monde le savait.

– Les chèvres n'ont pas de bas ou de haut, rétorqua Wensleydale. Elles ont un devant et un derrière, comme les vaches. »

Ils observèrent encore Toutou un moment, en battant des talons contre le portail. Il faisait trop chaud pour réfléchir.

Puis Pepper lança : « S'il a des pattes de chèvre, il devrait pas avoir de cornes. Les cornes, c'est à l'avant.

– C'est pas moi qui ai inventé ça, quand même », dit Adam, ulcéré. « Moi, je vous raconte, c'est tout. C'est nouveau, ça, que je l'ai inventé. C'est pas la peine de m'accuser.

– De toute façon, poursuivit Pepper, il est bête, Boum. Faut pas qu'il se plaigne si les gens le prennent pour le Diable. S'il porte des cornes, c'est forcé que les gens disent : *Oh, t'as vu ? C'est le Diable,* non ? »

Toutou commença à élargir fébrilement un terrier de lapin.

Adam, qui semblait gravement préoccupé, prit une profonde inspiration. « Faut pas tout prendre au degré un, comme ça. C'est ça, le problème de nos jours. La matérialisme grasse. C'est des gens comme vous qui vont abattre les forêts tropicales et qui creusent des trous dans la couche de zone. Y a un trou énorme dans la couche de zone, et c'est la faute à des gens comme vous et à leur matérialisme grasse.

– J'peux rien y faire, rétorqua Brian automatiquement. J'ai encore des retenues sur mon argent de poche à cause d'un bête châssis à concombres.

– C'est dit dans le magazine, dit Adam. Il faut des millions d'hectares de forêt tropicale pour faire un seul hamburger. Et toute la zone, elle fuit à cause de... » Il hésita. « ... des gens qui aèrent le sol.

– Et puis, il y a les baleines, ajouta Wensleydale. Faut les sauver. »

Adam resta sans réaction. Son butin d'anciens numéros du *Nouvel Aquarien* ne faisait aucune allusion aux baleines. Les rédacteurs supposaient que leurs lecteurs étaient partisans du sauvetage des baleines, tout comme ils supposaient que lesdits lecteurs respiraient et se déplaçaient sur deux jambes.

« J'ai vu une émission là-dessus, expliqua Wensleydale.

– Et pourquoi il faut les sauver ? » demanda Adam.

Il avait une vision confuse de baleines ligotées sur le passage de l'express de 19 h 45.

Wensleydale s'interrompit et se creusa la tête. « Parce qu'elles savent chanter. Et qu'elles ont un gros cerveau. Et puis il en reste pratiquement plus. Et puis parce qu'on n'a pas besoin de les tuer, de toute façon, parce qu'elles servent uniquement à fabriquer de la nourriture pour chiens et des trucs comme ça.

– Si elles sont si intelligentes, demanda lentement Brian, pourquoi elles restent dans la mer ?

– Oh, chais pas », fit Adam, tout à coup pensif. « Elles nagent toute la journée ; pour se nourrir, elles ont qu'à ouvrir la bouche... C'est plutôt pas mal, je trouve... »

Un couinement de freins et un interminable froissement métallique l'interrompirent. Ils sautèrent à bas du portail et remontèrent en courant la petite route jusqu'au carrefour, où une petite voiture reposait sur le toit, au terme d'une longue trace de freinage.

Un peu plus loin sur la route, s'ouvrait un trou. Apparemment, la voiture avait cherché à l'éviter. Quand ils le regardèrent, une petite tête aux traits orientaux y disparut pour échapper aux regards.

Les Eux tirèrent sur la portière pour l'ouvrir et extraire Newt, inconscient, de la voiture. Des fantasmes de médailles récompensant un valeureux sauvetage se bousculaient dans la tête d'Adam. Des considérations pratiques de secourisme emplirent celle de Wensleydale.

« Il ne faut pas le bouger, dit-il. À cause des os cassés. Il faut aller chercher quelqu'un. »

Adam jeta un coup d'œil circulaire. Un toit dépassait à peine des feuillages, au bas de la route. C'était le cottage des Jasmins.

Et dans le cottage des Jasmins, Anathème Bidule était assise devant une table sur laquelle elle avait disposé depuis une heure des bandes Velpeau, de l'aspirine et divers ustensiles de premiers soins.

Anathème consulta la pendule. Elle estima qu'il allait reprendre connaissance d'un instant à l'autre.

Elle ne l'avait pas imaginé ainsi. Pour être plus exact, elle l'avait espéré autrement.

Avec une vague gêne, elle avait espéré un grand brun, très beau.

Newt était grand, mais de façon étirée, maigrichonne. Et s'il avait bien les cheveux bruns, ce n'étaient absolument pas des accessoires de mode, mais un simple amas de minces fils noirs qui poussaient en groupe sur le dessus de sa tête. Ce n'était pas la faute de Newt ; quand il était plus jeune, il allait tous les deux mois chez le coiffeur au coin de la rue, en tenant une photographie soigneusement déchirée dans un magazine, sur laquelle un homme à la coupe de cheveux incroyablement cool souriait à l'objectif ; il montrait la photo au coiffeur et lui demandait de lui couper les cheveux comme ça, s'il vous plaît. Et le coiffeur, qui connaissait son travail, jetait un seul coup d'œil à la photo et lui faisait sa coupe de base, tout terrain : court dessus et sur les côtés. Au bout d'un an, Newt comprit qu'il n'avait pas le genre de visage qui met une coupe de cheveux en valeur. La seule chose qu'il pouvait espérer, après une séance chez le coiffeur, c'est d'avoir les cheveux plus courts.

Même chose pour les costumes. On n'avait pas encore inventé la tenue qui lui conférerait une allure élégante, sophistiquée et nonchalante. Désormais, il se satisfaisait de tout ce qui le protégeait de la pluie et lui procurait un endroit où ranger sa petite monnaie.

Et il n'était pas beau. Même pas quand il retirait ses lunettes[1]. Et quand Anathème lui retira ses chaussures pour l'étendre sur le lit, elle découvrit qu'il portait des chaussettes dépareillées : une bleue, avec un trou au talon, et l'autre grise, avec des trous autour des orteils.

Je suppose que je devrais ressentir une vague de je-ne-sais-quoi de chaleureux, de tendre et de féminin en voyant ça, se dit-elle. Mais j'aurais quand même préféré qu'il les lave.

Donc… grand, brun, mais pas très beau. Elle haussa les épaules. Tant pis. Deux sur trois, ce n'était pas un mauvais score.

1. Moins, en fait. Parce que, quand il enlevait ses lunettes, il trébuchait partout et portait souvent des pansements.

La silhouette étendue sur le lit commença à remuer. Et Anathème, qui en toutes circonstances tournait toujours son regard vers l'avenir, ravala sa déception et dit :

« Alors, on se sent comment, à présent ? »

Newt ouvrit les yeux.

Il était couché dans une chambre, et ce n'était pas la sienne. Il le comprit instantanément en voyant le plafond. Du sien pendaient encore ses maquettes d'avions, à des fils de coton. Il ne les avait jamais détachées.

Ce plafond n'était constitué que de plâtre fissuré. Sans s'être jamais trouvé dans une chambre de femme auparavant, Newt sentit qu'il était couché dans l'une d'elles, principalement grâce à une combinaison d'odeurs tendres. Il y flottait un soupçon de talc et de lys, et on notait l'absence d'un relent âcre de vieux T-shirts qui ont oublié à quoi ressemble l'intérieur d'une essoreuse.

Il tenta de redresser la tête, gémit et la laissa s'enfoncer dans l'oreiller. Rose, constata-t-il malgré lui.

« Vous vous êtes cogné la tête contre le volant, dit la voix qui l'avait réveillé. Mais vous n'avez rien de cassé. Que s'est-il passé ? »

Newt rouvrit les yeux.

« Voiture n'a rien ? s'enquit-il.

– On le dirait bien. Une petite voix à l'intérieur répète sans cesse : " S'ir vous praît boucrer ceintule. " »

– Vous voyez ? lança Newt à l'adresse d'un public invisible. On savait construire en ce temps-là. La finition plastique encaisse tout. »

Il cligna des yeux en regardant Anathème.

« J'ai fait un écart pour éviter un Tibétain sur la route, dit-il. Enfin, il me semble. Je crois que j'ai complètement perdu les pédales. »

La silhouette fit le tour du lit pour venir se placer dans son champ de vision. Elle avait des cheveux sombres, des lèvres rouges et des yeux verts, et il y avait une très forte probabilité pour qu'elle soit de sexe féminin. Newt essaya de ne pas la regarder trop fixement. La silhouette déclara : « Si c'est le cas, personne ne s'en apercevra. » Puis elle sourit. « Vous savez, je n'avais encore jamais rencontré d'Inquisiteur.

– Euh… commença Newt. Elle lui montra le portefeuille qu'elle avait ouvert.

– J'ai dû jeter un coup d'œil à l'intérieur », expliqua-t-elle.

Newt se sentit extrêmement embarrassé, un état qui ne lui était pas trop étranger. Shadwell lui avait attribué une carte officielle d'inquisiteur professionnel, qui, entre autres choses, requérait tous les bedeaux, les magistrats, les évêques et les baillis de lui accorder libre passage, ainsi que tout le petit bois qu'il pouvait demander. Elle en imposait énormément, c'était un chef-d'œuvre de calligraphie et elle remontait probablement assez loin. Il en avait oublié l'existence.

« Mais c'est juste un passe-temps, expliqua-t-il d'une voix misérable. En fait, je suis… je suis… » Pas question de dire employé aux écritures, pas ici, pas maintenant, pas devant une telle fille. « … ingénieur en informatique », mentit-il. C'est ce que je *voudrais* être ; ce que je *veux* être ; au plus profond de mon être, je *suis* ingénieur en informatique, c'est juste mon cerveau qui n'est pas à la hauteur de mes ambitions. « Excusez-moi, mais pourrais-je savoir…

– Anathème Bidule. Je suis occultiste, mais c'est simplement un passe-temps. En fait, je suis sorcière. Très bien. Vous avez une demi-heure de retard », ajouta-t-elle en lui tendant une petite fiche bristol. « Il vaut sans doute mieux que vous lisiez ceci. Nous gagnerons du temps. »

Il est exact que Newt possédait un petit ordinateur personnel, malgré ses expériences de jeunesse. En fait, il en avait eu plusieurs. Lesquels ? La question ne se posait pas : c'étaient les équivalents informatiques de la Wasabi, ceux qui, par exemple, subissaient un rabais de 50 % après qu'il en eut acheté un ; ceux qu'on lançait à grand renfort de publicité, et qui sombraient dans l'anonymat au bout d'un an ; ceux qui ne fonctionnaient correctement que quand on les gardait au frigo ; ou, si par accident il s'agissait intrinsèquement de bonnes machines, c'est sur Newt que tombaient les rares exemplaires vendus avec la première version du système d'exploitation, celle qui était percluse de *bugs*. Mais il s'entêtait : il *avait la foi*.

Adam possédait un petit ordinateur, lui aussi. Il s'en servait pour jouer, mais jamais très longtemps. Il louait un jeu, l'observait attentivement pendant quelques minutes, puis commençait à jouer jusqu'à ce que le tableau des scores soit à court de zéros.

Quand les autres Eux s'émerveillaient de ce don étrange, Adam se disait vaguement surpris que tout le monde ne joue pas de la même façon que lui.

« Il suffit d'apprendre à jouer, et puis après, c'est facile », disait-il.

Une grande partie de l'entrée du cottage des Jasmins était encombrée, comme le constata Newt avec une vague inquiétude, par des piles de vieux journaux. Des coupures étaient placardées sur les murs. Sur certaines, des paragraphes étaient entourés à l'encre rouge. Il ressentit une légère satisfaction en en retrouvant quelques-unes qu'il avait découpées à l'intention de Shadwell.

Anathème ne possédait pas grand-chose, en matière de mobilier. Elle ne s'était donné la peine d'emporter avec elle que sa pendule, qui faisait partie du patrimoine familial. Ce n'était pas une grande horloge avec coffre, mais une pendule qu'on accrochait au mur, avec un balancier sous lequel Edgar Allan Poe aurait pris plaisir à ligoter les gens.

Le regard de Newt y revenait sans cesse.

« Elle a été construite par un de mes ancêtres », dit Anathème en posant des tasses à café sur la table. « Sir Joshua Bidule. Vous avez entendu parler de lui ? Il a inventé le petit machin qui se balance et qui a rendu possible la fabrication de pendules précises à moindre prix. On lui a donné son nom.

– Le Joshua ? risqua Newt, méfiant.

– Le Bidule. »

Au cours de la demi-heure qui venait de s'écouler, Newt avait entendu pas mal de choses incroyables auxquelles il était à deux doigts de croire, mais il y a quand même des limites.

« Le Bidule tire son nom de son inventeur ?

– Oh, oui. C'est un des grands noms du Lancashire. C'est d'origine française, je crois bien. Ne me dites pas que vous n'avez jamais entendu parler de sir Humphrey Gadget, non plus...

– Bon, là, ça commence à bien faire...

– ... inventeur du *gadget,* qui permettait de pomper l'eau des puits de mine inondés. Ou de Pietr Machin ? Ou de Cyrrus T. Zinzin, le plus grand inventeur noir américain ? Thomas Edison a affirmé que les seuls autres inventeurs contemporains pour lesquels il éprouvait du respect, c'était Cyrrus T. Zinzin et Ella Reader Truc. Et... »

Elle vit l'expression atone de Newt.

« J'ai fait une thèse sur le sujet, expliqua-t-elle. Les gens qui ont inventé des choses si simples et d'une utilité si universelle que tout le monde a oublié qu'il avait été nécessaire de les inventer. Du sucre ?

– Ben...

– D'ordinaire, vous en prenez deux », affirma Anathème d'une voix charmante.

Newt scruta la fiche qu'elle lui avait tendue.

Elle paraissait croire que toute l'explication y figurait.

Ce n'était pas le cas.

Une ligne verticale la partageait en deux. À gauche, un court passage qui ressemblait à de la poésie, à l'encre noire. À droite, à l'encre rouge cette fois-ci, on trouvait commentaires et annotations. L'effet général était le suivant :

3819. Quand le Chariot d'Orient cherroit quatre roues es ciel, un homme meurtri repoſera sur ton lit, sa teſte dolente invoquant l'olivier, un homme qui soumet a l'eſpreuve de l'eſpingle, pourtant sa teſte est propre, quoique parente du germe de mon sort, retire-lui les moyens du feu pour affermir ta certitude.	Voiture japonaise ? renversée. Accident de voiture. Blessures légères… Le recueillir olivier = aspirine (cf. 3757) Espingle : inquisiteur (cf. 102) Un *bon* inquisiteur ?? référence à Pulcifer (cf. 002) le fouiller pour lui enlever allumcttcs, etc. dans les années 90 !
Ensemble vivrez juſqu'a la fin prochaine.	…Hmm… …moins d'un jour (cf. 712, 3803, 4004)

La main de Newt se porta instinctivement à sa poche. Son briquet avait disparu.

« Qu'est-ce que ça signifie ? demanda-t-il d'une voix rauque.

– Vous avez déjà entendu parler d'Agnès Barge ? demanda Anathème.

– Non », rétorqua Newt, ancrant sa dernière ligne de défense dans le sarcasme. « Je suppose que vous allez me dire qu'elle a inventé les malades mentaux ?

– Encore un des grands noms du Lancashire, répondit-elle d'une voix glaciale. Si vous ne me croyez pas, lisez donc les comptes rendus des procès en sorcellerie au début du XVIIe siècle. C'est une de mes ancêtres. Pour tout dire, un de vos ancêtres l'a brûlée vive. Enfin, il a essayé. »

Newt écouta avec une horreur fascinée l'histoire de la mort d'Agnès Barge.

« Vous-Ne-Commettrez-Point-L'Adultère Pulsifer ? articula-t-il quand Anathème eut fini.

– Ce genre de nom était très répandu, à l'époque. Apparemment, c'était une famille très dévote qui comptait dix enfants. Il y a eu Concupiscence Pulsifer, Faux-témoignage Pulsifer...

– Je crois comprendre. Bon sang. Il me semblait bien que Shadwell avait dit déjà connaître ce nom. On doit le trouver dans les archives de l'Armée. Je suppose que si j'avais dû me balader avec un nom comme Adultère Pulsifer, j'aurais cherché à faire souffrir le plus de gens possible.

– Je crois simplement qu'il n'aimait pas beaucoup les femmes.

– Merci de si bien le prendre. Je veux dire, c'était sans doute un de mes ancêtres. Pulsifer n'est pas un nom tellement courant. Peut-être... Peut-être que c'est pour ça que je me suis engagé dans l'Armée des Inquisiteurs ? C'est peut-être le Destin », risqua-t-il avec un vague espoir.

Elle secoua la tête. « Non, dit-elle. Ça n'existe pas.

– Et puis, bon, la chasse aux sorcières n'est plus ce qu'elle était autrefois. Au pire, je pense que ce bon vieux Shadwell a donné quelques coups de pied dans les poubelles de Doris Stokes.

– Entre nous, Agnès était un personnage un peu spécial, continua distraitement Anathème. Elle n'avait pas de vitesse intermédiaire. Toujours excessive. »

Newt agita la fiche. « Mais quel rapport avec tout ça ?

– C'est elle qui a écrit ça. Enfin, l'original. C'est le numéro 3819 des *Belles et bonnes prophéties d'Agnès Barge*, publié initialement en 1655. »

Newt contempla à nouveau la prophétie. Sa bouche s'ouvrit, puis se referma.

« *Elle savait que j'aurais un accident de voiture ?*

– Oui. Non. Sans doute pas. C'est difficile à dire. Voyez-vous, il n'y a jamais eu de pire prophétesse qu'Agnès. Elle avait toujours raison. C'est pour ça que son bouquin ne s'est jamais vendu. »

Les dons psychiques sont causés d'ordinaire par une simple carence en focalisation temporelle, et l'esprit d'Agnès Barge était tellement à la dérive dans le Temps qu'elle passait pour bien atteinte, même selon les critères du Lancashire au XVIIe siècle, où les prophétesses folles étaient une sorte d'industrie locale.

Mais tout le monde s'accordait à dire qu'on s'amusait beaucoup en l'écoutant.

Elle parlait de guérir des afflictions en se servant d'une sorte de moisissure, recommandait de se laver les mains pour que les tout petits animaux qui provoquent les maladies soient emportés par l'eau, alors que n'importe qui de sensé savait qu'une bonne puanteur était la meilleure défense contre les démons de la mauvaise santé. Elle conseillait de courir à allure modérée pour vivre plus longtemps (idée extrêmement suspecte qui attira pour la première fois sur elle l'attention des Inquisiteurs), et insistait sur l'importance d'un régime riche en fibres, quoique sur ce point elle fût très en avance sur son siècle : à l'époque, la plupart des gens se souciaient moins des fibres dans leurs repas que des cailloux. Et elle se refusait à guérir les verrues.

« Tout cela eſt dans voſtre teſte, disait-elle, n'y penſez plus, cela diſparaiſtra tout seul. »

De toute évidence, Agnès était en communication directe avec le Futur, mais la ligne était extrêmement étroite et très spécialisée. En d'autres termes, elle n'avait quasiment aucun intérêt.

« Comment ça ? demanda Newt.

– Elle a réussi à écrire le genre de prédictions qu'on comprend seulement après coup. Par exemple : *N'aſchetez point de bettamakſes.* Elle avait prophétisé ça pour 1972.

– Vous voulez dire qu'elle avait prévu les magnétoscopes ?

– Non ! Elle captait simplement un petit bout d'information. Tout est là. La plupart du temps, elle fait une référence discrète qu'on ne parvient à déchiffrer que lorsque l'événement est passé, et là, tout se met en place. En plus, comme elle ne savait pas ce qui allait être important, elle faisait toujours son choix au petit bonheur. Sa prédiction pour le 22 novembre 1963, c'est qu'une maison allait s'écrouler à King's Lynn.

– Oh ! » Le visage de Newt afficha une impassibilité polie.

« C'est le jour de l'assassinat du président Kennedy, lui expliqua Anathème. Mais à l'époque d'Agnès, Dallas n'existait pas. Tandis que King's Lynn était une bourgade importante.

– Oh !

– En général, Agnès était particulièrement douée pour tout ce qui touche à sa descendance.

– Tiens ?

– Et elle ne connaissait rien au moteur à explosion. Pour elle, c'étaient simplement de drôles de chariots.

Même ma mère a cru qu'elle parlait d'un carrosse d'empereur qui se renversait. Vous voyez, il ne suffit pas seulement de connaître le futur. Il faut savoir ce que ça signifie. Agnès était dans la position de quelqu'un qui découvre un panorama gigantesque à travers un tout petit œilleton. Elle inscrivait les conseils qui lui semblaient pertinents en fonction de ce qu'elle comprenait de ses minuscules aperçus.

« Parfois, on a de la chance, poursuivit-elle. Mon arrière-grand-père, par exemple, a compris sa référence au krach boursier de 1929 deux jours avant que cela ne se passe. Il a fait fortune. On pourrait nous considérer comme des descendants professionnels. »

Elle jeta un regard perçant vers Newt. « Vous voyez, jusqu'à il y a deux cents ans environ, personne n'avait compris que pour Agnès les *Belles et bonnes Prophéties* étaient un héritage qu'elle nous léguait. De nombreuses prédictions concernent ses descendants et leur bien-être. Elle essayait de veiller sur nous après sa mort, en quelque sorte. Nous pensons que c'est ce qui explique sa prophétie à propos de King's Lynn. Mon père était en voyage là-bas, à l'époque, et donc, du point de vue d'Agnès, il courait bien moins de risques d'être atteint par une balle perdue à Dallas, que de recevoir une brique sur le crâne.

– La brave femme, fit Newt. On en oublierait presque qu'elle a anéanti tout un village à l'explosif. »

Anathème ignora la remarque. « Enfin, bref, c'est pratiquement tout ce qu'il y a à dire. Depuis lors, nous avons eu à cœur de les interpréter. Après tout, ça fait une moyenne d'une prophétie par mois – en fait, un peu plus, maintenant que nous approchons de la fin du monde.

– Et c'est quand ? »

Anathème jeta à l'horloge un regard lourd de sens.

Il éclata d'un horrible petit rire, qu'il espérait élégant et sophistiqué. Après tout ce qui lui était déjà arrivé dans la journée, il n'était plus guère certain de sa santé mentale. Et le parfum d'Anathème le troublait beaucoup.

« Estimez-vous heureux que je n'aie pas besoin d'un chronomètre, répliqua-t-elle. Il nous reste... oh, cinq ou six heures. »

Newt pesa cette déclaration dans sa tête. Il n'avait encore jamais eu envie de boire de l'alcool, mais quelque chose lui soufflait qu'il fallait bien commencer un jour.

« Est-ce que les sorcières ont de quoi boire, chez elles ? hasarda-t-il.

– Oh, oui. » Elle sourit comme avait probablement souri Agnès Barge en déballant le contenu de son tiroir à lingerie. « Des trucs verts qui gargouillent, avec des êtres qui se tortillent sur la surface en voie de coagulation. Vous êtes bien placé pour savoir ce genre de choses.

– Parfait. Avec un glaçon ? »

En fait, ce fut un gin, et il y avait des glaçons. Anathème, qui avait appris la sorcellerie sur le tas, désapprouvait l'alcool en général, mais n'y voyait aucune objection dans son cas particulier.

« Je vous ai parlé du Tibétain qui sortait d'un trou, au milieu de la route ? lui demanda Newt, en se détendant un peu.

– Oh, je les connais, dit-elle en brassant les papiers sur la table. Ils ont tous les deux émergé au milieu de ma pelouse, hier. Les malheureux avaient l'air complètement perdus. Je leur ai fait une tasse de thé, et puis ils m'ont emprunté une pelle et ils ont replongé. Je ne crois pas qu'ils sachent vraiment ce qu'ils sont censés faire. »

Newt se sentit légèrement ulcéré. « Comment saviez-vous que c'étaient des Tibétains ?

– Et vous ? Comment le savez-vous ? Il a fait *Ommmmm* quand vous l'avez heurté ?

– Ben, il... il avait une tête de Tibétain. Robe safran, crâne rasé... vous savez, quoi... *tibétain.*

– L'un des miens parlait très bien anglais. À ce qu'il m'a dit, il était en train de réparer des radios à Lhassa, et le voilà qui se retrouve tout à coup dans un tunnel. Il ne sait absolument pas comment il va rentrer chez lui.

– Si vous lui aviez dit d'aller jusqu'à la route, la soucoupe volante aurait pu faire un crochet pour le déposer, répondit Newt sur un ton morose.

– Trois extraterrestres ? Dont un petit robot métallique ?

– Parce qu'ils ont atterri sur votre pelouse, eux aussi ?

– S'il faut en croire la radio, c'est sans doute le seul endroit où ils n'ont pas encore atterri. Ils n'arrêtent pas de se poser partout dans le monde en apportant un petit message banal de paix cosmique, et quand les gens leur disent : « Oui, et après ? », ils les regardent sans comprendre et redécollent. Des signes et des présages, comme l'annonçait Agnès.

– Je suppose que vous allez me dire qu'elle avait prévu tout ça ? »

Agnès fouilla un classeur à fiches usagé en face d'elle.

« Je voulais tout mettre sur ordinateur, dit-elle. Procéder à des analyses statistiques du texte et tout ça, vous voyez ? Ce serait beaucoup plus pratique. Les prophéties sont rangées dans n'importe quel ordre, mais il y a des indices : l'écriture, etc.

– Elle a tout rédigé dans un classeur à fiches ?

– Non. Dans un livre. Mais je... euh, je l'ai égaré. Nous en avons toujours gardé des copies, bien entendu.

– Tiens ? Égaré ? fit Newt, tentant d'injecter un zeste d'humour dans la situation. Je parie que ça, elle ne l'avait pas prévu ! »

Anathème lui jeta un coup d'œil noir. Si un regard avait pu tuer, Newt aurait été étendu sur une table d'autopsie.

Puis elle poursuivit : « Mais nous avons établi une concordance impressionnante, au fil des ans, et mon grand-père a mis au point un système de références très utile… ah. Nous y voilà. »

Elle poussa une feuille de papier devant Newt.

> 3988. Quand hommes crocus viendront de terre et hommes verts des cieux, et point ne sçauront pourquoi, quand les barres de Pluton quitteront les caſtels de la foudre, que paraiſtront les continents engloutis, que Leviathan sera libre, que Braſil verdiroit, que Troys s'assembleront et que Quatre se leveront sur cavales de fer, je vous le dicz : la fin sera proche.

> …Crocus = safran (cf. 2003)… des extra-terrestres… ?? … parachutistes ? … centrales nucléaires (voir coupures de presse N° 798-806)… l'Atlantide, coupures 812-819 … Léviathan = baleine (cf. 1981) ? … L'Amérique du Sud est verte ?? 3 = 4 ? Trains (chemin de fer) (cf. 2675)

« Pour celui-ci, je n'avais pas tout compris à l'avance, reconnut Anathème. J'ai complété en écoutant les bulletins d'informations.

– Vous devez être redoutables pour les mots croisés, dans la famille.

– De toute façon, je crois qu'Agnès commence un peu à perdre pied. Ses histoires de Léviathan, d'Amérique du Sud, et ses trois et ses quatre pourraient s'appliquer à n'importe quoi. » Elle soupira. « Le problème, ce sont les journaux. On ne sait jamais si Agnès ne fait pas référence à un incident infime qu'on a pu manquer. Vous savez le temps que ça prend, de lire *tous les quotidiens,* chaque matin, *jusqu'à la dernière ligne* ?

– Trois heures dix minutes », répondit Newt, machinalement.

« Chuppose qu'on va avoir une médaille, déclara Adam avec optimisme. Tirer un homme d'une épave en flammes.

– Elle était pas en flammes, intervint Pepper. C'était même pas vraiment une épave quand on l'a remise à l'endroit.

– Oui, mais ça aurait pu, lui expliqua Adam. Je vois pas pourquoi on n'aurait pas de médaille, simplement parce qu'une bagnole est trop nulle pour prendre feu quand il faudrait. »

Ils étaient debout autour du trou, et regardaient à l'intérieur. Anathème avait appelé la police, qui l'avait attribué à un effondrement de terrain localisé, et ceinturé de cônes de signalisation ; c'était un trou très sombre et très profond.

« Ça pourrait être marrant d'aller au Tibet, fit Brian. On pourrait apprendre les arts martiaux, tout ça. J'ai vu un vieux film où y avait une vallée au Tibet, et tout le monde vivait des siècles et des siècles. Elle s'appelait Shangri-La.

– La maison de ma tante s'appelle pareil », signala Wensleydale.

Adam exprima sa dérision par un renâclement.

« C'est pas très malin de donner un nom de maison à une ville, dit-il. Pourquoi pas *Sam Suffit* ou... ou *Les lauriers-roses* ?

– En tout cas, c'est mieux que Chamboula, répliqua Wensleydale.

– Shambala, corrigea Adam.

– Si ça se trouve, c'est le même endroit. Doit y avoir deux noms », dit Pepper, faisant preuve d'un sens de la diplomatie dont elle n'était guère coutumière. « Comme chez nous. Ça s'appelait *Le Pavillon*. Et puis on a changé le nom quand on a emménagé : on a mis *Norton View*. Mais on continue à recevoir du courrier adressé à Theo C. Cupier, *Le Pavillon*. Peut-être que c'est Shambala maintenant, mais que les gens l'appellent encore *Les lauriers-roses.* »

Adam jeta un caillou dans le trou. Il commençait à se lasser des Tibétains.

« Qu'est-ce qu'on fait, à présent ? demanda Pepper. Ils lavent les moutons, à la ferme de Norton Bottom. On pourrait aller les aider. »

Adam jeta un caillou plus gros dans le trou et attendit un bruit de chute. Il n'y en eut pas.

« Chais pas, dit-il avec un peu de hauteur. Je suppose qu'on devrait faire quelque chose pour les baleines, et les forêts, et tout.

– Quoi, par exemple ? » demanda Brian, qui avait un faible pour les activités ludiques accompagnant tout décrassage de moutons qui se respecte. Il entreprit de vider ses poches de tous ses paquets de chips et les jeta un par un dans le trou.

« On pourrait aller à Tadfield, cet après-midi et pas s'acheter un hamburger, suggéra Pepper. Si on est quatre à pas en acheter, ça fait des millions d'hectares de forêt tropicale qu'ils devront pas raser.

– Ils les raseront de toute façon, fit Wensleydale.

– C'est encore la matérialisme grasse, dit Adam. Pareil pour les baleines. C'est pas croyable, tout ce qui se passe. » Il regarda Toutou.

Il se sentait vraiment bizarre.

Le petit bâtard, remarquant qu'on s'intéressait à lui, se dressa sur ses pattes de derrière.

« C'est des gens comme toi qui bouffent toutes les baleines, le gronda Adam. Je parie que t'en as presque mangé une à toi tout seul. »

Toutou inclina la tête de côté et poussa un gémissement, tandis que l'ultime étincelle de sa nature satanique se méprisait pour une telle conduite.

« Ça va être un beau monde, quand on sera grand, dit Adam. Plus de baleines, plus d'air, et tout le monde en train de barboter parce que le niveau des mers aura monté.

– Alors, y aura que les Atlantidais qui seront à leur aise, fit Pepper, joviale.

– Hmmm », répondit Adam qui n'écoutait pas vraiment.

Il se passait quelque chose dans sa tête. Il avait la migraine. Des pensées surgissaient sans qu'il les ait conçues. Une voix lui disait : *Toi, tu peux faire quelque chose, Adam Young. Tu peux arranger ça. Tu peux faire ce que tu veux.* Et ce qui lui disait ça, c'était… lui. Une partie de lui-même, enfouie très profond. Une partie de lui-même qui avait été rivée à lui toutes ces années sans qu'il remarque vraiment sa présence, comme une ombre. Elle lui disait : « Oui, le monde est nul. Il aurait pu être bien. Mais maintenant, il est nul, et il est temps d'y remédier. Voilà pourquoi tu es là. Pour tout réparer. »

« Parce qu'ils pourraient aller partout, continua Pepper en lui jetant un regard inquiet. Les Atlantidais, j'veux dire. Parce que…

– J'en ai marre, des Atlantidais et des Tibétiens », trancha Adam.

Tout le monde le regarda. Ils ne l'avaient encore jamais vu comme ça.

« C'est bien joli pour eux, dit Adam. Tout le monde passe son temps à gaspiller les baleines, et le charbon, et le pétrole, et la zone et les forêts tropicales, et tout, et y aura plus rien pour nous. On devrait partir sur Mars et tout, au lieu de rester assis dans le noir et dans l'eau, pendant que l'air s'échappe. »

Ce n'était pas l'Adam que connaissaient les Eux. Ils évitèrent de se regarder. L'humeur de leur chef semblait soudain rendre le monde plus froid.

« Y m'semble », dit Brian, pragmatique, « y m'semble à moi que le mieux à faire, c'est d'arrêter de lire tous les trucs qui parlent de ça.

– C'est toi qui avais raison, l'autre jour, répondit Adam. On grandit en lisant des histoires de pirates et de cow-boys et d'astronautes et tout ça, et au moment où tu crois que le monde est plein de trucs géniaux, on te dit qu'en fait y a que des baleines crevées et des forêts abattues et des déchets radioactifs qui durent des millions d'années. Ça vaut pas la peine de grandir, si vous voulez mon avis. »

Les Eux échangèrent un regard.

Une ombre planait bel et bien sur le monde. Des nuées d'orage s'amassaient au nord, la lumière du soleil les teignait en jaune, comme si le ciel avait été peint par un amateur plus enthousiaste que doué.

« Y me semble qu'on devrait tout remballer pour recommencer à zéro », dit Adam.

La voix ne ressemblait pas à celle d'Adam.

Un vent âpre traversa les forêts estivales.

Adam regarda Toutou qui essayait de faire le poirier. Au loin, on entendit grommeler le tonnerre. Adam tendit la main et donna une petite tape distraite à son chien.

« Ça serait bien fait pour tout le monde si les bombes atomiques explosaient toutes et qu'on recommençait à zéro, mais en s'organisant mieux, cette fois, dit Adam. Y a des fois, je me dis que c'est ce que je voudrais qu'il se passe. Comme ça, nous, on pourrait tout remettre en ordre. »

Le tonnerre gronda à nouveau. Pepper frissonna. Ce n'étaient plus les palabres normales des Eux, ces rubans de Möbius qui aidaient à passer les heures calmes. Il y avait dans l'œil d'Adam une expression que sa camarade ne savait pas interpréter – ce n'était pas cette lueur quasi permanente témoignant qu'Adam avait le diable au corps, mais une sorte de morne grisaille qui était bien pire.

« Ben, *nous,* c'est pas sûr, risqua-t-elle. Je sais pas, passque si toutes les bombes explosent, on saute tous.

En tant que mère des générations à venir, je suis contre. »

Ils la regardèrent curieusement. Elle haussa les épaules.

« Et puis le monde sera envahi par des fourmis géantes », dit Wensleydale, nerveux. « J'ai vu un film là-dessus. Ou alors, tu te promènes avec des fusils à canon scié, et puis tout le monde a des voitures avec, vous savez, des couteaux et des fusils attachés dessus...

– J'empêcherais qu'il y ait des fourmis géantes et des trucs comme ça », répondit Adam, dont le visage s'éclaira d'horrible façon. « Et je ferais en sorte que vous ayez rien à craindre. Ça serait *méchamment* bien, non ? On aurait le monde entier à nous tout seuls. Non ? On pourrait se le partager. On pourrait jouer à des jeux vachement bien. On pourrait faire la guerre avec des vraies armées, et tout ça.

– Mais y aurait plus de *gens*, fit Pepper.

– Boh, je pourrais en faire d'autres, dit Adam sur un ton léger. Enfin, ça serait largement suffisant pour faire des armées. Par exemple, *toi...* » il indiqua Pepper du doigt, et elle recula comme si l'index d'Adam avait été un fer chauffé à blanc « ... tu pourrais avoir la Russie, parce que la Russie est rouge et que t'as les cheveux roux, tu vois ? Et Wensley aurait l'Amérique, et Brian, il peut... il peut avoir l'Afrique et l'Europe et, et... »

Malgré leur état de terreur croissante, les Eux accordèrent à cette proposition toute la considération qu'elle méritait.

« Heu... heu... », bafouilla Pepper, tandis que le vent qui montait faisait claquer son T-shirt, « je v... vois pas pourquoi Wensley aurait l'Amérique, lui, et moi, j'aurais que la Russie. C'est nul, la Russie.

– T'auras la Chine et le Japon, et l'Inde, dit Adam.

– Ça veut dire que moi, j'aurais que l'Afrique et un tas de petits pays idiots », intervint Brian, marchandant même sur l'extrême pointe de la catastrophe. « J'aimerais bien avoir l'Australie », ajouta-t-il.

Pepper lui donna un coup de coude et secoua la tête avec insistance.

« L'Australie, c'est pour Toutou », décida Adam, les yeux pétillant des feux de la création, « passqu'il a besoin de beaucoup d'espace pour courir. Et puis y a tous les lapins et les kangourous pour qu'il les pourchasse et… »

Les nuées s'étalaient vers l'avant et sur les côtés, comme de l'encre dans un récipient d'eau claire, avançant à travers les cieux plus vite que le vent.

« Mais y aura *plus* de lap… » hurla Wensleydale.

Adam n'écoutait plus, en tout cas pas des voix extérieures à son crâne. « C'est trop le bazar, dit-il. On devrait recommencer. On sauve juste ceux qu'on veut et on repart à zéro. C'est le mieux à faire. Ça rendrait service à la Terre, quand on y réfléchit bien. Ça me met en rogne de voir comment tous ces vieux débiles gâchent tout… »

« C'est la mémoire, voyez-vous, expliquait Anathème. Ça marche pour le passé comme pour le futur. La mémoire raciale, je veux dire. »

Newt la regarda avec politesse, mais sans expression.

« Ce que j'essaie d'expliquer, poursuivit-elle avec patience, c'est qu'Agnès ne *voyait* pas le futur. C'est juste une métaphore. Elle s'en *souvenait.* Pas très bien, évidemment, et le temps que tout soit passé au filtre de ce qu'elle comprenait, ça s'embrouillait un peu. Nous pensons qu'elle se souvenait surtout de ce qui allait arriver à ses descendants.

– Mais si vous devez aller à certains endroits et faire certaines choses à cause de ce qu'elle a écrit, et que ce qu'elle a écrit, c'est son souvenir des endroits où vous avez été, alors…

– Je sais. Mais, euh… l'évidence montre que ça fonctionne de cette façon. »

Ils regardèrent la carte étalée entre eux deux. À côté, la radio murmurait. Newt était très conscient de la présence d'une femme assise près de lui. Conduis-toi comme un professionnel, s'enjoignait-il. T'es un soldat, oui ou non ? Oui, enfin presque. Alors, agis en soldat. Il réfléchit intensément pendant une fraction de seconde. Oui, enfin… agis en soldat bien élevé qui se conduit au mieux, quoi. Il se força à ramener son attention sur le sujet qui les occupait.

« Pourquoi Lower Tadfield ? demanda-t-il. Moi, je m'y suis intéressé à cause du temps. Un microclimat idéal, on appelle ça. Ça veut dire que l'endroit possède son propre beau temps. »

Il jeta un coup d'œil vers les carnets de notes d'Anathème. Il se passait vraiment des choses bizarres dans le coin, même sans tenir compte des Tibétains et des OVNIs qui semblaient infester le monde entier, ces derniers temps. Non seulement il régnait à Tadfield un climat sur lequel on pouvait régler son calendrier, mais la région résistait de façon remarquable au changement. Personne ne semblait rien y construire. La population paraissait très stable. On aurait dit que les bois et les haies étaient plus fréquents qu'il n'est commun, de nos jours. Le seul élevage en batterie qui opérait dans le coin avait fermé après une année ou deux, pour être remplacé par un éleveur de gorets à l'ancienne mode, qui laissait ses cochons s'ébattre dans les champs de pommiers et les vendait à des prix défiant toute concurrence. Les deux écoles locales semblaient poursuivre leur tâche sous couvert d'une benoîte immunité aux variations de la mode en matière d'éducation. Une autoroute qui aurait dû faire de la plus grosse partie de Lower Tadfield l'aire de repos du Joyeux Nourrain, sur la bretelle n°18, avait changé de trajectoire dix kilomètres plus au sud, effectué un grand détour semi-circulaire et poursuivi son chemin sans remarquer l'îlot d'immuabilité rurale qu'elle avait contourné. Personne ne semblait vraiment savoir pourquoi ; un des géomètres concernés avait été victime d'une dépression nerveuse, un autre était entré dans les ordres, un troisième était parti à Bali peindre des femmes nues.

On aurait dit qu'une grande partie du XXe siècle avait déclaré ces quelques hectares Zone interdite.

Anathème tira une nouvelle carte de son fichier et la tendit de l'autre côté de la table.

2315. Certains diſoient qu'Il viendroit de Londres ou de la Nouvelle Yorke, mais ils eſtoient dans l'erreur, car le lieu est Taddes Fild. Fort de son pouvoir il eſtoit tel suzerain en son fief, il diviſoit le monde en quatre parts, il invoquoit l'orage.

...avec 4 ans d'avance [Nouvelle Amsterdam jusqu'en 1664]... Taddville, Norfolk... Tardesfield, Devon... Tadfield, Oxon... ...!... Voir Apocalypse, C6, v10

« J'ai dû compulser pas mal d'archives locales, dit Anathème.

– Pourquoi celui-ci est-il le n°2315? Il est antérieur aux autres.

– Agnès était un peu désordonnée sur le chapitre des dates. Je ne pense pas qu'elle savait toujours très bien où se classaient les choses. Je vous l'ai dit, nous avons passé des éternités à mettre au point un système pour les mettre en ordre. »

Newt regarda quelques cartes. Par exemple :

1111. Et viendroit le grand Chien, et les Deux Puissances le guetteront en vain, car il alloit où eſtoit son maiſtre, et point ne sçavent où ; et il le nommera selon sa vraie nature, et l'Enfer le fuira.

? Y a-t-il un rapport avec Bismark ? [AF Bidule, 8 juin 1888] ?

... ? ...Schleswig-Holstein ?

« C'est d'une obscurité particulièrement impénétrable, même pour elle », commenta Anathème.

3017. Je voicz quatre Chevaulchant, Ambassadeurs de la Fin, et les Anges de l'Enfer sont à leurs coſtez. Et Troys se leveront. Et Quatre et Quatre enſemble seront Quatre, et l'Ange Noir reconnaiſtroit sa defaite, pourtant, l'Homme eſtabliroit son duz.

Les Cavaliers de l'Apocalypse.
L'homme = Pan, le Diable (*Les Procès en Sorcellerie du Lancashire,* Brewster, 1782).
??
J'ai le sentiment que notre bonne Agnès avait abusé du jus de la treille cette nuit-là [Arnulphe Bidule, 15 oct. 1789]
Je partage cet avis. Nous ne sommes que de pauvres humains, hélas. [Miss O.J. Bidule, 5 janv. 1854]

« Belles et bonnes... Pourquoi *belles* ? s'enquit Newt.
– *Belles* a le sens d'exactes ou de précises, répondit Anathème du ton las de quelqu'un qui a déjà donné cette explication. C'est un archaïsme.
– Mais enfin, quoi... » fit Newt.
Il s'était presque persuadé que l'OVNI n'avait pas existé, que c'était forcément un effet de son imagination, et le Tibétain aurait pu être un... euh... il y réfléchissait, mais en tout cas ce n'était *pas* un Tibétain, et ce dont il

était de plus en plus convaincu, c'est qu'il partageait la pièce avec une jeune femme très séduisante, et il avait bien l'impression de lui plaire, ou en tout cas de ne pas lui déplaire – une première incontestable pour Newt. Et, certes, les événements bizarres ne manquaient pas, apparemment, mais, en faisant un réel effort, en ramant pour conduire la barque du bon sens à contre-courant de l'évidence, il pouvait se convaincre que c'étaient... eh bien, des ballons-sondes, la planète Vénus ou une hallucination collective.

Bref, si Newt réfléchissait en ce moment, ce n'était pas avec son cerveau.

« Mais enfin, quoi, dit-il, la fin du monde ne va pas vraiment se produire, quand même ? Je veux dire, regardez autour de nous. C'est pas comme si on était en période de tension internationale... enfin, pas plus que d'habitude. Pourquoi ne laisserions-nous pas tomber tout ça et... oh, je ne sais pas, moi, on pourrait aller se promener, par exemple, je veux dire...

– Vous ne comprenez donc pas ? Il y a quelque chose, ici ! Quelque chose qui affecte toute la région ! Ça a bouleversé tous les leys. Ça protège le secteur de tout changement ! C'est... C'est... » Encore une fois : cette pensée dans sa tête qu'elle ne parvenait pas, qu'elle n'avait pas l'autorisation d'empoigner, comme un rêve au réveil.

Les fenêtres tremblèrent. Dehors, un rameau de jasmin, poussé par le vent, commença à toquer avec insistance contre la vitre.

« Mais je n'arrive pas à le localiser, dit Anathème en se tordant les doigts. J'ai tout essayé.

– Le localiser ?

– J'ai essayé le pendule. J'ai essayé le thauodalite. J'ai des pouvoirs psychiques, voyez-vous. Mais on dirait que ça se déplace. »

Newt contrôlait encore suffisamment son propre cerveau pour être capable d'une traduction correcte. En général, quand quelqu'un disait : « J'ai des pouvoirs psychiques », cela signifiait : « J'ai trop d'imagination et pas assez d'originalité / je porte du vernis à ongles noir / je tiens des conversations avec ma perruche » ; mais quand Anathème le disait, on aurait dit qu'elle avouait une tare héréditaire dont elle se serait bien passée.

« L'Apocalypse se déplace ? demanda Newt.

– Nombre de prophéties disent que l'Antéchrist doit d'abord se manifester. Agnès parle de Il. Je n'arrive pas à le localiser…

– Ou *la,* glissa Newt.

– Quoi ?

– C'est peut-être une *elle.* On est au XXe siècle, après tout. Égalité de l'emploi.

– Je n'ai pas l'impression que vous prenez tout ça très au sérieux, dit-elle avec sévérité. Et d'ailleurs, on ne perçoit rien de *mauvais,* ici. C'est ça que je ne comprends pas. Il y a juste de l'amour.

– Pardon ? »

Elle lui jeta un regard désemparé. « C'est difficile à expliquer. Quelqu'un aime cet endroit. Avec une telle intensité qu'il en abrite et protège chaque centimètre carré. Un amour profond, énorme, farouche. Comment quelque chose de mauvais pourrait-il commencer ici ? C'est le genre de ville où on aimerait élever ses enfants. C'est le paradis, pour les gosses. » Elle esquissa un sourire. « Vous devriez voir les gamins, dans le coin. Ils ne sont pas vrais ! Ils sortent tout droit des pages d'un vieil illustré ! Les genoux écorchés, les " super ! " et les tirs en plein dans le mille… »

Elle y était presque. Elle sentait la forme de sa pensée, elle gagnait du terrain.

« C'est quoi, cet endroit ? demanda Newt.

– *Quoi ?* » hurla Anathème tandis que le fil de sa pensée cassait net.

Le doigt de Newt tapota la carte.

« C'est marqué : *Aérodrome désaffecté.* Là, exactement, regardez, à l'ouest de Tadfield... »

Anathème exprima son mépris. « Désaffecté ? Qu'ils disent ! C'était une base d'avions de combat pendant la guerre. C'est la base militaire d'Upper Tadfield depuis environ dix ans. Et avant que vous ne posiez la question, la réponse est non. Je déteste cordialement toutes ces installations, mais le colonel est plus sain d'esprit que vous, et de loin. Bon sang, sa femme pratique le yoga ! »

Bon. À quoi pensait-elle ? Les enfants du coin...

Elle sentit le terrain mental se dérober sous ses pas, et elle retomba dans les considérations plus personnelles qui l'attendaient pour la retenir. Newt était plutôt sympa, en fait. Et si elle devait passer le reste de sa vie avec lui, ce ne serait pas assez long pour qu'il commence à lui porter sur les nerfs.

La radio parlait de forêts tropicales en Amérique du Sud.

De nouvelles forêts tropicales.

Il commença à grêler.

Des projectiles de glace déchiquetaient le feuillage autour des Eux pendant qu'Adam ouvrait le chemin qui descendait dans la carrière.

Toutou trottinait à leur suite, la queue entre les pattes, avec de petits couinements plaintifs.

C'est pas juste, songeait-il. Juste au moment où j'avais bien pigé la tactique pour les rats. Juste au moment où j'avais presque réglé son compte au fichu berger allemand d'en face. Et maintenant, Il va mettre un terme à tout et je vais me retrouver avec mes yeux luisants, à chasser les âmes damnées. Quel intérêt ? Elles ne se défendent pas, elles n'ont aucune saveur...

Wensleydale, Brian et Pepper n'avaient pas des pensées si cohérentes. Ils découvraient simplement que ne pas suivre Adam leur aurait été aussi impossible que de voler ; que résister à la force qui les poussait en avant ne les conduirait qu'à subir des fractures multiples aux jambes, et qu'ils seraient *quand même* contraints à avancer.

Adam ne pensait à rien. Quelque chose avait éclos dans sa tête et y flamboyait.

Il s'assit sur la caisse.

« On sera en sécurité, ici, dit-il.

– Euh, hasarda Wensleydale, tu ne crois pas que nos parents…

– T'inquiète pas pour eux, répondit Adam avec hauteur. Je peux en faire de nouveaux. Terminé, ces histoires d'aller au lit passé neuf heures. Tu devras plus jamais aller te coucher si tu veux pas. Laisse-moi faire et tout sera au poil. » Il leur adressa un sourire de dément. « J'ai de nouveaux copains qui arrivent, leur confia-t-il. Ils vont vous plaire.

– Mais… commença Wensleydale.

– Réfléchis juste à tous les trucs super qu'on pourra faire après, lança Adam avec enthousiasme. Tu pourras remplir l'Amérique de cow-boys et d'Indiens tout neufs, et de policiers et de gangsters et de dessins animés, et de cosmonautes et tout et tout. Ça sera pas formidable ? »

Wensleydale regarda les deux autres avec une expression misérable. Ils partageaient une pensée qu'aucun d'entre eux n'aurait su vraiment exprimer en temps normal. Dans les grandes lignes, c'était qu'il y avait jadis eu de vrais cow-boys et de vrais gangsters, et c'était super. Et qu'il y aurait toujours des cow-boys et des gangsters pour de rire, et c'était super aussi. Mais de vrais cow-boys et gangsters pour de rire, qui étaient vivants et pas vivants et qu'on pouvait remettre dans leur boîte quand on en avait assez… ça ne semblait pas si super que ça.

Tout l'intérêt des gangsters, des cow-boys, des extraterrestres et des pirates, c'est qu'on pouvait arrêter de jouer à en être et rentrer à la maison.

« Mais avant, promit Adam d'un ton sombre, on va leur faire voir… »

Il y avait un arbre dans le centre commercial. Il n'était pas très gros, son feuillage était jauni et la lumière qu'il captait à travers les spectaculaires baies en verre fumé n'était pas du type dont il avait besoin. Il était plus drogué qu'un athlète olympique, et des haut-parleurs nichaient dans ses branches. Mais c'était un arbre et en fermant à demi les paupières, en le regardant au travers de la cascade artificielle, on pouvait presque croire qu'on regardait un arbre malade à travers une brume de larmes.

Jaime Hernez aimait déjeuner sous cet arbre. Le superviseur de maintenance l'engueulerait s'il s'en apercevait, mais Jaime avait grandi dans une ferme, une belle ferme, et il aimait les arbres. Il n'avait pas voulu partir à la ville, mais que voulez-vous ? Il n'avait pas un si mauvais travail, et son salaire atteignait des sommes dont son père n'avait jamais rêvé. Quant à son grand-père, il n'avait jamais rêvé d'argent. Avant d'avoir quinze ans, il ignorait même ce que c'était. Mais il y a des moments où on a besoin d'arbres. Le plus désolant, se disait Jaime, c'est que ses enfants grandissaient en ne considérant les arbres que comme du combustible, et que ses petits-enfants n'y verraient que de l'histoire ancienne.

Mais que voulez-vous y faire ? De grosses fermes remplaçaient désormais les arbres d'hier, des centres commerciaux remplaçaient les petites fermes du passé et des centres commerciaux remplaçaient les centres commerciaux précédents. C'était ça, l'ordre des choses.

Il cacha son chariot derrière le kiosque à journaux, s'assit furtivement et ouvrit sa boîte à casse-croûte.

C'est alors qu'il remarqua le bruissement, et un jeu d'ombres sur le sol. Il se tourna pour regarder.

L'arbre bougeait. Il l'observa avec intérêt. Jaime n'avait encore jamais vu pousser un arbre.

Le terreau, qui n'était guère qu'un amas de copeaux artificiels, bougeait vraiment, sous l'effet de racines qui se mouvaient sous la surface. Jaime vit une fine pousse blanche descendre l'escarpement de verdure et tâtonner à l'aveuglette sur le ciment du sol.

Sans comprendre pourquoi, sans le comprendre une seconde, il la poussa doucement du pied jusqu'à ce qu'elle soit à côté d'un interstice entre les dalles. Elle le trouva et s'y enfouit.

Les branches se tordaient en formes diverses.

Jaime entendit le chuintement de la circulation, au-dehors, mais n'y prêta aucune attention. Quelqu'un criait quelque chose, mais il y avait toujours quelqu'un qui criait, pas loin de Jaime, et souvent après lui.

La pousse exploratrice avait dû atteindre le sol sous le béton. Elle changea de couleur, s'épaissit comme un tuyau d'arrosage quand on ouvre l'eau. La cascade artificielle s'arrêta de couler. Jaime imagina des conduites brisées, obstruées par des fibres avides d'eau.

Maintenant, il pouvait imaginer ce qui se passait au-dehors. La surface de la rue montait et descendait comme une mer. De jeunes plants jaillissaient dans les fissures.

Bien sûr, se dit-il ; ils avaient du soleil. Pas son arbre. Tout ce qu'il recevait, c'était la clarté grisâtre qui tombait du dôme, quatre étages plus haut. Une lumière morte.

Mais que voulez-vous y faire ?

Eh bien, voilà ce qu'on pouvait faire :

Les lumières s'étaient éteintes, parce que le courant était coupé, mais il n'y avait que quatre étages à monter.

Jaime referma soigneusement sa boîte à casse-croûte et revint à son chariot, où il sélectionna son balai le plus long.

Les gens s'enfuyaient en masse du bâtiment, en hurlant. Jaime remonta paisiblement le courant, comme un saumon en rivière.

Un squelette de poutres blanches, qui, dans l'esprit de l'architecte, exprimaient sans doute on ne sait quelle idée dynamique, soutenait le dôme de verre fumé. En fait, c'était une espèce de plastique et il fallut à Jaime, perché sur une poutre adéquate, toute sa force et toute la puissance de levier qu'il pouvait obtenir grâce à son balai pour le faire craquer. Quelques bons coups supplémentaires le firent tomber en éclats mortels.

Le soleil coula à flots, illuminant la poussière du centre commercial, si bien que l'atmosphère parut saturée de lucioles.

Tout en bas, l'arbre fit exploser les confins de sa prison de béton sculpté et grimpa comme un train express. Jaime n'avait jamais réalisé que les arbres font du bruit en poussant, pas plus que quiconque, d'ailleurs, parce que c'est un son qui s'étend sur des siècles, avec des cycles de vingt-quatre heures entre chaque sommet d'onde.

Quand on l'accélère, le son que fait un arbre est *vrooom*.

Jaime le regarda monter vers lui comme un nuage vert en forme de champignon. De la vapeur d'eau montait de ses racines.

Les poutres n'avaient pas une chance. Les vestiges du dôme furent emportés comme une balle de ping-pong au sommet d'un jet d'eau. C'était la même chose à travers toute la ville, sauf qu'on ne voyait plus la ville. Il n'y avait plus qu'une couverture verte qui s'étendait à perte de vue.

Jaime s'assit sur sa branche, s'agrippa à une liane et commença à rire, à rire, à rire.

Finalement, il se mit à pleuvoir.

♻

Le *Kappamaki,* vaisseau de recherche sur les baleines, conduisait actuellement des recherches sur la question : *combien de baleines peut-on pêcher en une semaine ?*

Sauf qu'aujourd'hui, il n'y en avait aucune. L'équipage inspectait les écrans qui, par l'emploi d'une technologie astucieuse, étaient capables de repérer tout ce qui avait une taille supérieure à une sardine et de calculer son rapport net sur le marché international de l'huile ; les écrans étaient vides. Les poissons qui apparaissaient sporadiquement filaient à travers les eaux, comme s'ils avaient hâte de se trouver ailleurs.

Le capitaine tapota des doigts sur la console. Il craignait de devoir bientôt lancer son propre programme de recherche pour découvrir ce qui arrive à un échantillon statistiquement insignifiant de la population des capitaines de baleiniers quand ils ne rentrent pas avec un navire-usine plein à ras bord d'échantillons scientifiques. Il se demanda ce qu'on pourrait bien lui faire. Peut-être le laisserait-on seul dans une pièce, face à un harpon, en attendant que son sens de l'honneur lui dicte sa conduite.

C'était irréel. Il devrait quand même y avoir *quelque chose.*

Le navigateur fit s'afficher une carte et la détailla.

« Honorable capitaine ? demanda-t-il.

– Qu'y a-t-il ? répondit celui-ci avec mauvaise humeur.

– Il semblerait que nous soyons victimes d'une misérable panne des instruments. Le fond de la mer, dans cette zone, devrait se trouver à deux cents mètres.

– Eh bien ?

– Je lis quinze mille mètres, honorable capitaine. Et le chiffre augmente sans cesse.

– C'est ridicule. De telles profondeurs n'existent pas. »

Le capitaine fusilla du regard un assemblage de technologies de pointe, d'une valeur globale de plusieurs millions de yens, et lui flanqua un coup de poing.

Le navigateur sourit nerveusement.

« Ah, capitaine, la profondeur diminue déjà. »

Sous le tonnerre des premières profondeurs, comme le savaient Aziraphale et Tennyson, *loin, loin dans les abysses de l'océan, dort le Kraken.*

Et maintenant, il se réveillait.

Par millions de tonnes, la vase des profondeurs océanes cascade de ses flancs au cours de sa remontée.

« Voyez, dit le navigateur. Déjà trois mille mètres. »

Le Kraken n'a pas d'yeux. Il n'a jamais eu quoi que ce soit à voir. Mais en s'élevant à travers les eaux glaciales, il capte les sons de la mer par micro-ondes, les couinements et les coups de sifflet du chant des baleines.

« Euh, dit le navigateur. Mille mètres ? »

Le Kraken ne trouve pas la plaisanterie drôle du tout.

« Cinq cents mètres ? »

Le vaisseau-usine danse sur la crête de la vague soudaine.

« Cent mètres ? »

Il y a un petit objet de métal au-dessus de lui. Le Kraken se déploie.

Et dix milliards de sushi hurlent vengeance.

Ψ

Les fenêtres du cottage éclatèrent vers l'intérieur. Ce n'était pas un orage, c'était la guerre. Des fragments de jasmin tourbillonnèrent à travers la pièce, mêlés à une averse de fiches bristol.

Newt et Anathème se cramponnèrent l'un à l'autre dans l'espace qui séparait la table renversée et le mur.

« Allez-y, marmonna Newt. Expliquez-moi qu'Agnès avait prévu ça.

– Elle a dit : *Il invoquoit l'orage.*

– C'est une vraie tornade ! Est-ce qu'elle a dit ce qui doit arriver ensuite ?

– La fiche n°2315 renvoie à la 3477, répondit Anathème.

– Vous pouvez vous souvenir de ce genre de détails en un moment pareil ?

– Maintenant que vous me le faites remarquer, en effet. » Elle lui tendit une fiche.

3477. Tourne la roue de la Fortune, que les cœurs se conjoignent, il est d'autres feux que les miens. Quand le vent ploie les fleurs, serrez-vous l'un à l'autre, car le calme reviendra lorsque Rouge, Blanc, Noir et Paƒle s'approƒcheront de Paicz est notre Meƒtier.

? Agnès sombre ici dans le mysticisme, je le crains fort [A.F. Bidule, 17 oct. 1889]

Apocalypse, Ch. 6 à nouveau, je présume [Dr Thomas Bidule 1835]
Paicz/pays ? est notre métier – le siège du gouvernement [OFB, 4 sept 1929]

Newt relut la fiche. On entendait dehors un fracas qui évoquait une plaque de tôle traversant le jardin d'une extrémité à l'autre. C'était exactement ça.

« Est-ce que ça voudrait dire, demanda-t-il lentement, que nous sommes censés être… être *ensemble* ? Cette Agnès, quelle blagueuse ! »

Il est toujours difficile de faire sa cour quand la cible visée a une parente âgée dans la maison ; celles-ci ont tendance à bougonner ou à caqueter, à quémander des cigarettes ou, dans les cas les plus graves, à sortir l'album de photos de famille, un acte d'agression dans la guerre des sexes qui devrait être condamné par la convention de Genève. C'est bien pire quand la parente est morte depuis trois siècles. Newt avait effectivement caressé certains projets au sujet d'Anathème ; pas exactement caressé, à vrai dire : il les avait recueillis, nourris, shampouinés, peignés et pourvus d'un collier antipuces pour les protéger de la vermine. Mais la conscience de la double vue d'Agnès fichée dans sa nuque tomba sur sa libido comme un seau d'eau froide.

Il avait même envisagé d'inviter Anathème au restaurant, mais l'idée qu'une sorcière cromwellienne assise dans son cottage trois siècles auparavant les regarderait manger l'horripila.

Il était de cette humeur qui pousse les gens à brûler vives les sorcières. Sa vie était déjà assez compliquée sans qu'une vieille folle vienne la manipuler à plusieurs siècles d'intervalle.

Un fracas dans l'âtre suggéra que la cheminée s'était en partie effondrée.

Et puis Newt pensa : Ma vie n'a rien de compliqué. Je peux la voir aussi clairement qu'Agnès aurait pu le faire. Elle s'étend jusqu'au fin fond d'une retraite anticipée, une petite sauterie avec les gens du bureau, un petit appartement pimpant quelque part, une petite mort bien propre et bien creuse. Sauf que je vais mourir tout de suite dans l'effondrement d'un cottage, au cours de ce qui pourrait fort bien être la fin du monde.

L'Ange qui Tient les Registres n'aura pas de problème avec moi, ma vie doit être une suite de pages marquées *Idem* pendant des années. Enfin, quoi, qu'ai-je jamais accompli ? Je n'ai jamais attaqué de banque. Je n'ai jamais eu de contravention. Je n'ai jamais goûté à la cuisine thaïe...

Quelque part, une deuxième fenêtre explosa, avec un joyeux friselis de verre fracassé. Anathème serra ses bras autour de lui, avec un soupir qui n'avait pas l'air déçu du tout.

Je n'ai jamais visité l'Amérique. Ni la France, parce que Calais, ça ne compte pas vraiment. Je n'ai jamais appris à jouer d'un instrument de musique.

La radio mourut lorsque les lignes électriques capitulèrent enfin.

Il enfouit son visage dans la chevelure d'Anathème.

Je n'ai jamais...

On entendit un léger *ping*.

Shadwell, qui s'occupait de mettre à jour les registres de solde de l'Armée, leva les yeux alors qu'il était en train de signer à la place de l'Inquisiteur maréchal des logis Smith.

Il lui fallut un moment avant de s'apercevoir que l'épingle de Newt ne brillait plus sur la carte.

Il descendit de son tabouret en grommelant, et chercha sur le sol jusqu'à ce qu'il la trouve. Il la polit à nouveau et la remit en place sur Tadfield.

Il était en train de signer à la place de l'Inquisiteur première classe Table, qui touchait deux pence supplémentaires par an, au titre de la prime de foin, quand un deuxième *ping* se fit entendre.

Il ramassa l'épingle, lui décocha un coup d'œil soupçonneux et l'enfonça si profond dans la carte que le plâtre au-dessous craqua. Puis il reprit ses comptes.

Un *ping* retentit.

Cette fois-ci, l'épingle se trouvait à plusieurs mètres du mur. Shadwell la ramassa, examina sa pointe, l'enfonça dans le mur et l'observa.

Au bout de quelque cinq secondes, elle passa près de son oreille.

Il la ramassa sur le sol, la remit en place sur la carte et l'y maintint.

Elle bougeait sous sa main. Il appuya de tout son poids.

Un mince filet de fumée monta de la carte. Shadwell poussa un petit cri de douleur et se suça les doigts, tandis que l'épingle portée au rouge ricochait contre le mur d'en face et brisait un carreau. Elle ne voulait pas rester à Tadfield.

Dix secondes plus tard, Shadwell fouillait dans la caisse noire de l'AdI, qui lui fournit une poignée de petite monnaie, un billet de dix shillings et une petite pièce fausse remontant au règne de Jacques Ier. Au mépris du danger, il fouilla ses propres poches. Le résultat de ce coup de chalut, même en tenant compte de sa carte vermeil, aurait à peine suffi à lui permettre de quitter la maison. Pour Tadfield, on était loin du compte.

Il ne connaissait que deux personnes susceptibles de posséder de l'argent : Mr Rajit et madame Tracy. En ce qui concernait les Rajit, la question des sept semaines de loyer en retard risquait de surgir au cours de toute discussion financière dont il prendrait l'initiative dans la conjoncture actuelle ; madame Tracy, elle, ne serait que trop contente de lui prêter une poignée de billets de dix livres de seconde main…

« Que l'Diable me patafiole si j'acceptions le salaire du péché d'une Jézabel fardée », dit-il.

Il n'avait plus aucun recours.

Sinon un.

La tantouze sudiste.

Ils étaient venus ici, chacun à son tour, une seule fois, s'efforçant de passer le minimum de temps dans la pièce, et dans le cas d'Aziraphale, de ne pas toucher les surfaces planes. L'autre, le salopiot sudiste de la jaquette en lunettes noires, n'était pas – subodorait Shadwell – quelqu'un qu'on prend à rebrousse-poil. Dans le monde simple de Shadwell, quand on portait des lunettes ailleurs que sur une plage, on était probablement un criminel. Il soupçonnait Rampa de faire partie de la Mafia, en tout cas d'être un habitué des bas-fonds. Il aurait été surpris de savoir à quel point il approchait de la vérité. Mais le mollasson au manteau en poil de chameau, c'était autre chose ; il avait pris le risque de le suivre jusque chez lui, et il se souvenait encore du chemin. Il prenait Aziraphale pour un espion russe. Il pouvait exiger de l'argent. Le menacer un peu.

Ça représentait un risque énorme.

Shadwell se reprit en main. En cet instant même, le petit Newt endurait peut-être des tortures inimaginables aux mains des filles de la nuit, et c'était lui, Shadwell qui l'avait envoyé là-bas.

« J'pouvions point laisser les nôt' là-bas », déclara-t-il, et il enfila son imperméable sans épaisseur, coiffa son chapeau informe et sortit dans la rue.

On aurait dit que le temps se mettait à l'orage.

Aziraphale tergiversait. Voilà maintenant douze heures qu'il tergiversait. Il était, comme il aurait pu le dire lui-même, aux cent coups. Il arpentait sa boutique, saisissait des morceaux de papier pour les reposer ensuite, tripotait des crayons.

Il aurait dû prévenir Rampa.

Absolument pas. Il *voulait* prévenir Rampa. C'est le Ciel qu'il aurait dû prévenir.

C'était un ange, après tout. Il devait agir au mieux. La génétique l'y incitait. On découvre des manigances, on déjoue. Rampa avait bien mis le doigt sur le problème, pas de doute. Il aurait dû rendre compte au Ciel dès le début.

Mais ils se connaissaient depuis des millénaires. Ils s'entendaient bien. Ils se comprenaient presque. Il arrivait à Aziraphale de penser qu'ils avaient plus de choses en commun entre eux qu'avec leurs supérieurs respectifs. Ils appréciaient ce monde l'un et l'autre, par exemple, au lieu de le considérer comme un échiquier sur lequel se disputait le céleste tournoi.

Mais bien sûr ! Voilà ! La solution était juste sous son nez. Il respecterait l'*esprit* de son pacte avec Rampa en faisant un petit signe au Ciel, qui saurait s'occuper de l'enfant. Pas de façon trop sévère, bien entendu : après tout, nous sommes tous des créatures de Dieu, quand on va au fond des choses, même des gens comme Rampa et l'Antéchrist. Ces histoires d'Apocalypse n'auraient plus lieu d'être. Personne n'avait rien à y gagner, d'ailleurs, parce que, tout le monde le savait bien, le Ciel allait forcément triompher. Rampa comprendrait sûrement.

Oui. Et tout s'arrangerait.

On frappa à la porte de la boutique, en dépit de la pancarte FERMÉ. Il n'en tint aucun compte.

Contacter le Ciel pour une communication réciproque était bien plus difficile pour Aziraphale que pour un humain : ce dernier n'attend pas de réponse et est en général très surpris d'en recevoir une.

L'ange écarta le bureau surchargé de papiers et roula la carpette élimée de la librairie. Au-dessous, un petit cercle à la craie était tracé sur les lames du parquet, entouré de citations adéquates de la Cabale. L'ange alluma sept cierges qu'il disposa rituellement en certains points du cercle. Puis il fit brûler de l'encens, ce qui n'était pas obligatoire, mais enbaumait agréablement la librairie.

Enfin, il se plaça à l'intérieur du cercle et prononça les Paroles.

Rien ne se passa.

Il répéta les Paroles.

Enfin, un rai de vive lumière bleue tomba du plafond pour emplir le cercle.

Une voix bien élevée se fit entendre : « Oui ?

– C'est moi, Aziraphale.

– Nous le savons.

– J'apporte de grandes nouvelles ! J'ai localisé l'Antéchrist ! Je peux vous donner son adresse, et tout et tout ! »

Il y eut un silence. La lumière bleue tremblota.

« Oui ? répéta-t-elle.

– Mais vous ne comprenez pas ? Vous pouvez le tu… vous pouvez tout arrêter ! Juste à temps ! Il ne reste que quelques heures ! Vous pouvez tout arrêter, la guerre devient inutile et le monde sera sauvé ! »

Il souriait comme un fou dans la lumière.

« Vraiment ? fit la voix.

– Oui, il est dans un endroit du nom de Lower Tadfield, et son adresse…

– Bon travail, commenta la voix sur un ton atone et inexpressif.

– Pas la peine de s'embêter avec toutes ces histoires, le tiers des mers changé en sang et le reste », poursuivit Aziraphale, parfaitement ravi. »

Quand elle répondit, la voix semblait exprimer un léger agacement.

« Et pourquoi donc ? »

Aziraphale sentit un gouffre glacé s'ouvrir sous les pieds de son enthousiasme et il feignit de n'avoir pas entendu.

« Eh bien, il vous suffit de vous assurer que…

– Nous allons *gagner,* Aziraphale.

– Oui, mais…

– Il faut *vaincre* les forces du Mal. Tu n'as pas bien compris, dirait-on. Il ne s'agit pas d'*éviter* la guerre, mais de la *gagner.* Nous attendons depuis très longtemps, Aziraphale. »

L'ange sentit le froid envelopper son esprit. Il ouvrit la bouche et faillit dire : « Vous ne trouvez pas que ce serait une bonne idée de faire la guerre ailleurs que sur Terre ? », mais il se ravisa.

« Je vois », dit-il, amer. On gratta près de la porte. Et si Aziraphale avait regardé par là, il aurait aperçu un chapeau de feutre maltraité qui tentait d'atteindre l'œil-de-bœuf.

« Ce qui ne veut pas dire que vous n'avez pas bien agi, continua la voix. Vous recevrez une citation. Bon travail.

– Merci. » La voix d'Aziraphale était assez aigre pour faire tourner du lait. « De toute évidence, j'avais oublié certaines considérations ineffables.

– C'était également notre impression.

– Puis-je savoir à qui j'ai parlé ?

– Nous sommes le Métatron[1].

– Ah, oui. Bien entendu. Oh. Bien, bien. Merci infiniment. Merci. »

Derrière lui, le battant de la boîte aux lettres se souleva, révélant une paire d'yeux.

« Autre chose, s'enquit la voix. Vous allez venir nous rejoindre, bien entendu ?

– Eh bien, euh, il faut reconnaître que je n'ai plus manié l'épée de flamme depuis une éternité... commença Aziraphale.

– Oui, nous nous rappelons bien. Les occasions de retrouver vos automatismes ne vont pas manquer.

– Ah ! Hemmm. Et quel genre d'incident préliminaire va précipiter la guerre ? demanda Aziraphale.

– Nous pensions qu'un échange de missiles nucléaires entre plusieurs nations serait un joli début.

– Oh ! Oui. Très original. » La voix d'Aziraphale n'avait ni timbre ni espoir.

1. La Voix de Dieu. Mais pas sa *vraie* voix. Une entité indépendante. Une espèce de porte-parole présidentiel.

« Parfait. Nous vous attendons tout de suite, alors.

– Ah ! Très bien. Je vais d'abord régler quelques petites affaires en cours, si vous n'y voyez pas d'inconvénient ? répondit Aziraphale à cours d'excuses.

– Le besoin ne s'en fait pas vraiment sentir », répliqua le Métatron.

Aziraphale se redressa de toute sa taille. « Il me semble que la probité, sans parler de moralité, exige d'un négociant honorable qu'il…

– Oui, oui, d'accord, répondit le Métatron avec une once d'agacement. Argument pertinent. Nous vous attendons. »

La lumière s'estompa, sans disparaître tout à fait. Ils restent en ligne, songea Aziraphale. Je ne vais pas pouvoir me défiler.

« Houhou ? dit-il à voix basse. Vous êtes toujours là ? »

Silence.

Avec beaucoup de précautions, il sortit du cercle et gagna le téléphone à pas de loup. Il ouvrit son répertoire et composa un nouveau numéro.

Il entendit quatre sonneries, puis un toussotement, suivi d'une pause, et d'une voix tellement détendue qu'elle n'aurait probablement pas pu tenir debout sans être soutenue : « Salut ! Ici Terrence Rampa. Euh, je…

– Rampa ! » Aziraphale essayait de chuchoter et de hurler en même temps. « Écoute ! Je n'ai pas beaucoup de temps ! Le…

– … suis probablement absent actuellement, ou alors je dors, ou je suis occupé, ou je ne sais quoi, mais…

– La ferme ! Écoute-moi ! Il était à Tadfield ! Tout est inscrit dans le livre ! Il faut que tu empêches…

– …après le bip, et je vous rappellerai. *Buy.*

– Il faut que je te parle *tout de suite*…

– BiiiiIIiiiiIIiiip.

– Arrête de faire des bruits ! Il est à Tadfield ! C'est ça, que j'avais senti ! Il faut que tu ailles là-bas et que… »

Il éloigna le combiné de sa bouche.

« Merde ! » C'était son premier juron depuis plus de quatre mille ans.

Minute. Le démon possédait une deuxième ligne, non ? C'était bien son genre. Aziraphale fouilla dans son répertoire, faillit le laisser tomber par terre. Ils allaient s'impatienter.

Il trouva l'autre numéro. Il le composa. La réponse fut quasi immédiate, au moment même où la clochette de la porte d'entrée tintinnabulait doucement.

La voix de Rampa augmenta de volume en s'approchant du combiné : « ...et je ne plaisante pas. Allô ?

– Rampa, c'est moi !

– Grmm. » La voix était d'une abominable neutralité. Même dans l'état où il se trouvait, Aziraphale flaira les problèmes.

« Tu es seul ? demanda-t-il prudemment.

– Non. Je suis avec un vieil ami à moi.

– Écoute-moi... !

– *Arrière, engeance infernale !* »

Aziraphale se retourna avec une infinie lenteur.

Shadwell frémissait d'exaltation. Il avait tout vu. Tout entendu. Il n'avait rien compris, mais il savait quel usage on fait des pentacles, des cierges et de l'encens. Il était parfaitement au courant. Il avait vu *Les vierges de Satan* quinze fois au cinéma, seize en comptant celle où on l'avait expulsé de la salle pour avoir hurlé son opinion peu flatteuse de cet inquisiteur à la manque de Christopher Lee.

Ces salopiots l'avaient manipulé. Ils avaient ridiculisé les glorieuses traditions de l'Armée.

« J'aurions ta peau, sale bâââtard ! » hurla-t-il, en avançant comme un ange vengeur mangé aux mites.

« J'savions ben c'que tu mijotes, tu viens ici séduire les fââmmes et les soumettre à ta volonté perverse !

– Je crois que vous vous êtes trompé de boutique, répondit Aziraphale. Je rappellerai, dit-il dans le combiné avant de raccrocher.

– J'avions vu quéq' tu faisais », gronda Shadwell.

Il avait un peu de bave autour de la bouche. Il ne se souvenait pas d'avoir jamais éprouvé une telle fureur.

« Euh... il ne faut pas se fier aux apparences », commença Aziraphale, conscient au moment où il prononçait ces paroles que cette entrée en matière aurait demandé plus de travail.

« Ça, j'en doutions point ! s'écria Shadwell, triomphant.

– Non, je voulais dire... »

Sans quitter l'ange des yeux, Shadwell recula précipitamment, empoigna la porte de la boutique et la claqua de façon à faire tinter la clochette.

« La *cloche* », entonna-t-il.

Il s'empara des *Belles et bonnes prophéties* pour faire claquer le livre sur la table.

« Le *livre* », aboya-t-il.

Il farfouilla dans sa poche et en tira son fidèle briquet Bic.

« *Et la chandelle, ou presque !* » hurla-t-il en commençant à avancer.

Sur sa trajectoire, le cercle luisait d'une lumière bleutée.

« Euh... intervint Aziraphale. Je crois qu'il vaudrait mieux éviter de... »

Shadwell ne l'écoutait pas. « Par les pouvoirs que m'confère mon office d'Inquisiteur, psalmodia-t-il, j't'imposions eud'fuir ce lieu...

– Vous voyez, le cercle...

– ... et d'rejoindre les régions qui t'ont ingindré, sans passer par...

– ... il serait très dangereux pour un humain d'y poser le pied sans...

– ... et délivrez-nous du mal...

– N'approchez pas du cercle, espèce d'idiot !

– ... pour ne plus jamais tourmenter...

– D'accord, d'accord, mais, *par pitié,* tenez-vous à l'écart de... »

Aziraphale courut vers Shadwell en agitant instamment les mains.

« ... pour ne POINT PLUS REV'NIR ! » acheva Shadwell, en pointant un ongle vengeur bordé de crasse.

Aziraphale baissa les yeux vers ses pieds et poussa son second juron en cinq minutes. Il avait franchi les limites du cercle.

« Oh, *putain* ! » dit-il.

Un accord mélodieux se fit entendre et la lumière bleue disparut. Aziraphale disparut avec elle.

Trente secondes s'écoulèrent. Shadwell ne bougea pas. Ensuite, d'une main gauche tremblante, il empoigna sa dextre pour la baisser avec précaution.

« Houhou ? Ohééé ? »

Personne ne répondit.

Shadwell frémit. Puis, la main tendue devant lui comme un revolver avec lequel il n'osait pas tirer mais qu'il ne savait pas non plus décharger, il sortit dans la rue, et laissa la porte claquer derrière lui.

Le choc fit trembler le parquet. Un des cierges d'Aziraphale se renversa, répandant sa cire brûlante sur les lattes de vieux bois sec.

☿

L'appartement londonien de Rampa était le summum de la classe. Il était tout ce que doit être un appartement – spacieux, blanc, élégamment meublé – et il affichait cette griffe du styliste, une ambiance de lieu où l'on ne vit pas, et qu'on obtient uniquement en n'y vivant pas.

D'ailleurs, Rampa n'y vivait pas.

C'était simplement un endroit où il revenait en fin de journée, quand il était à Londres. Les lits étaient toujours faits ; le réfrigérateur était perpétuellement rempli de mets de choix qui ne se gâtaient jamais (après tout, c'est bien pour cette raison que Rampa avait acheté un frigo) et d'ailleurs, il n'avait jamais besoin de dégivrage, ni même d'électricité.

Le salon contenait une immense télévision, un canapé de cuir blanc, un magnétoscope et un lecteur de disques compacts, un répondeur, deux téléphones – la ligne du répondeur et sa ligne privée (un numéro que n'avaient pas encore découvert les légions de démarcheurs par téléphone qui s'entêtaient à vouloir lui vendre des doubles vitrages, qu'il possédait déjà, ou une assurance sur la vie, dont il n'avait nul besoin) – et une chaîne stéréo d'un noir mat, de celles qui sont si merveilleusement conçues qu'elles ont seulement besoin d'un interrupteur et d'un bouton pour le volume. Rampa n'avait négligé qu'un élément : les haut-parleurs. Il les avait oubliés. Mais c'était sans grande importance. La restitution du son restait parfaite.

Il y avait un fax débranché, aussi intelligent qu'un ordinateur, et un ordinateur, aussi intelligent qu'une fourmi retardée. Et pourtant, tous les six mois, Rampa le mettait à jour des derniers perfectionnements, parce que, selon lui, le genre d'humain qu'il essayait d'être se devait de posséder un ordinateur haut de gamme. Celui-ci ressemblait à une Porsche munie d'un écran. Les manuels étaient encore dans leur sachet transparent[1].

1. Avec le contrat de garantie standard pour les ordinateurs, qui stipulait que si la machine 1) ne fonctionnait pas, 2) n'accomplissait pas les performances promises par de dispendieuses campagnes publicitaires, 3) électrocutait le voisinage immédiat, 4) et

En fait, dans son appartement, Rampa n'accordait d'attention particulière qu'à une seule chose : ses plantes vertes. Elles étaient plantureuses, chlorophyllées, splendides, avec des feuilles brillantes, saines, lustrées.

Pour obtenir un tel résultat, Rampa arpentait l'appartement une fois par semaine avec un brumisateur pour plantes en plastique vert, humidifiait les feuilles et parlait à ses plantes.

L'idée de leur parler lui avait été suggérée par une émission sur Radio 4 au début des années soixante-dix, et lui avait semblé excellente. Mais peut-être que *parler* n'est pas le mot le plus approprié pour décrire ce que faisait Rampa.

En fait, il leur faisait une peur de tous les diables.

Ou, plus exactement, une peur de Rampa.

De plus, tous les deux mois environ, Rampa sélectionnait une plante : elle croissait trop lentement, elle se mourait d'une moisissure, ses feuilles viraient au brun, ou tout simplement elle n'avait pas aussi bonne mine que ses consœurs. Il la promenait devant tous les autres végétaux, en leur disant : « Dites adieu à votre copine. Elle n'était pas à la hauteur… »

Ensuite, il quittait l'appartement avec la plante félonne, et rentrait une heure plus tard avec un grand

en fait ne se trouvait même pas dans son coûteux emballage lors de l'ouverture, pour tout ceci, la responsabilité ou la compétence du fabricant n'était engagée expressément, absolument, et implicitement en aucune façon ; que le client devait s'estimer heureux qu'on l'ait autorisé à donner de l'argent au fabricant et que toute tentative pour traiter ce qui venait d'être acheté comme la propriété du client éveillerait aussitôt l'intérêt de messieurs sérieux dotés d'attachés-cases menaçants et de montres extraplates. Les garanties qu'offrait l'industrie de l'informatique avaient beaucoup impressionné Rampa. D'ailleurs, il en avait expédié une pile En Bas à l'intention du service qui gérait les contrats sur l'Âme immortelle, accompagnée d'un mémo sur papier jaune où il avait simplement écrit : « Vous avez encore à apprendre. »

pot de fleurs vide, qu'il laissait ostensiblement traîner dans l'appartement.

Il avait les plus luxuriantes, les plus belles plantes vertes de tout Londres. Les plus terrifiées, aussi.

Le salon était éclairé par des projecteurs et des néons blancs, du genre qu'on appuie négligemment contre une chaise ou dans un coin.

La seule décoration sur le mur était un dessin encadré : l'esquisse préparatoire de *la Joconde,* la première qu'ait exécutée Léonard de Vinci. Rampa l'avait achetée à l'artiste par un chaud après-midi florentin, et la trouvait supérieure à la peinture finale[1].

Rampa possédait une chambre, une cuisine, un bureau, un salon et une salle de bains : tout était éternellement net et parfait.

Il avait promené ses angoisses dans chacune de ces pièces, en attendant la Fin du Monde.

Il avait de nouveau téléphoné à ses agents de l'Armée des Inquisiteurs, pour prendre des nouvelles, mais son contact, le sergent Shadwell, venait de sortir et cette idiote de standardiste semblait incapable de comprendre qu'il était prêt à parler à n'importe quel soldat présent.

« Mr Pulsifer est sorti aussi, mon chou, lui dit-elle. Il est parti pour Tadfield ce matin. En mission.

– Mais *n'importe qui* d'autre fera l'affaire, lui avait expliqué Rampa.

– Je ferai la commission à Mr Shadwell dès son retour. Bon, si vous n'y voyez pas d'objection, c'est une de mes

1. C'était aussi l'opinion de Léonard. « J'avais bien saisi son foutu sourire dans les esquisses », avait-il dit à Rampa en sirotant du vin frais sous le soleil de midi, « mais il est parti dans tous les sens sur le tableau. Son mari a émis quelques protestations quand j'ai livré la toile, mais je lui ai dit : " Allons, Signor del Giocondo, après tout, à part vous, qui va le voir, ce tableau ? " Enfin, bref... vous pouvez m'expliquer encore une fois cette histoire d'hélicoptère ? »

matinées et je ne peux pas laisser mon client comme ça longtemps : il va attraper la mort. Et à deux heures, j'ai Mrs Ormerod, Mr Scroggie et la petite Julia qui viennent pour une consultation, et je dois d'abord nettoyer toute la pièce. Mais je ferai la commission à Mr Shadwell. »

Rampa abandonna. Il essaya de lire un roman, mais sans réussir à se concentrer. Il essaya de classer ses CD par ordre alphabétique, mais laissa tomber en découvrant qu'ils étaient déjà rangés, de même que sa bibliothèque et sa collection de tubes d'enfer[1].

Il finit par s'installer sur le canapé de cuir blanc et fit un geste en direction de la télé.

« Des dépêches nous arrivent, annonçait un présentateur à l'air inquiet, euh… des dépêches qui… enfin, personne ne semble savoir ce qui se passe, mais les nouvelles qui nous parviennent paraissent indiquer… ben… un accroissement de la tension internationale qui semblait impossible il y a encore une semaine, lorsque… eh bien, lorsque tout le monde semblait si bien s'entendre. Euh…

« La chose serait en partie imputable à l'épidémie d'événements bizarres qui se sont produits au cours des derniers jours.

« Au large des côtes du Japon… » RAMPA ?

« Oui », admit ce dernier.

QUE DIABLE SE PASSE-T-IL, RAMPA ? QU'EST-CE QUE TU AS FICHU, AU JUSTE ?

« Que voulez-vous dire ? » s'enquit Rampa, qui connaissait déjà parfaitement la réponse.

L'ENFANT QU'ON NOMME ABBADON. NOUS L'AVONS CONDUIT AUX CHAMPS DE MEGGIDO. LE MOLOSSE N'EST PAS À SES CÔTÉS. CET ENFANT NE SAIT RIEN DU GRAND COMBAT. CE N'EST PAS LE FILS DE NOTRE MAÎTRE.

« Ah. »

1. Il était très fier de sa collection. Il avait passé une éternité à la constituer. C'étaient *vraiment* des tubes d'enfer : inutile d'y chercher du Michael Jackson.

C'EST TOUT CE QUE TU TROUVES À DIRE, RAMPA ? NOS TROUPES SONT ASSEMBLÉES, LES QUATRE BÊTES ONT ENTAMÉ LEUR CHEVAUCHÉE – MAIS POUR ALLER OÙ ? QUELQUE CHOSE NE VA PAS, RAMPA, ET TOUT ÉTAIT SOUS TA RESPONSABILITÉ. TA CULPABILITÉ N'EST PROBABLEMENT PAS À EXCLURE. NOUS NE DOUTONS PAS QUE TU PUISSES EXPLIQUER TOUT CE QUI ARRIVE DE FAÇON PARFAITEMENT RAISONNABLE…

« Oh, oui, tout à fait, s'empressa d'acquiescer Rampa. Parfaitement raisonnable. »

… Parce que tu vas en avoir l'occasion. Tu auras tout ton temps pour t'expliquer, et nous écouterons ce que tu auras à nous dire avec le plus vif intérêt, et ta conversation, ainsi que les circonstances dans lesquelles elle se déroulera seront une source de distraction et de satisfaction pour tous les damnés de l'Enfer. Parce que, quels que soient les tourments qu'endure le dernier des damnés, aussi ravagé de souffrances qu'il puisse être, Rampa… pour toi, ce sera pire.

D'un geste, Rampa éteignit le poste.

L'écran d'un gris-vert mat continua de parler ; le silence se moula en mots.

NE SONGE MÊME PAS À T'ENFUIR, RAMPA. IL N'Y A AUCUNE ISSUE. RESTE OÙ TU ES. ON VA VENIR… TE PRENDRE…

Rampa alla à la fenêtre et jeta un coup d'œil audehors. Une chose noire en forme de voiture descendait lentement la rue dans sa direction. Rampa, qui observait avec beaucoup d'attention, s'aperçut que non seulement les roues ne tournaient pas, mais qu'elles n'étaient même pas reliées à la voiture. Elle ralentissait en passant devant chaque maison. Rampa supposa que les passagers de la voiture (aucun d'eux ne conduisait : ils ne savaient pas) inspectaient le numéro des maisons.

Il lui restait un bref répit. Rampa alla dans sa cuisine et prit un seau en plastique sous l'évier. Puis il revint dans le salon.

Les Autorités Infernales avaient cessé de communiquer. Rampa retourna le poste vers le mur, au cas où.

Il alla à la *Joconde*.

Il décrocha le croquis du mur, pour démasquer un coffre-fort. Ce n'était pas un coffre mural ; Rampa l'avait acheté à une compagnie qui avait pour clientèle les industries du nucléaire.

Il le déverrouilla, faisant apparaître une porte intérieure avec une serrure à combinaison. Il afficha le code (4-0-0-4, facile de s'en souvenir, c'était l'année où il s'était insinué sur cette planète idiote et fabuleuse, alors qu'elle brillait encore de l'éclat du neuf).

À l'intérieur se trouvait une bouteille thermos, deux gants épais en PVC, du genre qui vous couvre les bras jusqu'à l'épaule, et des pincettes.

Rampa s'interrompit. Il parcourut l'appartement d'un regard nerveux.

(On entendit un craquement au rez-de-chaussée. C'était la porte d'entrée…)

Il enfila les gants et prit la bouteille avec précaution, puis les pincettes et le seau – et, après réflexion, il saisit le brumisateur des plantes à côté d'un caoutchouc prodigieux – et se dirigea vers son bureau. Sa démarche suggérait qu'il transportait un de ces produits dont la chute est prétexte à des répliques comme : « Et à l'endroit où s'étend aujourd'hui ce cratère se dressait jadis la ville de Wah-Ching-Tonn », prononcées par des vieillards chenus, dans les films de science-fiction de série B.

Il atteignit le bureau, poussa la porte de l'épaule. Puis il plia les jambes et déposa lentement les objets sur le sol. Le seau… les pincettes… le brumisateur… et enfin, délibérément, la bouteille.

Une goutte de sueur commença à perler sur le front de Rampa et à couler en direction d'un œil. Il l'écarta d'une chiquenaude.

Puis, avec précaution et détermination, il utilisa les pincettes pour dévisser le bouchon de la bouteille... lentement... avec d'infinies précautions... Ça y était...

(Un martèlement dans l'escalier, un hurlement étouffé. Ce devait être la petite vieille de l'étage en dessous.)

Il ne pouvait pas se permettre d'aller plus vite.

Il empoigna la bouteille avec les pincettes et, prenant garde à ne pas laisser la plus petite goutte tomber à côté, il en versa le contenu dans le seau en plastique. Il suffirait d'un seul faux mouvement.

Là.

Ensuite, il ouvrit la porte du bureau d'une dizaine de centimètres et plaça le seau en équilibre dessus.

Avec les pincettes, il revissa le bouchon de la thermos, puis (un fracas dans l'entrée) il retira les gants de PVC, ramassa le brumisateur et s'installa derrière son bureau.

« Rampaaaant ? » appela une voix gutturale. Hastur.

« Il est par là, siffla une autre voix. Je sens la présence de cette petite ordure visqueuse. » Ligur.

Hastur et Ligur.

Rampa aurait été le premier à proclamer qu'au fond, très au fond, la plupart des démons n'étaient pas vraiment mauvais. Dans le grand combat cosmique, ils avaient le sentiment d'occuper un poste équivalent à celui de percepteur – ils accomplissaient une tâche impopulaire, certes, mais capitale dans le grand dessein des choses. Dans le même ordre d'idées, certains anges n'avaient rien de parangons de vertu ; Rampa en avait rencontré un ou deux qui, quand il s'agissait de châtier les impies, châtiaient nettement plus fort que la situation ne l'exigeait. Dans l'ensemble, tout le monde avait un travail à faire et s'employait à l'accomplir.

Et d'un autre côté, on trouvait des gens comme Ligur et Hastur, qui tiraient de si noires délices des choses déplaisantes qu'on aurait quasiment pu les croire humains.

Rampa se carra dans son fauteuil de cadre. Il se contraignit à se détendre et échoua de façon terrifiante.

« Par ici, les gars, lança-t-il.

– On veut te parler », dit Ligur (d'une voix qui voulait faire comprendre que " parler " était synonyme d'" infliger une éternité de souffrances atroces "), et le démon trapu poussa la porte du bureau.

Le seau vacilla puis s'abattit, pour coiffer proprement la tête de Ligur.

Laissez tomber un fragment de sodium dans de l'eau. Regardez-le s'enflammer et flamber, tournoyer comme un fou, en sifflant et en bouillonnant. Ce fut la même chose ; mais en moins joli.

Le démon s'écorcha, s'embrasa et palpita. Une fumée grasse et brune monta de lui, et il hurla, hurla et hurla encore. Puis il se ratatina, se replia sur lui-même, et il ne resta de lui qu'une flaque luisante, ressemblant à une poignée de limaces broyées, dans un disque brûlé et noirci de la moquette.

« Salut », lança Rampa à Hastur, qui marchait derrière Ligur mais n'avait malheureusement pas reçu la moindre éclaboussure.

Il y a des choses inimaginables ; des bassesses auxquelles même un démon ne croirait pas qu'un de ses congénères puisse descendre.

« … De l'eau bénite. Salopard, dit Hastur. *Immonde* salopard. Il ne t'avait jamais fait aucun mal.

– Pas encore », rectifia Rampa qui se sentait vaguement plus à l'aise, maintenant que les forces s'étaient un peu équilibrées. Un peu, mais pas totalement, il s'en fallait de beaucoup. Hastur était Duc des Enfers. Rampa n'était même pas conseiller municipal.

« Ce qui va t'arriver sera répété à voix basse par les mères dans les coins sombres, pour terrifier leurs petits », dit Hastur ; puis, il trouva que le langage de l'Enfer n'était pas à hauteur de ce qu'il voulait exprimer. « Tu vas te faire *dégommer,* mon salaud », ajouta-t-il.

Rampa leva son brumisateur en plastique vert et le secoua d'un air menaçant. « Va-t'en », dit-il. Il entendit le téléphone sonner en bas. Quatre sonneries, puis le répondeur se déclencha. Il se demanda vaguement qui c'était.

« Tu ne me fais pas peur », répondit Hastur. Il regardait une goutte d'eau couler de l'embout et descendre lentement le long du récipient en plastique, en direction de la main de Rampa.

« Tu sais ce que je tiens ? demanda Rampa. C'est un brumisateur pour plantes acheté en grande surface, le brumisateur le moins cher et le plus efficace qui soit au monde. Il peut projeter un fin nuage de gouttelettes. Ai-je besoin de te rappeler ce qu'il contient ? Ça peut te changer en *ça*. » Il montra du doigt l'horreur sur la moquette. « Maintenant, va-t'en. »

Puis la goutte qui coulait le long du brumisateur atteignit les doigts repliés de Rampa et s'arrêta. « Tu bluffes, déclara Hastur.

– C'est bien possible », répondit Rampa d'une voix qui indiquait, du moins l'espérait-il, qu'un bluff était la dernière chose qu'il pouvait avoir en tête. « Et peut-être que je ne bluffe pas. Tu tiens à vérifier si tu es dans un jour de chance ? »

Hastur fit un geste, et la boule de plastique se désagrégea comme du papier de riz, éclaboussant d'eau le bureau et le costume de Rampa.

« Oui », répondit Hastur. Puis il sourit. Ses dents étaient trop aiguës, et sa langue dardait entre elles. « Et toi ? »

Rampa ne répondit pas. Le plan A avait fonctionné. Le plan B avait échoué. Tout reposait sur le plan C, et il n'y avait qu'un seul problème : Rampa n'avait rien préparé au-delà de la phase B.

« Soit, siffla Hastur, c'est l'heure. Allons-y, Rampa.

– Je crois qu'il y a une chose que tu devrais savoir, lança Rampa pour gagner du temps.

– Et quoi donc ? » Hastur eut un sourire.

C'est alors que le téléphone sur le bureau de Rampa sonna.

Il décrocha et prévint Hastur : « Ne bouge pas. Il y a quelque chose de très important qu'il faut que tu saches, et je ne plaisante pas. Allô ?

« Grmm », dit-il. Puis il ajouta : « Non. Je suis avec un vieil ami à moi. »

Aziraphale lui raccrocha au nez. Rampa se demanda ce qu'il voulait.

Et soudain, le plan C apparut dans sa tête. Il ne reposa pas le combiné. Il dit : « Très bien, Hastur, tu as réussi l'épreuve. Tu es prêt à jouer dans la cour des grands.

– Tu es devenu fou ?

– Mais non. Tu ne comprends donc pas ? C'était un test. Les Seigneurs de l'Enfer voulaient savoir si l'on peut te faire confiance, avant de te donner le commandement des Légions des Damnés, dans la Guerre qui s'annonce.

– Rampa, tu es en train de mentir ou tu as perdu la tête, voire même les deux à la fois », rétorqua Hastur. Mais son assurance semblait entamée.

L'espace d'un instant, il avait pris cette hypothèse en considération ; c'est là que Rampa le tenait. Il n'était pas impossible, après tout, que l'Enfer soit bel et bien en train de le mettre à l'épreuve. Que Rampa soit autre chose que ce qu'il paraissait. Hastur était paranoïaque, ce qui est simplement une réaction raisonnable et saine quand on vit aux Enfers, où tout le monde est *vraiment* contre vous.

Rampa commença à composer un numéro. « Pas de problème, duc Hastur. Je ne m'attends pas à ce que tu me croies, reconnut-il. Mais si tu demandais au Conseil des Ténèbres ? Je suis sûr qu'ils te convaincront. »

La liaison avec le numéro qu'il venait de former s'établit avec un *clic,* et la sonnerie commença à retentir.

« Salut, couillon », lança-t-il.

Et il disparut.

En une minuscule fraction de seconde, Hastur disparut à son tour.

Au fil des ans, on a consacré d'innombrables heures de travail théologique à débattre de la célèbre question : *combien d'anges peuvent-ils danser sur une tête d'épingle ?*

Pour parvenir à une réponse, il faut tenir compte des faits suivants :

D'abord, les anges ne dansent pas. C'est une caractéristique des anges. Ils savent goûter en connaisseurs la Musique des Sphères, mais ils n'éprouvent jamais le besoin de se mettre à guincher comme des bêtes. Donc : *zéro.*

Enfin, presque. Aziraphale avait appris la gavotte dans un discret club pour gentlemen de Portland Place, à la fin des années 1880, et s'il avait initialement paru aussi doué pour la danse qu'un canard pour la haute finance, il avait fini par y acquérir une aisance indéniable. Aussi ressentit-il une vive contrariété quand, quelques décennies plus tard, la gavotte passa définitivement de mode.

Par conséquent, à condition que la danse soit une gavotte et qu'on lui fournisse une partenaire adéquate (à condition également, c'est une pure théorie, qu'elle aussi sache danser la gavotte *et* qu'elle soit capable de la danser sur une tête d'épingle), la réponse est catégorique : *un*.

Mais là encore, on pourrait se demander combien de démons peuvent danser sur une tête d'épingle. Ils viennent de la même souche de base, après tout. Et eux, ils dansent, au moins[1].

Et si l'on pose la question en ces termes, la réponse devient finalement : un bon nombre, à condition qu'ils abandonnent leur corps physique, ce qui est l'enfance de l'art pour un démon. Les démons ne sont pas limités par les lois de la physique. Si l'on prend une perspective large, l'univers n'est qu'un petit objet rond, semblable à ces boules remplies d'eau qui imitent une tempête de neige en miniature quand on les secoue[2]. Mais si on examine la situation de vraiment très près, le seul problème, quand on veut danser sur une tête d'épingle, ce sont les gouffres qui séparent les électrons.

Pour ceux qui sont de race angélique ou de souche démoniaque, taille, forme et composition ne sont que des options.

Pour l'heure, Rampa voyageait à une vitesse incroyable le long de la ligne téléphonique.

DRING.

Rampa traversa deux standards téléphoniques à une fraction très coquette de la vitesse de la lumière. Hastur n'était pas loin derrière : dix ou douze centimètres, mais à cette taille, cela assurait à Rampa une avance très confortable. Avance qui disparaîtrait, bien entendu, dès qu'il émergerait à l'autre bout.

1. Même si ce n'est pas ce que vous et moi appellerions danser. Pas *bien danser,* en tout cas. Un démon se déhanche comme un groupe britannique pendant le concours de l'Eurovision.

2. Cependant, à moins que le plan ineffable ne soit encore plus ineffable qu'on ne l'avait imaginé, il ne contient pas de bonhomme de neige géant en plastique au fond.

Ils étaient trop petits pour pouvoir faire usage du son, mais les démons n'ont pas absolument besoin de son pour communiquer entre eux. Derrière lui, il entendit Hastur hurler : « Je t'aurai, salaud ! Tu ne m'échapperas pas ! »

DRING.

« Tu peux sortir où tu veux, je te suivrai ! Tu ne m'échapperas pas ! »

Rampa avait traversé quelque quarante kilomètres de câble en moins d'une seconde.

Hastur était sur ses talons. Rampa allait devoir minuter toute la manœuvre avec beaucoup, beaucoup de précision.

DRING.

C'était la troisième sonnerie. Bien, songea Rampa, c'est le moment ou jamais.

Il s'arrêta brusquement, vit Hastur le dépasser à pleine vitesse. Hastur se retourna et…

DRING.

Rampa jaillit à travers la ligne téléphonique, traversa la gaine de plastique et se matérialisa dans son salon, à sa taille originale, le souffle court.

Clic.

Le message commença à défiler sur son répondeur. Puis on entendit un *bip* et, tandis que la bande magnétique enregistrait la réponse qu'on déposait, une voix hurla dans le haut-parleur, après le *bip* : « Parfait ! Quoi ?… Espèce de *saleté de serpent* ! »

Le petit voyant rouge signalant la présence d'un message commença à clignoter.

Allumé, éteint, allumé, éteint, on aurait dit un œil minuscule et furieux.

Rampa regretta vraiment de ne plus avoir d'eau bénite, ni le temps d'y plonger la cassette jusqu'à dissolution complète. Mais il avait couru assez de risques pour obtenir le dernier bain de Ligur ; il le possédait depuis des années, au cas où. La seule présence du liquide dans ces murs le mettait mal à l'aise. Ou... à moins que... oui, que se passerait-il s'il écoutait la cassette dans la voiture ? Il jouerait et rejouerait Hastur sans cesse, jusqu'à ce que le démon se transforme en Freddie Mercury. Non. Hastur était une crapule, mais il y avait des limites.

Le tonnerre gronda au loin.

Il n'avait plus le temps.

Il n'avait plus d'issue.

Il sortit quand même. Il courut à sa Bentley et partit en direction du West End, comme s'il avait tous les démons de l'Enfer aux trousses. Ce qui était plus ou moins le cas.

Madame Tracy entendit le lourd pas de Mr Shadwell gravir l'escalier. Il était plus lent qu'à l'accoutumée, et faisait halte toutes les deux ou trois marches. D'habitude, il montait les marches comme s'il les haïssait toutes, individuellement.

Elle ouvrit la porte de chez elle. Il était adossé contre le mur.

« Eh bien, Mr Shadwell, qu'est-ce que vous avez donc fait à votre main ?

– Éloigne-toi, fumelle, gémit Shadwell. J'connaissions point l'étendue de mes pouvoirs !

– Pourquoi est-ce que vous la retenez comme ça ? »

Shadwell essaya de s'enfoncer dans le mur.

« Recule, te dis-je ! Je n'voulions point encourir une telle responsabilité !

– Mais que diable vous est-il arrivé, Mr Shadwell ? s'enquit madame Tracy en essayant de lui prendre la main.

– Le diable, justement ! Le diable ! »

Elle réussit à lui attraper le bras. Shadwell, le fléau des forces maléfiques, fut incapable de résister quand elle l'attira dans son appartement.

Il n'y était encore jamais entré, du moins pas en état de veille. Ses rêves l'avaient paré de soieries, de riches tapisseries et de ce qu'il appelait des ongulents capiteux. En fin de compte, un rideau de perles masquait l'entrée de la kitchenette, et on trouvait une lampe maladroitement fabriquée à partir d'une bouteille de chianti, parce que les goûts de madame Tracy en matière d'objets chics s'étaient fermement ancrés, comme pour Aziraphale, en 1953. Et une table se dressait au milieu de la pièce, couverte d'une nappe en velours. Sur le velours, la boule de cristal qui représentait une part croissante des revenus de madame Tracy.

« Je crois que vous avez besoin de vous étendre un peu, Mr Shadwell », dit-elle d'une voix qui ne souffrait aucune discussion, et elle le conduisit dans la chambre. Il était trop abasourdi pour protester.

« Mais le p'tit Newt est là-bas, exposé aux passions païennes et aux fourberies occultes, marmonna Shadwell.

– En ce cas, je suis certaine qu'il saura se débrouiller », répliqua madame Tracy avec décision ; elle avait probablement des épreuves qu'endurait Newt une image plus proche de la réalité que Shadwell. « Et je suis tout aussi certaine qu'il n'aimerait pas vous voir vous mettre dans un état pareil. Étendez-vous donc un peu, pendant que je nous prépare une bonne tasse de thé. »

Elle disparut dans un crépitement de perles entrechoquées.

Soudain, Shadwell se retrouva seul, sur ce qui était – il s'en souvenait encore, au milieu des décombres de ses nerfs brisés – la couche d'une pécheresse ; et en cet instant précis, il était incapable de se décider : était-il ou non préférable de ne pas s'y trouver seul ? Il tourna la tête pour découvrir la pièce.

Les conceptions de madame Tracy en matière d'érotisme remontaient au temps où les jeunes hommes grandissaient avec la conviction que les femmes portaient des ballons de plage fixés solidement à l'avant de leur anatomie, où l'on pouvait traiter Brigitte Bardot d'ingénue perverse sans risquer le ridicule, et où il existait bel et bien des magazines appelés *Filles, gags et jarretelles.* Quelque part dans cet enfer de la permissivité, madame Tracy avait cru comprendre que des peluches posent une touche d'intimité coquette dans une chambre.

Shadwell contempla un moment un énorme ours en peluche élimée, qui avait perdu un œil et une oreille. Il s'appelait probablement M. Brun, ou quelque chose comme ça.

Il tourna la tête de l'autre côté. Son regard fut arrêté par un fourreau à pyjama en forme d'animal. C'était probablement un chien, mais l'hypothèse d'un putois était parfaitement recevable. Il affichait un sourire enthousiaste.

« Yeurg », dit Shadwell.

Mais les souvenirs revenaient sans cesse à l'assaut. Il avait vraiment réussi. Aucun membre de l'Armée à part lui n'avait exorcisé de démon, à sa connaissance. Ni Hopkins, ni Siftings, ni Diceman. Et même pas l'Inquisiteur sergent-major Narker[1], qui détenait le record incontesté du dénichage de sorcières. Tôt ou tard,

1. L'armée des Inquisiteurs avait connu une résurgence aux plus beaux jours de l'expansionnisme impérial. Les échauffourées perpétuelles de l'armée britannique les mettaient souvent aux prises avec des hommes-médecine, des sorciers, des chamans et autres adversaires occultes. Ce fut le signe qu'attendaient des gens comme l'ISM Narker pour se déployer un peu partout. Sa silhouette décidée, beuglante, haute de deux mètres pour un poids de cent deux kilos, armée de sa Bible blindée, d'une Cloche de

chaque armée découvre l'arme absolue ; maintenant, elle existait, songea Shadwell : au bout de son bras.

Eh ben, que la Légitime Défense aille se faire voir. Il allait se reposer un brin, puisqu'il était là, et ensuite, les Puissances des Ténèbres allaient enfin trouver à qui parler…

Quand madame Tracy apporta le thé, il ronflait. Pleine de tact, elle referma la porte, non sans soulagement, parce qu'elle avait une séance de spiritisme prévue dans vingt minutes et qu'on ne refusait pas quelques billets, par les temps qui couraient.

De nombreux critères permettaient de ranger madame Tracy dans la catégorie des idiotes, mais elle ne manquait pas d'instinct dans certains domaines. Quand il s'agissait d'aborder l'occulte, elle faisait preuve d'un jugement sans faille. Aborder, voilà ce que demandaient ses clients. Ils ne voulaient pas qu'on les fourre jusqu'au cou dans l'occultisme. Ils ne recherchaient pas les mystères multidimensionnels du Temps et de l'Espace. Ils attendaient qu'on les rassure, qu'on leur dise que Maman se débrouillait très bien, depuis son décès. Ils réclamaient juste ce qu'il faut d'occulte pour assaisonner le mets simple de leur vie, et de préférence en portions n'excédant pas quarante-cinq minutes, suivies d'un thé avec des petits gâteaux.

Ils n'avaient pas le moins du monde envie de cierges, de parfums, de psalmodies bizarres ou de runes mystiques. Madame Tracy avait été jusqu'à retirer les Arcanes

quatre kilos et d'une Chandelle spécialement renforcée, pouvait nettoyer le veldt de tout ennemi plus vite qu'une mitraillette Gatling. De lui, Cecil Rhodes a écrit : « Certaines tribus lointaines le considèrent comme une sorte de dieu, et il faut posséder un courage ou une témérité extrêmes, quand on est homme-médecine, pour tenir tête à l'ISM Narker lorsqu'il charge droit sur vous. Je préférerais recevoir l'appui de cet homme plutôt que celui de deux bataillons de Gurkhas. »

Majeurs de son jeu de Tarots, parce que leur apparition perturbait les gens.

Et elle veillait toujours à préparer des choux de Bruxelles avant chaque séance. Rien n'est plus rassurant, rien n'est plus fidèle à l'esprit douillet de l'occultisme anglais que l'odeur des choux de Bruxelles en train de cuire dans la pièce d'à côté.

C'était le début de l'après-midi, et les lourds nuages de l'orage avaient donné aux cieux la couleur du vieux plomb. Il pleuvrait sous peu, une pluie lourde, aveuglante. Les pompiers espéraient qu'elle ne tarderait pas. Le plus tôt serait le mieux.

Ils étaient arrivés assez promptement, et les plus jeunes recrues se démenaient, surexcitées, déroulant leurs tuyaux, brandissant leurs haches ; leurs aînés avaient su au premier coup d'œil que l'immeuble était perdu. Ils n'étaient même pas certains que la pluie empêcherait l'incendie de se propager aux bâtiments voisins, quand une Bentley noire tourna le coin de la rue sur les chapeaux de roue, grimpa sur le trottoir à une vitesse dépassant largement les cent dix kilomètres-heure, et s'arrêta dans un hurlement de freins à un centimètre du mur de la librairie. Un jeune homme extrêmement fébrile portant des lunettes noires en sortit et courut à la porte de la boutique en flammes.

Un pompier l'intercepta : « Vous êtes le propriétaire de cet établissement ?

– Ne dites pas de bêtises ! Vous trouvez que j'ai une tête à tenir une librairie ?

– Je ne suis pas qualifié pour en juger, monsieur. Les apparences sont trompeuses. Moi, par exemple, je suis pompier. Toutefois, les gens qui ne connaissent pas ma profession et qui me rencontrent en tenue de ville me prennent souvent pour un comptable ou un directeur d'agence. Imaginez-moi sans uniforme, monsieur. De quoi diriez-vous que j'ai l'air ? Franchement ?

– D'un couillon », répliqua Rampa avant de s'engouffrer dans la librairie.

La chose est plus aisée à écrire qu'à faire, car, pour y parvenir, Rampa devait slalomer entre une demi-douzaine de pompiers, deux policemen et un certain nombre de noctambules hauts en couleur, habitués de Soho[1], commençant tôt leur soirée, qui débattaient entre eux avec énergie pour déterminer quelle section particulière de la société avait ainsi animé l'après-midi, et pourquoi.

Rampa se fraya un passage tout droit dans leur masse. Ils lui accordèrent à peine un regard.

Puis il ouvrit la porte et pénétra dans un enfer.

Toute la librairie était la proie des flammes. « Aziraphale ! appela-t-il. Aziraphale, espèce, espèce de… d'idiot de… *Aziraphale ?* Tu es là ? »

Pas de réponse. Juste le craquement du papier qui flambait, des bris de verre quand le feu atteignit les étages supérieurs, le fracas des poutres qui s'effondraient.

Il inspecta la boutique avec intensité, à bout d'espoir, cherchant l'ange, cherchant de l'*aide*.

Dans le coin le plus éloigné, une étagère s'écroula, projetant une cascade de livres en flammes sur le sol. Le feu cernait Rampa, qui n'en avait cure. La jambe gauche de son pantalon commença à fumer ; il l'éteignit d'un simple regard.

« Ohé ? Aziraphale ! Pour l'amour de Di… de Sat… de n'importe qui ! Aziraphale ! »

1. N'importe où ailleurs qu'à Soho on aurait probablement trouvé des gens intéressés par le spectacle d'un incendie.

La vitrine fut brisée de l'extérieur. Rampa se retourna, surpris, et une trombe d'eau inattendue le frappa en pleine poitrine, le projetant à terre.

Ses lunettes s'envolèrent dans un recoin de la pièce, et se changèrent en une flaque de plastique calciné, démasquant des yeux jaunes aux pupilles fendues verticalement. Trempé et fumant, le visage noirci de cendres, aussi peu cool qu'il est possible de l'être, à quatre pattes sur le plancher de la librairie en flammes, Rampa maudit Aziraphale, le plan ineffable, et l'En Haut, et l'En Bas.

Puis il baissa les yeux et il le vit. Le Livre. Celui que la jeune fille de Tadfield avait oublié dans la voiture, mercredi soir. La couverture en était légèrement roussie, mais il était miraculeusement préservé. Il le ramassa, l'enfourna dans la poche de sa veste, se redressa, les jambes flageolantes, et s'épousseta.

L'étage au-dessus de lui s'écroula. Avec un grondement et un frémissement de titan, le bâtiment s'effondra sur lui-même, en une pluie de briques, de bois et de débris ardents.

Dehors, la police faisait reculer les passants, et un pompier expliquait à qui voulait l'entendre : « J'ai pas pu le retenir. Ça devait être un fou. Ou un ivrogne. Il est entré en courant. J'ai pas pu le retenir. Cinglé. Tout droit, en courant. C'est atroce, de mourir comme ça. Atroce, vraiment atroce. Il est entré, en courant… »

C'est alors que Rampa émergea des flammes.

La police et les pompiers le regardèrent, virent l'expression de son visage et ne bougèrent pas d'un pouce.

Il monta dans sa Bentley et recula jusqu'à la rue, contourna un camion de pompiers, emprunta Wardour Street et disparut dans l'après-midi ténébreux.

Ils regardèrent la voiture s'éloigner à pleine allure. Finalement, un policier prit la parole : « Avec le temps qu'il fait, il devrait allumer ses phares, dit-il d'une voix blanche.

– Surtout de la façon dont il conduit. Ça pourrait être dangereux », acquiesça un autre, avec un total manque d'expression ; et ils restèrent ainsi debout dans la lumière et la chaleur de la librairie en flammes, à se demander où était passé le monde qu'ils croyaient comprendre.

Il y eut un éclair blanc bleuté qui palpita contre le ciel noirci de nuées, un rugissement de tonnerre si puissant qu'il en était douloureux, et une pluie impitoyable commença à s'abattre.

Elle chevauchait une moto rouge. Pas le sympathique rouge Honda ; un rouge profond, sanglant, un rouge terrible, sombre et détestable. Apparemment, le reste de la moto était ordinaire, exception faite de l'épée reposant dans un fourreau que la moto portait au flanc.

Elle portait un casque rouge, et sa veste de cuir avait la couleur du vieux vin. En clous rubis dans le dos étaient inscrits les mots : ANGES DE L'ENFER.

Il était treize heures dix, il faisait noir, moite, et il pleuvait. L'autoroute était presque déserte et la femme en rouge sur sa moto rouge dévorait la route dans un grondement, avec un sourire nonchalant.

Jusqu'ici, la journée avait été bonne. La vue d'une femme splendide sur une puissante moto équipée d'une épée fait beaucoup d'effet à certains hommes. Pour l'heure, quatre représentants de commerce avaient tenté de faire la course avec elle, et des débris de Ford Sierra décoraient désormais les glissières de sécurité et les piliers de pont sur soixante-dix kilomètres d'autoroute.

Elle s'arrêta à une station-service et entra dans le restauroute du Joyeux Nourrain. Il était presque vide. Derrière le comptoir, une serveuse lasse reprisait une chaussette, et des motards vêtus de cuir noir, des costauds, velus, crasseux et massifs, étaient regroupés autour d'un individu encore plus grand qu'eux, porteur d'un manteau noir. Il jouait avec décision sur ce qui, quelques années plus tôt, aurait été une machine à sous, mais qui arborait maintenant un écran vidéo et vantait ses services sous le nom de Trivial Scrabble.

Son public clamait des choses comme :

« C'est D ! Appuie sur D – *Le Parrain* a forcément récolté plus d'oscars qu'*Autant en emporte le Vent* !

– *Poupée de cire, poupée de son* ! France Gall ! Je te jure ! Ma parole, bordel !

– 1666 !

– Mais non, abruti, ça, c'est l'année du Grand Incendie de Londres ! La Grande Peste, c'était en 1665 !

– B, c'est B ! La grande Muraille de Chine fait pas partie des Sept merveilles du monde ! »

Il y avait quatre catégories : *Pop Music, Sports, Actualité* et *Connaissances générales.* Le grand motard, celui qui avait gardé son casque, pressait les boutons, sans accorder beaucoup d'attention à ses supporters, visiblement. Quoi qu'il en soit, il gagnait avec régularité.

La motarde en rouge alla au comptoir.

« Une tasse de thé, s'il vous plaît. Et un sandwich au fromage.

– Alors, vous êtes toute seule, ma pauvre ? » lui demanda la serveuse en tendant le thé et un objet blanc, sec et dur par-dessus le comptoir.

« J'attends des amis.

– Ah, répondit la serveuse en coupant sa laine avec les dents. Eh ben, vous êtes mieux à attendre ici. C'est vraiment l'enfer, dehors.

– Non. Pas encore. »

La motarde en rouge choisit une table près de la baie vitrée, avec une bonne vue sur le parking, et elle attendit.

Elle pouvait entendre les joueurs de Trivial Scrabble en bruit de fond.

« C'est nouveau, çui-là. "Combien de fois la Grande-Bretagne et la France ont-elles été officiellement en guerre depuis 1066 ?"

– Vingt ? Naaan, pas vingt... Oh. C'était ça ? Ah bon, j'aurais jamais cru.

– La guerre entre l'Amérique et le Mexique. Ça, je le sais. C'est juin 1845. "D". Tu vois ? Qu'est-ce que j'disais ? »

L'avant-dernier motard par la taille, Purin (1,88 m) chuchota à l'adresse du plus petit, Cambouis (1,85 m) :

« Ils sont passés où, les Sports ? » Il portait LOVE sur les phalanges d'une main, HATE sur celles de l'autre.

« C'est un choix... Comment on dit ? Aléatoire, ça s'appelle. J'veux dire, c'est fait avec des puces. Doit y avoir, chais pas, des millions de sujets différents là-d'dans, dans la mémoire vive. » Sur les phalanges de sa main droite était inscrit STEAK, et FRITES sur l'autre. Il avait été obligé de serrer un peu les lettres.

« *Pop music, Actualité, Connaissances générales* et *Guerre*. C'est juste que j'avais jamais vu *Guerre* auparavant. C'est pour ça que je posais la question. » Purin fit bruyamment craquer ses phalanges, et arracha l'anneau qui ouvrait une boîte de bière. Il engloutit la moitié de son contenu, rota sans complexe puis soupira. « J'aimerais bien qu'y ait davantage de questions sur la Bible, bordel.

– Pourquoi ? » Cambouis n'aurait jamais imaginé que Purin soit un accro des questions sur la Bible.

– Ben, passque... tu te souviens des ennuis que j'ai eus à Brighton ?

– Oh, oui. T'es passé à *Témoin n°1* », acquiesça Cambouis avec quelques traces de jalousie.

« Ouais, ben, j'ai dû rester quelque temps dans l'hôtel ousque ma m'man travaillait, tu vois ? Trois mois. Et rien à lire, sauf qu'un nommé Gidéon avait oublié sa Bible derrière lui. C'est le genre de truc qui te reste dans la tête. »

Dehors, une nouvelle moto rutilante, d'un noir de jais, arriva sur le parking.

La porte du café s'ouvrit. Une bourrasque glacée traversa la salle ; un homme entièrement vêtu de cuir noir, avec une courte barbe noire, alla directement vers la table et prit place auprès de la femme ; les motards qui entouraient le scrabble vidéo s'aperçurent soudain qu'ils mouraient de faim et déléguèrent Crado pour aller chercher un morceau. Tous, sauf celui qui jouait, qui continua à appuyer sans mot dire sur les boutons adéquats en laissant ses gains s'accumuler dans le réceptacle au bas de la machine.

« On ne s'était plus vus depuis le siège de Mafeking, dit la Rouquine. Comment ça va ?

– J'ai été plutôt occupé, répondit l'homme en noir. J'ai passé pas mal de temps en Amérique. Quelques petits tours du monde vite fait. J'ai tué le temps, pour tout dire. »

(« Comment ça, vous n'avez pas de sandwiches jambon-beurre ? s'indigna Crado.

– Je croyais en avoir, mais il n'y en a plus », répondit la serveuse.)

« Ça fait drôle, d'être enfin tous réunis comme ça, dit la Rouquine.

– Drôle ?

– Tu sais bien. On a passé tous ces millénaires à attendre le grand jour, et ça y est. Il est enfin arrivé. C'est comme d'attendre Noël. Ou son anniversaire.

– Nous n'avons pas d'anniversaire.

– Je n'ai jamais prétendu le contraire. Je disais simplement que ça fait ce genre d'impression.

(« En fait, reconnut la serveuse, on dirait qu'il ne nous reste plus rien. À part cette portion de pizza.

– Y a des anchois ? » s'enquit Crado, lugubre. Personne dans le groupe n'aimait les anchois. Ni les olives.

« Oui, mon chou. Pizza aux anchois et aux olives. Vous la voulez ? »

Crado secoua tristement la tête. Avec des gargouillements d'estomac, il rebroussa chemin jusqu'au jeu. Le Gros Ted devenait irritable quand il avait faim, et quand le Gros Ted était de mauvaise humeur, tout le monde dégustait.)

Une nouvelle catégorie venait d'apparaître sur l'écran vidéo. On pouvait désormais répondre à des questions sur la Pop Music, l'Actualité, la Famine ou la Guerre. Les motards semblaient légèrement moins bien renseignés sur la Grande Famine de la Pomme de Terre dans l'Irlande de 1846, l'absence de quasiment tout dans l'Angleterre de 1315 et la pénurie de drogue à San Francisco en 1969, qu'ils ne l'avaient été sur la Guerre, mais le joueur continuait de réussir un sans-faute, ponctué çà et là par un vrombissement, un grincement et un bruit métallique chaque fois que la machine crachait des pièces d'une livre dans son réceptacle.

« Le temps s'annonce un peu difficile au sud, on dirait », fit la rouquine.

L'homme en noir regarda en plissant les yeux les nuages qui s'épaississaient. « Non. Tout a l'air impeccable. On va avoir une grosse tempête sous peu. »

La rouquine inspecta ses ongles. « Tant mieux. Il manquerait quelque chose, sans une tempête. On va chevaucher sur quelle distance, tu as une idée ?

– Quelques centaines de kilomètres, dit l'homme en noir avec un haussement d'épaules.

– J'aurais cru que ça durerait davantage, je ne sais pas pourquoi. Avoir attendu si longtemps pour faire quelques centaines de kilomètres, à peine.

– Rien ne sert de courir, répondit l'homme en noir. Il faut arriver à point. »

On entendit un rugissement à l'extérieur. C'était celui d'une moto avec un pot d'échappement défectueux, un moteur incorrectement réglé et un carburateur qui fuyait. Nul besoin de voir la machine pour imaginer les volutes de fumée noire qui l'escortaient, les taches d'huile qui ponctuaient son passage, la piste de petites pièces détachées et d'accessoires qu'elle semait en chemin.

L'homme en noir se rendit au comptoir.

« Quatre thés, s'il vous plaît. Dont un noir. »

La porte du café s'ouvrit. Un jeune homme vêtu de cuir blanc poussiéreux entra, et le vent dépêcha à l'intérieur avec lui un cortège de paquets de chips vides, de journaux et d'emballages d'esquimaux. Ils dansaient autour de ses pieds comme des bambins surexcités, puis retombèrent épuisés sur le sol.

« Vous avez bien dit quatre, c'est ça ? » demanda la serveuse. Elle essayait de trouver des tasses et des cuillères propres – tout semblait brusquement couvert d'une mince pellicule d'huile de vidange et d'œuf séché.

« Ça ne tardera plus », confirma l'homme en noir. Il prit les thés et revint à la table où l'attendaient ses deux camarades.

« Aucun signe de lui ? » s'enquit le jeune homme en blanc.

Ils secouèrent la tête.

Une dispute s'était élevée autour de l'écran vidéo (les catégories actuellement affichées étaient *Guerre, Famine, Pollution* et *Pop Music 1962-1979*).

« Elvis Presley ? Ça doit être " C " – c'est en 1977 qu'il a passé l'arme à gauche, non ?

– Naaan. " D ". 1976. Catégorique.

– Ouais. La même année que Bing Crosby.

– Et Marc Bolan. Ça, c'était un mec. Allez, appuie sur " D ". Vas-y. »

Le grand joueur ne fit pas mine de presser le moindre bouton.

« Questu fais, mec ? demanda le Gros Ted, agacé. Vas-y. Appuie sur " D ". Elvis est mort en 76. »

JE ME FICHE DE SAVOIR CE QUI EST INSCRIT, répondit le grand motard qui avait gardé son casque. Je n'ai jamais posé la main sur lui.

Les trois personnes à la table se retournèrent d'un seul mouvement. C'est la rouquine qui parla. « Depuis quand êtes-vous là ? »

Le motard de haute taille alla vers la table, abandonnant son assistance stupéfaite et ses gains. J'ai toujours été là, dit-il. Et sa voix était l'écho obscur de lieux nocturnes, une froide dalle de son, gris et mort. Si cette voix avait été une pierre, elle aurait depuis longtemps porté des mots gravés : un nom, deux dates.

« Votre thé refroidit, monseigneur, dit Famine.

– Beaucoup de temps a passé », déclara Guerre.

La foudre tomba, presque immédiatement suivie par un sourd grondement de tonnerre.

« Le temps est idéal », déclara Pollution.

OUI.

Cette conversation mystifiait de plus en plus les motards regroupés autour de la machine à sous. Sous la conduite du Gros Ted, ils s'approchèrent de la table et considérèrent les quatre étrangers.

Il n'échappa pas à leur attention que ces derniers portaient *tous* l'inscription ANGES DE L'ENFER sur leurs vestes. Les motards ne les trouvaient vraiment pas nets : trop propres, pour commencer ; et aucun d'entre eux ne donnait l'impression d'avoir jamais cassé le bras de quelqu'un parce que c'était un dimanche après-midi et qu'il n'y avait rien d'intéressant à la télé. En plus, l'un d'eux était une femme ; non seulement elle ne chevauchait pas en croupe, derrière quelqu'un d'autre, mais elle avait sa propre bécane, comme si elle en avait le droit.

« Alors comme ça, vous êtes des Anges de l'Enfer ? » demanda le Gros Ted, sarcastique. S'il y a une chose que les vrais Hell's Angels ne supportent pas, ce sont bien les motards du dimanche[1].

Les quatre étrangers opinèrent de la tête.

« Vous êtes membres de quel chapitre, alors ? »

Le grand étranger regarda le Gros Ted. Puis il se leva. C'était un mouvement complexe : s'il existait des chaises longues sur la plage des océans de la nuit, elles se dépliaient sans doute de la même manière.

Il sembla y passer un temps infini.

Il portait un casque noir, qui dissimulait complètement ses traits. Le matériau était un plastique bizarre, constata le Gros Ted. Quand on le regardait, ben, on voyait son propre reflet.

L'APOCALYPSE, répondit-il. CHAPITRE 6.

« Versets 2 à 6 », précisa le jeune homme en blanc, serviable.

Le Gros Ted les regarda tous deux avec des yeux furibonds. Sa mâchoire inférieure commença à avancer, et une petite veine bleue se mit à palpiter sur son front.

« Ça veut dire quoi, ça ? » demanda-t-il.

Il sentit qu'on lui tirait la manche. C'était Purin, dont le visage avait adopté une nuance de gris assez inhabituelle, sous sa crasse.

« Ça veut dire qu'on a des problèmes », dit-il.

C'est alors que l'étranger grand leva un pâle gant de motard et souleva la visière de son casque ; et le Gros Ted, pour la première fois de sa vie, regretta de ne pas avoir mené une existence plus admirable.

« Doux Jésus ! gémit-il.

– Si ça se trouve, Il tardera plus, glissa Purin sur un ton pressant. Il cherche probablement un endroit où

1. Parmi les autres choses que ne supportent pas les vrais Hell's Angels, il y a la police, le savon, les Renault 5 et, dans le cas du Gros Ted, les anchois et les olives.

garer sa moto. Tirons-nous et… et allons nous inscrire dans une patrouille de scouts, ou quéq'chose comme ça… »

Mais l'ignorance invincible du Gros Ted lui servait de bouclier et d'armure. Il ne bougea pas d'un pouce.

« Bon Dieu, dit-il. Les Anges de l'Enfer. »

Guerre lui adressa un petit signe de salut, négligemment.

« C'est bien nous, Gros Ted, dit-elle. La marque d'origine.

Famine hocha la tête. « La maison mère. »

Pollution retira son casque et secoua ses longs cheveux blancs. Il avait assuré la relève quand Pestilence, bougonnant on ne sait quoi à propos de pénicilline, avait pris sa retraite en 1936. Si seulement le pauvre avait connu les opportunités que recelait le futur…

« Certains font des promesses, dit-il. Nous les tenons… »

Le Gros Ted regarda le quatrième Cavalier. « Dites, j'vous ai déjà vu. Zétiez sur la pochette d'un album de Blue Oÿster Cult. Et j'ai une bague avec votre… votre… votre tête dessus. »

JE VAIS PARTOUT.

« Mince. » Le visage du Gros Ted se noua sous l'effort de la réflexion.

« Et vous avez quoi, comme moto ? » s'enquit-il.

Autour de la carrière, la tempête faisait rage. La corde à laquelle était suspendu le vieux pneu dansait dans la bourrasque. Parfois, une plaque de tôle, relique d'une ébauche de cabane dans un arbre, s'arrachait à ses piètres amarres et s'envolait.

Les Eux, pelotonnés les uns contre les autres, regardaient Adam. Il paraissait plus grand, d'une certaine façon. Toutou, assis, grondait. Il pensait à toutes les odeurs qu'il allait perdre. L'Enfer ne sent rien, sauf le soufre. Et certaines odeurs étaient, étaient, étaient... bon, il fallait bien se dire qu'il n'y a pas non plus de chiennes en Enfer.

Adam allait et venait avec exaltation, agitant et levant les mains.

« On arrêtera pas de s'amuser, disait-il. On fera des explorations et tout. Je crois que je serai bientôt capable de faire repousser les vieilles jungles.

– Mais... mais qui... qui fera, tu sais, la cuisine et la lessive et tout ça ? chevrota Brian.

– Personne aura plus à faire tout ça. Tu pourras manger tout ce que tu voudras, des tonnes de chips, des oignons frits, tout ce que tu veux. Et tu seras jamais forcé de porter des affaires neuves ou de prendre un bain si t'en as pas envie, tout ça. Ou d'aller à l'école, rien. Ou de faire quelque chose que t'as pas envie de faire, jamais plus. Ça sera *méchamment* bien ! »

La lune se leva sur les monts Kookamundi. Elle brillait beaucoup, ce soir.

Johnny Deux Os était assis dans la cuvette rouge du désert. C'était un lieu sacré, où deux rochers ancestraux, formés dans le Temps du Rêve, reposaient comme aux origines. La randonnée initiatique de Johnny Deux Os touchait à son terme. Ses joues et sa poitrine étaient peintes d'ocre rouge, et il entonna un vieux chant, une sorte de carte musicale des collines, tout en traçant des signes dans la poussière, de la pointe de son épieu.

Il touchait au but.

Tout près...

Il cligna des yeux. Regarda autour de lui, stupéfait.

« *Excusez-moi, cher enfant,* se dit-il à voix haute, d'une voix aux intonations précises et clairement articulées. *Mais avez-vous la moindre idée de l'endroit où je me trouve ?*

– Qui a dit ça ? » demanda Johnny Deux Os.

Sa bouche s'ouvrit. « *C'est moi.* »

Johnny se gratta, pensif. « Vous êtes un de mes ancêtres, mcc, c'cst bien ça ?

– *Oh. Indubitablement. Tout à fait. C'est une façon de parler. Maintenant, revenons à ma question de départ. Où suis-je ?*

– Seulement, si vous êtes un de mes ancêtres, pourquoi que vous parlez comme une chochotte ?

– *Ah. L'Australie,* dit la bouche de Johnny Deux Os. Elle articula ce nom comme si une désinfection méticuleuse devrait précéder tout nouvel emploi du mot. *Quelle misère. Enfin, merci quand même.*

– Hé ? Ohé ? » demanda Johnny Deux Os.

Il resta assis dans le sable et attendit, attendit, mais il ne répondit pas.

Aziraphale était parti ailleurs.

Citron Deux-Chevaux était un tonton macoute, un *houngan*[1] itinérant : il portait une besace sur l'épaule, contenant des plantes magiques et médicinales, des morceaux de chat sauvage, des chandelles noires, une poudre dont l'ingrédient principal était la peau séchée d'un poisson bien particulier, une scolopendre morte, une demi-bouteille de Chivas Regal, dix cigarettes Rothman, et un exemplaire du *Guide des Spectacles d'Haïti.*

1. Magicien ou prêtre. Le Vaudou est une religion très intéressante pour tous les membres d'une famille, même les membres défunts.

Il souleva le couteau et, avec un mouvement de découpe qui trahissait le spécialiste, trancha la tête du coq noir. Un flot de sang lui couvrit la main droite.

« *Loa,* prends-moi, entonna-t-il. Gros bon ange, viens à moi.

– *Où suis-je ?* s'enquit-il.

– C'est mon Gros Bon Ange ? se demanda-t-il.

– *Je trouve cette question un peu personnelle,* répondit-il. *Je veux dire, en tout état de cause. Mais disons qu'on fait son possible. On fait son possible.* »

Citron sentit une de ses mains se porter vers le coq.

« *L'endroit est plutôt insalubre, pour faire de la cuisine, non ? Le milieu de la jungle. On se mitonne un petit barbecue ? Mais dans quel genre d'endroit sommes-nous ?*

– Dans un endroit haïtien.

– *Merde ! Très loin du but. Enfin, ce pourrait être pire. Bien, je dois m'en aller. Soyez sage.* »

Et Citron Deux-Chevaux se retrouva seul dans sa tête.

« Que les *loas* aillent se faire voir », marmonna-t-il pour lui-même. Il resta quelques instants le regard perdu dans le vide, puis il tendit la main vers sa besace et sa bouteille de Chivas Regal. Il existe au moins deux façons de changer quelqu'un en zombi. Il allait opter pour la plus facile.

Les vagues se brisaient avec fracas sur les plages. Les palmiers frémissaient.

Une tempête montait.

Les projecteurs s'allumèrent. Le Chœur Évangélique de Kilowatt (Nebraska) se lança dans « Jésus est le réparateur téléphonique au standard de ma vie » et réussit presque à couvrir le bruit du vent qui se levait.

Marvin O. Bagman ajusta sa cravate, vérifia son sourire dans le miroir, donna une petite tape sur les fesses de sa secrétaire particulière (Miss Cindi Kellerhals, Poster central de Penthouse, il y avait trois ans depuis juillet dernier – mais elle avait abandonné tout cela en entrant dans la Carrière), et il s'avança sur la scène du studio.

Jésus ne coupera pas avant que tu aies terminé
Avec lui, jamais tu n'obtiendras un faux numéro,
Et quand tombera la facture, elle sera détaillée
C'est le réparateur téléphonique au standard de ma vie

chanta le chœur. Marvin aimait beaucoup cette chanson. Il l'avait écrite lui-même.

Parmi les autres titres de sa composition, on dénombrait : *Mr Jésus, le Bienheureux, Jésus, je peux passer te voir chez toi ?, Cette bonne vieille croix de flammes, Jésus est un autocollant sur le pare-chocs de ma vie* et *Quand l'extase me saisira, prends le volant de ma camionnette.* On les trouvait tous dans *Jésus est mon Pote* (en cassette, CD et disque vinyle) dont la publicité passait toutes les quatre minutes sur le réseau de télévision évangélique de Bagman[1].

Les paroles ne rimaient pas, elles étaient généralement incohérentes, et Marvin, qui n'avait aucun don perceptible pour la musique, avait plagié la mélodie de vieilles chansons de *country.* Aucune de ces considérations n'avait empêché *Jésus est mon Pote* de se vendre à quatre millions d'exemplaires.

Marvin avait débuté comme chanteur de country, en interprétant de vieux standards de Conway Twitty et de Johnny Cash.

Il avait donné des concerts réguliers en personne au pénitencier de San Quentin, jusqu'à ce que la Commission pour le Respect des Droits de l'Homme l'attaque, en

1. $12.95 le disque vinyle ou la cassette, $ 24.95 le CD, mais toute donation de $ 500 à l'église de Marvin Bagman donnait droit à un exemplaire vinyle gratuit.

invoquant la clause traitant des *Châtiments d'une cruauté hors du commun.*

C'est alors que Marvin avait découvert la religion. Pas le genre discret et personnel, pour lequel il faut accomplir de bonnes actions et amender sa façon de vivre ; même pas celui pour lequel il faut porter un costume et sonner aux portes des gens. Non : le genre pour lequel il faut posséder son propre réseau de télévision et inciter les gens à envoyer de l'argent.

Avec *Le show Marvin Bagman : la puissance en action* (« l'émission du fondamentalisme dans la joie ! »), il avait trouvé la combinaison idéale pour le petit écran. Quatre chansons de trois minutes tirées du disque, vingt minutes de sermon musclé et cinq minutes pour guérir les gens. (Les vingt-trois minutes restantes étaient employées à appeler les téléspectateurs à donner de l'argent. Tour à tour, il enjôlait, suppliait, menaçait, mendiait. Parfois même, il se contentait d'en demander simplement.) À ses débuts, il avait effectivement fait venir des gens sur le plateau pour les guérir, mais il avait trouvé la procédure trop compliquée ; désormais, proclamait-il, des visions lui montraient des téléspectateurs aux quatre coins de l'Amérique, miraculeusement guéris pendant qu'ils regardaient l'émission. C'était beaucoup plus simple – plus besoin d'engager des acteurs, et de cette façon, personne ne pouvait aller fourrer le nez dans ses pourcentages de réussite[1].

Le monde est beaucoup plus compliqué qu'on ne le croit d'ordinaire. Beaucoup de gens pensaient, par exemple, que Marvin n'était pas un authentique croyant, parce qu'il tirait de sa foi de si gros revenus. Ils avaient tort. Il croyait de tout son cœur. Il croyait absolument et

1. Marvin aurait sans doute été le premier surpris d'apprendre qu'il y avait bel et bien un certain pourcentage de réussites. Il y a des gens que n'importe quoi guérirait.

employait une grosse part des flots d'argent qu'il recevait à accomplir ce qu'il pensait être l'œuvre du Seigneur.

La ligne téléphonique vers le Sauveur n'a jamais de [parasites,
Il répond toujours présent, de jour comme de nuit
Et quand on compose J-É-S-U-S, c'est toujours un [numéro vert
C'est le réparateur téléphonique au standard de ma vie

La première chanson s'acheva et Marvin s'avança devant les caméras en levant les bras, modeste, pour réclamer le silence. Dans la cabine de contrôle, l'ingénieur du son baissa le volume des applaudissements préenregistrés.

« Mes frères, mes sœurs, merci, merci. Magnifique, n'est-ce pas ? Et souvenez-vous : vous pouvez trouver cette chanson, ainsi que d'autres, tout aussi édifiantes, sur *Jésus est mon pote*. Il suffit de téléphoner au 05-05-CASH et de déposer dès aujourd'hui votre promesse de don. »

Il devint plus grave.

« Mes frères, mes sœurs, je vous apporte à tous un message, un message urgent de Notre Seigneur pour vous tous, hommes, femmes et petits enfants. Mes amis, laissez-moi vous parler de l'Apocalypse. Tout est là, dans votre Bible, dans les Révélations que Notre Seigneur a faites à saint Jean sur Patmos, et dans le Livre de Daniel. Le Seigneur dit les choses comme elles sont, mes amis… votre futur. Alors, que va-t-il se passer ?

« La Guerre. La Peste. La Famine. La Mort. Des fleuves de sang. D'énormes tremblements de terre. Des missiles nucléaires. Des temps terribles se rapprochent, mes frères et mes sœurs. Et il n'y a qu'une seule façon d'y échapper.

« Avant que survienne la Destruction, avant que galopent les quatre Cavaliers de l'Apocalypse, avant que les missiles nucléaires pleuvent sur la tête des incroyants, viendra l'Extase.

Je vous entends me crier : *Mais quelle est donc cette Extase ?*

Quand viendra l'Extase, mes frères, mes sœurs, tous les vrais croyants seront enlevés dans les airs – peu importe ce que vous serez en train de faire, vous serez peut-être dans votre bain, sur votre lieu de travail, au volant de votre voiture ou chez vous, en train de lire votre Bible. Brusquement, vous vous retrouverez dans les airs, dans des corps parfaits et protégés de toute corruption. Vous flotterez là-haut, et vous regarderez le sol tandis que se déploieront les années de destruction. Seuls les fidèles seront sauvés, seuls les Baptistes parmi vous échapperont à la souffrance, à la mort, à l'horreur et aux flammes. Alors éclatera un grand conflit entre le Ciel et l'Enfer, et le Ciel anéantira les forces du Mal, et Dieu effacera les larmes des dolents, et la mort ne sera plus, ni le chagrin, ni les pleurs, ni la souffrance, et il irradiera dans toute sa gloire pour toujours et à jamais… »

Il s'interrompit brutalement.

« *Très bel effort,* dit-il d'une voix complètement différente. *Seulement, ça ne va pas se passer comme ça. Pas tout à fait.*

Je veux dire : le feu, la guerre… tout ça, c'est exact. Mais cette histoire d'Extase – si seulement vous pouviez voir les nôtres, au Ciel, en rangs serrés, aussi loin que l'esprit peut porter, et même au-delà, sur des lieues et des lieues, épée de flamme au poing… Bref, voilà ce que je veux dire : vous croyez qu'ils auraient le temps d'aller ramasser les gens et de les envoyer en l'air, pour leur permettre de regarder en ricanant ceux qui se meurent de radiations en bas, sur la terre stérile en fusion ? Enfin, en admettant que vous considériez ça comme une attitude moralement défendable, pourrais-je ajouter.

Quant à cette histoire selon laquelle le Ciel devrait forcément gagner… Bon, soyons honnêtes : si l'affaire était tellement entendue, à quoi bon une Guerre céleste, réfléchissez ? C'est de la propagande. De la pure et simple propagande. On a seulement 50 % de chances d'arriver en tête. Vous feriez tout aussi bien d'envoyer des dons à un réseau sataniste, rien que pour parer à toute éventualité ; cela dit, pour être franc, quand le feu va s'abattre et les marées de sang monter, vous allez tous vous retrouver dans le camp des pertes civiles, d'un côté ou de l'autre. Entre notre guerre et la vôtre, ils vont tuer tout le monde et ils laisseront à Dieu le soin de faire le tri – on est d'accord ?

Enfin, bref, désolé. Je suis là, je parle, je parle. J'ai juste une petite question à poser : où suis-je ? »

Marvin O. Bagman virait graduellement au mauve.

« C'est le Malin ! Que Notre Seigneur me protège ! Le Malin parle par ma bouche ! » éclata-t-il, puis il s'interrompit : « *Oh, non ! En fait, c'est tout le contraire. Je suis un ange. Bon. Je dois donc être en Amérique, n'est-ce pas ? Désolé, il faut que je file…* »

Il y eut un silence. Marvin essaya d'ouvrir la bouche, mais rien ne se passa. L'être qu'il avait dans la tête jeta un coup d'œil circulaire. Il vit l'équipe technique du studio – ceux qui n'étaient pas occupés à appeler la police ou à sangloter dans un coin. Il regarda les cameramen au teint cendreux.

« *Mince,* dit-il, *je passe à la télé ?* »

Rampa descendait Oxford Street à 200 km/h.

Il plongea la main dans la boîte à gants pour y prendre sa paire de lunettes noires de rechange, et ne trouva que des cassettes. Avec mauvaise humeur, il en saisit une au hasard et l'inséra dans la fente.

Il avait envie d'entendre du Bach, mais Stone et Charden feraient l'affaire.

All we need is Radio Gaga, chanta Freddie Mercury.

Et moi, tout ce dont j'ai besoin, c'est de me tirer, songea Rampa.

Il prit le sens giratoire de Marble Arch à contresens, à cent soixante. La foudre faisait clignoter le ciel de Londres comme un néon défectueux.

Un ciel livide sur Londres, songea Rampa, *Et je sus que la fin était proche.* Qui avait écrit ça ? Chesterton, non ? Le seul poète du XXe siècle à avoir vaguement approché la Vérité.

La Bentley prit la route pour sortir de Londres, tandis que Rampa se carrait dans le siège du conducteur et feuilletait son exemplaire roussi des *Belles et bonnes prophéties d'Agnès Barge.*

En fin de volume, il découvrit une feuille de papier pliée en quatre, écrite de la cursive soignée d'Aziraphale. Il la déplia (pendant que le levier de changement de vitesse de la Bentley passait tout seul en troisième et que la voiture accélérait pour contourner un camion de transport de fruits, sorti d'une rue perpendiculaire en marche arrière et à l'improviste), puis il la lut.

Ensuite, il la relut, avec l'impression qu'un fossé s'ouvrait lentement au fond de son estomac.

La voiture changea brusquement de trajectoire. Elle se dirigeait désormais vers le village de Tadfield, dans l'Oxfordshire. Rampa pourrait y être dans une heure, s'il se hâtait.

De toute façon, il n'avait vraiment nulle part ailleurs où aller.

La cassette se termina, cédant la place à la radio de bord.

« ... *Forum du jardinier, en direct du Club des Horticulteurs de Tadfield. Notre dernière émission en ce lieu remonte à 1953, un très bel été. Comme l'équipe s'en sou-*

viendra, on trouve un riche terreau d'Oxfordshire dans l'est de la commune, qui monte graduellement vers l'ouest en cédant la place à la craie. C'est le genre d'endroit où, comme je dis toujours, on peut planter n'importe quoi. Tout pousse à merveille. N'est-ce pas, Fred ?

– *Oh ! certes,* répondit le professeur Fred Windbright, des Jardins Botaniques Royaux, *je n'aurais su mieux l'exprimer moi-même.*

– *Bien. Une première question pour l'équipe, et elle nous vient de Mr R.P. Tyler, président de l'Association Locale des Résidants, si je ne m'abuse.*

– *Ahem. C'est cela, oui. Eh bien, je suis grand amateur de roses, mais mes Molly McGuire de compétition ont perdu deux ou trois fleurs hier, à la suite d'une pluie de poissons, semble-t-il. Que me recommande l'équipe pour éviter ce genre d'inconvénient, à part tendre un filet au-dessus du jardin ? Je veux dire, j'ai écrit au conseil municipal, bien entendu…*

– *Il ne s'agit pas d'un problème très courant, à première vue. Harry ?*

– *Mr Tyler, permettez-moi de vous poser une question. S'agissait-il de poissons frais, ou de conserve ?*

– *Je crois pouvoir affirmer qu'ils étaient frais.*

– *Eh bien, en ce cas, aucun problème, mon ami. J'ai entendu dire que vous aviez également des pluies de sang dans les environs – j'aimerais en dire autant des Dales, où se trouve mon propre jardin. J'économiserais une fortune en engrais. Bien, ce qu'il vous reste à faire, c'est de les enterrer dans votre* » RAMPA ?

Le démon ne répondit pas.

RAMPA. LA GUERRE VIENT DE COMMENCER, RAMPA. NOUS CONSTATONS AVEC INTÉRÊT QUE TU AS ÉCHAPPÉ AUX FORCES QUE NOUS AVIONS CHARGÉES DE PASSER TE PRENDRE.

« Mmm », acquiesça Rampa.

RAMPA… NOUS ALLONS GAGNER CETTE GUERRE. MAIS MÊME SI NOUS DEVIONS PERDRE, POUR TOI AU MOINS, CELA NE FERA PAS LA MOINDRE DIFFÉRENCE. CAR TANT QU'IL RESTERA UN DÉMON AUX ENFERS, RAMPA, TU REGRETTERAS DE NE PAS AVOIR ÉTÉ CRÉÉ MORTEL.

Rampa garda le silence.

LES MORTELS PEUVENT ESPÉRER LE TRÉPAS, OU LA RÉDEMPTION. TU N'AS AUCUN ESPOIR.

SAUF UN : LA MISÉRICORDE DES ENFERS.

« Vraiment ? »

JE PLAISANTE, BIEN ENTENDU.

« Ngk », dit Rampa.

« … *Seulement, et tous les amateurs de jardinage le savent bien, le Tibétain est un rusé compère. Il creuse son tunnel en plein milieu de vos bégonias aussi facilement que dans du beurre. Une tasse de thé devrait lui faire changer de trajectoire, additionnée d'un peu de beurre de yak rance de préférence – vous devriez pouvoir en trouver dans n'importe quelle bonne boutique de jard…* »

Whiiiii. Zzzzz. Crac. Les parasites couvrirent le reste de l'émission.

Rampa coupa sa radio et se mordit la lèvre inférieure. Sous la cendre et la suie qui lui couvraient le visage, il paraissait très las, très pâle, et très effrayé.

Et, soudain, très en colère. Cette façon qu'ils avaient de vous parler. Comme si vous étiez une plante verte qui commence à perdre ses feuilles sur la moquette.

Puis il négocia un tournant qui devait le conduire à la bretelle débouchant sur la M25, qu'il quitterait ensuite pour prendre la M40 jusque dans l'Oxfordshire.

Mais il s'était passé quelque chose sur la M25. Quelque chose qui faisait mal aux yeux quand on le regardait en face.

De ce qui avait été le périphérique M25 de Londres, montait une psalmodie sourde, un bruit composé de multiples lignes mélodiques : klaxons de voitures, moteurs, sirènes, le bip des téléphones portables, et le hurlement des jeunes enfants captifs de leur ceinture de sécurité sur le siège arrière depuis une éternité. « Salut à toi, Bête immense, dévoreuse de mondes », répétait sans cesse le cantique, dans la langue secrète des Prêtres Noirs de l'Ancienne Mu.

Le terrible glyphe odégra, pensa Rampa, rebroussant chemin en direction du périphérique nord. *C'est mon œuvre, c'est moi, le coupable. Ça aurait simplement pu être une autoroute comme les autres. Du beau travail, je vous l'accorde, mais est-ce que ça valait vraiment le coup ? Personne ne contrôle plus rien. Le Ciel et les Enfers ne sont plus aux commandes, la Terre ressemble à un pays du Tiers-Monde qui se serait enfin doté de la Bombe...*

Puis un sourire se dessina sur ses lèvres. Il claqua des doigts. Une paire de lunettes noires se matérialisa à partir de ses yeux. La cendre s'effaça de son costume et de sa peau.

Au diable tout ça. S'il fallait y passer, autant le faire avec classe.

Sifflotant doucement, il poursuivit sa route.

Ils descendaient la voie rapide de l'autoroute comme des anges exterminateurs, ce qui était tout à fait leur droit.

Ils n'allaient pas très vite, à la vérité. Tous les quatre maintenaient un 180 km/h régulier, comme s'ils avaient l'assurance que le spectacle ne commencerait pas sans eux. C'était le cas. Ils avaient tout le temps du monde, le peu qu'il en restait.

Derrière eux venaient les quatre autres cavaliers : le Gros Ted, Cambouis, Purin et Crado.

Ils étaient ravis. Ils étaient de *vrais* Hell's Angels, de *vrais* Anges de l'enfer, à présent, et ils chevauchaient le silence.

Autour d'eux, ils le savaient, le grondement de l'orage, le tonnerre de la circulation, la gifle du vent et de la pluie se donnaient libre cours. Mais dans le sillage des Cavaliers, régnait un silence pur et mort. Enfin, presque pur. Mort, c'était certain.

Il fut rompu par Purin qui cria au Gros Ted d'une voix rauque :

« Alors, qu'esstu vas être ?

– Hein ?

– Je dis : qu'esstu…

– J'ai bien entendu ce que t'as dit. C'est pas le problème. Le problème, c'est qu'esstu veux dire par là ? J'te demandais ce que tu voulais dire ?

Purin regretta de ne pas avoir mieux lu l'Apocalypse. S'il avait su qu'il y figurerait un jour, il aurait prêté plus d'attention. « Ce que je veux dire, c'est qu'eux, y sont les quatre Cavaliers de l'Apocalypse, d'accord ?

– Motards, rectifia Cambouis.

– D'accord : les quatre Motards de l'Apocalypse. La Guerre, la Famine, la Mort et… et l'autre. La P'lution.

– Ouais. Alors ?

– Alors, ils nous ont dit qu'on pouvait les accompagner, d'accord ?

– Et alors ?

– Alors, on est les quatre autres Cava… heu, Motards de l'Apocalypse. Bon. Donc, on est qui ? »

Il y eut un hiatus. Les phares des voitures défilaient sur la voie d'en face, l'image rémanente de la foudre s'imprimait sur les nuages, et le silence était proche de l'absolu.

« J'peux être Guerre, moi aussi ? demanda le Gros Ted.

– Bien sûr que non, tu peux pas être Guerre. Comment tu veux être Guerre ? Guerre, c'est elle. Faut que tu choisisses autre chose. »

L'effort de réflexion noua le visage du Gros Ted. « IVG, finit-il par dire. Je suis Intervention Violente dans la Gueule. C'est ça. Voilà. Et toi, tu vas être quoi ?

– J'peux être Ordures ? demanda Crado. Ou Problèmes Intimes Embarrassants ?

– Tu peux pas être Ordures, objecta Intervention Violente dans la Gueule. Il regroupe tout ça, lui, là, Pollution. Mais l'autre truc, tu peux. »

Ils roulèrent dans le silence et l'ombre, les feux de position des Quatre à quelques centaines de mètres devant eux.

Intervention Violente dans la Gueule, Problèmes Intimes Embarrassants, Purin et Cambouis.

« J'veux être Cruauté envers les Animaux », déclara Cambouis. Purin se demanda s'il était pour ou contre. Cela dit, ça importait peu.

Puis ce fut le tour de Purin.

« Je… je crois que je vais être ces saloperies de répondeurs téléphoniques. C'est vraiment une plaie.

– Tu peux pas être Répondeurs Téléphoniques, c'est pas un nom de Motard de l'Acopalispe, ça. C'est nul, c'est vraiment nul.

– C'est pas vrai, rétorqua Purin, ulcéré. C'est comme la Guerre, la Famine… C'est un problème de la vie de tous les jours, non ? Les répondeurs téléphoniques. J'les hais, les répondeurs.

– Moi aussi, j'les hais, approuva Cruauté envers les Animaux.

– Toi, ta gueule, repartit IVG.

– Je peux changer de nom ? » demanda Problèmes Intimes Embarrassants, qui avait réfléchi puissamment depuis la dernière fois qu'il avait ouvert la bouche.

« Je veux être Objets Qui Marchent Jamais Même Quand On Leur File Un Coup de Latte.

– Bon, d'accord, tu peux changer. Mais toi, tu peux pas être Répondeurs Téléphoniques, Purin. Trouve autre chose. »

Purin réfléchit. Il regretta d'avoir abordé le sujet. Tout ça lui rappelait son entretien avec le conseiller d'orientation, à l'école. Il se creusa la cervelle.

« Gens Vraiment Cool, dit-il enfin. J'peux pas les sentir.

– Gens Vraiment Cool ? répéta Objets Qui Marchent Jamais Même Quand On Leur File Un Coup de Latte.

– Ben ouais, tu sais. Ceux qu'on voit à la télé, avec des coiffures débiles, sauf que sur eux, ça fait pas débile passque c'est eux. Ils sont habillés avec des trucs trop grands, et faut pas dire que c'est un tas de branleurs. Enfin, c'est mon opinion à moi, mais quand j'en vois un, j'ai toujours envie de lui passer la gueule très lentement à travers des barbelés. Et moi, voilà ce que je crois. » Il prit une profonde inspiration. Il aurait juré que c'était le plus long discours qu'il ait fait de sa vie [1]. « Moi, ce que je crois, c'est ça : s'ils m'énervent autant, alors ça m'étonnerait qu'ils énervent pas tout le monde pareil.

– Ouais, dit Cruauté envers les Animaux. Et puis, y portent tous des lunettes noires, même quand y en a pas besoin.

– Et ils bouffent du fromage qui coule, et ces bières Sans Alcool à la con », dit Objets Qui Marchent Jamais Même Quand On Leur File Un Coup de Latte. « Ça, je déteste. Ça sert à quoi de boire, si ça te file pas envie de gerber ? Eh, j'y pense. Je peux encore changer ? Comme ça, je serai Bière sans Alcool.

1. Excepté l'autre, dix ans plus tôt, quand il s'en était remis à l'indulgence de la cour.

– Ah, non, merde, déclara Intervention Violente dans la Gueule. T'as déjà changé une fois.

– Bon, bref, intervint Purin. Voilà pourquoi j'veux être Gens Vraiment Cools.

– C'est bon, lui accorda son chef.

– J'vois pas pourquoi j'pourrais pas être Bière Sans Alcool si j'veux, bordel.

– Ta gueule. »

La Mort, la Famine, la Guerre et la Pollution continuaient leur chevauchée vers Tadfield.

Et Intervention Violente dans la Gueule, Cruauté envers les Animaux, Objets Qui Marchent Jamais Même Quand On Leur File Un Coup de Latte Mais En Secret Bière Sans Alcool et Gens Vraiment Cool faisaient route avec eux.

C'était un après-midi de samedi, humide et venteux, et madame Tracy se sentait d'humeur très occulte.

Elle portait sa robe longue, et une casserole de choux de Bruxelles mijotait sur la gazinière. La pièce était éclairée aux chandelles, chaque chandelle fichée avec soin dans une flasque de vin encroûtée de cire, aux quatre coins du salon.

Trois autres personnes assistaient à sa séance. Mrs Ormerod, de Belsize Park, dont le chapeau vert bouteille avait dû être un pot de fleurs lors d'une existence antérieure ; Mr Scroggie, mince et livide, avec des yeux délavés et exorbités ; et Julia Petley de *Deux mèches avec vous* [1], le salon de coiffure de la grand-rue, fraîche-

1. Anciennement *Je fais ce que Cheveux,* anciennement *Oldies but Bigoudi,* anciennement *Cheveux de Frise,* anciennement *Shampooing à la ligne,* anciennement *Chez Jean-Philippe, Diplômé en Capilliculture,* anciennement *Chez Robinson, Coiffeur,* anciennement *Allô Taxis.*

ment émoulue de l'école et convaincue qu'elle possédait elle-même des dons occultes inexplorés. Pour accentuer l'occultisme de son apparence, Julia se surchargeait de bijoux en argent martelé à la main et de fard à paupières vert. Elle cherchait à paraître fiévreuse, émaciée, et romantique ; avec quinze kilos de moins, elle aurait pu y prétendre. Elle se croyait anorexique, parce que chaque fois qu'elle se regardait dans le miroir, elle voyait effectivement quelqu'un de gros.

« Pouvons-nous joindre les mains ? demanda madame Tracy. Et je vous demande le silence le plus total. Le monde des esprits est très sensible aux vibrations.

– Demande si mon Ron est là », intima Mrs Ormerod. Elle avait une mâchoire qui évoquait une brique.

« C'est entendu, mon chou, mais il faut garder le silence pendant que j'entre en contact. »

Il y eut un silence, seulement troublé par les gargouillements de l'estomac de Mr Scroggie. « 'Scusez-moi, mesdames », marmonna-t-il.

Madame Tracy avait établi, au cours de ses années passées à Soulever le Voile Mystique et à Explorer les Grands Mystères, que deux minutes sans rien dire, à attendre sur sa chaise que le Monde des Esprits se manifeste, était un délai convenable. Plus longtemps, et ses clients s'impatientaient ; moins, et ils n'avaient pas le sentiment d'en avoir pour leur argent.

Elle récapitula dans sa tête la liste des commissions.

Des œufs. Une laitue. Cinquante grammes de fromage à gratiner. Quatre tomates. Du beurre. Un rouleau de papier hygiénique. Surtout, ne pas oublier, la réserve est presque épuisée. Et un joli morceau de foie pour Mr Shadwell, pauvre homme, quel dommage…

C'était le moment.

Madame Tracy rejeta la tête en arrière, la laissa tomber mollement sur une épaule puis la redressa lentement. Ses paupières étaient presque closes.

« Elle entre en transe, maintenant, entendit-elle Mrs Ormerod chuchoter à Julia Petley. Il n'y a aucune raison de s'inquiéter. Elle se change en un Pont vers l'Autre Monde. Son guide spirituel ne devrait plus tarder. »

Madame Tracy s'agaça de sentir qu'on lui volait la vedette, et elle poussa une sourde plainte. « Ooooooooh. »

Puis, d'une voix aiguë, chevrotante : « Es-tu là, ô mon guide spirituel ? »

Elle attendit un peu, pour faire monter la tension. Du liquide vaisselle. Deux boîtes de haricots en sauce. Ah oui, des pommes de terre, également.

« Hugh ? dit-elle d'une voix sombre et brune.

– Est-ce vous, Geronimo ? se demanda-t-elle.

– Être moi, hugh, se répondit-elle.

– Notre cercle compte un nouveau venu, cet après-midi.

– Hugh, Miss Petley ? » dit-elle, en tant que Geronimo. Elle avait toujours eu l'impression que les guides spirituels peaux-rouges constituaient un accessoire indispensable, et c'était un nom qu'elle aimait bien. Elle l'avait expliqué à Newt, qui avait compris qu'elle ne connaissait rien de Geronimo et n'avait pas eu la cruauté de la tirer de son ignorance.

« Oh, couina Julia, enchantée de faire votre connaissance.

– Est-ce que mon Ron est là, Geronimo ? demanda Mrs Ormerod.

– Hugh, squaw Béryl, dit madame Tracy, oh, être tant de pauvres âmes perdues, hugh, faire la queue devant porte de tipi. Peut-être votre Ron être parmi eux. Hugh. »

Madame Tracy avait compris la leçon depuis des années. Désormais elle ne faisait plus parler Ron qu'en toute fin de séance. Sinon, Béryl Ormerod monopolisait tout le temps pour raconter par le menu à feu Ron Ormerod ce qui lui était arrivé depuis leur précédente petite conversation. (« Bon, Ron, tu te souviens de Sybilla, la cadette de notre Eric ; eh bien, tu ne la reconnaîtrais pas, elle suit des cours de macramé, et notre Lætitia, tu sais, l'aînée de notre Karen ? Elle est devenue lesbienne, mais de nos jours, c'est très bien vu, elle fait une thèse, une étude des films de Sergio Leone vus sous l'angle féministe, et notre Stan, mais si, le jumeau de notre Sandra, je t'en ai parlé la dernière fois, eh bien, il a remporté le tournoi de fléchettes, ce qui est bien, parce qu'on a toujours cru qu'il ne sortirait jamais des jupes de sa mère, au fait, la gouttière du hangar s'est décrochée, mais j'en ai parlé au petit dernier de notre Cindi, il est maçon indépendant, et il va passer jeter un coup d'œil dimanche, et, ohhh, ça me fait penser… »)

Non, Béryl Ormerod pouvait attendre. Il y eut la fulguration d'un éclair, presque aussitôt suivie d'un lointain grondement de tonnerre. Madame Tracy en éprouva une vague fierté, comme si elle en était responsable. C'était encore mieux que les chandelles pour créer un *suce-pince.* Le *suce-pince* était au cœur de la médiumation.

« Bien, dit madame Tracy avec sa propre voix. Mr Geronimo aimerait savoir s'il y a ici quelqu'un qui s'appelle Mr Scroggie ? »

Les yeux délavés de Scroggie pétillèrent. « Ahem… en fait, c'est mon nom », avoua-t-il, rempli d'espoir.

« Parfait, eh bien, quelqu'un vous demande. » Depuis un mois que Mr Scroggie venait, elle n'avait pas encore trouvé de message adéquat à lui transmettre. L'heure était venue. « Connaîtriez-vous un nommé, euh… John ?

– Non.

– Ah, il y a un peu de friture céleste. Le nom est peut-être Tom. Ou Jim. Ou, euh… Dave.

– J'ai connu un Dave, quand j'étais à Hemel Hempstead, reconnut Mr Scroggie avec une expression vaguement dubitative.

– Oui, il a bien dit Hemel Hempstead, voilà, c'est exactement ça.

– Mais je l'ai croisé la semaine dernière, il promenait son chien, et il avait l'air en pleine forme, s'étonna vaguement Mr Scroggie.

– Il dit qu'il ne faut pas s'inquiéter, qu'il est plus heureux dans l'Autre Monde », continua résolument madame Tracy, qui était d'avis qu'il vaut toujours mieux donner de bonnes nouvelles à ses clients.

« Dis à mon Ron qu'il faut que je lui raconte le mariage de notre Krystal, intervint Mrs Ormerod.

– Je n'y manquerai pas, mon chou. Mais… oh, un instant, quelque chose se manifeste… »

C'est alors que quelque chose se manifesta. Cela s'assit dans la tête de madame Tracy et jeta un coup d'œil audehors.

« *Sprechen sie Deutsch ?* demanda-t-il par le truchement de la bouche de madame Tracy. *Se habla español ? Wo bu hui jiang zhongwen ?*

– Ron, c'est toi ? » demanda Mrs Ormerod. La réponse, quand elle arriva, était légèrement agacée.

« *Non. Absolument pas. Cependant, une question aussi sotte ne peut avoir été posée que dans un seul pays sur cette planète d'obscurantisme – que j'ai visitée dans sa plus grande partie au cours des heures qui viennent de s'écouler. Ma chère petite dame, non, je ne suis pas Ron.*

– Eh bien, moi, je veux parler à Ron Ormerod, répliqua Mrs Ormerod sur un ton pincé. Il est plutôt trapu, avec une calvitie sur le sommet du crâne. Vous pourriez me le passer, s'il vous plaît ? »

Un silence. « *En fait, on dirait bien qu'un esprit répondant à cette description flotte à proximité. Très bien. Je le mets en ligne, mais dépêchez-vous. J'essaie d'empêcher l'Apocalypse.* »

Mrs Ormerod et Mr Scroggie échangèrent un coup d'œil. Il ne s'était jamais rien passé de ce genre au cours des séances précédentes de madame Tracy. Julia Petley était ravie. C'était nettement mieux. Elle espérait que madame Tracy allait commencer à matérialiser des ectoplasmes d'un instant à l'autre.

« Euh… Allô ? » dit madame Tracy avec une nouvelle voix. Mrs Ormerod sursauta. C'était exactement la voix de Ron. Au cours des séances précédentes, Ron avait eu la voix de madame Tracy.

« Ron ? C'est toi ?

– Oui, Bé… Béryl.

– Très bien. Bon, j'ai pas mal de choses à te raconter. Pour commencer, j'ai été au mariage de notre Krystal, samedi dernier, l'aînée de notre Marilyn…

– Bé… Béryl. T… Tu n… ne m… m'as j…jamais laissé p… placer un mot p… pendant que j'étais viv… vant. M… maintenant que je s…suis m…mort, j… j'ai une s…seule ch…chose à te d…dire. »

Béryl Ormerod trouva tout ceci très désagréable. Auparavant, quand Ron se manifestait, il lui affirmait qu'il était plus heureux dans l'Autre Monde, et qu'il vivait dans un endroit qui devait ressembler à une maison de campagne céleste. Maintenant, il ressemblait à son Ron, et elle n'était pas bien sûre de vraiment y tenir. Alors, elle dit ce qu'elle avait toujours dit à son mari quand il commençait à lui parler sur ce ton :

« Ron, souviens-toi, tu as le cœur fragile.

– Je n'ai p… plus de c… cœur, tu te rap…pelles ? Mais p… passons, B… Béryl… ?

– Oui, Ron.

– La ferme ! » Et l'esprit disparut. « *Émouvant, non ? Bon, maintenant, merci beaucoup, mesdames et monsieur, mais j'ai du travail, je le crains.* »

Madame Tracy se leva, alla jusqu'à la porte et alluma la lumière.

«*SORTEZ !*» dit-elle.

Ses clients se levèrent, plus qu'un peu surpris et, dans le cas de Mrs Ormerod, scandalisée, et ils regagnèrent l'entrée.

« On en reparlera, Marjorie Potts, je te le garantis », siffla Mrs Ormerod en serrant son sac à main contre sa poitrine ; et elle claqua la porte.

Puis, on entendit sa voix étouffée résonner dans le couloir : « Et tu peux dire à notre Ron qu'il n'a pas fini d'en entendre parler, lui non plus ! »

Madame Tracy (et le nom porté sur son permis de conduire les scooters était effectivement Marjorie Potts) alla à la cuisine et coupa le gaz sous les choux de Bruxelles.

Elle mit une bouilloire sur le feu. Elle se prépara une théière. Elle s'assit à la table de sa cuisine, sortit deux tasses, les remplit toutes deux. Elle ajouta deux sucres dans l'une d'elles. Puis elle attendit.

« *Pas de sucre pour moi, merci* », dit madame Tracy.

Elle disposa les tasses sur la table en face d'elle et but une longue gorgée à la tasse de thé sucré. Puis elle parla avec une voix qu'auraient reconnue tous ses proches, même si le ton de rage froide dont elle usait était inhabituel :

« Bon, à présent, si vous m'expliquiez ce que tout ça signifie ? Et vous avez intérêt à avoir une explication valable. »

Un camion avait répandu sa cargaison sur la M6. Selon sa feuille de route, le camion était chargé de plaques de tôle ondulée, mais les deux policiers en patrouille avaient du mal à le croire.

« Maintenant, ce que j'aimerais savoir, c'est d'où sortent tous ces poissons ? demandait le sergent.

– Je vous l'ai expliqué : ils sont tombés du ciel. Je conduisais tranquillement à quatre-vingt-dix et plaf ! un saumon de douze livres vient me défoncer le pare-brise. Alors j'ai donné un coup de volant, et j'ai dérapé *là-dessus* », il indiqua du doigt les restes du requin-marteau sous le camion, « et je suis rentré *là-dedans*. » *Là-dedans*, c'était un monticule de dix mètres de haut, constitué de poissons de tailles et de formes variées.

« Est-ce que vous avez bu, monsieur ? demanda le sergent avec un très mince espoir.

– Bien sûr que non, j'ai pas bu, espèce de grand couillon. Vous voyez bien les poissons vous aussi, non ? »

Au sommet de l'empilement, une pieuvre de taille respectable agita un tentacule langoureux dans leur direction. Le sergent réprima l'impulsion de répondre à ce salut.

L'autre policier était penché à l'intérieur de la voiture de patrouille et discutait sur la fréquence : « ... la M6 en direction du Sud est bloquée par des plaques de tôle et des poissons, à environ un kilomètre au nord de la bretelle n° 10. Il va falloir fermer les deux voies à destination du Sud. C'est ça. »

La pluie redoubla. Une petite truite, qui avait survécu à la chute par miracle, commença à nager bravement en direction de Birmingham.

« C'était formidable, dit Newt.

– Épatant, répondit Anathème. La terre a tremblé pour tout le monde. » Elle se releva du plancher, laissant ses vêtements éparpillés sur le tapis, et se rendit dans la salle de bains.

Newt éleva la voix. « Je veux dire que c'était vraiment formidable. Mais vraiment, *vraiment* formidable. J'avais toujours espéré que ça le serait, et ça l'était. »

On entendit le son de l'eau qui coule.

« Qu'est-ce que tu fais ? demanda-t-il.

– Je prends une douche.

– Ah. » Il se demanda confusément si tout le monde devait prendre une douche après, ou si c'était réservé aux femmes. Et il soupçonnait que les bidets intervenaient dans l'opération, à un moment ou un autre.

« Tu sais quoi ? » dit Newt quand Anathème émergea de la salle de bains, enveloppée dans une moelleuse serviette rose. « On pourrait recommencer ?

– Non, dit-elle, pas maintenant. » Elle finit de s'essuyer et entreprit de ramasser ses vêtements sur le sol et de se rhabiller, sans gêne apparente. Newt, homme préparé à patienter une demi-heure à la piscine qu'une cabine se libère pour pouvoir se changer, plutôt que de courir le risque de se dévêtir en face d'un autre être humain, se sentit vaguement choqué et profondément titillé.

Des bouts de l'anatomie d'Anathème apparaissaient et disparaissaient sans cesse, comme des mains de prestidigitateur. Newt essaya de recenser ses tétons, sans succès ; mais ça ne le tracassa pas outre mesure.

« Pourquoi pas ? » demanda-t-il. Il allait expliquer que ça ne prendrait pas longtemps, mais une voix intérieure le lui déconseilla. Il mûrissait beaucoup en très peu de temps.

Anathème haussa les épaules, ce qui n'est pas facile quand on est en train d'enfiler une jupe noire stricte. « Elle a dit qu'on n'avait fait ça qu'une fois. »

Newt ouvrit deux ou trois fois la bouche, puis il articula : « C'est pas vrai ? C'est pas vrai !! Elle aurait quand même pas prédit *ça* ! J'arrive pas à y croire. »

Anathème, complètement rhabillée, alla jusqu'à son classeur de fiches, en tira une et la lui tendit.

Newt la lut, rougit et la rendit, les lèvres serrées.

Ce n'était pas tant le fait qu'Agnès ait su, et qu'elle se soit exprimée dans le plus transparent des codes. Mais, au fil des âges, nombre de Bidule avaient griffonné de petits commentaires d'encouragement dans la marge.

Elle lui tendit la serviette humide. « Tiens, dit-elle. Dépêche-toi. Il faut que je fasse les sandwiches et qu'on se prépare. »

Il considéra la serviette : « C'est pour quoi faire ?

– Ta douche. »

Ah. Donc, les hommes et les femmes étaient également concernés. Il fut satisfait d'avoir tiré ce point au clair.

« Mais il faudra que tu fasses vite, lui dit-elle.

– Pourquoi ? On doit sortir du bâtiment dans les dix minutes qui viennent, avant que la maison n'explose ?

– Oh, non. Il nous reste encore deux ou trois heures ; simplement, j'ai consommé presque toute l'eau chaude. Tu as les cheveux pleins de plâtre. »

L'orage expédia une bourrasque expirante autour du cottage des Jasmins et, maintenant en position stratégique devant lui la serviette rose, humide, mais plus du tout moelleuse, Newt s'en fut à pas chassés prendre une douche froide.

Dans son rêve, Shadwell flotte au-dessus d'un pré communal. Au centre du pré se dresse une énorme pile de petit bois et de branches sèches. Au sommet de la pile est planté un poteau de bois. Des hommes, des femmes et des enfants se tiennent alentour, sur l'herbe. Les yeux brillants, les joues roses, ils attendent, excités.

Une soudaine agitation : dix hommes traversent le pré, escortant une belle femme d'âge mûr ; dans sa jeunesse sa beauté devait être frappante et le mot « mutin » se suggère en rêve à l'esprit de Shadwell. Devant elle, s'avance l'Inqui-

siteur deuxième classe Newton Pulsifer. Non, ce n'est pas Newt. C'est un homme plus âgé, vêtu de cuir noir. Shadwell, approbateur, reconnaît l'ancien uniforme d'un Inquisiteur major.

La femme grimpe sur le bûcher, lance les mains derrière elle. On la ligote au poteau. On allume le bûcher. Elle parle à la foule, lui dit quelque chose, mais Shadwell vole trop haut pour comprendre son discours. La foule se resserre autour d'elle.

Une sorcière, songe Shadwell. Ils sont en train de brûler une sorcière. Ce spectacle lui donne chaud au cœur. Voilà la procédure convenable. C'est ainsi que les choses doivent être.

Seulement…

Elle le regarde droit dans les yeux et lui dit : « C'eſtoit aussi valable pour toi, vieux fol. »

Seulement, elle va mourir. Elle va être brûlée vive. Et, Shadwell le comprend dans son rêve, c'est une horrible façon de mourir.

Les langues de flamme montent plus haut.

Et la femme conserve les yeux levés. Elle le regarde en face, tout invisible qu'il est. Et elle sourit.

C'est alors que tout fait *boum*.

Un fracas de tonnerre.

C'était le tonnerre, pensa Shadwell en se réveillant avec la sensation indéracinable qu'on continuait à le regarder.

Il souleva les paupières : treize yeux de verre l'observaient depuis les étagères du boudoir de madame Tracy, le scrutant à partir d'une gamme variée de têtes en peluche.

Il détourna le regard, pour croiser celui d'un individu qui le dévisageait avec insistance. C'était lui-même.

Peuchère, songea-t-il, en proie à la terreur, j'faisions une de ces expériences de sortie du corps, j'pouvions vouèr mon prop' corps, j'étions foutu, à c'tte heure…

Il exécuta des mouvements frénétiques de natation pour tenter de regagner son enveloppe charnelle et puis, comme c'est généralement le cas en semblables circonstances, la situation devint brusquement claire.

Shadwell se détendit et se demanda pourquoi on avait eu l'idée saugrenue de coller un miroir au plafond. Il secoua la tête, perplexe.

Il descendit du lit, enfila ses bottines et se redressa, aux aguets. Il lui manquait quelque chose. Une cigarette. Il plongea les mains dans ses poches, en tira une boîte de fer-blanc et commença à s'en rouler une.

Shadwell avait fait un rêve, il en était conscient. Il ne s'en souvenait plus, mais ce songe oublié l'avait mis mal à l'aise.

Il alluma sa cigarette. Et il vit sa main droite : l'arme absolue. L'instrument du Jugement Dernier. Il pointa un doigt vers l'ours borgne sur le manteau de la cheminée.

« Pan ! » Il eut un petit rire râpeux. Il n'avait pas l'habitude des petits rires et il fut pris d'une quinte de toux, se retrouvant ainsi en territoire familier. Il avait envie de boire quelque chose. Une boîte de lait concentré sucré.

Madame Tracy en aurait sûrement.

Il sortit du boudoir d'un pas pesant, en direction de la cuisine.

Il s'arrêta sur le seuil. Madame Tracy parlait à quelqu'un. À un homme.

« Alors, que voulez-vous exactement que j'y fasse ? demandait-elle.

– Ach, bon sang eud' fumelle », marmonna Shadwell. Elle recevait un de ses chevaliers servants, de toute évidence.

« Pour être tout à fait franc, chère madame, mes plans sur ce point sont encore par la force des choses en pleine fluctuation. »

Le sang de Shadwell ne fit qu'un tour. Il traversa le rideau de perles au pas de charge en hurlant : « Les péchés eud' Sodome et Gomorrhe ! Profiter d'une cââtin sans défense ! Faudra m'passer su'l corps ! »

Madame Tracy leva la tête et lui sourit. Il n'y avait personne d'autre dans la pièce.

« Oukilé ? s'enquit Shadwell.

– Qui donc ?

– Une tantouze eud'Sudiste. J'l'avions entendu. Il était ici, à vous insinuer des choses. J'l'avions ben entendu. »

La bouche de madame Tracy s'ouvrit, et une voix annonça : « *Pas n'importe quelle tantouze sudiste, sergent Shadwell.* LA *tantouze sudiste.* »

Shadwell laissa tomber sa cigarette. Il leva le bras, en tremblant légèrement et pointa la main sur madame Tracy.

« Démon, croassa-t-il.

– *Non,* dit madame Tracy avec la voix du démon. *Bon, je sais ce que vous pensez, sergent Shadwell. Vous vous dites que d'une seconde à l'autre, cette tête va se mettre à tourner sur elle-même, et que je vais vomir de la purée de pois. Eh bien, non. Je ne suis pas un démon. Et j'aimerais que vous écoutiez ce que j'ai à vous dire.*

– Engeance du Malin, fais silence, ordonna Shadwell. J'prêterions point l'oreille à tes viles menteries. Sais-tu c'que c'est qu'ça ? C'est une main. Cinq doigts, dont un pouce. J'avions déjà exorcisé un de tes pareils ce matin. Alors sors de la tête de cett' brav'femme, ou j't'expédions dans l'aut' monde.

– C'est tout le problème, Mr Shadwell, intervint madame Tracy avec sa propre voix. L'autre monde. Il arrive. Voilà le hic. Mr Aziraphale était en train de m'en parler. Maintenant, cessez de faire le bêta, Mr Shadwell, asseyez-vous et prenez un peu de thé. Il va tout vous expliquer, à vous aussi.

– J'écout'rions point tes perfidies enjôleuses, fumelle. »

Madame Tracy lui adressa un sourire. « Allons, grand *fou.* »

Il aurait pu affronter n'importe quoi d'autre.
Il s'assit.
Mais il ne baissa pas la main.

Les pancartes qui se balançaient en hauteur proclamaient que les voies à destination du Sud étaient fermées, et une petite forêt de cônes orange avait fait son apparition, déroutant les automobilistes vers une voie réquisitionnée sur la section d'autoroute orientée vers le nord. D'autres panneaux priaient les automobilistes de réduire leur vitesse à cinquante à l'heure. Des voitures de police canalisaient les conducteurs, comme des chiens de berger rayés de rouge.

Les quatre motards ignorèrent l'ensemble des panneaux, des cônes, et des voitures de police, et ils poursuivirent leur chemin sur la voie sud déserte de la M6. Les quatre autres motards, juste derrière eux, ralentirent un peu.

« On devrait pas, euh… j'sais pas, moi… s'arrêter ? demanda Gens Vraiment Cool.

– Ouais. Y a peut-être eu un carambolage », renchérit Marcher Dans Une Crotte De Chien (anciennement Tous Les Étrangers Mais Surtout Les Français, anciennement Les Trucs Qui Marchent Jamais Même Quand On Leur File Un Coup de Latte, jamais officiellement Bière Sans Alcool, brièvement Problèmes Personnels Embarrassants, autrefois connu sous le sobriquet de Crado).

« On est les Quatre *autres* Cavaliers de l'Apocalypse, dit IVG. On fait comme eux. On les suit. »

Ils continuèrent en direction du sud.

« Ça sera un monde rien que pour nous, disait Adam. Les autres ont pas su s'y prendre, mais on peut tout remettre en ordre si on repart à zéro. Vous trouvez pas ça *chouette* ? »

« Vous connaissez bien l'Apocalypse selon saint Jean, je suppose ? » demanda madame Tracy avec la voix d'Aziraphale.

– Oui-da », mentit Shadwell. Ses connaissances en matières bibliques commençaient et s'achevaient avec l'Exode, chapitre vingt-deux, verset dix-huit, qui concerne ceux qui usent de sortilèges et d'enchantements, section : souffrir leur présence, sous-section : pourquoi il ne faut pas. Il avait une fois jeté un vague coup d'œil sur le verset dix-neuf, qui parlait de punir de mort ceux qui commettent des crimes abominables avec une bête, mais il avait eu l'impression que la chose dépassait plutôt le cadre de sa juridiction.

« *Vous avez donc entendu parler de l'Antéchrist ?*

– Oui-da », répondit Shadwell. Il avait vu un film sur le sujet. Ça parlait de plaques de verre qui tombaient de camions pour trancher la tête aux gens, si sa mémoire était bonne. Pas la moindre sorcière qui se respecte. Il s'était endormi au milieu du film.

« *L'Antéchrist vit actuellement sur cette Terre, sergent. Il va précipiter l'Apocalypse, le Jour du Jugement Dernier, même s'il n'en est pas conscient. Le Ciel et l'Enfer se préparent tous deux à la guerre, et tout cela va très mal tourner.* »

Shadwell se contenta d'émettre un grognement.

« *Je n'ai pas à proprement parler la capacité nécessaire pour intervenir dans cette affaire, sergent. Mais vous voyez bien, j'en suis sûr, que la destruction imminente de ce monde n'est pas une chose qu'un homme raisonnable devrait tolérer. Suis-je dans le vrai ?*

– Oui-da, j'supposions », admit Shadwell en tétant le lait condensé d'une boîte rouillée que madame Tracy avait dénichée sous l'évier.

« *Alors, il ne reste qu'une seule chose à faire. Et vous êtes le seul homme sur lequel je puisse compter. Il faut tuer l'Antéchrist, sergent Shadwell. Et c'est à vous qu'incombe cette tâche.* »

Shadwell fronça les sourcils. « Ça, j'savions pas ben. L'Armée des Inquisiteurs tue qu'des sorcières. C'est la règle. Et les démons, pis les esprits malins, ben entendu.

– *Mais... mais l'Antéchrist est bien plus qu'un sorcier. C'est... c'est* LE *sorcier par excellence. On ne trouve pas plus sorciéreux que lui.*

– Et ça s'rait pus dur que d'se débarrasser d'un démon ? » demanda Shadwell, dont le visage avait commencé à s'éclairer.

« *Pas tellement* », répondit Aziraphale. Le seul effort que se débarrasser d'un démon avait jamais exigé de lui avait été de laisser lourdement entendre que lui, Aziraphale, avait du travail en retard et qu'il se faisait déjà tard, non ? Et Rampa comprenait toujours à demi-mots.

Shadwell baissa les yeux sur sa main droite, et sourit. Puis il hésita.

« C't'Antéchrist, il a comben eud'tétons ? »

La fin justifie les moyens, se dit Aziraphale. Et le chemin de l'Enfer est pavé de bonnes intentions[1]. Aussi mentit-il avec entrain et conviction : « *Des tas. Des pleins paquets. C'est bien simple, il en est couvert. À côté de lui, la Diane d'Éphèse a carrément l'air d'être dététonnée.*

1. Ce n'est pas totalement vrai. En fait, le chemin de l'Enfer est pavé de démarcheurs à domicile congelés. Le week-end, beaucoup de jeunes démons le parcourent en patins à glace.

– J'connaissions point vot'Diane des Fesses, mais si c'est un sorcier, et j'avions ben l'impression qu'c'est l'cas, alors, en tant qu'sergent de l'AdI, j'étions vot'homme.

– *Bien,* approuva Aziraphale par le truchement de madame Tracy.

– Je ne suis pas sûre d'aimer cette histoire de tuer, intervint madame Tracy en tant qu'elle-même. Mais s'il faut choisir entre cet homme, cet Antéchrist, et tout le reste du monde, alors je suppose que nous n'avons pas vraiment le choix.

– *Précisément, chère petite madame,* répondit-elle. *Bien, sergent Shadwell, est-ce que vous possédez une arme ?* »

Shadwell frotta sa main droite avec sa gauche, serrant et desserrant le poing. « Oui-da, dit-il. J'avions c'qui faut. » Et il porta deux doigts à ses lèvres et souffla doucement dessus.

Il y eut un instant de silence. « *Votre main ?* demanda Aziraphale.

– Oui-da. C'est une arme sans pareille. Elle t'a réglé ton compte, engeance démoniaque, pas vrai ?

– *Vous n'auriez pas quelque chose de plus... euh, de plus substantiel ? La Dague d'Or de Meggido, par exemple ? Ou le Kriss de Kâli ?* »

Shadwell secoua la tête. « J'avions des épingles, suggéra-t-il. Et l'arquebuse de l'Inquisiteur général Vous-ne-mangerez-point-du-sang-de-toute-chair-et-quiconque-en-mangera-sera-puni-de-mort Dalrymple... Je pourrai la charger à balles d'argent.

– *Je crois que ça ne concerne que les loups-garous.*

– Avec de l'ail ?

– *Les vampires.* »

Shadwell haussa les épaules. « Certes... Ben, j'avions point eud'balles fantaisie, d'toute façon. Mais l'arquebuse fera feu de tous projectiles. J'm'en vas la chercher. »

Il s'éloigna, traînant des semelles, tout en songeant : qu'avions-je besoin d'une autre arme ? J'étions un homme qui a sa main.

« *Maintenant, chère petite madame,* dit Aziraphale. *J'espère que vous disposez d'un moyen de locomotion adéquat.*

– Oh oui », répondit-elle. Elle alla dans un coin de la cuisine prendre un casque de moto rose, orné d'un tournesol jaune peint, et elle s'en coiffa, en fixant la jugulaire sous son menton. Puis elle fouilla dans un placard, en tira trois ou quatre cents sacs en plastique et une pile de journaux locaux en voie de jaunissement, puis un casque vert fluo poussiéreux, avec EASY RIDER inscrit sur le sommet : un cadeau de sa nièce Pétula, vingt ans plus tôt.

Shadwell, de retour avec l'arquebuse sur l'épaule, la contempla avec un faciès incrédule.

« Je ne sais vraiment pas ce que vous regardez en faisant cette tête, Mr Shadwell, lui dit-elle. Je l'ai garé dans la rue, en bas. » Elle lui passa le casque. « Il faut que vous mettiez ça. C'est la loi. Je ne pense pas qu'on ait vraiment le droit de faire du scooter à trois, même s'il y en a deux qui... cohabitent. Mais c'est un cas de force majeure. Et je suis certaine que vous n'avez rien à craindre, si vous vous cramponnez bien à moi. » Et elle sourit. « Je crois qu'on va bien s'amuser. »

Shadwell pâlit, marmotta quelque chose d'inaudible et se coiffa du casque vert.

« Que disiez-vous, Mr Shadwell ? demanda madame Tracy en lui jetant un regard sévère.

– Gn'avions dit : qu'le diamle hous hatafiole, vous et hot' enhin de mahheur.

– Ça suffira comme ça, Mr Shadwell. Je ne veux plus entendre ce genre de langage. » Puis, madame Tracy le poussa vers l'entrée et ils descendirent jusqu'à la grand-rue de Crouch End, où un scooter d'âge canonique attendait pour les emporter tous les deux. Allez, disons : tous les trois.

La route était bloquée par le camion. Et par les plaques de tôlc. Et par une pile de poissons haute de dix mètres. Le sergent n'avait jamais vu de route bloquée avec plus d'efficacité.

La pluie n'améliorait pas la situation.

« Vous avez une estimée pour l'arrivée des bulldozers ? hurla-t-il dans sa radio.

– On *frrrk* de notre *mrrrk* », lui répondit-on.

Il sentit qu'on le tirait par le bas du pantalon ; il baissa les yeux.

« Des homards ? » Il fit un petit saut de côté, puis exécuta un bond en hauteur et se retrouva sur le toit de la voiture de police. « Des homards ! » répéta-t-il. Il y en avait une trentaine – certains dépassaient les soixante centimètres de long. La plupart étaient en train de remonter l'autoroute. Une demi-douzaine d'entre eux avaient fait halte pour examiner de plus près la voiture de police.

« Quelque chose qui ne va pas, sergent ? » demanda le simple agent occupé sur l'accotement à noter les coordonnées du chauffeur de poids lourd.

– J'ai vraiment une sainte horreur des homards », expliqua le sergent d'une voix tendue, les yeux fermés. « Ça me donne de l'urticaire. Ils ont trop de pattes. Je vais rester assis là un petit moment, tu me préviendras quand ils seront tous partis. »

Il était assis sur le toit de la voiture, sous la pluie, et il sentit l'eau imprégner le fond de son pantalon.

On entendit un sourd grondement. Le tonnerre ? Non. C'était un bruit soutenu qui se rapprochait. Des motos. Le sergent ouvrit un œil.

Bon Dieu !

Elles étaient au nombre de quatre et devaient rouler à plus de cent soixante. Il se préparait à descendre de son perchoir, pour leur faire signe, leur crier un avertissement, mais elles l'avaient déjà dépassé et se dirigeaient droit sur le poids lourd renversé.

Le sergent ne pouvait plus rien faire. Il ferma à nouveau les yeux et attendit le bruit de la collision. Il les écouta se rapprocher. Puis :

Whooosh.

Whooosh.

Whooosh.

Et une voix dans sa tête qui disait : CONTINUEZ, JE VOUS RATTRAPE.

(« Zavez vu ça ? dit Gens Vraiment Cool. Ils se sont envolés pour passer.

– 'Tain ! dit IVG. Si i'zy arrivent, on peut faire pareil ! »)

Le sergent ouvrit les yeux. Il se retourna vers l'agent et ouvrit la bouche.

L'agent bredouilla : « Ils… Ils ont réellement… Ils se sont envolés par-dess… »

Boum. Boum. Boum.

Plaf.

Il y eut une nouvelle pluie de poissons, quoique plus brève, cette fois-ci, et plus facilement explicable. Un bras gainé d'une manche en cuir s'agitait faiblement au flanc de la montagne de poissons. Une roue de moto tournoyait, désemparée.

Crado, à demi conscient, était en train de se dire que, s'il y avait bien une chose qu'il haïssait encore plus que les Français, c'était d'être enfoui jusqu'au cou dans les poissons, avec ce qui ressemblait à une jambe cassée. Ça, il détestait vraiment.

Il voulut avertir IVG de son nouveau rôle ; mais il était incapable de bouger. Quelque chose d'humide et de glissant remontait dans sa manche.

Plus tard, quand ils l'eurent extrait de la montagne de poissons et qu'il vit les autres motards, il comprit qu'il était trop tard pour les tenir au courant de quoi que ce soit.

Voilà pourquoi ils ne figuraient pas dans cette Apocalypse de saint Jean dont Purin parlait sans cesse. Ils n'avaient jamais été plus loin que cette section de l'autoroute.

Crado bredouilla quelque chose. Le sergent de police se pencha vers lui. « N'essayez pas de parler, fiston. L'ambulance ne va pas tarder.

– 'Coutez, croassa Crado. J'ai quéq'chose d'important à vous dire. Les Quatre Cavaliers de l'Apocalypse… c'est de vrais salauds, tous les quatre.

– Il délire, annonça le sergent.

– 'Tain, non ! Je suis Gens Étouffés Par Les Poissons », fit Crado avant de perdre connaissance.

Le réseau de circulation londonien est plusieurs centaines de fois plus complexe qu'on ne l'imagine.

Les influences, diaboliques ou angéliques, n'ont rien à y voir. Les raisons en sont surtout géographiques, historiques et architecturales.

Les gens ne le croiraient peut-être pas, mais le résultat final est plutôt en leur faveur.

Londres n'a jamais été conçue pour des automobiles. Réflexion faite, elle n'a pas davantage été conçue pour des humains. L'automobile est arrivée, voilà tout. Elle a créé des problèmes, et les solutions qu'on y a mises en application sont devenues de nouveaux problèmes, cinq, dix ou cent ans plus tard.

La M25 avait été la dernière solution en date : une autoroute qui, grossièrement, décrivait un cercle autour de Londres. Jusque-là, les problèmes étaient restés à un niveau élémentaire : elle était dépassée avant qu'on ait fini de la construire, ses embouteillages einsteiniens évoluaient en débouteillages... ce genre de choses, quoi.

Son problème actuel, c'est qu'elle n'existait pas ; pas dans les termes spatiaux dont les humains ont l'habitude, en tout cas. L'embouteillage de véhicules qui ne s'en doutaient pas, ou qui tentaient de quitter Londres par d'autres issues, s'étirait jusqu'au centre-ville, en provenance de toutes les directions. Pour la première fois de son existence, Londres était totalement paralysée. La ville était devenue un unique et titanesque embouteillage.

Les automobiles offrent en théorie un moyen d'une rapidité fantastique pour se déplacer d'un point à un autre. De leur côté, les embouteillages sont une occasion fabuleuse de rester immobile. Sous la pluie, dans un demi-jour, pendant qu'autour de vous, le volume et l'exaspération de la symphonie discordante de klaxons s'exacerbent sans cesse.

Rampa commençait à en avoir marre.

Il avait profité de l'occasion pour relire les notes d'Aziraphale, pour parcourir quelques-unes des prophéties d'Agnès Barge et pour réfléchir sérieusement.

On pouvait ainsi résumer ses conclusions :

1) L'Apocalypse était en route.

2) Rampa ne pouvait rien faire pour l'empêcher.

3) Tout allait se passer à Tadfield. Ou au moins, y commencer. Après, ça se produirait *partout*.

4) Rampa figurait désormais sur la liste noire des Enfers[1].

1. Ceci dit, l'Enfer ne possédait pas d'autre genre de liste.

5) Aziraphale – pour autant qu'on peut le supputer – ne faisait plus partie des termes de l'équation.

6) Tout n'était que noirceur, désespoir et épouvante. Il n'y avait aucune lueur au bout du tunnel – ou s'il y en avait une, c'étaient les phares d'un train qui arrivait.

7) Il valait probablement mieux se trouver un bon petit restaurant où il pourrait prendre une cuite intégrale et carabinée en attendant que le monde arrive à son terme.

8) Et pourtant…

Et c'est à ce point que tout volait en éclats.

Parce que, au fond de lui, Rampa était un optimiste. Si une certitude inébranlable l'avait soutenu au fil des jours les plus noirs – il songea brièvement au XIVe siècle –, c'était la conviction absolue d'en sortir triomphant ; l'univers saurait veiller sur lui.

Bon, d'accord, l'Enfer ne l'avait plus à la bonne. D'accord, la fin du monde arrivait. D'accord, la Guerre froide était terminée et la Grande Guerre commençait pour de bon. D'accord, la cote contre lui planait plus haut qu'une pleine camionnette de hippies en veine de buvard imprégné de *Four Roses*. Mais il restait un espoir.

Tout dépendait d'une chose : se trouver au bon endroit, au bon moment.

Le bon endroit, c'était Tadfield, il en était certain. En partie grâce au livre, en partie grâce à un sixième sens : dans sa carte mentale du monde, Tadfield palpitait comme une migraine.

Le bon moment, c'était avant la fin du monde. Il vérifia sa montre. Il lui restait deux heures pour atteindre Tadfield, même si l'écoulement normal du Temps était plutôt perturbé, désormais.

Rampa lança le livre sur le siège du passager. À situation désespérée, remèdes désespérés. Il avait préservé sa Bentley de toute rayure pendant des années.

Au diable.

Il recula brutalement, enfonça sévèrement l'avant de la R5 rouge qui le suivait, et s'engagea sur le trottoir.

Il alluma les phares pleins feux et fit beugler son klaxon.

Ainsi, les piétons devraient être avertis de son arrivée avec un délai suffisant. Et s'ils n'arrivaient pas à libérer le passage… de toute façon, le résultat serait le même dans deux heures. Peut-être. Sans doute.

« Yahou, Rintintin ! » lança Terrence Rampa, et il conduisit sans faiblir.

Il y avait six femmes et quatre hommes, et chacun disposait d'un téléphone et d'une épaisse liasse de tirages d'imprimante couverts de noms et de numéros de téléphone. En face de chaque nom, une note manuscrite précisait si la personne appelée était présente ou non, si son numéro était actuellement en service et, très important, si la personne qui avait décroché éprouvait une envie irrésistible de voir l'isolation intérieure des murs entrer dans sa vie.

En général, la réponse était non.

Les dix personnes assises là, heure après heure, usaient de charme, de suppliques ou de promesses sous leur masque de sourires. Entre chaque appel, ils mettaient leurs notes à jour, buvaient un café et s'extasiaient sur le déluge qui noyait leurs fenêtres. Ils restaient à leur poste, comme l'orchestre sur le pont du *Titanic*. Si on ne pouvait pas vendre des isolants par un temps pareil, on n'en vendrait jamais.

Lisa Morrow était en train de dire : « … Non, mais si vous voulez bien me laisser terminer, monsieur, et… oui, j'ai bien compris, monsieur, mais seulement… » puis, constatant qu'il lui avait raccroché au nez, elle fit : « C'est ça. Va te faire voir, gueule de morve ! »

Elle raccrocha.

« Un bain de plus pour moi », annonça-t-elle à ses collègues démarcheurs. Elle menait largement dans le concours quotidien des Gens Tirés du Bain, et il ne lui manquait plus que deux points pour remporter la coupe Coïtus Interruptus, cette semaine.

Elle composa le numéro suivant sur la liste.

Lisa n'avait jamais voulu être démarcheuse par téléphone. Par vocation, elle aurait plutôt visé un emploi d'ensorcelante célébrité internationale, mais elle avait raté son BEPC.

Si elle avait été assez studieuse pour réaliser son rêve, ou pour devenir assistante en orthodontie (son second choix de carrière), ou n'importe quoi, d'ailleurs, à part démarcheuse par téléphone dans ce bureau précis, elle aurait connu une existence plus longue et probablement plus enrichissante.

Peut-être pas beaucoup plus longue, quand on y réfléchit, puisque c'était le jour de l'Apocalypse, mais quelques heures de plus, tout de même.

En fin de compte, pour vivre plus longtemps, elle n'avait qu'une seule chose à ne pas faire : appeler le numéro qu'elle venait de composer, que sa liste, dans la grande tradition des listings de vente par correspondance obtenus en dixième main, donnait comme le domicile à Mayfair de Mr TL Raupa.

Mais elle avait formé le numéro. Et elle avait patienté le temps de quatre sonneries. Et elle avait dit : « Oh, superflûte, encore un répondeur », et fait mine de raccrocher.

Mais c'est alors que quelque chose s'extirpa du combiné. Quelque chose de très gros et de très mécontent.

Ça ressemblait à un asticot. Un asticot énorme, furieux, composé de milliers et de milliers de tout petits asticots, qui se tordaient et mugissaient, des millions de petites gueules d'asticots qui s'ouvraient pour hurler au comble de la rage, et chacune d'elles clamait : « Rampa. »

Il arrêta de hurler. Dodelina de la tête comme un aveugle, parut examiner l'endroit où il se trouvait.

Puis il craqua.

La créature se fragmenta en centaines de milliers de vers gris qui se tortillaient. Ils se répandirent sur la moquette, escaladèrent les bureaux, recouvrirent Lisa Morrow et ses neuf collègues ; ils envahirent leur bouche, leurs narines, leurs poumons ; ils s'enfouirent dans leur chair, dans leurs yeux, dans leurs cerveaux et dans les lampes, se reproduisant tout du long à un rythme effréné, emplissant la pièce d'une montagne de chair torturée et de liquides visqueux. L'ensemble commença à converger en une masse unique, à se coaguler en une seule entité prodigieuse qui occupait la pièce du sol au plafond, et palpitait doucement.

Une bouche s'ouvrit dans l'amas charnel, des filaments humides et gluants collés à chacune de ce qui n'était pas complètement des lèvres, et Hastur dit :

« Ah, ça va mieux. »

Passer une demi-heure prisonnier d'un répondeur téléphonique avec le message d'Aziraphale pour toute compagnie n'avait pas amélioré son humeur.

Pas plus que la perspective de faire son rapport aux Enfers, et de devoir expliquer la raison de son absence depuis une demi-heure et, plus grave, de l'absence de Rampa à ses côtés.

L'enfer n'avait pas un amour immodéré pour les ratages.

Voyons le côté positif de la situation, cependant : il connaissait au moins la teneur du message d'Aziraphale. Au prix de cette information, il pourrait probablement négocier une prolongation d'existence.

Et de toute façon, se dit-il, s'il devait affronter la vraisemblable colère du Conseil des Ténèbres, au moins, ce ne serait pas avec le ventre creux.

La pièce s'emplit d'une fumée épaisse et sulfureuse. Quand elle se dissipa, Hastur avait disparu. Il ne restait dans la pièce que dix squelettes, parfaitement curés de toute viande, et quelques flaques de plastique fondu avec, çà et là, un fragment de métal brillant qui avait jadis pu faire partie d'un téléphone. Décidément, un poste d'assistante en orthodontie aurait été infiniment préférable.

Mais, voyons le bon côté des choses : tout cela prouve que le mal contient les germes de sa propre destruction. À l'instant même, à travers tout le pays, des gens, que le fait de sortir de leur bain ou d'entendre leur nom écorché aurait mis un peu plus de mauvaise humeur, se sentaient en fait sereins, en paix avec le monde. Conséquence directe de ce qu'avait fait Hastur, une vague à légère teneur en béatitude commença à se répandre de façon exponentielle dans la population, et des millions de gens qui auraient fini par subir de légers bleus à l'âme n'en souffrirent pas. Tout était donc pour le mieux.

On n'aurait pas reconnu la voiture. On y trouvait difficilement un centimètre carré d'intact. Les deux phares avant étaient fracassés. Les enjoliveurs avaient disparu depuis longtemps. Elle ressemblait à un vétéran d'une centaine de courses de stock-cars.

Les trottoirs avaient été un moment difficile. Les passages souterrains pour piétons avaient été encore plus pénibles. Mais le pire avait été la traversée de la Tamise. Enfin, heureusement, Rampa avait eu la prévoyance de remonter les vitres.

Mais il était arrivé jusqu'ici.

Encore quelques centaines de mètres, et il serait sur la M40 : la route de l'Oxfordshire était quasiment dégagée, désormais. Il ne restait qu'un problème : une nouvelle fois, la M25 séparait Rampa d'une issue dégagée. Un ruban luisant, un hurlement de douleur et de lumière noire[1]. *Odégra.* Rien ne pouvait espérer survivre à sa traversée.

Rien de mortel, certainement. Et Rampa n'était pas sûr de ce que serait son effet sur un démon. Il n'en mourrait pas, mais ce ne serait pas une partie de plaisir.

En face de Rampa, la police barrait l'accès au pont sur l'autoroute. Des carcasses calcinées – quelques-unes brûlaient encore – témoignaient du destin des précédentes voitures qui avaient dû traverser le pont au-dessus de la route de ténèbres.

Les policiers n'avaient pas l'air contents.

Rampa repassa en seconde, et écrasa l'accélérateur.

Il franchit le barrage à cent à l'heure. Ça, c'était la partie facile.

On a enregistré des cas de combustion spontanée de personnes partout dans le monde. Au départ, quelqu'un est tout heureux de faire avancer sa petite existence ; à l'arrivée, il n'y a plus qu'une triste photo d'un petit tas de cendres, et d'un pied ou d'une main mystérieusement intacts qui paraissent bien seuls. Les affaires de combustion spontanée de voitures sont moins bien documentées.

1. Il ne s'agit pas d'une contradiction dans les termes. C'est la couleur qui suit l'ultraviolet dans le spectre. Le terme scientifique est *infra-noir.* On peut très facilement l'observer dans des conditions expérimentales. Pour ce faire, il suffit de sélectionner un solide mur de brique, de prendre un élan suffisant et de charger, tête la première.

La couleur qui vous éclate par pulsations derrière les yeux, derrière la douleur, juste avant de mourir, est l'infra-noir.

Les chiffres des statistiques étaient mal connus, mais ils venaient de progresser d'une unité.

Les sièges en cuir commencèrent à fumer. Les yeux toujours rivés devant lui, Rampa tâtonna de la main gauche sur la place du mort, en quête des *Belles et bonnes prophéties d'Agnès Barge,* et il plaça le livre en sécurité sur ses genoux. Il regrettait qu'elle n'ait pas annoncé dans ses prophéties [1] ce qui se passait.

Puis les flammes engloutirent la voiture.

De l'autre côté du pont, un second barrage de police veillait à empêcher le passage des voitures qui tentaient de regagner Londres. Ils riaient encore d'une nouvelle qu'ils venaient d'entendre à la radio : une patrouille à moto avait arrêté une voiture de police volée, pour découvrir qu'elle était pilotée par une pieuvre.

Certains policiers croiraient n'importe quel bobard. Pas la police métropolitaine. La Met était la police la plus solide, la plus cyniquement pragmatique, la plus résolument terre à terre de Grande-Bretagne.

Il en fallait beaucoup pour surprendre un flic de la Met.

Par exemple, une énorme voiture défoncée, quasiment réduite à l'état de boule de feu, d'épave infernale de métal ardent, rugissant et tordu, conduite par un dément grimaçant, affublé de lunettes noires, assis au cœur du brasier, laissant derrière lui un sillage de fumée noire et fonçant droit sur eux à cent trente à l'heure, sous la pluie diluvienne et les rafales de vent.

Alors ça, oui. Ça marchait à tous les coups.

1. Elle l'avait fait. On pouvait lire :

Une rue de lumière crieroit, le noir charroi du Serpent s'enflameroit, et point ne chanteroit plus la Reine la chanson du vif-argent.

La famille avait suivi à la quasi-unanimité l'interprétation de Nicéphore Bidule, auteur dans les années 1830 d'une brève monographie qui voyait là une métaphore sur l'exil de Bavière de Weishaupt et de ses Illuminati, en 1785.

La carrière était l'œil paisible d'un monde en proie au cyclone.

Le tonnerre ne se contentait pas de gronder dans les cieux, il les déchirait littéralement.

« J'ai d'autres copains qui arrivent, répéta Adam. Ils seront bientôt là, et on pourra commencer. »

Toutou se mit à hurler à la mort. Ce n'étaient plus les vociférations de sirène du loup solitaire, mais les hululements bizarres d'un petit chien qui a de gros ennuis.

Pepper, assise, contemplait ses genoux.

Elle semblait avoir quelque chose en tête.

Finalement, elle leva la tête et regarda Adam au fond de ses yeux gris et vides.

« Et toi, Adam, ça sera quoi, ta part ? » demanda-t-elle.

La tempête fut soudain remplacée par un silence brutal, vibrant.

« Hein ? demanda Adam.

– Ben, t'as partagé le monde, d'accord, et on va tous en avoir une part... et toi, la tienne, ça sera quoi ? »

Le silence vibra comme une harpe, d'une note aiguë et ténue.

« C'est vrai, fit Brian. T'as jamais dit ce que t'allais prendre, toi ?

– Pepper a raison, intervint Wensleydale. Je n'ai pas l'impression qu'il reste grand-chose, si on doit avoir tous ces pays. »

La bouche d'Adam s'ouvrit et se referma.

« Hein ? répéta-t-il.

– C'est quoi, ta part ? » insista Pepper.

Adam la regarda. Toutou avait arrêté de hurler et fixait son maître du regard intense et pensif des corniauds.

« M... moi ? » demanda-t-il.

Le silence se prolongeait interminablement, une seule note capable de noyer toutes les autres rumeurs du monde.

« Mais j'aurai Tadfield », répondit Adam.

Ils le regardèrent.

« Et puis… et puis Lower Tadfield, et Norton, et Norton Woods… »

Ils continuaient à le regarder.

Le regard d'Adam passa sur leurs visages tour à tour.

« J'ai jamais rien voulu d'autre », dit-il.

Ils secouèrent la tête.

« Je peux les avoir, si je veux », insista Adam, la voix teintée d'un défi boudeur, et ce défi se parait soudain d'un liseré de doute. « Je peux aussi les améliorer, en plus. Des arbres bien mieux à grimper, des mares plus chouettes, des… »

Sa voix s'éteignit.

« Non, tu ne peux pas, déclara froidement Wensleydale. Ce n'est pas comme l'Amérique et tous les autres pays. C'est un endroit qui existe en vrai. Et puis, il nous appartient à tous. C'est à nous.

– Et puis, tu pourrais pas le changer en mieux, dit Brian.

– Et même si tu y arrivais, on verrait tous la différence, dit Pepper.

– Oh, si c'est ça qui vous inquiète, faut pas, répliqua Adam d'une voix détachée, passque je pourrais vous faire faire tout ce que je veux… »

Il s'interrompit, quand ses oreilles captèrent, horrifiées, les mots que sa bouche venait de prononcer. Les Eux reculèrent.

Toutou se couvrit la tête de ses pattes.

Le visage d'Adam sembla retracer la chute d'un Empire.

« Non, dit-il d'une voix rauque. Non. Revenez ! Je vous l'*ordonne* ! »

Ils se figèrent à mi-course.

Adam les regarda.

« Non, j'voulais pas... commença-t-il. Vous êtes mes copains. »

Une décharge électrique parut secouer son corps. Sa tête se rejeta en arrière. Il leva les bras et frappa le ciel de ses poings.

Son visage se tordit. Le sol de craie se fendit sous ses tennis.

Adam ouvrit la bouche et hurla. C'était un son dont une simple gorge humaine n'aurait pas dû être capable ; il serpenta hors de la carrière, se mêla à la tempête et fit tourner le lait des nuages, créant de nouvelles formes hideuses.

Le cri se prolongea.

Il résonna à travers l'univers entier, qui est bien plus petit que les physiciens ne le croient. Il fit vibrer les sphères célestes.

C'était un cri de deuil, et il ne s'arrêta pas avant très longtemps.

Mais il s'arrêta enfin.

Quelque chose disparut.

Adam baissa à nouveau la tête. Ses yeux s'ouvrirent.

On ne sait ce qui avait pu occuper la carrière auparavant, mais désormais, Adam Young était là. Un Adam Young plus avisé, mais Adam Young quand même. Et peut-être plus Adam Young qu'il ne l'avait jamais été auparavant.

Le terrible silence de la carrière fut remplacé par un silence plus coutumier, plus confortable : la simple et banale absence de bruit.

Libérés, les Eux se plaquèrent contre la falaise de craie, le regard fixé sur Adam.

« Tout va bien, dit tranquillement Adam. Pepper ? Wensley ? Brian ? Revenez. Tout va bien. Tout va bien.

Je sais tout, maintenant. Et il faut que vous m'aidiez. Sinon, tout va arriver. Ça va vraiment avoir lieu. Tout va se passer si on n'y fait rien. »

La tuyauterie du cottage des Jasmins chuinta, trembla et aspergea Newt d'une eau de couleur légèrement kaki. Mais elle était froide. C'était probablement la douche la plus froide que Newt ait jamais prise de sa vie.

Elle resta sans effet.

« Le ciel est rouge », annonça-t-il en revenant. Il se sentait sous l'emprise d'une légère démence. « À quatre heures et demie de l'après-midi. *En plein mois d'août.* Qu'est-ce que ça annonce ? En termes de satisfaction pour le personnel maritime, à ton avis ? Parce que si *ciel rouge au matin réjouit le marin,* il faut quoi pour faire plaisir au type qui tripote les consoles d'un superpétrolier ? À moins que ce soit le cœur du pèlerin qui soit réjoui ? Je ne me souviens jamais. »

Anathème regarda le plâtre qu'il avait dans les cheveux. La douche ne l'en avait pas débarrassé ; elle l'avait juste un peu mouillé et étalé, de telle sorte que Newt semblait porter un chapeau blanc garni de cheveux.

« Tu as dû te faire une belle bosse, dit-elle.

– Non, ça, c'est quand je me suis cogné la tête contre le mur. Tu sais, quand tu...

– Oui. » Anathème jeta un regard évaluateur par la fenêtre fracassée. « Tu dirais qu'il est couleur de sang ? demanda-t-elle. C'est très important.

– Je ne dirais pas ça », répondit Newt, le fil de ses pensées temporairement noué. « Pas de vrai sang. Rosâtre, plutôt. La tempête a dû projeter pas mal de poussière dans les airs. »

Anathème compulsait *Les belles et bonnes prophéties.*

« Qu'est-ce que tu fais ? demanda Newt.

– J'essaie d'établir des corrélations. Je ne suis toujours pas...

– Je ne pense pas que ce soit la peine. Je sais ce que signifie le reste du n° 3477. Ça m'est venu pendant que je...

– Comment ça, tu sais ce que ça veut dire ?

– Je l'ai vu en arrivant ici. Et arrête de crier. J'ai mal à la tête. Je veux dire que je l'ai vu. C'est marqué à l'entrée de cette fameuse base aérienne. Ça n'a rien à voir avec le mot *pays.* C'est " La paix est notre métier ". On inscrit ce genre de truc sur les pancartes à l'entrée des bases militaires. Tu sais bien : *RAF 8657745° Escadrille, Patrouille des démons bleus, la paix est notre métier.* Des machins comme ça. » Newt se tenait la tête à deux mains. Pas de doute, son euphorie s'effaçait. « Si Agnès a raison, alors il doit y avoir là-bas un cinglé en train de remonter l'horlogerie de tous les missiles et de foutre en l'air les systèmes de sécurité. Ou je ne sais quoi.

– Non, affirma Anathème.

– Ah bon ? J'ai vu des films ! Donne-moi une bonne raison d'être si catégorique.

– Il n'y a pas de bombes là-bas. Ni de missiles. Tout le monde sait ça, dans la région.

– Mais c'est une base aérienne ! Il y a des pistes d'atterrissage !

– Seulement pour les avions de transport et les trucs comme ça. Ils ne possèdent que du matériel de communication. Des radios, tout le bazar. Rien qui puisse exploser. »

Newt la fixa, les yeux écarquillés.

Regardons Rampa foncer à cent soixante-dix à l'heure sur la M40, en direction de l'Oxfordshire. Même l'observateur le plus résolument distrait constaterait quelques signes inhabituels chez lui. Les dents crispées, par exemple ; ou la lueur rouge et sourde derrière ses lunettes noires. Et la voiture. La voiture était un indice qui ne trompait pas.

Rampa avait commencé le voyage avec sa Bentley, et qu'il soit maudit s'il ne le terminait pas de la même façon. Cela dit, même un mordu de voitures, du genre à posséder une paire de lunettes réservée spécialement à la conduite, aurait été incapable de reconnaître une Bentley de collection. Plus maintenant. Il n'aurait même pas su dire que c'était une Bentley. Quant à seulement affirmer qu'il s'agissait d'une voiture, il n'aurait pris les paris qu'à un contre un.

Pour commencer, elle n'avait plus de peinture. Certes, elle était encore noire aux endroits qui n'apparaissaient pas d'un brun-roux diffus et corrodé, mais, c'était un noir anthracite mat. Elle se déplaçait à l'intérieur de sa boule de feu personnelle, comme une capsule spatiale qui accomplit une rentrée particulièrement critique dans l'atmosphère.

Il restait une mince pellicule de caoutchouc craquelé et fondu autour de la jante des roues, mais comme celles-ci continuaient, on ne sait comment, à tourner, deux ou trois centimètres au-dessus de l'asphalte, la suspension n'en était pas affectée de façon drastique.

Elle aurait dû tomber en pièces depuis des kilomètres.

C'était la concentration nécessaire pour la maintenir en un seul bloc qui crispait les dents de Rampa, et le choc bio-spatial en retour qui allumait un feu rougeoyant dans ses prunelles. Tout ça, et les efforts qu'il déployait pour éviter de se mettre à respirer.

Il n'avait plus connu ça depuis le XIVe siècle.

Si l'atmosphère dans la carrière était désormais plus cordiale, elle restait tendue.

« Faut que vous m'aidiez à tout remettre en ordre, disait Adam. Les gens essaient depuis des milliers d'années, mais il faut qu'on y arrive tout de suite. »

Ils hochèrent la tête, prêts à rendre service.

« Vous voyez ce qu'il y a, dit Adam. Le truc, c'est... Bon, vous connaissez Boule-de-Suif Johnson ? »

Les Eux opinèrent. Ils connaissaient tous Boule-de-Suif Johnson et les membres de l'autre bande de Lower Tadfield. Ils étaient plus vieux, et pas très sympas. Il se passait rarement une semaine sans escarmouche.

« *Bon,* reprit Adam, on gagne toujours, d'accord ?

– Presque toujours, précisa Wensleydale.

– Presque toujours, concéda Adam. Et...

– Plus d'un coup sur deux, en tout cas, intervint Pepper. Passque tu t'souviens, y a eu la fois où y a eu tout le raffut à propos de la réception troisième âge, à la mairie, quand on a...

– Ça compte pas, trancha Adam. Ils se sont fait attraper autant que nous. Et puis, les vieux, ils sont supposés aimer le bruit des enfants qui jouent. J'ai lu ça je sais plus où. Je vois pas pourquoi c'est nous qui nous faisons attraper, alors que c'est les vieux qui sont pas comme ils devraient être... » Un silence. « Bon, bref, on est meilleurs qu'eux.

– Oh, meilleurs, ça, pas de doute, acquiesça Pepper. Là, t'as raison. C'est juste qu'on gagne pas tout le temps.

– Maintenant, supposez qu'on puisse leur filer une bonne raclée. Qu'on... qu'on les fasse envoyer quelque part, je sais pas... Mais en tout cas, qu'on s'arrange pour être la seule bande de Lower Tadfield. Qu'est-ce que vous en pensez ?

– Quoi, tu veux dire qu'ils seraient... morts ? demanda Brian.

– Non. Plus là, c'est tout. »

Les Eux y réfléchirent. Boule-de-Suif Johnson avait fait partie intégrante de leur existence depuis qu'ils étaient assez vieux pour se battre à coups de train électrique. Ils essayèrent d'adapter leur esprit au concept d'un univers construit autour d'un trou en forme de Boule-de-Suif Johnson.

Brian se gratta le nez. « Chuppose que ça serait super, si y avait pas Boule-de-Suif Johnson. Vous vous souvenez de ce qu'il avait fait, pendant ma boum d'anniversaire ? Et en plus, c'est moi qui me suis fait attraper.

– Chais pas, fit Pepper. J'veux dire, ça serait pas aussi intéressant si y avait plus Boule-de-Suif et sa bande. Quand on y réfléchit. On s'est vachement amusés avec Johnson et ses Johnsoniens. Y faudrait probablement qu'on se trouve une autre bande ou je sais pas quoi.

– À mon avis à moi, jugea Wensleydale, si on posait la question aux gens de Lower Tadfield, ils répondraient qu'ils seraient mieux sans les Johnsoniens *et* sans les Eux. »

La remarque choqua même Adam. Wensleydale, stoïque, poursuivit. « Ceux de la maison de retraite, déjà. Et Picky. Et…

– Mais on est les bons… » commença Brian. Il hésita. « Oh, d'accord, mais ils trouveraient la vie vachement moins intéressante si on n'était plus là, je suis sûr.

– Oui, répondit Wensleydale. C'est ce que je voulais dire.

« Les gens du coin veulent pas de nous, ni des Johnsoniens », poursuivit-il, morose. « Ils font sans arrêt des réflexions quand on passe en vélo ou en skate-board sur leurs trottoirs, ou qu'on fait trop de bruit, tout ça, quoi. Ils voudraient faire comme dans le bouquin : *Il mit les pédaleurs d'accord en croquant l'un et l'autre.* »

Le silence accueillit cette déclaration.

« En les croquant ? finit par demander Brian. J'crois que les vieux de la maison de retraite, y z'auraient du mal à croquer grand-chose, avec leurs dentiers. »

D'ordinaire, une telle entrée en matière aurait lancé cinq minutes de débat quand les Eux étaient d'humeur, mais Adam sentit que ce n'était pas le moment.

« Vous voulez dire, résuma-t-il de sa plus belle voix de président-arbitre, que ça serait pas bien si les Johnsoniens battaient les Eux pour de bon, ou l'inverse ?

– C'est ça, dit Pepper. Passque si on les battait, faudrait qu'on devienne nos propres pires ennemis. Ça serait moi et Adam contre Brian et Wesley. » Elle se rassit. « Tout le monde a besoin d'un Boule-de-Suif Johnson.

– Ouais, conclut Adam. C'est ce qu'il me semblait, à moi aussi. C'est pas une bonne chose qu'y ait un gagnant. C'est bien ce que je pensais. » Il regarda Toutou, ou plutôt, dans sa direction.

« Ça me paraît plutôt évident, fit remarquer Wensleydale en se rasseyant. Je ne vois pas pourquoi il a fallu des milliers d'années pour tirer ça au clair.

– C'est passque c'est des hommes qui ont essayé de tirer au clair, expliqua Pepper d'une voix lourde de sous-entendus.

– Je ne comprends pas pourquoi tu dois toujours prendre parti, dit Wensleydale.

– Bien sûr, que je dois. Tout le monde doit prendre parti pour quelque chose. »

Adam semblait être arrivé à une conclusion.

« Oui. Mais je trouve qu'on peut inventer son propre parti. Je crois qu'il vaudrait mieux que vous alliez chercher vos vélos, dit-il d'une voix calme. Je pense qu'on doit aller discuter avec certaines personnes. »

●

Poutpoutpoutpoutpoutpout faisait le scooter de madame Tracy en descendant la rue principale de Crouch End. C'était le seul véhicule en mouvement dans une rue de la banlieue de Londres congestionnée par les voitures, les taxis et les autobus rouges à impériale, tous immobiles.

« Je n'ai jamais vu un tel embouteillage, disait madame Tracy. Je me demande s'il y a eu un accident.

– *C'est bien possible* », répondit Aziraphale. Puis : « Mr Shadwell, si vous ne passez pas vos bras autour de moi, vous allez tomber. Cet engin n'a pas été conçu pour deux personnes, vous savez.

– Trois », marmonna Shadwell, agrippant le siège d'une main dont les jointures blanchissaient, et son arquebuse de l'autre.

« Mr Shadwell, je ne le répéterai pas.

– Alors, faut qu'vous vous arrêtiez, pour qu'j'calions mieux mes affaires », soupira Shadwell.

Bien entendu, madame Tracy pouffa, mais elle se rangea le long du trottoir et coupa le moteur de son scooter.

Shadwell adopta une position plus stable et passa deux bras récalcitrants autour de madame Tracy, l'arquebuse dressée entre eux comme un chaperon.

Ils firent route encore dix minutes sous la pluie, sans mot dire, *poutpoutpoutpout*, tandis que madame Tracy négociait prudemment son parcours entre bus et voitures.

Elle sentit ses yeux descendre vers le compteur de vitesse – ce qui était plutôt sot, à son avis, étant donné qu'il ne fonctionnait plus depuis 1974, et qu'il n'avait jamais été très fiable auparavant.

« *Chère petite madame, à combien estimez-vous notre vitesse ?* demanda Aziraphale.

– Pourquoi ?

– *Parce qu'il me semble que nous avancerions un peu plus vite si nous faisions la route à pied.*

– Eh bien, quand je suis seule à bord, il fait au maximum du vingt-cinq à l'heure, mais avec Mr Shadwell en plus, on doit aller, oh, je ne sais pas...

– *Six à dix kilomètres-heure ?* interrompit-elle.

– Je suppose, oui. »

Derrière elle, on toussa. « Ne peux-tu point ralentir c'te machine infernale, garce perdue ? » demanda une voix blanche. Dans le panthéon des enfers, que Shadwell, cela va sans dire, haïssait en intégralité et dans les formes, une haine particulière était réservée aux fous du volant.

« *En ce cas,* fit Aziraphale, *nous devrions atteindre Tadfield dans un peu moins de cinq heures.* »

Madame Tracy observa un silence, puis : « Mais, c'est à quelle distance, Tadfield, exactement ?

– *Soixante-cinq kilomètres.*

– Hem », fit madame Tracy qui s'était rendue une fois en scooter jusqu'à Finchley, en proche banlieue, pour rendre visite à sa nièce, mais qui avait pris le bus, à cause des drôles de bruits qui provenaient du scooter sur le chemin du retour.

« *Il faudrait faire du cent dix, si nous voulons arriver à temps,* jugea Aziraphale. *Hmmm... Sergent Shadwell ? Accrochez-vous bien.* »

Poutpoutpoutpoutpoutpout et le scooter et ses occupants furent entièrement nimbés d'une douce lueur, comme une image rémanente.

Poutpoutpoutpoutpoutpout et le scooter s'éleva maladroitement dans les airs sans moyen de suspension apparent, légèrement secoué, jusqu'à atteindre environ un mètre cinquante d'altitude.

« *Ne regardez pas en bas, sergent Shadwell,* conseilla Aziraphale.

– ... », répondit Shadwell, paupières complètement crispées, la sueur perlant sur son front gris, sans regarder en bas, sans regarder nulle part.

« Et c'est parti. »

Dans tous les films de science-fiction à gros budget, on trouve une scène où un vaisseau spatial aussi grand que la ville de New York passe en vitesse hyper-luminique. Une onde sonore, comme lorsqu'on fait vibrer une règle contre le bord d'un bureau, une éblouissante réfraction de lumière, et soudain toutes les étoiles s'étirent à perte de vue, et il a disparu. C'est exactement ce qui se passa, sauf qu'au lieu d'un vaisseau spatial lumineux long de vingt kilomètres, c'était un scooter de vingt ans d'âge, couleur blanc cassé. Il n'y eut aucun effet d'irisation, il n'allait sans doute pas dépasser les trois cents kilomètres-heure. Et au lieu d'une pulsation geignarde qui gravissait la gamme des sons, il fit juste *poutpoutpoutpoutpoutpout...*

VROOOOM.

Mais à ces quelques détails, ce fut exactement pareil.

À l'intersection de la M25, transformée désormais en anneau pétrifié et hurlant, et de la M40 en direction de l'Oxfordshire, la police se massait en quantités sans cesse croissantes. Depuis que Rampa avait franchi la ligne de démarcation, une demi-heure plus tôt, leurs effectifs avaient doublé. Du côté M40, du moins. Personne ne sortait plus de Londres.

En sus de la police, on comptait environ deux cents personnes qui, debout, inspectaient la M25 à l'aide de jumelles. Ces effectifs comprenaient des représentants de l'armée de Sa Majesté, la Brigade de Déminage, le MI5, le MI6, la Brigade Spéciale et la CIA. Il y avait également un vendeur de hot-dogs.

Tout le monde était trempé, frigorifié, interloqué et irritable, à l'exception d'un seul officier de police, qui était trempé, frigorifié, interloqué, irritable et exaspéré.

« Écoutez, je me fous de savoir si vous me croyez ou pas, soupira-t-il. Je vous dis simplement ce que j'ai vu. C'était une vieille voiture, une Rolls ou une Bentley, un de ces engins de collection prétentieux, et elle a franchi le pont. »

Un des ingénieurs militaires intervint : « Impossible. D'après nos instruments, la température au-dessus de la M25 dépasse les sept cents degrés centigrades.

– Ou les cent quarante en dessous de zéro, ajouta son assistant.

– ... ou cent quarante degrés en dessous de zéro, concéda l'ingénieur. Il semble flotter une certaine incertitude sur ce point, je crois qu'on peut l'attribuer à une erreur mécanique[1]. Mais le fait demeure : on ne peut même pas faire voler un hélicoptère au-dessus de la M25 sans qu'il soit changé en hélicoptère McNuggets. Comment voulez-vous qu'une voiture de collection ait réussi à passer sans dommage ?

– Je n'ai jamais dit qu'elle était passée sans dommage », rectifia le policier, qui songeait sérieusement à quitter la Police Métropolitaine pour aller rejoindre son frère, qui avait démissionné de la Compagnie Générale d'Électricité et s'était lancé dans l'élevage de poulets. « Elle a pris feu. Mais elle a continué à avancer.

– Est-ce que vous espérez sérieusement nous faire croire... »

Un piaulement aigu, lancinant et singulier. Comme un millier d'harmonicas de verre jouant à l'unisson, tous légèrement faux ; comme la plainte dolente des molécules de l'atmosphère.

Et *Vroooom*.

Il passa au-dessus de leurs têtes, à douze mètres de hauteur, ceint d'un nimbe bleu marine qui virait au

1. C'était pourtant la vérité. On n'aurait réussi à convaincre aucun thermomètre terrestre d'indiquer en même temps 700°C et -140°C, ce qui était la température correcte.

rouge sur les bords : un petit scooter blanc. À son bord, une femme d'âge mûr avec un casque rose et, agrippé solidement contre elle, un petit homme en imperméable avec un casque vert fluo (le scooter passait trop haut pour qu'on voie ses paupières hermétiquement closes).

La femme hurlait quelque chose. Ce qu'elle hurlait ? « Banzaïïïïïïïï! »

☮

L'un des avantages de la Wasabi, comme Newt s'empressait toujours de le faire remarquer, c'était qu'il était très difficile de voir la moindre différence quand elle était gravement endommagée. Pour éviter les branches jonchant le sol, Newt devait faire rouler Jesse James sur le bas-côté de la route.

« Tu m'as fait tomber toutes mes fiches par terre ! »

La voiture retrouva la route avec un cahot. Une petite voix, quelque part sous la boîte à gants, annonça : « Plobrèmes de plession d'huire. »

« Je ne vais jamais pouvoir les remettre en ordre, maintenant, gémit-elle.

– Inutile, répondit Newt dans un délire. Prends une carte au hasard. N'importe laquelle. Ça n'a aucune importance.

– Qu'est-ce que tu veux dire ?

– Eh bien, si Agnès ne se trompe pas et que nous faisons tout ceci parce qu'elle l'avait prédit, alors toute carte que tu prendras à cet instant précis sera forcément la bonne. C'est logique.

– C'est idiot.

– Ah oui ? Écoute, même ta présence *ici,* c'est parce qu'Agnès l'avait prédite. Tu as réfléchi à ce que nous allons dire au colonel ? En admettant qu'on nous conduise jusqu'à lui, ce qui n'arrivera pas, bien entendu.

– Si nous nous expliquons…

– Tiens donc ? Écoute, je connais ce genre d'endroits. Leurs portails sont tous gardés par des sentinelles énormes en teck massif, Anathème, et elles portent des casques blancs et des armes à balles réelles, tu comprends bien ? Avec du plomb véritable qui peut te traverser, ricocher et repasser par le même trou avant que tu aies eu le temps de dire : « Excusez-nous, nous avons des raisons de croire que la Troisième Guerre mondiale va démarrer d'un instant à l'autre, et que le spectacle devrait se dérouler ici précisément. » Et ensuite, ils ont des gens sérieux en costume trois-pièces, avec des bosses sous leur veston, qui t'emmèneront dans une petite pièce sans fenêtre pour te poser des questions. Disons, êtes-vous, ou avez-vous jamais été membre d'une organisation subversive gauchisante : un quelconque parti politique britannique, par exemple ? Et...

– On est presque arrivé.

– Tu vois ? Il y a des grilles, des barrières en barbelé, et tout le tremblement ! Et probablement le genre de chiens qui dévorent les gens !

– Je te trouve bien surexcité », déclara calmement Anathème, en ramassant la dernière carte sur le plancher de la voiture.

« Surexcité, moi ? Quelle idée ! Simplement, je redoute avec le plus grand calme qu'on puisse se mettre à me tirer dessus !

– Si on devait nous tirer dessus, je suis sûre qu'Agnès en aurait parlé. Elle est très forte pour ce genre de choses. » Elle entreprit distraitement de battre son paquet de fiches.

« Tu sais », dit-elle en coupant soigneusement le paquet et en mélangeant les deux moitiés, « j'ai lu quelque part qu'il existe une secte qui croit que les ordinateurs sont des instruments du Diable. Ils prétendent que l'Apocalypse aura lieu parce que l'Antéchrist est un spécialiste en ordinateurs. Il paraît que ça figure dans l'*Apocalypse.* Je crois que j'ai lu ça récemment dans un journal...

– Dans le *Daily Mail.* "Billet d'Amérique". Hem... 3 août. Juste après l'article sur la bonne femme de Worms, Nebraska, qui a appris l'accordéon à son canard.

– Mm », fit Anathème en étalant les cartes sur ses genoux, face cachée.

Alors, comme ça, les ordinateurs seraient des instruments du Diable ? Newt n'avait aucune difficulté à le croire. Il fallait bien que ce soient les instruments de *quelqu'un,* et il avait la preuve que ce n'étaient pas les siens.

La voiture s'arrêta avec une secousse.

La base aérienne semblait avoir subi des dégâts. Plusieurs gros arbres s'étaient abattus à proximité de l'entrée, et des hommes tentaient de les dégager avec une pelleteuse. Le garde en faction les observait sans passion, mais il se retourna à moitié et lança un regard froid en direction de la voiture.

« Bon, décida Newt. Choisis une carte. »

3001. *À l'avers du nid de l'Aigle eftoit chu le grandz frefne.*

« C'est tout ?

– Oui. Nous avions toujours cru que c'était une référence à la révolution d'Octobre. Continue sur ce chemin et tourne à gauche. »

Le tournant les mena sur une petite route étroite, que longeait sur la gauche la clôture grillagée de la base.

« Et maintenant, range-toi ici. Il y a souvent des voitures dans le coin, personne n'y fait attention, expliqua Anathème.

– Où est-ce qu'on est ?

– C'est le rendez-vous local des amoureux.

– Voilà donc pourquoi le sol semble moquetté de caoutchouc. »

Ils suivirent la route ombragée d'arbres sur une centaine de mètres jusqu'au frêne. Agnès avait eu raison. Il était très grand. Il était tombé sur la barrière.

Un garde, assis dessus, fumait une cigarette. C'était un Noir. Newt culpabilisait toujours en présence de Noirs américains, redoutant qu'on ne le blâme pour deux cents ans d'esclavagisme.

L'homme se redressa à leur approche, puis reprit une posture plus détendue.

« Oh, salut, Anathème, lança-t-il.

– Salut, George. Sacrée tempête, non ?

– C'est sûr. »

Ils continuèrent leur route. Il les regarda jusqu'à ce qu'ils aient disparu.

« Tu le connais ? demanda Newt avec une nonchalance de commande.

– Oh, oui. De temps en temps, on en voit quelques-uns au pub local. Ils sont sympas, et toujours très propres.

– Est-ce qu'il nous tirerait dessus si on entrait tout simplement ?

– Il pointerait sûrement son arme sur nous avec un air menaçant, admit Anathème.

– Ça me suffit amplement. Alors, tu suggères quoi ?

– Eh bien, Agnès a dû voir venir quelque chose. Alors, je propose que nous attendions. Il ne fait plus aussi mauvais, maintenant que le vent est tombé.

– Oh. » Newt regarda les nuages s'amasser sur l'horizon. « Cette brave vieille Agnès ! »

☺

Adam pédalait sur la route à un train soutenu, Toutou galopant derrière lui, en tentant à l'occasion de lui mordre le pneu, par pure exaltation.

Avec un bruit de crécelle, Pepper jaillit de chez elle. On reconnaissait sans peine son vélo. Elle croyait l'avoir amélioré par l'adjonction d'un bout de carton habilement maintenu au contact des rayons par une pince à linge. Les chats avaient appris à entamer les procédures d'esquive deux pâtés de maisons avant qu'elle n'arrive.

« Je pense qu'on pourrait couper par Drovers Lane et remonter par les bois de Roundhead, suggéra Pepper.

– C'est plein de boue, répondit Adam.

– C'est vrai, reconnut Pepper, nerveuse. Ça devient vite boueux là-haut. On devrait passer par la carrière. Avec la craie, c'est toujours sec, par là-bas. Et ensuite, on remonte par le centre de retraitement. »

Brian et Wensleydale vinrent prendre place derrière eux. Wensleydale avait une bicyclette noire, luisante et très sérieuse. Celle de Brian avait sans doute été blanche, autrefois, mais sa couleur s'était perdue sous une épaisse couche de boue.

« C'est idiot d'appeler ça une base militaire, fit Pepper. J'y suis allée pour la journée portes ouvertes, et y avait ni canons, ni missiles, ni rien. Rien que des boutons et des cadrans et des fanfares qui jouaient.

– Oui, répondit Adam.

– C'est pas très militaire, les boutons et les cadrans, poursuivit Pepper.

– Oh, chais pas, fit Adam. C'est incroyable tout ce qu'on fait avec des boutons et des cadrans.

– J'ai eu un jeu à Noël, renchérit Wensleydale. Rien que des pièces électriques. Y avait aussi des boutons et des cadrans. On pouvait fabriquer une radio ou une machine qui fait *bip*.

– Chais pas, rumina Adam. Je pensais davantage à des gens qui se connectent sur le réseau mondial militaire de communications pour dire à tous les ordinateurs et aux trucs comme ça de commencer à se faire la guerre.

– Ouais, s'extasia Brian. Ça serait *méchamment* cool.

– Ça se discute », répondit Adam.

La charge de Président de l'Association des Résidants de Lower Tadfield a sa grandeur et sa solitude.

R. P. Tyler, trapu, dodu, content de lui, descendait une route de campagne d'un pas lourd, accompagné par Shutzi, le caniche nain de son épouse. R. P. Tyler connaissait la différence entre le Bien et le Mal ; sa conception de la moralité ne souffrait pas l'existence de gris nuancés. Mais être dépositaire d'un tel savoir ne lui suffisait cependant pas. Il se sentait tenu de s'en faire l'écho de par le monde.

Les tribunes, les épigrammes polémiques, les pamphlets, rien de tout cela ne convenait à R. P. Tyler. Son forum d'élection était le courrier des lecteurs de l'*Écho* de Tadfield. Si l'arbre d'un voisin avait l'outrecuidance de perdre ses feuilles dans le jardin de R. P. Tyler, alors R. P. Tyler commençait par balayer toutes les feuilles, les plaçait dans des boîtes qu'il déposait sur le pas de la porte du voisin, accompagnées d'un mot sévère. Ensuite, il écrivait une lettre à l'*Écho* de Tadfield. S'il repérait des adolescents assis sur le pré communal, en train d'écouter de la musique sur leurs radiocassettes et de s'amuser, il se chargeait de leur démontrer les errements de leur conduite. Et une fois qu'il avait fui leurs quolibets, il rédigeait pour l'*Écho* de Tadfield une lettre portant sur le Déclin de la Moralité et la Jeunesse Actuelle.

Depuis sa retraite, l'an passé, les lettres s'étaient tellement multipliées que même l'*Écho* de Tadfield ne parvenait plus à les publier toutes. D'ailleurs, la lettre qu'avait entamée R. P. Tyler avant de sortir pour effectuer sa promenade vespérale commençait ainsi :

Messieurs,

Je constate avec consternation que, de nos jours, les journaux se sentent dégagés de leurs obligations envers nous, leurs lecteurs, les gens qui paient leurs salaires...

Il inspecta les branches tombées qui encombraient l'étroite route vicinale. Je suppose, se disait-il, que personne ne songe au coût des réparations, quand on nous expédie ces tempêtes. Le conseil paroissial va devoir payer la facture pour dégager tout cela. Et c'est *nous*, les contribuables, qui payons leurs salaires...

Dans sa pensée, le *on* désignait les présentateurs météo de Radio 4[1], que R. P. Tyler rendait responsables du temps.

Shutzi s'arrêta pour lever la patte contre un hêtre qui bordait la route.

R. P. Tyler détourna les yeux, gêné. Certes, l'unique raison de cette promenade vespérale était de permettre au chien de se soulager, mais Tyler aurait préféré être pendu plutôt que de se l'avouer. Il leva les yeux vers les nuées d'orage. Elles étaient amassées en altitude, en tours vertigineuses de gris et de noirs troubles. Ce n'étaient pas seulement les langues dansantes des éclairs qui bifurquaient en leur sein comme pour la première séquence d'un film de Frankenstein ; c'était leur façon de s'interrompre net en atteignant les limites de Lower Tadfield. Et en leur centre résidait une tache ronde : le jour. Mais la lumière était étirée et jaune, comme un sourire forcé.

Il régnait un tel calme.

On entendit un grondement sourd.

1. Il n'avait pas la télévision. Comme disait sa femme : « Ronald ne tient pas à avoir un de ces appareils à la maison, n'est-ce pas, Ronald ? » et il acquiesçait toujours. Pourtant, en secret, il aurait aimé voir un peu de ce stupre et de cette pornographie que déplorait l'Association Nationale des Auditeurs et Téléspectateurs. Oh, certainement pas pour en regarder. Mais juste pour savoir de quoi il devait protéger son prochain.

Le long de la route de campagne arrivaient quatre motos. Elles dépassèrent R. P. Tyler à vive allure et prirent le virage, dérangeant un faisan qui traversa la petite route en vrombissant, selon une parabole nerveuse de roux et de vert.

« Vandales ! » leur lança R. P. Tyler.

La campagne n'était pas faite pour des gens comme eux. Elle était faite pour des gens comme lui.

Il tira sur la laisse de Shutzi, et ils poursuivirent leur chemin.

Cinq minutes plus tard, il prit le virage à son tour, pour trouver trois des motards debout autour d'un panneau indicateur abattu, victime de la tempête. Le quatrième, un grand gaillard à la visière impénétrable, était resté sur sa monture.

R. P. Tyler jaugea la situation et sauta prestement sur la conclusion. Ces vandales – il avait vu juste, évidemment – étaient venus à la campagne pour saccager le Monument aux Morts et renverser les panneaux indicateurs.

Il se préparait à avancer sur eux avec toute la sévérité requise, quand il réalisa qu'ils avaient l'avantage du nombre, quatre contre un, qu'ils étaient plus grands que lui, et qu'il s'agissait sans le moindre doute possible de dangereux psychopathes. Dans le monde de R. P. Tyler, seuls les dangereux psychopathes faisaient de la moto.

Aussi redressa-t-il le menton et entreprit-il de les dépasser d'un pas raide, apparemment sans remarquer leur présence[1], composant une lettre dans sa tête tout du long (Messieurs, J'ai constaté ce soir avec consternation qu'un grand nombre de blousons noirs en moto infestaient Notre Beau Village. Pourquoi, mais pourquoi

1. Cependant, en tant que membre (c'est-à-dire fondateur) du comité de vigilance local, il tenta de mémoriser le numéro des plaques minéralogiques.

notre gouvernement ne fait-il donc rien pour réprimer cette épidémie qui…).

« Salut », lança un des motards, relevant sa visière pour dévoiler un visage mince et une fine barbe noire soigneusement taillée. « On est comme qui dirait perdus.

– Ah, répondit R. P. Tyler avec désapprobation.

– Le panneau indicateur a dû être soufflé par la tempête.

– Oui, en effet, je suppose. » R. P. Tyler constata avec surprise qu'il commençait à avoir faim.

« Oui. Bref, nous faisions route vers Lower Tadfield. »

Un sourcil zélé se souleva. « Vous êtes américains. Vous faites partie de la base aérienne, je présume. » (Messieurs, lorsque j'ai accompli mon Service National, j'ai fait honneur à mon pays. Je constate avec dégoût et consternation que les aviateurs de la base aérienne de Tadfield parcourent nos nobles campagnes vêtus comme de vulgaires voyous. Quoique j'apprécie à sa juste valeur leur rôle éminent chaque fois qu'il est nécessaire de défendre la liberté du monde occidental…)

Puis son amour des directives l'emporta. « Redescendez par cette route sur un kilomètre, ensuite prenez la première à gauche, elle est dans un état lamentable, je le crains, j'ai écrit lettre sur lettre au conseil municipal à ce sujet, êtes-vous au service de vos administrés, ou bien est-ce l'inverse ? leur ai-je demandé, après tout, qui paie vos salaires ? Ensuite, deuxième à droite, sauf que ce n'est pas à droite exactement, c'est à gauche, mais vous allez voir, la route finit par s'infléchir vers la droite, la pancarte indique Porrit's Lane, mais ce n'est pas Porrit's Lane, évidemment, si vous consultez une carte d'état-major, vous constaterez que c'est simplement l'extrémité est de Forest Hill Lane, vous aboutirez dans le village, ensuite, vous dépassez le *Taureau et le Violon* – c'est un débit de boissons – et après, quand vous arrivez à l'église (j'ai signalé aux gens qui s'occupent des cartes d'état-major que c'est une église dotée d'une flèche, et non d'un clocher, d'ailleurs j'ai écrit en ce sens à l'*Écho* de Tadfield, pour leur suggérer de lancer une campagne locale afin de faire rectifier les cartes, et j'ai bon espoir : dès que ces gens verront à qui ils ont affaire, nous allons les voir battre précipitamment en retraite) ensuite, vous trouvez un carrefour, que vous traverserez tout droit, jusqu'à un deuxième carrefour, là, soit vous prenez la branche de gauche, soit vous continuez tout droit, mais dans les deux cas, vous atteindrez la base aérienne (encore que le trajet par la route de gauche constitue un raccourci qui vous fait économiser presque deux cents mètres). Vous ne pouvez pas vous tromper. »

Famine lui jeta un œil vitreux. « Je... euh, je ne suis pas certain d'avoir tout retenu... » commença-t-il.

MOI SI. ALLONS-Y.

Shutzi poussa un bref jappement et alla se réfugier derrière R. P. Tyler, où il demeura, tout tremblant.

Les étrangers remontèrent en selle. Celui qui était vêtu de blanc (un hippie, il en avait bien l'allure, se dit R. P. Tyler) laissa choir un paquet de chips vide sur l'herbe du bas-côté.

« Excusez-moi ! aboya Tyler. Ce paquet de chips est à vous ?

– Oh, non, pas seulement, répondit le jeune homme. Il appartient à tout le monde. »

R. P. Tyler se redressa de toute sa taille[1]. « Mon jeune ami, quelle serait votre réaction si je venais chez vous et que je renversais des détritus partout ? »

Pollution sourit d'un air rêveur. « Je serais ravi, absolument ravi, souffla-t-il. Oh, ce serait vraiment *merveilleux*. »

Sous sa moto, une flaque d'huile étala un arc-en-ciel sur la route humide.

Les moteurs grondèrent.

1. Un mètre soixante-huit.

« Il y a quelque chose que je n'ai pas compris, demanda Guerre. Pourquoi faut-il faire un virage à 180° en face de l'église ? »

CONTENTEZ-VOUS DE ME SUIVRE, dit le plus grand, qui ouvrait la route. Et le quatuor s'en fut de conserve.

R. P. Tyler les regarda s'éloigner, jusqu'à ce que son attention soit attirée par un *clacclacclac* soutenu. Il se retourna. Quatre silhouettes à bicyclette le dépassèrent à vive allure, suivies de près par la forme galopante d'un petit chien.

« Hé, vous là ! Arrêtez ! » s'écria R. P. Tyler.

Les Eux freinèrent net et orientèrent leurs regards vers lui.

« Je savais que c'était vous, Adam Young, ainsi que votre petite… humpf, cabale. Et, si je puis me permettre, que font des enfants dehors à cette heure avancée ? Vos pères savent-ils que vous n'êtes pas encore rentrés ? »

Le chef du peloton lui fit face. « Je vois pas comment vous pouvez dire qu'il est tard, dit-il. I'm'semble, i'm'semble que si le soleil est pas encore couché, alors il est pas tard.

– L'heure de vous coucher, vous, est passée, en tout cas, leur annonça R. P. Tyler, et je vous prie de ne pas me tirer la langue, jeune fille », cette remarque à l'adresse de Pepper, « si vous ne tenez pas à ce que j'écrive à madame votre mère pour l'informer de l'état lamentable et peu féminin des manières de sa progéniture.

– Euh, pardon, m'sieur », rétorqua Adam, irrité, « mais Pepper vous regardait, c'est tout. Chavais pas qu'y a des lois qui interdisent de regarder. »

Il y eut du remue-ménage sur l'herbe de l'accotement. Shutzi, caniche nain particulièrement raffiné, comme en possèdent les gens qui n'ont jamais trouvé suffisamment de place dans leurs comptes domestiques pour ouvrir une rubrique “ enfants ”, devait affronter les menaces de Toutou.

« Mon jeune monsieur Young, ordonna R. P. Tyler, veuillez éloigner votre… votre cabot de Shutzi. » Tyler n'avait aucune confiance en Toutou. La première fois qu'il l'avait rencontrée, quatre jours plus tôt, la bête avait grogné et ses yeux avaient brillé d'une lueur rouge. Ce spectacle avait incité Tyler à entamer une lettre qui signalait que Toutou était vraisemblablement enragé, et représentait un danger évident pour la communauté, qu'il fallait s'en défaire pour le Bien Général. C'est alors que son épouse lui avait rappelé que les lueurs rouges dans les yeux n'étaient pas des symptômes de rage, ni d'ailleurs de rien du tout, en dehors de ces films qu'aucun des époux Tyler n'aurait jamais songé à regarder de son plein gré, mais sur lesquels ils savaient tout ce qu'ils voulaient savoir, merci bien.

Adam parut stupéfait. « *Toutou* est pas un cabot. Toutou est un chien remarquable. Il est très malin. *Toutou*, veux-tu bien descendre tout de suite de l'horrible caniche de Mr Tyler. »

Toutou l'ignora. Il avait pas mal de retard à rattraper à la rubrique Chien.

« Toutou », répéta Adam d'une voix inquiétante. Le chien regagna le vélo de son maître, la queue basse.

« Je ne crois pas que vous ayez répondu à ma question. Où allez-vous, tous les quatre ?

– À la base aérienne, répondit Brian.

– *Si* vous n'y voyez pas d'inconvénient », ajouta Adam d'un ton qu'il espérait sarcastique et acide. « J'veux dire, on voudrait surtout pas y aller si vous êtes pas d'accord.

– Impudent petit macaque ! Quand je verrai ton père, Adam Young, je l'informerai en termes très fermes que… »

Mais les Eux étaient déjà repartis vers la base aérienne de Tadfield à force de pédales – selon leur trajet à Eux, qui était plus court, plus simple et plus pittoresque que celui qu'avait suggéré Mr Tyler.

R. P. Tyler avait composé une longue épître mentale sur les tares de la jeunesse actuelle. Elle passait en revue son niveau d'éducation en chute libre, son manque de respect envers les aînés et les supérieurs, sa façon quasi perpétuelle d'arrondir les épaules au lieu de marcher avec une posture convenable et bien droite, la délinquance juvénile, le retour du service militaire obligatoire, le martinet, le fouet et l'immatriculation des chiens.

Il en était très satisfait. Il sentait poindre un léger doute : n'était-elle pas trop bonne pour l'*Écho* de Tadfield ? Il avait résolu de l'adresser au *Times*.

Poutpoutpout poutpoutpout.

« Excusez-moi, mon chou, intervint une chaude voix de femme. Je crois que nous nous sommes perdus. »

C'était un vieux scooter, chevauché par une femme d'âge mûr. Étroitement agrippé à elle, les yeux hermétiquement clos, se trouvait un petit homme en imperméable, coiffé d'un casque vert fluo. Dressée entre eux deux, on voyait une sorte d'arme de collection, au canon en forme d'entonnoir.

« Oh. Où allez-vous ?

– Lower Tadfield. Je ne suis pas sûre de l'adresse exacte, mais nous cherchons quelqu'un », répondit la femme, avant d'ajouter avec une voix totalement différente : « *Il s'appelle Adam Young.* »

Les yeux de R. P. Tyler s'arrondirent. « Vous *voulez* voir ce gamin ? Qu'est-ce qu'il a encore fait – non, non, ne me dites rien. Je ne tiens pas à le savoir.

– Gamin ? dit la femme. Vous ne m'aviez pas dit que c'était un enfant. Quel âge a-t-il ? » Puis, elle poursuivit : « *Onze ans.* Eh bien, j'aurais aimé qu'on me mette au courant. Ça place toute cette affaire sous un jour nouveau. »

R. P. Tyler la regardait, les yeux écarquillés. Puis il comprit la situation. Elle était ventriloque. Ce qu'il avait pris pour un homme en casque vert fluo était en fait son pantin. Il se demanda comment il avait pu croire humain un tel objet. Il trouva la plaisanterie d'un goût discutable.

« J'ai vu Adam Young il y a moins de cinq minutes, dit-il à la femme. Il se dirigeait vers la base américaine, en compagnie de ses jeunes acolytes.

– Oh, misère, dit la femme en pâlissant légèrement. Je n'ai jamais vraiment aimé ces Yankees. *Ce sont des gens très gentils, vous savez.* Oui, mais on ne peut pas faire confiance à des gens qui prennent tout le temps la balle à la main, lorsqu'ils jouent au football.

– Ahem, excusez-moi, dit R. P. Tyler. Je vous trouve très douée. C'est tout à fait impressionnant. Je suis vice-président du Rotary Club local, et je me demandais... Vous faites des soirées privées ?

– Le jeudi, seulement », répliqua madame Tracy, d'un ton désapprobateur. « Et je fais payer un supplément. *Par ailleurs, je me demandais si vous pouviez nous indiquer la route de...* »

Mr Tyler connaissait la chanson. Sans un mot, il tendit le doigt.

Et le petit scooter descendit l'étroit chemin campagnard en faisant *poutpoutpoutpoutpoutpout.*

Tandis que l'engin s'éloignait, le pantin en gris au casque vert fluo se retourna et ouvrit un œil. « 'Spèce eud'grand couillon eud'Sudiste ! » coassa-t-il.

Si R. P. Tyler fut vexé, il se sentit également déçu. Il avait espéré que la marionnette serait plus réaliste.

R. P. Tyler, à seulement dix minutes du village, s'arrêta pendant que Shutzi accomplissait une des manœuvres de sa vaste palette de fonctions excrétrices. Il jeta un coup d'œil par-dessus la barrière.

Ses connaissances en matière rurale étaient un peu diffuses. Cependant, lorsque les vaches se couchaient, il en était à peu près certain, c'était signe de pluie. Si elles restaient debout, le temps serait sans doute beau. Mais ces vaches-ci accomplissaient chacune à son tour des sauts périlleux lents et solennels ; et Tyler se demanda ce que cela présageait pour le temps à venir.

Il renifla. Quelque chose brûlait – il flottait une odeur désagréable de métal, de caoutchouc et de cuir chauds.

« Excusez-moi », fit une voix dans son dos. R. P. Tyler se retourna.

Sur la petite route, se trouvait une grande voiture autrefois noire qui brûlait, et un homme en lunettes noires s'était penché par la portière pour lui demander, à travers la fumée : « Je suis désolé, j'ai réussi à m'égarer quelque peu. Pourriez-vous m'indiquer la base aérienne de Lower Tadfield ? Je sais qu'elle est dans les parages. »

Votre voiture est en feu.

Non. Tyler ne pouvait pas se résoudre à le lui dire. Enfin quoi, il devait bien s'en être aperçu, non ? Il était assis au beau milieu de la conflagration. C'était peut-être une sorte de canular.

Et donc, il répondit : « Je pense que vous avez dû prendre le mauvais tournant, deux kilomètres plus haut. Un panneau indicateur a été renversé par la tempête. »

L'étranger lui sourit. « Ce doit être ça. » Les flammes orange qui dansaient au-dessous de lui lui donnèrent des allures quasiment diaboliques.

Le vent souffla en direction de Tyler, de l'autre côté de la voiture, et il sentit roussir ses sourcils.

Pardonnez-moi, jeune homme, mais votre voiture est en feu et vous êtes assis dedans sans brûler et, soit dit en passant, la carrosserie est portée au rouge par endroits.

Non.

Devait-il proposer à cet homme de téléphoner pour lui à l'Automobile Club ?

Il se contenta de lui expliquer soigneusement la route, en essayant de ne pas le regarder trop fixement.

« Impeccable. Je vous suis très obligé », dit Rampa en commençant à remonter la vitre.

R. P. Tyler ne pouvait plus se contenir. Il fallait qu'il dise quelque chose : « Pardonnez-moi, jeune homme.

– Oui ? »

Enfin, quand même, ça ne passe pas inaperçu, une auto qui brûle…

Une langue de flamme vint lécher le tableau de bord carbonisé.

« Il fait un temps bizarre, vous ne trouvez pas ? dit-il, avec un air niais.

– Vous trouvez ? Franchement, je n'avais rien remarqué. » Et il repartit en marche arrière dans son auto en feu.

« C'est sans doute parce que votre voiture est en train de brûler », lança sèchement R. P. Tyler. Il tira brutalement sur la laisse de Shutzi pour le ramener au pied.

À l'attention du rédacteur en chef,

Monsieur,

J'aimerais déplorer dans ces colonnes la tendance de plus en plus marquée qu'ont certains jeunes gens, de nos jours, à négliger des conseils de sécurité routière parfaitement raisonnables quand ils sont au volant. Ce soir, je me suis vu demander la route par un monsieur dont la voiture était…

Non.

Qui conduisait une voiture qui…
Non.
Elle était en feu…

D'une humeur qui empirait à vue d'œil, R. P. Tyler parcourut d'un pas rageur la distance qui le séparait du village.

« Holà ! s'exclama R. P. Tyler. Young ! »

Mr Young était dans le jardin, devant sa maison, assis sur sa chaise longue, en train de fumer sa pipe.

La situation tenait plus à la découverte récente par Deirdre des dangers de la tabagie passive et à la mise hors la loi de toute fumée dans la maison qu'il n'aurait tenu à l'admettre devant ses voisins. Son humeur s'en ressentait. Comme de s'entendre appeler *Young* par Mr Tyler.

« Oui ?

– Votre fils, Adam. »

Mr Young poussa un soupir. « Qu'a-t-il encore fait ?

– Vous savez où il est ? »

Mr Young consulta sa montre. « Il se prépare à aller au lit, j'imagine. »

Tyler sourit, un sourire crispé, triomphant. « J'en doute fort. Je l'ai vu, accompagné de ses petits démons et de cet abominable bâtard, il y a moins d'une demi-heure, qui se dirigeait vers la base aérienne. »

Mr Young continua de tirer sur sa pipe.

« Vous n'ignorez pas qu'ils sont très stricts, là-bas », insista Mr Tyler, au cas où Mr Young n'aurait pas compris le message.

« Vous savez combien votre fils se plaît à tripoter les boutons et à faire des bêtises », ajouta-t-il.

Mr Young retira la pipe de sa bouche et en examina pensivement le tuyau.

« Hmp », dit-il.

« Je vois », ajouta-t-il.

« Très bien », acheva-t-il.

Et il rentra chez lui.

Au même instant précisément, quatre motos s'arrêtaient avec un chuintement à quelques centaines de mètres du portail principal. Les motards coupèrent les gaz et remontèrent la visière de leur casque. Enfin, trois d'entre eux, en tout cas.

« J'espérais qu'on franchirait la barrière de force, remarqua Guerre avec regret.

– Ça ne servirait qu'à créer des problèmes, répondit Famine.

– Parfait.

– Non, des problèmes pour nous, je veux dire. Les lignes électriques et téléphoniques sont sans doute coupées, mais ils possèdent probablement des générateurs et ils doivent avoir la radio. Si la nouvelle que des terroristes ont envahi la base commence à se répandre, les gens vont se mettre à agir comme la logique l'exige, et tout le Grand Plan tombe à l'eau.

– Hm. »

ON ENTRE, ON FAIT LE TRAVAIL, ON RESSORT ET ON LAISSE AGIR LA NATURE HUMAINE, FIT LA MORT.

« Je n'avais pas imaginé les choses comme ça, les mecs, dit Guerre. Je n'ai pas attendu des milliers d'années pour faire mumuse avec quelques fils électriques. On peut difficilement qualifier ça de *spectaculaire*. Albrecht Dürer n'a pas perdu son temps à graver sur bois l'image des Quatre Pousse-Bouton de l'Apocalypse, là-dessus, vous pouvez me faire confiance.

– Je m'attendais à ce qu'il y ait des trompettes, renchérit Pollution.

– Il faut se dire que ce sont juste les travaux préliminaires, expliqua Famine. La chevauchée viendra ensuite. Une vraie chevauchée, sur les ailes de la tempête et tout le tremblement. Il faut savoir s'adapter.

– On n'était pas censés rencontrer… quelqu'un ? » s'enquit Guerre.

Il n'y avait aucun bruit en dehors des petits claquements métalliques produits par les moteurs en train de refroidir.

Puis Pollution déclara, lentement : « Vous savez, je ne peux pas dire que j'imaginais l'endroit comme ça, moi non plus. J'aurais plutôt vu, je ne sais pas, moi… une grande ville. Ou un grand pays. New York, par exemple. Ou Moscou. Ou même Armaguedon. »

Il y eut un nouveau silence.

Puis Guerre se décida : « Mais Armaguedon, c'est où, exactement ?

– C'est marrant que tu demandes ça, dit Famine. Je m'étais toujours dit que j'allais me renseigner.

– Il existe un Armaguedon en Pennsylvanie, dit Pollution. Ou peut-être dans le Massachusetts, quelque part par là. Tout un tas de types avec de longues barbes et des chapeaux noirs, bien sérieux.

– Naaan, repartit Famine. C'est quelque part en Israël, je crois.

LE MONT CARMEL.

« Je croyais qu'on cultivait les avocats, là-bas. »

ET LA FIN DU MONDE.

« Vraiment ? Ça représente un sacré avocat à faire pousser, ça.

– Il me semble que j'y suis déjà passé, fit remarquer Pollution. L'antique cité de Megiddo. Juste avant qu'elle s'écroule. Un endroit très agréable. La porte royale était très intéressante. »

Guerre considéra la verdure qui les entourait.

« Eh ben, on a sûrement dû se tromper de route quelque part. »

LES CONSIDÉRATIONS GÉOGRAPHIQUES N'ONT AUCUNE IMPORTANCE.

« Vous dites, monseigneur ? »

SI ARMAGUÉDON EST QUELQUE PART, ELLE EST PARTOUT.

« C'est bien vrai, approuva Famine. Ce n'est plus une question de quelques hectares de broussailles et de chèvres. »

Il y eut encore un silence.

ALLONS-Y.

Guerre toussota discrètement. « Mais… je pensais que… qu'*il* nous accompagnerait… ? »

La Mort rajusta ses gants.

C'EST UN TRAVAIL POUR LES PROFESSIONNELS, affirma-t-il d'un ton catégorique.

☠

Après coup, le sergent Thomas A. Deisenburger se souvint que les événements s'étaient déroulés ainsi :

Une grosse voiture de l'état-major était arrivée au portail. Elle était élancée et avait une allure officielle, bien que, après coup, cependant, il ne soit plus complètement sûr de savoir pourquoi il avait eu cette impression, pas plus que celle, brièvement, qu'elle était mue par des moteurs de moto.

Quatre généraux en descendirent. Là encore, le sergent hésitait pour dire ce qui lui avait fait penser ça. Leurs papiers étaient en ordre. De quel genre de papiers il s'agissait, il l'admit, il ne s'en souvenait pas précisément. Mais ils étaient en ordre. Il salua.

Et l'un d'eux déclara : « Inspection surprise, soldat. »

Ce à quoi le sergent Thomas A. Deisenburger répondit : « Mon général, on ne m'a pas informé de la tenue d'une inspection surprise à cette date, mon général.

– Bien sûr que non, répondit un des généraux. Puisque c'est une surprise. »

Le sergent salua à nouveau.

« Mon général, permission de confirmer cette information auprès du commandant de la base, mon général », demanda-t-il, mal à l'aise.

Le plus grand et le plus maigre des généraux s'écarta légèrement du groupe, tourna le dos et croisa les bras.

L'un des autres passa amicalement le bras autour des épaules du sergent et se pencha en avant, comme un conspirateur.

« Allons, voyons… » Il plissa les yeux pour mieux lire le badge du sergent « … Deisenburger, je vais peut-être vous faire une fleur. C'est une inspection surprise, vous saisissez ? Surprise. Ça signifie qu'il est interdit de bondir sur la sirène dès qu'on aura franchi la grille, c'est bien entendu ? On ne quitte pas son poste, non plus. Un militaire de carrière comme vous, je suppose que vous comprendrez, n'est-ce pas ? » ajouta-t-il avec un clin d'œil. « Sinon, vous allez vous retrouver cassé à un grade si inférieur que vous devrez saluer les démons mineurs. »

Le sergent Thomas A. Deisenburger écarquilla les yeux.

« *Simples soldats* », siffla un autre général. À en croire son badge, elle s'appelait Guayre. Le sergent Deisenburger n'avait encore jamais vu de femme général qui lui ressemblât, mais elle représentait un indiscutable progrès.

« Hein ?

– *Simples soldats. Pas démons mineurs.*

– Ouais, c'est ce que je voulais dire. Ouais, les simples soldats. Bien compris, sergent ? »

Deisenburger prit en considération le nombre très restreint d'options qui s'offraient à lui.

« Mon général, une inspection surprise, mon général ?

– Provisoiresquement classificationnée à l'heure qu'il est », confirma Famine, qui avait appris pendant des années à passer des marchés avec le gouvernement fédéral et qui sentait le jargon lui revenir en bouche.

« Oui, mon général, affirmatif, répondit le sergent.

– Bon élément, jugea Famine tandis que la barrière se levait. Vous irez loin. » Il jeta un coup d'œil sur sa montre. « Sous peu. »

♻

Sur certains points, les êtres humains ressemblent beaucoup aux abeilles. Celles-ci défendent farouchement leur ruche, tant que vous êtes à l'extérieur. Une fois que vous vous trouvez dans la place, les ouvrières supposent plus ou moins que la direction a autorisé votre présence et elles ne font plus attention ; ce phénomène a permis à divers insectes pique-assiette de développer un style de vie riche en miel. Les humains se comportent de la même façon.

Personne n'empêcha le quatuor de pénétrer d'un pas résolu dans un long bâtiment bas hérissé d'une forêt d'antennes radio. Personne ne leur accorda un regard. Peut-être ne voyaient-ils rien du tout. Peut-être ne voyaient-ils que ce que leur esprit avait ordre de voir. Le cerveau humain n'est pas équipé pour voir la Guerre, la Famine, la Pollution et la Mort quand les Quatre ne tiennent pas à être vus, et il est devenu tellement doué pour ça qu'il réussit souvent à ne pas les voir alors qu'ils sont partout autour de lui.

Les systèmes d'alarme, étant dépourvus de tout cerveau, se dirent qu'ils voyaient des gens à un endroit où ils n'auraient pas dû être, et ils se déclenchèrent *à fond les balais.*

Newt ne fumait pas, car il n'autorisait pas la présence de nicotine ou d'alcool dans le temple sacré de son corps ou, soyons plus exact, dans le petit tabernacle méthodiste gallois en zinc de son corps. Sinon, il se serait étouffé avec la cigarette qu'il aurait allumée pour calmer ses nerfs.

Anathème se mit debout résolument et lissa les faux plis de sa jupe.

« Ne t'inquiète pas, dit-elle. Ça ne nous concerne pas. Il se passe probablement quelque chose à l'intérieur. »

Elle sourit de son teint verdâtre. « Allons, dit-elle, on n'est pas à OK Corral.

– Non. D'abord, parce qu'ils sont mieux armés, ici », répliqua Newt.

Elle l'aida à se relever. « Pas d'affolement, je suis sûre que tu trouveras une idée. »

Il était inévitable que tous quatre ne puissent pas contribuer d'égale façon, se dit Guerre. Ses propres affinités avec les systèmes modernes d'armement (qui se révélaient beaucoup plus efficaces que de simples morceaux de métal affûtés) l'avaient surprise. Pollution, bien évidemment, se riait de mécanismes garantis inviolables et infaillibles. Même Famine savait au moins ce qu'étaient les ordinateurs. Tandis que… eh bien, *lui* ne faisait pas grand-chose, à part rester planté là, bien qu'il le fît avec une classe certaine. Guerre avait parfois songé qu'un jour, on pourrait mettre un terme à la Guerre, un terme à la Famine, et peut-être même un terme à la Pollution. Voilà pourquoi le quatrième Cavalier, le plus grand de tous, n'avait jamais vraiment fait partie de la bande, pour ainsi dire. C'est comme d'avoir un percepteur dans son équipe de football. On préfère l'avoir dans son camp, évidemment, mais ce n'est pas le genre de personne avec qui on a envie de prendre un pot en bavardant un peu au bar après la rencontre. On ne peut pas se sentir cent pour cent à l'aise.

Deux soldats lui passèrent à travers tandis qu'il regardait par-dessus l'épaule maigrichonne de Pollution.

C'EST QUOI, TOUS CES PETITS MACHINS QUI BRILLENT ? dit-il, du ton de celui qui sait qu'il ne comprendra pas la réponse, mais qui veut donner l'impression de s'intéresser.

« Des affichages à cristaux liquides en sept segments », répondit le jeune homme. Il posa des mains caressantes sur une console de relais qui fondirent à ce contact, puis introduisit une vague de virus autorépliquants qui prirent un vrombissant essor dans l'éther électronique.

« Je me passerais volontiers de ces foutues sirènes », grommela Famine.

La Mort claqua négligemment des doigts. Une douzaine de mugissements s'étranglèrent avant de trépasser.

« Je ne sais pas… Ça me plaisait bien, moi », fit Pollution.

Guerre plongea la main dans une armoire métallique. Elle n'avait pas envisagé la situation sous cet angle, elle devait le reconnaître, mais en laissant ses doigts glisser sur et parfois au travers des composants électroniques, elle retrouvait des sensations familières. Un écho de ce qu'on éprouve en brandissant une épée. Elle frissonna par anticipation en songeant que cette épée-ci couvrait le monde entier et une grande partie du ciel. Cette épée-ci l'*aimait*.

Une épée de flamme.

L'humanité n'avait jamais vraiment compris qu'il est dangereux de laisser traîner les épées, même si elle avait fait le maximum dans la mesure de ses faibles moyens pour que l'emploi accidentel d'une si vaste épée devienne très improbable. Très réconfortant. Il était agréable de constater que pour l'humanité, il y avait une différence entre destruction délibérée et destruction accidentelle de la planète.

Pollution plongea la main dans une nouvelle console d'électronique dispendieuse.

⚡

La sentinelle de garde devant le trou dans la barrière paraissait perplexe. L'énervement qui régnait sur la base ne lui avait pas échappé et sa radio ne semblait plus capter que des parasites, mais ses yeux revenaient invinciblement à la carte qu'il tenait devant lui.

Il avait vu beaucoup d'accréditations dans sa carrière – des militaires, la CIA, le FBI, et même le KGB. Mais il était encore jeune, et n'avait pas encore compris que plus une organisation est insignifiante, plus ses accréditations sont impressionnantes.

Celle-ci était *fabuleusement* impressionnante. Il relut le texte en remuant les lèvres, commençant par « De par l'ordre pressant du Lord Protecteur du Grand Royaume de Bretagne », en passant par le passage où il était question de réquisitionner tous bois secs, cordes et huiles ignifères, jusqu'à la signature du premier Lord adjudant de l'Armée des Inquisiteurs, Louée-Soit-l'Œuvre-du-Seigneur-et-Ne-Succombons-Point-A-La-Fornication Smith. Newt maintenait résolument le pouce sur le passage qui évoquait les neuf pence par sorcière, et tentait de ressembler à James Bond.

Finalement, les pérégrinations intellectuelles de la sentinelle s'interrompirent sur un mot qui lui paraissait familier.

« C'est quoi, là, cette histoire comme quoi on doit vous donner des fagots[1] ?

– Oh, il faut nous les remettre, dit Newt. On les brûle.

– Vous pouvez répéter ?

– On les brûle. »

Le visage du garde fut élargi par un sourire. Et dire qu'on accusait les Anglais de laxisme. « Excellent ! » dit-il.

Quelque chose s'appuya dans le creux de ses reins.

« Lâchez votre arme, dit Anathème derrière lui, ou je vais beaucoup regretter ce qui va suivre. »

Ma foi, c'est la vérité, se dit-elle en voyant avec terreur l'homme se raidir. S'il ne lâche pas son arme, il va découvrir que je tiens seulement un bâton, et je vais beaucoup regretter qu'il me tire dessus.

Au portail principal, le sergent Thomas A. Deisenburger avait lui aussi des problèmes. Un petit homme en imperméable crasseux pointait sans arrêt le doigt vers lui en marmonnant, tandis qu'une dame qui ressemblait vaguement à sa mère lui parlait sur un ton pressant et n'arrêtait pas de se couper la parole en employant des timbres de voix différents.

« *Il faut que vous nous laissiez parler au responsable, c'est d'une importance vitale,* disait Aziraphale. *Je dois vraiment insister* il a raison, vous savez, je suis bien placée, s'il mentait, je le saurais, *oui, merci, je pense que nous arriverions à quelque chose si vous aviez l'amabilité de me laisser poursuivre* très bien, *merci,* j'essayais simplement de me porter garante de vous. *Oui ! Heu...* Vous lui demandiez *oui, très bien... bon...*

1. Ici, le traducteur rend les armes et se borne à signaler qu'en argot américain, le mot *faggot* désigne un homosexuel. (*N.d.T.*)

– Tu le vois, mon doigt ? » hurla Shadwell. Il tenait encore en laisse un début de démence, mais ladite laisse s'effilochait à vue d'œil. « Tu le vois ? Ce doigt, mon p'tit gars, peut t'envoyer rejoindre ton créateur ! »

Le sergent Deisenburger contempla l'ongle noir et mauve brandi à quelques centimètres de son visage. En tant qu'arme bactériologique, il méritait d'être classé à un niveau impressionnant, surtout si Shadwell s'en servait pour faire la cuisine.

Au téléphone, on ne captait plus que des parasites. On avait dit au sergent de ne pas quitter son poste. Sa blessure du Viêt Nam recommençait à le faire souffrir[1]. Il commença à se demander ce qu'abattre des civils non américains pourrait lui coûter.

Les quatre vélos s'arrêtèrent à quelque distance de la base. Des empreintes de pneus dans la poussière et une flaque d'huile indiquaient que d'autres voyageurs avaient brièvement fait halte au même endroit.

« Pourquoi on s'arrête ? demanda Pepper.

– Je réfléchis », répondit Adam.

La chose était ardue. La fraction mentale qu'il savait être lui était toujours là, mais elle tentait désespérément de se maintenir à flot au sommet d'un geyser de ténèbres. Il avait cependant conscience que ses compagnons étaient humains à cent pour cent. Il leur avait déjà attiré des ennuis : vêtements déchirés ou retenues sur leur argent de poche, entre autres. Mais cette fois-ci, les risques dépassaient largement l'assignation à résidence dans une chambre, avec ordre de la ranger.

1. Il avait glissé sur une savonnette dans sa douche, à l'hôtel, en 83, au cours de ses vacances là-bas. Depuis, la simple vision d'un savon de Marseille pouvait provoquer chez lui des crises de flash-back presque fatales.

D'un autre côté, personne d'autre n'était disponible.

« Très bien, décida-t-il. Il nous faut des trucs, je crois. Une épée, une couronne et une balance. »

Ils le regardèrent fixement.

« Quoi, ici ? demanda Brian. On trouvera rien de tout ça par ici.

– Oh, chais pas, répondit Adam. Quand on pense à tous les jeux auxquels on a joué… »

♎

Comme pour apporter un point d'orgue à la journée du sergent Deisenburger, une voiture s'approcha. Elle flottait à plusieurs centimètres au-dessus du sol, car elle n'avait plus de pneus. Ni de peinture. Par contre, elle traînait derrière elle un sillage de fumée bleue et, quand elle fit halte, on entendit les petits bruits métalliques du métal qui refroidit après avoir été porté à haute température.

On aurait dit qu'elle avait des vitres en verre fumé. C'était simplement un effet provoqué par du verre ordinaire et un intérieur saturé de fumée.

La porte du conducteur s'ouvrit et des volutes de vapeurs asphyxiantes s'en échappèrent, suivies par Rampa.

Il agita la main pour chasser la fumée de son visage, cligna des yeux, puis transforma son geste en salut amical.

« Salut ? Ça va ? Est-ce que le monde est arrivé à expiration ?

– *Il refuse de nous laisser entrer, Rampa,* dit madame Tracy.

– Aziraphale ? C'est toi ? Très bien, ta robe », répondit Rampa d'un air distrait. Il ne se sentait pas très bien. Au fil des cinquante derniers kilomètres, il avait imaginé qu'une tonne de métal, de caoutchouc et de cuir en flammes était une automobile en parfait état de fonctionnement. La Bentley avait farouchement résisté. Le plus difficile avait été de continuer à faire rouler le tout après que les pneus radiaux tout temps avaient été entièrement consumés par les flammes. À côté de lui, les décombres de la Bentley s'effondrèrent brutalement sur leurs essieux tordus, quand il cessa d'imaginer qu'elle avait des pneus.

Il tapota une surface de métal assez chaude pour y frire des œufs.

« Les voitures modernes ne sont plus capables de ce genre de performances », dit-il avec amour.

Tout le monde le regardait.

On entendit un petit déclic électronique.

La barrière se levait. Le coffrage abritant le moteur électrique poussa un gémissement mécanique, puis abandonna la partie devant la puissance irrésistible qui actionnait la barrière.

« Hé, lança le sergent Deisenburger. Lequel d'entre vous a fait ça, bande de zouaves ? »

Zip. Zip. Zip. Zip. Et un petit chien avec des pattes qui semblaient floues.

Ils regardèrent passer sous la barrière quatre silhouettes qui pédalaient furieusement et qui disparurent à l'intérieur du camp.

Le sergent se reprit.

« Hé là », dit-il, mais sur un ton beaucoup moins assuré, cette fois-ci, « dans le lot, y avait un gosse accompagné dans un panier d'un extraterrestre sympa venu de l'espace, avec une tête en forme d'étron ?

– Je ne crois pas, répondit Rampa.

– Alors, dans ce cas, ils vont au-devant de gros ennuis », conclut le sergent Deisenburger. Il leva son arme. Fini de tourner autour du pot ! il avait des visions récurrentes de savonnettes. « Et vous aussi.

– J'te prévenions… commença Shadwell.

– *Tout ceci n'a que trop duré,* intervint Aziraphale. *Sois gentil, Rampa, mets un peu d'ordre dans tout ça.*

– Hmmm ? répondit Rampa.

– *C'est moi, le gentil. Tu n'espères quand même pas que je vais... oh, et puis zut ! On essaie de faire au mieux, et voilà où on se retrouve.* » Il claqua des doigts.

On entendit le *pop* d'un flash à l'ancienne, et le sergent Thomas A. Deisenburger disparut.

« *Euh...* fit Aziraphale.

– Z'avez vu ? » dit Shadwell, qui n'avait pas pleinement assimilé les problèmes de double personnalité de madame Tracy, « de l'enfance de l'art. Restez près eud'moué, zaurez rien à craindre.

– Bien joué, déclara Rampa. Je ne t'en aurais jamais cru capable.

– Non, reconnut Aziraphale. *Moi non plus, d'ailleurs. J'espère bien que je ne l'ai pas expédié dans un endroit épouvantable.*

– Tu ferais mieux de t'habituer tout de suite, conseilla Rampa. Contente-toi de les expédier. Mieux vaut ne pas trop s'inquiéter du lieu où ils arrivent. » Il paraissait fasciné. « Tu ne me présentes pas à ton nouveau corps ?

– *Oh ? Si. Si, bien sûr. Madame Tracy, je vous présente Rampa. Rampa, madame Tracy.* Enchantée.

– Entrons », fit Rampa. Il contempla avec tristesse les décombres de sa Bentley, puis se rasséréna. Une jeep se dirigeait résolument vers le portail, et elle paraissait bourrée de personnes prêtes à hurler des questions et à faire feu, sans trop se soucier de l'ordre dans lequel elles accomplissaient ces deux opérations.

Il se sentit mieux. Voilà qui correspondait davantage à ce qu'on pourrait appeler son domaine de compétence.

Il retira les mains de ses poches, les leva comme Bruce Lee et sourit comme Lee Van Cleef. « Ah, dit-il. Voici notre véhicule. »

Ils parquèrent leurs vélos à l'extérieur d'un des bâtiments bas. Wensleydale prit bien garde à poser l'antivol sur le sien. C'était un garçon qui prenait ce genre de précautions.

« Alors, ils vont ressembler à quoi, ces gens ? demanda Pepper.

– Ils pourraient ressembler à n'importe quoi, avoua Adam, perplexe.

– Ce sont des adultes, non ? insista Pepper.

– Oui, reconnut Adam. T'as jamais vu de gens plus adultes de toute ta vie, je suppose.

– C'est jamais bon de se bagarrer avec les adultes, fit Wensleydale, lugubre. On a toujours des ennuis.

– Inutile de te battre avec eux, dit Adam. Il te suffit de faire comme je t'ai dit. »

Les Eux regardèrent les objets qu'ils transportaient. Dans la catégorie outils pour réparer le monde, leur efficacité semblait sujette à caution.

« Comment on va les trouver, alors ? se demanda Brian avec perplexité. J'me souviens, quand on est venus pour la journée portes ouvertes, y a que des pièces partout. Que des pièces remplies de lumières qui clignotent. »

Adam contempla les bâtiments d'un air pensif. Les sirènes vocalisaient toujours leur tyrolienne.

« Eh ben y m'semble...

– Hé, qu'est-ce que vous fichez là, les gosses ? »

Ce n'était pas une voix menaçante à cent pour cent, mais elle arrivait au bout du rouleau. Elle appartenait à un officier qui avait passé dix minutes à tenter de tirer au clair un monde impénétrable, où les sirènes se déclenchaient toutes seules et où les portes refusaient de s'ouvrir. Deux soldats tout aussi épuisés se tenaient derrière lui, légèrement mystifiés quant à la conduite à adopter face à quatre petits délinquants juvéniles blancs, dont un vaguement de sexe féminin.

« Vous inquiétez pas pour nous, leur lança Adam d'une voix dégagée. On regarde, c'est tout.

– Vous allez… commença le lieutenant.

– Dormez, leur dit Adam. Contentez-vous de dormir. Vos soldats vont s'endormir, eux aussi. Comme ça, vous risquerez rien. Endormez-vous tous immédiatement. »

Le lieutenant le regarda en tentant de focaliser sa vision sur lui. Puis il s'abattit en avant.

« Super », fit Pepper, tandis que le reste de la troupe s'écroulait, « t'as fait ça comment ?

– Eh ben, répondit Adam avec prudence, tu te souviens de cette histoire d'hypnotisme qu'on n'a jamais réussi à faire marcher, dans le *Guide pour les garçons des 101 façons de s'amuser* ?

– Oui ?

– Eh ben, voilà, c'est un peu ça, sauf que j'ai trouvé comment il faut faire. » Il se retourna vers le centre de communications.

Il se prépara, et son corps se déplia, abandonnant son habituelle attitude avachie, pour une posture droite qui aurait fait la fierté de Mr Tyler.

« Bien », dit-il.

Il réfléchit un instant.

« Venez et voyez », dit-il ensuite.

Si on retirait la Terre en ne laissant en place que l'électricité, elle ressemblerait à la plus belle dentelle jamais tissée – une boule de fils d'argent scintillant, avec çà et là la flèche chatoyante d'un faisceau satellite. Même les zones sombres luiraient, grâce aux ondes radar et aux réseaux de radios commerciales. L'ensemble pourrait constituer le système nerveux d'un immense animal.

Par-ci, par-là, les grandes villes forment des nœuds dans la toile, mais pour l'essentiel, l'électricité n'est que du muscle, si l'on peut dire, employé aux travaux grossiers. Pourtant, depuis une cinquantaine d'années, les gens ont doté l'électricité d'un cerveau.

Et maintenant, elle vivait, tout comme le feu est vivant. Des circuits se fermaient et se soudaient en place. Des relais fondaient. Au cœur de puces de silicone dont l'architecture microscopique ressemblait à un plan miniature de Los Angeles s'ouvraient de nouvelles avenues. À des centaines de kilomètres de là, des alarmes retentissaient dans des chambres fortes confidentielles et des hommes horrifiés contemplaient ce qu'affichaient leurs écrans. De lourdes portes d'acier se refermaient délibérément sur des montagnes secrètement évidées, laissant de l'autre côté les gens marteler le vantail de leurs poings et se colleter avec des fusibles fondus. Dans certains déserts ou toundras, des pans de terrain s'escamotaient pour ouvrir à l'air libre des tombes climatisées, et des silhouettes massives se mettaient pesamment en position.

L'électricité désertait ses cours normaux pour irriguer des zones qui auraient dû lui être interdites. Dans les villes, les feux de circulation s'éteignirent, vite imités par l'éclairage urbain, et enfin par toutes les lumières. Les ventilateurs ralentirent, hésitèrent et s'arrêtèrent. Les résistances des radiateurs virèrent au noir. Les ascenseurs se bloquèrent. Les stations de radio s'étranglèrent, leur musique douce réduite au silence.

On a prétendu que vingt-quatre heures et deux repas chauds étaient tout ce qui séparait la civilisation de la barbarie.

La nuit s'étendait lentement sur la Terre en rotation. La planète aurait dû être piquetée de lumières. Ce n'était pas le cas.

Il y avait cinq milliards d'êtres humains, là en bas. À côté de ce qui allait bientôt se passer, la barbarie allait ressembler à un banal pique-nique – chaud et pénible, avant que les fourmis n'attaquent.

La Mort se redressa. Il semblait écouter attentivement. Quoi ? La question restait entière.

IL EST ARRIVÉ, dit-il.

Les trois autres levèrent la tête. Il y eut un changement quasi impalpable dans leur attitude. Un instant avant que la Mort ne parle, leur être, la partie de leur être qui ne marchait pas, qui ne s'exprimait pas comme des êtres humains, avait été déployée sur le monde. Maintenant, ils étaient de retour.

Plus ou moins.

Ils avaient en eux quelque chose d'étrange. Comme on peut porter des vêtements mal ajustés, ils portaient des corps qui ne leur allaient pas. Famine ressemblait à une radio mal réglée sur la station émettrice, si bien que le signal dominant – celui d'un homme d'affaires agréable, entreprenant, comblé – commençait à s'enliser sous les très anciens et très horribles parasites de sa personnalité de base. L'épiderme de Guerre luisait de transpiration. Celui de Pollution luisait, simplement.

« Tout… est en place », annonça Guerre, s'exprimant avec difficulté. « Il ne reste plus… qu'à laisser faire.

– Il n'y a pas que le nucléaire, développa Pollution. Il y a les produits chimiques. Des milliers de litres de produits dans de… petits réservoirs dispersés dans le monde entier. Des liquides splendides… avec des noms à dix-huit syllabes. Et les… vieux classiques. On dira tout ce qu'on voudra. Le plutonium peut bien nuire pendant des millénaires, mais l'arsenic est éternel.

– Et ensuite… l'hiver, compléta Famine. J'aime tant l'hiver. L'hiver donne une impression de… pureté.

– Ils vont récolter… ce qu'ils ont semé, déclara Guerre.

– Finies les récoltes », annonça froidement Famine.

Seule la Mort n'avait pas changé. Certaines choses ne changent jamais.

Les Quatre quittèrent le bâtiment. On remarquait que Pollution, quoiqu'il marchât, donnait l'impression de se répandre.

Et Anathème et Newton Pulsifer le remarquèrent.

C'était le premier bâtiment vers lequel ils se dirigeaient. Il semblait plus prudent de se mettre à l'abri plutôt que de rester dehors, où tout le monde s'agitait beaucoup. Anathème avait poussé une porte couverte de panneaux qui laissaient entendre que c'était une fatale erreur. Le vantail s'était ouvert docilement, pour se refermer et se verrouiller derrière eux.

Ils n'avaient guère eu le temps d'en débattre, après le passage des Quatre.

« C'était qui ? demanda Newt. Un genre de terroristes ?

– D'une façon très belle et bonne, je crois que tu as mis dans le mille, fit Anathème.

– Et cette conversation bizarre, c'était à quel sujet ?

– Peut-être bien la fin du monde, si tu veux mon avis. Tu as remarqué leurs auras ?

– Je peux pas vraiment dire, non.

– Pas belles du tout.

– Oh !

– En fait, c'étaient des auras négatives.

– Ah ?

– Comme des trous noirs.

– Et c'est pas bon, ça ?

– Non. »

Anathème jeta un œil noir sur les rangées d'armoires métalliques. Pour une seule et unique fois, en cet instant précis, simplement parce que ce n'était plus pour de rire mais bien réel, la machinerie qui allait provoquer la fin du monde, ou du moins de la tranche de monde qui s'étendait entre deux mètres de profondeur et la couche d'ozone, n'obéissait pas aux clichés traditionnels. On ne voyait aucun grand bidon rouge environné de lumières clignotantes. Pas de fils électriques entortillés, avec une pancarte « Coupez ici ». Pas d'écran digital affichant des numéros d'une taille suspecte, comptant à rebours vers un zéro qu'on parviendrait à éviter à quelques secondes de la fin. Ici, les armoires métalliques paraissaient massives, pesantes et tout à fait imperméables à un quelconque héroïsme de dernière minute.

« Il ne reste plus qu'à laisser faire quoi ? demanda Anathème. Ils ont déclenché quelque chose, non ?

– Il y a peut-être un interrupteur ? Je suis sûr qu'en cherchant un peu…

– Ce genre d'appareil est directement connecté à l'alimentation électrique. Ne dis pas de bêtises. Je croyais que tu connaissais parfaitement ces machines. »

Newt lui adressa un hochement de tête désemparé. Il était loin des articles de *L'Électronique à la portée de tous.* Pour se donner une contenance, il jeta un coup d'œil derrière les armoires.

« Communications à l'échelle mondiale, marmonna-t-il. On pourrait pratiquement tout faire. Moduler la puissance principale, se brancher sur les satellites. Absolument tout. On pourrait » *tchak* « aïe, on pourrait » *fritch* « ouille, demander aux choses de faire » *zaaakk* « nnngh, à peu près » *tschaaff* « ouh…

– Comment tu te débrouilles là-dedans ? »

Newt se suçota le bout des doigts. Jusqu'ici il n'avait rien trouvé qui ressemblât à un transistor. Il s'enveloppa la main dans un mouchoir et arracha deux ou trois cartes à leur logement.

Un jour, un des magazines d'électronique auxquels il était abonné avait publié un plan de circuit-gag, dont le non-fonctionnement était garanti. « Enfin, avaient-ils écrit avec humour, voici quelque chose que tous les maladroits parmi vous vont pouvoir monter ; ils auront l'assurance que, si rien ne se passe, c'est que tout fonctionne comme prévu. » Les diodes étaient installées à l'envers, les transistors arrangés en dépit du bon sens, et la batterie était à plat. Newton l'avait assemblé, et il avait capté Radio Moscou. Il leur avait adressé une lettre de réclamation, mais on ne lui avait jamais répondu.

« Je ne sais pas si j'améliore vraiment la situation, dit-il.

– James Bond se contente de dévisser des trucs.

– Pas seulement de dévisser », répliqua Newt, dont l'humeur se dégradait. « Et je ne suis pas » *zhip* « James Bond. Si j'étais James Bond », *whizzz* « les méchants m'auraient indiqué depuis longtemps toutes les manettes de contrôle de la machine infernale, et ils m'auraient expliqué comment fonctionnent ces saloperies, non ? » *Fwizzpt* « Seulement, ça ne se passe pas comme ça dans la réalité ! *Je ne sais pas* ce qui se passe, et je ne peux *rien* arrêter. »

Les nuages s'épaississaient sur l'horizon. Au-dessus, le ciel était encore dégagé. Seule une légère brise fripait l'atmosphère. Mais ce n'était pas une atmosphère normale. Elle avait un aspect cristallin, si bien qu'en tournant la tête, il semblait qu'on pourrait découvrir de nouvelles facettes. Elle scintillait. S'il fallait trouver un mot pour la décrire, *grouiller* vous venait perfidement en tête. Grouillait d'êtres immatériels qui n'attendaient que l'instant idéal pour se doter d'une présence très matérielle.

Adam leva les yeux. En un certain sens, au-dessus, le ciel était clair. En un autre sens, les armées du Ciel et de l'Enfer, aile à aile, s'étiraient à l'infini. Si on y regardait de très près et qu'on avait été spécialement entraîné, on pouvait faire la différence.

Le silence enserrait dans sa poigne la bulle du monde.

La porte du bâtiment s'ouvrit et les Quatre en émergèrent. Trois d'entre eux ne possédaient plus qu'un vague soupçon d'humanité – ils ressemblaient à des agrégats humanoïdes de tout ce qu'ils symbolisaient ou incarnaient. À côté d'eux, la Mort était presque belle. Son grand manteau de cuir et son casque à visière sombre s'étaient transformés en une robe à capuchon, mais il ne s'agissait que de simples détails. Un squelette, même ambulant, est humain, au moins ; chaque être vivant porte en lui la Mort sous une certaine forme.

« En fait, insista Adam, ils ne sont pas vraiment là. C'est comme des cauchemars, en réalité.

– Mais on… on dort pas », fit remarquer Pepper.

Toutou geignit et tenta de se dissimuler derrière Adam.

« Çui-là, on dirait qu'il est en train de fondre », dit Brian en montrant du doigt la menaçante silhouette, si on peut la définir ainsi, de Pollution.

« Eh ben, tu vois, répliqua Adam pour l'encourager. Ça peut pas être vrai, non ? C'est pas raisonnable. Un truc comme ça, ça peut pas exister vraiment. »

Les Quatre s'arrêtèrent à quelques mètres d'eux.

LA TÂCHE EST ACCOMPLIE, dit la Mort. Il se pencha un peu en avant et posa ses orbites vides sur Adam. Il était difficile de juger s'il était surpris.

« Oui, bon, fit Adam. Le problème, c'est que je veux pas que vous fassiez ça. Je vous ai jamais rien demandé. »

La Mort regarda ses trois acolytes, puis ramena son attention sur Adam.

Derrière eux, une jeep dérapa en freinant à mort. Tous deux l'ignorèrent.

JE NE COMPRENDS PAS, dit la Mort. VOTRE SEULE EXISTENCE IMPLIQUE FORCÉMENT LA FIN DU MONDE. C'EST ÉCRIT AINSI.

« Je ne vois pas pourquoi quelqu'un est allé écrire des bêtises pareilles, répondit calmement Adam. Le monde est plein de choses super et j'ai pas encore tout vu, et je veux pas qu'on le casse ou qu'on l'arrête avant que j'aie eu le temps de les découvrir. Alors, vous pouvez vous en aller. »

(*« Le voilà, Mr Shadwell, c'est lui »,* dit Aziraphale, dont les mots furent rongés par le doute, alors même qu'il les prononçait, *« celui qui… porte… un T-shirt… »*)

La Mort contempla Adam.

« Tu… fais partie… de nous, déclara Guerre entre ses dents qui ressemblaient à des balles magnifiques.

– *C'est accompli. Nous recréons… le… monde »,* déclara Pollution d'une voix qui semblait sourdre de bidons rouillés, pour s'insinuer dans la nappe phréatique.

« Tu… nous… guides », dit Famine.

Et Adam hésita. Des voix au fond de lui criaient toujours que c'était la vérité, que le monde lui appartenait aussi, et qu'il lui suffisait de faire demi-tour et de les conduire à travers une planète désemparée. C'étaient des gens selon son cœur.

En rangs serrés au-dessus de lui, les armées célestes attendaient le Signal.

(« J'pouvions point lui tirer eud'ssus ! C'est qu'un loupiot !

– *Euh,* fit Aziraphale. *Euh. Oui. Il vaudrait peut-être mieux patienter un peu. Qu'est-ce que tu en penses ?*

– Tu veux attendre qu'il grandisse ? » rétorqua Rampa.)

Toutou commença à gronder.

Adam regarda les Eux. C'étaient *aussi* des gens selon son cœur.

Il suffisait de décider qui étaient ses vrais amis.

Il se retourna vers les Quatre.

« Allez-y », déclara Adam d'une voix calme.

La nonchalance, les marmonnements avaient disparu de sa voix. Elle possédait des harmoniques étranges. Personne d'humain n'aurait pu désobéir à une telle voix.

Guerre éclata de rire, et regarda les Eux avec intérêt.

« Des petits garçons qui s'amusent avec leurs jouets, dit-elle. Réfléchissez à tous les jouets que je peux vous offrir… pensez à tous les *jeux*. Je peux vous faire tomber amoureux de moi, petits garçons. De petits garçons avec leurs petits fusils. »

Elle rit encore, mais son bégaiement de mitrailleuse mourut quand Pepper s'avança en levant un bras tremblant.

Ce n'était pas une très belle épée, mais c'était ce qu'on pouvait faire de mieux avec deux morceaux de bois et une ficelle. Guerre la regarda.

« Je vois, dit-elle, *mano a mano,* hein ? » Elle tira sa propre épée et la leva de telle façon qu'elle produisit le bruit d'un doigt qu'on promène sur le rebord d'un verre en cristal.

Quand les armes se croisèrent, il y eut un éclair.

La Mort regarda Adam dans les yeux.

On entendit un lamentable tintement.

« N'y touche pas ! » lança Adam, sans bouger la tête.

Les Eux contemplèrent l'épée qui tanguait encore sur la voie bétonnée.

« " De petits garçons " », répéta Pepper, ulcérée. Tôt ou tard, il faut décider à quelle bande on appartient.

« Mais… mais, bafouilla Brian. Elle a été comme aspirée par l'épée… »

Entre Adam et la Mort, l'air commença à onduler, comme sous l'effet de la chaleur.

Wensleydale leva les yeux et plongea son regard dans les orbites caves de Famine. Il brandit quelque chose qui, avec un peu d'imagination, pouvait ressembler à une balance à deux plateaux, elle aussi faite de branchages et de ficelle. Puis il la fit tournoyer au-dessus de sa tête.

Famine leva le bras pour se protéger.

Il y eut un nouvel éclair, puis le son métallique d'une balance rebondissant sur le sol.

« Ne… touchez… à rien », dit Adam.

Pollution avait déjà commencé à courir, ou, du moins, à couler rapidement, mais Brian arracha le cercle d'herbes tressées qu'il portait sur la tête et le lança. Le cercle n'aurait pas dû se comporter ainsi, mais une force l'emporta des mains de Brian pour le faire vibrer comme un disque.

Cette fois-ci, l'explosion fut une flamme rouge au cœur d'une colonne de fumée noire, et elle sentait le pétrole.

Avec un petit roulement aigrelet, une couronne d'argent noirci émergea de la fumée pour tourner sur elle-même comme une pièce de monnaie en bout de course.

Cette fois-ci au moins, inutile de prévenir qu'il ne fallait rien toucher. Sa façon de luire n'était pas naturelle, pour du métal.

« Où sont-ils partis ? demanda Wensley.

À LEUR PLACE, répondit la Mort, soutenant toujours le regard d'Adam. À L'ENDROIT OÙ ILS ONT TOUJOURS VÉCU. DANS L'ESPRIT DES HOMMES.

Il adressa un sourire à Adam.

On entendit un bruit de déchirement. Les robes de la Mort se fendirent et ses ailes se déployèrent. Des ailes d'ange. Mais elles n'avaient pas de plumes. C'étaient des ailes de nuit, des ailes dont la forme se découpait dans le tissu de la création jusqu'à atteindre le substrat de ténèbres, où luisaient quelques étoiles, des lumières qui étaient peut-être des étoiles, ou peut-être tout autre chose.

MAIS MOI, dit-il, JE NE SUIS PAS COMME EUX. JE SUIS AZRAËL. ON M'A CRÉÉ POUR SERVIR D'OMBRE À LA CRÉA-

TION. TU NE PEUX PAS ME DÉTRUIRE SANS DÉTRUIRE LE MONDE EN MÊME TEMPS.

Le feu de leurs regards s'apaisa. Adam se gratta le nez.

« Oh, chais pas, dit-il. Y a peut-être moyen. » Il lui retourna son rictus narquois.

« Mais bref, ça va prendre fin, maintenant, poursuivit-il. Toutes ces histoires de machines. Tu dois m'obéir, en ce moment, et je te dis qu'il faut tout arrêter. »

La Mort haussa les épaules. ÇA S'ARRÊTE DÉJÀ, dit-il. SANS EUX, et il indiqua les lamentables vestiges des trois autres Cavaliers, RIEN NE PEUT SE POURSUIVRE. L'ENTROPIE NORMALE TRIOMPHE. La Mort leva une main osseuse pour esquisser ce qui aurait pu être un salut.

ILS REVIENDRONT, dit-il. ILS NE SONT JAMAIS BIEN LOIN.

Ses ailes claquèrent, une seule fois, comme un coup de tonnerre, et l'ange de la Mort disparut.

« Bien, déclara Adam dans le vide. Très bien. Rien ne va arriver. Tout ce qu'ils ont mis en route... il faut que ça cesse tout de suite. »

Désemparé, Newt considéra les étagères de matériel.

« Ils pourraient quand même avoir un manuel d'instructions quelque part, dit-il.

– On pourrait vérifier ce que suggère Agnès, proposa Anathème.

– Ben voyons, rétorqua Newt. Quoi de plus logique ? Saboter du matériel électronique du XXe siècle avec le secours d'un bouquin datant du XVIIe siècle ? Qu'est-ce qu'elle connaissait aux transistors, Agnès ?

– Eh bien, mon grand-père a assez habilement interprété la prédiction n° 3328 en 1948, et il a réussi des investissements plutôt judicieux. Elle ne savait pas comment on allait appeler ça, bien entendu, et elle n'était pas très bien renseignée sur l'électricité en général, mais...

– C'était une question purement rhétorique.

– Et puis, il ne s'agit pas de faire fonctionner les choses, mais de les arrêter. Nous n'avons pas besoin de connaissances pour ça, mais d'ignorance. »

Newt poussa un soupir de capitulation.

« Très bien, concéda-t-il avec lassitude. Essayons. Passe-moi une prédiction. »

Anathème tira une carte au hasard.

« *Il n'eft point qui il prétendoit eftre,* lut-elle. C'est le numéro 1002. Très simple. Une idée ?

– Bon, écoute », fit Newt, au désespoir, « ce n'est pas le meilleur moment pour parler de ça, mais… » il déglutit « … en fait, je ne suis pas très doué en électronique. Pas très doué du tout.

– Tu disais être ingénieur en informatique, si je me souviens bien.

– J'ai exagéré. En fait, on ne peut pas exagérer davantage. Pour être exact, je suppose qu'on pourrait dire que c'était plutôt une hyperbole. J'irai jusqu'à dire que c'était en fait… » Newt ferma les yeux « … une affabulation.

– Un mensonge, tu veux dire ? demanda Anathème avec douceur.

– Oh, je n'irais pas jusque-là. Quoique… Je ne suis pas ingénieur en informatique, en fait. Pas du tout. C'est même le contraire.

– Et c'est quoi, le contraire ?

– Eh bien, si tu tiens à le savoir, chaque fois que j'essaie de faire fonctionner quelque chose, ça tombe en panne. »

Anathème lui adressa un petit sourire radieux et adopta une pose théâtrale, comme celle de l'assistante vêtue de paillettes au cours de tous les tours de prestidigitation, au moment où elle recule pour laisser découvrir le résultat.

« Ta-DAM », fit-elle.

Et elle ajouta : « Répare-moi ça.

– Hein ?
– Améliore la machine, lui demanda-t-elle.
– Je ne sais pas. Je suis pas sûr de savoir comment faire. » Newt posa la main sur la plus proche armoire.
Un bruit dont il n'avait pas réalisé la présence s'arrêta brusquement, et un piaulement de générateurs redescendit la gamme des sons. Les voyants du panneau de contrôle clignotèrent et s'éteignirent presque tous.
Partout dans le monde, des gens qui se battaient pour actionner des interrupteurs découvrirent qu'ils avaient déjà été enclenchés. Des coupe-circuits mirent fin à leur emprise. Les ordinateurs arrêtèrent de planifier la Troisième Guerre mondiale pour reprendre leur surveillance routinière de la stratosphère. Au cœur de bunkers enfouis dans les profondeurs de Novya Zemla, des hommes constatèrent que les fusibles qu'ils cherchaient frénétiquement à arracher leur restaient soudain dans les mains ; au fond des casemates terrées sous le Wyoming et le Nebraska, des hommes en treillis cessèrent de hurler et de se menacer réciproquement de leurs armes, et ils auraient vidé une bonne bière si l'alcool avait été autorisé sur les bases de missiles. Ce n'était pas le cas, mais ils en burent une quand même.
Les lumières se rallumèrent. La civilisation interrompit sa glissade vers le chaos, et commença à rédiger des lettres aux journaux, pour déplorer cette façon qu'avaient les gens de s'énerver de façon disproportionnée pour les raisons les plus futiles, de nos jours.
À Tadfield, les machines cessèrent d'irradier le danger. Un élément qui les avait envahies s'était évaporé, un élément sans rapport avec l'électricité.
« Mince, fit Newt.
– Eh bien voilà, dit Anathème. Tu l'as nettement améliorée. On peut toujours faire confiance à Agnès, crois-moi. Et maintenant, filons d'ici. »

« *Il n'avait pas l'intention de passer aux actes !* s'écria Aziraphale. *Qu'est-ce que je t'ai toujours dit, Rampa ? Si on prend la peine de regarder au plus profond des gens, on découvre qu'au fond, ils sont tout à fait...*

– Ce n'est pas terminé », annonça froidement Rampa.

Adam se retourna et parut les remarquer pour la première fois. Rampa n'avait pas l'habitude que les gens l'identifient si vite, mais Adam le regarda comme si l'histoire personnelle de Rampa était placardée au fond de son crâne et qu'Adam soit en train de la lire. Pendant un instant, il connut une vraie terreur. Il avait toujours cru que celle qu'il avait éprouvée avant était authentique, mais ce n'était qu'une banale peur abjecte, comparé à cette sensation nouvelle. Ceux d'En Bas pouvaient vous faire cesser d'exister en... eh bien, en vous soumettant à une quantité insupportable de souffrances. Mais cet enfant, lui, pouvait non seulement vous faire cesser d'exister d'une seule pensée, mais il était probablement capable d'arranger les choses de telle façon que vous n'auriez jamais existé.

Le regard d'Adam glissa jusqu'à Aziraphale.

« 'Scusez-moi, pourquoi vous êtes deux personnes ? demanda-t-il.

– *Ma foi,* répondit Aziraphale, *c'est une longue...*

– C'est pas normal, d'être à deux. Je suppose qu'y vaut mieux que vous redeveniez deux gens séparés. »

Il n'y eut pas d'effets spéciaux ostentatoires. Aziraphale apparut simplement, assis à côté de madame Tracy.

« Ooh, ça chatouille », dit-elle. Elle regarda Aziraphale de haut en bas. « Oh, déclara-t-elle d'une voix légèrement déçue. Je vous imaginais plus jeune. »

Shadwell, jaloux, fulmina en regardant l'ange et releva le chien de son arquebuse d'une façon qui se voulait lourde de sens.

Aziraphale contempla son nouveau corps qui, malheureusement, ressemblait beaucoup à l'ancien, même si le manteau était plus propre.

« Eh bien, voilà, c'est fini, dit-il.

– Non, répliqua Rampa. Ce n'est pas fini, vois-tu. Pas du tout. »

Maintenant, les nuages se trouvaient au-dessus d'eux, et ils se tordaient comme une casserole de tagliatelles bouillant au grand galop.

« Tu vois », poursuivit Rampa, la voix emplie d'une noirceur fataliste, « rien n'est aussi simple. On pense que les guerres commencent parce qu'un vague duc s'est fait tirer dessus, que quelqu'un a coupé l'oreille de quelqu'un d'autre, ou qu'on a installé des missiles à l'endroit qu'il ne fallait pas. Ça n'est pas ça du tout. Ce sont juste des... eh bien, des *raisons*, mais elles n'ont aucun rapport. En réalité, les guerres commencent parce que deux factions ne peuvent plus se supporter. Alors, la pression monte de part et d'autre, et finalement, le premier prétexte venu fait l'affaire. N'importe quoi. Comment t'appelles-tu... euh... mon garçon ?

– C'est Adam Young », annonça Anathème en arrivant sur les lieux, Newt sur ses talons.

« C'est ça : Adam Young, confirma Adam.

– Bien joué. Tu as sauvé le monde. Prends une demi-journée de repos, lui dit Rampa. Mais ça ne changera rien.

– Je crois que tu as raison, dit Aziraphale. Je pense que les miens ont envie de voir s'accomplir l'Apocalypse. C'est très triste.

– Est-ce que quelqu'un aurait l'obligeance de nous expliquer ce qui se passe ? » intima sévèrement Anathème en croisant les bras.

Aziraphale haussa les épaules. « C'est une très longue histoire...

Anathème redressa le menton. « Eh bien, allez-y.

– D'accord. Au Commencement... »

Un éclair jaillit, frappa le sol à quelques mètres d'Adam et resta en place, en une colonne trépidante qui s'élargit à la base, comme si l'électricité emplissait un moule invisible. Les humains reculèrent jusqu'à la jeep.

La foudre disparut. Un jeune homme de feu doré se tenait au même endroit.

« Ô misère ! fit Aziraphale. C'est lui.

– Lui qui ? demanda Rampa.

– La Voix de Dieu, répondit l'ange. Le Métatron. »

Les Eux écarquillaient les yeux.

Puis Pepper déclara : « Non, c'est pas lui. Le Métatron, il est en plastique, pis il a des canons laser, pis il peut se transformer en hélicoptère.

– Tu confonds avec le Mégatron Cosmique, intervint Wensleydale d'une petite voix. J'en ai eu un, mais la tête s'est cassée. Je crois que celui-là, c'est autre chose. »

Le beau regard vide se posa sur Adam Young, puis se détourna brusquement pour considérer le béton à côté de lui, qui était entré en ébullition.

Une silhouette monta du sol en fusion à la façon d'un roi des démons dans une pantomime. Mais de cette pantomime-là, personne ne serait sorti vivant, et il aurait fallu incendier le théâtre sous la supervision d'un prêtre après la représentation. Elle ne différait guère de la silhouette précédente, sinon que ses flammes étaient rouge sang.

« Hem, bafouilla Rampa en tentant de se ratatiner dans son fauteuil. Euh, salut... »

La chose rouge ne lui accorda que le plus bref des regards, comme si elle enregistrait sa présence en vue de consommation ultérieure, puis elle dévisagea Adam.

Quand elle parla, sa voix évoquait le décollage précipité d'un million de mouches.

Le démon bourdonna un mot qui donna aux auditeurs humains l'impression de sentir une lime remonter le long de leur colonne vertébrale.

Il s'adressait à Adam, qui répondit : « Hein ? Non, j'vous l'ai déjà dit. Je m'appelle Adam Young. » Il toisa le nouveau venu. « Et vous ?

– Belzébuth, lui annonça Rampa. C'est le Seigneur des…

– Merzzi, Rampza, dit Belzébuth. Il faudra que nous zzzayons une converszzation zzérieuzze. Je zzzuis zzzertain que tu as beaucoup de chozzes à me dire.

– Hem, vous voyez, en fait, ce qui s'est passé, c'est que…

– Zzzilenzze !

– Bien. Très bien, s'empressa de dire Rampa.

– Parfait. Adam Young, dit le Métatron, même si nous avons apprécié ton aide jusqu'ici, bien entendu, nous insistons pour que l'Apocalypse ait lieu *tout de suite*. Il y aura probablement quelques inconvénients passagers, mais ils peuvent difficilement entraver l'instauration du plus grand Bien.

– Ah, souffla Rampa à l'adresse d'Aziraphale, il veut dire que nous devons détruire le monde pour le sauver.

– Quant à zzavoir ce qu'ils zzzentravent, zzze n'est pas zzencore dézzzidé, zonzonna Belzébuth. Mais la dézzizzion doit zzze faire immédiatement, mon garzzon. Tel est ton dezztin. C'est écrit ainzzi. »

Adam prit une profonde inspiration. Les spectateurs humains retinrent leur souffle. Pour leur part, Rampa et Aziraphale avaient oublié depuis longtemps comment on respire.

« Je vois vraiment pas pourquoi il faut que tout le monde et toute la Terre soient brûlés et tout, répondit Adam. Y a des millions de poissons et de baleines, et des arbres et… et des moutons et… tout ça. Et c'est même pas pour une raison importante. C'est juste pour voir qui a la bande la plus forte. C'est comme nous et les Johnsoniens. Mais même si vous gagnez, vous pouvez pas vraiment battre les gens d'en face, parce que vous y tenez pas réellement. Enfin, pas une fois pour toutes, j'veux dire. Vous allez juste recommencer à zéro, et continuer d'envoyer des types comme eux », il indiqua du doigt Rampa et Aziraphale « pour que les gens sachent plus où ils en sont. C'est déjà assez difficile d'être les gens, sans que d'autres viennent vous brouiller les idées. »

Rampa se tourna vers Aziraphale.

« Les Johnsoniens ? » chuchota-t-il.

L'ange haussa les épaules. « Une secte schismatique primitive, je crois, répondit-il. Proche des Gnostiques. Comme les Ophites. » Son front se plissa. « À moins que ce ne soient les Séthites ? Non, je confonds avec les Collyridiens. Ô misère ! Je suis désolé, il y en a des centaines, c'est tellement difficile de ne pas se perdre.

– Des gens à qui on a brouillé les idées, murmura Rampa.

– Tout cela importe peu ! s'écria le Métatron. Le but ultime de la création de la Terre, du Bien et du Mal…

– J'vois pas ce qu'il y a de super à créer des gens comme ils sont, et puis à s'énerver parce qu'ils se conduisent comme des gens, intervint Adam avec sévérité. Et puis, de toute façon, si vous arrêtiez de dire aux gens que tout s'arrange après leur mort, ils commenceraient peut-être à mettre leurs affaires en ordre pendant qu'ils sont encore vivants. Si c'était moi le chef, j'essaierais de faire vivre les gens plus longtemps, autant que Mathusalem. Ça serait drôlement plus intéressant. Et puis, ils commenceraient peut-être à réfléchir à ce qu'ils font à l'environnement et à l'écologie, parce qu'ils seraient toujours là dans un siècle.

– Ah ! » dit Belzébuth, et il commença bel et bien à sourire. « Tu veux dominer le monde. Voilà qui rezzemble pluzz à ton Pèr...

– J'ai bien réfléchi, et je veux pas », dit Adam en se tournant à demi pour adresser un petit signe de tête encourageant aux Eux. « J'veux dire : y a des trucs qu'il vaudrait mieux changer, mais chuppose qu'y aurait des gens qui viendraient me voir pour que j'arrange plein de machins tout le temps, que je les débarrasse de leurs ordures, et que je fasse d'autres arbres, et ça sert à quoi, tout ça ? C'est comme s'il fallait que je range la chambre des gens à leur place.

– T'as jamais rangé la tienne, fit Pepper dans son dos.

– J'ai jamais parlé de ma chambre », dit Adam, en faisant référence à une pièce dont la moquette avait disparu à la vue des mortels depuis plusieurs années. « Je parle des chambres en général. Pas de la mienne en particulier. C'est une métaforte. C'est tout ce que je dis. »

Belzébuth et le Métatron se regardèrent.

« Enfin, bref, c'est déjà dur de devoir tout le temps imaginer des trucs pour pas que Pepper, Wensley et Brian s'embêtent, mais le monde, j'en ai tout ce qui me faut. Merci bien. »

Le visage du Métatron commença à adopter l'expression caractéristique de tous ceux qui étaient confrontés aux raisonnements bien particuliers d'Adam.

« Tu ne peux pas refuser ta nature, finit-il par dire. Voyons : ta naissance et ton destin font partie du Grand Plan. Il *faut* que les choses se déroulent ainsi. Tous les choix ont été faits.

– Zzz'est bien joli de jouer les rebelles, renchérit Belzébuth, mais il y a des chozzes plus zzzimportantes. Tu dois comprendre !

– Je joue pas les rebelles, répliqua Adam sur un ton raisonnable. J'esplique. Y m'semble que vous pouvez pas reprocher aux gens d'espliquer. Il me semble que ça serait bien mieux si vous arrêtiez de vous battre et que vous regardiez ce que font les gens. Si vous arrêtiez de les embêter, peut-être qu'ils commenceraient à réfléchir comme il faut et qu'ils arrêteraient de pas faire attention au monde. Je dis pas qu'ils le feraient, ajouta-t-il par souci d'honnêteté, mais c'est possible.

– Ça n'a aucun sens, déclara le Métatron. On ne peut agir à l'encontre du Grand Plan. Il faut que tu réfléchisses. C'est dans tes gènes. Réfléchis. »

Adam hésita.

Le fleuve ténébreux était toujours prêt à renverser le sens de son courant, son souffle flûté murmurait *oui, c'est ça, voilà la finalité profonde, tu dois obéir au Grand Plan, tu en fais partie...*

La journée avait été rude. Il était épuisé. Sauver le monde, c'est très fatigant quand on a un corps de onze ans.

Rampa enfouit la tête dans ses mains. « Un instant, un seul instant, j'ai cru qu'on avait un espoir, dit-il. Il leur avait fait se poser des questions. Oh, après tout, c'était déjà bien beau d'obtenir un dél... »

Il fut conscient qu'Aziraphale s'était levé.

« Excusez-moi », fit l'ange.

Le trio le regarda.

« Ce Grand Plan, dit-il, est-ce qu'il ne s'agirait pas du Plan *Ineffable* ? »

Il y eut un instant de silence.

« C'est le Grand Plan, répondit le Métatron d'une voix sans inflexion. Tu le connais bien : *il y aura un monde qui durera six mille ans, et il s'achèvera par...*

– Oui, oui. Ça, c'est le Grand Plan », reconnut Aziraphale. Il parlait sur un ton poli et respectueux, mais avec l'attitude de quelqu'un qui vient de poser une question importune dans une réunion politique et qui ne partira pas avant d'avoir eu une réponse. « Je demandais simplement s'il était également ineffable. Je tiens juste à ce que ce détail soit précisé.

– Quelle importance ? trancha le Métatron. C'est forcément la même chose ! »

Forcément ? pensa Rampa. Ils n'en sont pas sûrs. Il commença à sourire comme un idiot.

« Donc, vous n'en êtes pas certains à cent pour cent ? insista Aziraphale

– On ne nous a pas accordé de comprendre le Plan *Ineffable,* répliqua le Métatron, mais bien entendu, le Grand Plan…

– Mais le Grand Plan ne peut être qu'une portion infime de l'ineffabilité générale, intervint Rampa. Vous ne pouvez pas être sûrs que ce qui se passe actuellement n'est pas correct, d'un point de vue ineffable.

– Zz'est écrit ! beugla Belzébuth.

– Mais c'est peut-être écrit d'une autre façon ailleurs, répondit Rampa. À un endroit où vous ne pouvez pas lire ce qui est écrit.

– En lettres plus grosses, ajouta Aziraphale.

– Et soulignées, précisa Rampa.

– De deux traits, suggéra Aziraphale.

– Peut-être que ce n'est pas seulement le monde qu'on met à l'épreuve, fit Rampa. Peut-être que vous aussi, on vous teste. Hmmm ?

– Dieu ne plaisante pas avec Ses loyaux serviteurs », répliqua le Métatron, mais sa voix contenait une nuance d'inquiétude.

– Ho hooo, ricana Rampa. D'où tu sors ? »

Tout le monde ramena son regard vers Adam. Il semblait réfléchir très soigneusement.

Enfin, il dit : « J'vois pas pourquoi ce qui est écrit est important. Pas quand il s'agit de gens. On peut toujours tirer un trait dessus. »

Une brise balaya la base aérienne. Au-dessus, les armées assemblées ondoyèrent comme un mirage.

Il avait dû régner un silence comparable à l'aube de la Création.

Adam, debout, leur souriait à tous deux, une petite silhouette dressée exactement à mi-chemin entre le Ciel et l'Enfer.

Rampa empoigna Aziraphale par le bras. « Tu sais ce qui s'est passé ? siffla-t-il, surexcité. Il est resté seul ! Il a grandi comme un humain ! Il n'est ni le Mal Incarné, ni le Bien Incarné, il est juste… l'Humain incarné… »

Puis le Métatron dit :

« Je crois qu'il faudra que je demande de nouvelles instructions.

– Moi auzzi », fit Belzébuth. Son visage tordu par la fureur se tourna vers Rampa. « Et je menzzzionnerai ton rôle dans l'affaire, crois-moi. » Il fulmina en regardant Adam. « Quant à *ton Père,* je ne zzais pas zze qu'il va en dire… »

Une explosion assourdissante retentit. Shadwell, qui trépignait d'exaltation horrifiée depuis quelques minutes, avait finalement recouvré suffisamment le contrôle de ses doigts fébriles pour appuyer sur la détente.

Les balles traversèrent l'espace qu'avait occupé Belzébuth. Shadwell ne sut jamais la chance qu'il avait d'avoir raté son coup.

Le ciel se brouilla, puis redevint du simple ciel. Tout au long de l'horizon, les nuées commencèrent à se détricoter.

☿

Madame Tracy rompit le silence.

« Quels gens bizarres ! » dit-elle.

Elle ne voulait pas dire « quels gens bizarres » ; ce qu'elle voulait vraiment dire, elle ne parviendrait sans doute jamais à l'exprimer, sinon en hurlant. Mais le cerveau humain possède d'étonnantes facultés de récupération, et dire « quels gens bizarres » faisait partie du processus de guérison. Avant qu'une demi-heure se soit écoulée, elle penserait avoir trop bu.

« À ton avis, c'est fini ? demanda Aziraphale.

– Pas pour nous, j'en ai peur, répondit Rampa avec un mouvement d'épaules.

– J'crois pas que vous ayez à trop vous inquiéter, leur dit Adam de façon sibylline. Je sais tout de vous deux. Vous tracassez pas. »

Il regarda de nouveau la troupe des Eux, qui s'efforça de ne pas reculer. Il parut réfléchir un moment, puis il déclara : « On a déjà trop changé de choses, d'ailleurs. Mais il me semble que les gens se sentiront mieux s'ils oublient tout ça. Enfin, pas tellement qu'ils *oublient*, mais qu'ils s'en souviennent pas vraiment. Ensuite, on pourra tous rentrer chez nous.

– Mais tu ne peux pas laisser les choses comme ça ! lança Anathème en se frayant un passage vers lui. Réfléchis à tout ce que tu pourrais faire ! Toutes les bonnes choses.

– Par exemple ? demanda Adam, soupçonneux.

– Eh bien… tu pourrais ressusciter toutes les baleines, pour commencer. »

Il inclina la tête de côté. « Et alors, les gens arrêteraient de les tuer ? »

Elle hésita. Elle aurait aimé pouvoir dire oui.

« Et si les gens recommencent à les tuer, qu'est-ce que tu me demanderas de leur faire ? poursuivit Adam. Non. Je crois que je commence à comprendre comment ça marche, tout ça. Si j'y mets les mains, ça n'en finira plus. Il me semble que la seule solution raisonnable, c'est que les gens sachent bien que, s'ils tuent une baleine, tout ce qu'ils auront, c'est une baleine morte.

– Voilà une attitude très responsable », jugea Newt.

Adam leva un sourcil. « C'est du bon sens, voilà tout », dit-il.

Aziraphale donna à Rampa une tape dans le dos. « Apparemment, nous avons survécu, dit-il. Imagine l'horrible résultat si nous avions fait preuve de la moindre compétence.

– Hmouais, fit Rampa.

– Ta voiture est opérationnelle ?

– Je crois qu'elle aura besoin d'une petite révision, reconnut Rampa.

– Je me disais que nous pourrions déposer ces braves gens en ville. Le moins que je puisse faire, c'est d'inviter madame Tracy au restaurant, certainement. Son jeune ami aussi, bien sûr. »

Shadwell jeta un coup d'œil par-dessus son épaule, puis leva les yeux vers madame Tracy.

« De qui qu'y cause ? » demanda-t-il devant l'expression triomphante de celle-ci.

Adam alla rejoindre les Eux.

« Je crois qu'il faudrait rentrer, déclara-t-il.

– Mais y s'est passé quoi, exactement ? demanda Pepper. J'veux dire, y avait tous ces…

– Ça n'a plus d'importance.

– Mais tu es capable de faire tant de choses… » commença Anathème, tandis qu'ils rejoignaient leurs vélos. Newt lui prit gentiment le bras.

« Ce n'est pas une bonne idée, dit-il. Demain sera le premier jour du reste de notre vie.

– Tu sais que parmi tous les clichés galvaudés que j'ai toujours haïs, celui-ci figure en tête de liste ?

– Étonnant, non ? répliqua Newt, ravi.

– Pourquoi as-tu peint *Jesse James* sur la portière de ta voiture ?

– En fait, c'est une plaisanterie.

– Oui ?

– Parce qu'elle représente une menace pour la diligence de tous les mécaniciens », marmonna-t-il, horriblement gêné.

Rampa considéra d'un œil lugubre les contrôles de la jeep.

« Je suis désolé pour la voiture, lui disait Aziraphale. Je sais combien tu l'aimais. Peut-être que si tu te concentrais assez fort…

– Ce ne serait plus la même chose, répondit Rampa.

– Non, je suppose que non.

– Je l'avais achetée neuve, tu comprends. Ce n'était plus une voiture, c'était quasiment devenu une espèce de combinaison que je portais. »

Il renifla. « Qu'est-ce qui brûle ? » demanda-t-il.

Une brise souleva la poussière et la laissa retomber. L'air devint chaud et lourd, emprisonnant les gens comme des mouches dans du sirop.

Il tourna la tête et croisa l'expression horrifiée d'Aziraphale.

« Mais tout est terminé, dit-il. C'est pas possible ! Le… le chose, le moment précis ou je ne sais quoi… il est passé ! C'est fini ! »

Le sol se mit à trembler. Le bruit évoquait un métro, mais pas souterrain. C'était plutôt le fracas d'une rame sur le point d'entrer en gare.

Rampa actionna frénétiquement le levier de changement de vitesse.

« Ce n'est pas Belzébuth ! hurla-t-il par-dessus le bruit du vent. C'est *Lui* ! Son Père ! Ce n'est plus l'Apocalypse, c'est une affaire de famille. Démarre, saleté ! »

Le sol se souleva sous Newt et Anathème, les projetant sur le béton secoué de spasmes. Une fumée jaune fusa des crevasses.

« Un volcan ! cria Newt. Qu'est-ce que c'est ?

– J'en sais rien, mais il n'est vraiment pas content ! » répondit Anathème.

Dans la jeep, Rampa éructait des imprécations. Aziraphale posa la main sur son épaule.

« Il y a des humains, dit-il.

– Je sais, répondit Rampa. Et il y a moi.

– Je veux dire qu'on ne peut pas les laisser comme ça.

– Et alors, que... » commença Rampa. Puis il s'interrompit.

« Ce que je veux dire, c'est que, quand on y réfléchit, on leur a assez causé d'ennuis comme ça. Toi et moi. Au fil des ans. Avec tout ce qu'on a fait.

– On ne faisait qu'obéir aux ordres, marmonna Rampa.

– Oui. Et alors ? Il y a des tas de gens dans l'Histoire qui ne faisaient qu'obéir aux ordres, et regarde tous les ennuis qu'ils ont causés, eux.

– Tu ne suggères quand même pas qu'on essaie de *L*'arrêter ?

– Qu'a-t-on à y perdre ? »

Rampa allait protester, quand il comprit : il n'y avait plus rien. Tout ce qu'il pouvait perdre, il l'avait déjà perdu. Il ne risquait rien de pire que ce qu'on lui avait déjà promis. Il sentit enfin qu'il était libre.

Il sentit également qu'il y avait un démonte-pneu sous le siège, en tâtonnant. Ça ne suffirait pas, mais rien ne suffirait. D'ailleurs, ce serait beaucoup plus terrible s'il affrontait l'Adversaire avec une arme adéquate. De cette façon, on risquait d'avoir un vague espoir, ce qui rendrait le résultat plus dur encore à supporter.

Aziraphale ramassa l'épée que Guerre avait laissée échapper et la soupesa d'un air pensif.

« Doux Jésus, voilà des années que je n'ai plus utilisé ceci.

– Six mille ans environ, précisa Rampa.

– Ma parole, mais c'est exact. Quelle journée c'était, pas de doute. Le bon vieux temps.

– Pas vraiment », rétorqua Rampa. Le bruit s'amplifiait.

« Les gens savaient faire la différence entre le Bien et le Mal, en ce temps-là, rêva Aziraphale.

– Oui, justement. Réfléchis-y.

– Ah. Oui. Trop d'interventions ?

– *Exactement.* »

Aziraphale brandit l'épée. Il y eut un *vhouumpf* quand elle s'embrasa soudain comme une barre de magnésium.

« Une fois qu'on a appris, ça ne s'oublie pas », dit-il.

Il sourit à Rampa. « Je voulais juste te dire que si on ne s'en sort pas... J'aurai appris que, tout au fond de toi, il y a une étincelle de bonté.

– Et voilà, grimaça Rampa. Il ne me manquait plus que ça. »

Aziraphale lui tendit la main. « J'ai été ravi de te connaître. »

Rampa la prit. « À la prochaine fois, répondit-il. Et... Aziraphale ?

– Oui ?

– Souviens-toi simplement que j'aurai appris que, tout au fond de toi, tu étais suffisamment salaud pour valoir la peine qu'on t'apprécie. »

Il y eut un peu de remue-ménage, et ils furent bousculés par la silhouette courte mais virulente de Shadwell, qui brandissait son arquebuse de façon significative.

« J'ferions point confiance à deux tantouzes de sudistes comm' vous pour estourbir un rat boiteux au fond eud'une barrique, déclara-t-il. On s'bat contre qui, c'tte fois ?

– Le Diable », répondit simplement Aziraphale.

Shadwell hocha la tête, comme si la réponse ne le surprenait pas, jeta l'arquebuse à terre et enleva son chapeau pour dévoiler un front qu'on connaissait et redoutait partout où les combats de rue faisaient la loi.

« C'était ben c'que j'pensions, dit-il. En c'cas, j'allions devoir m'servir eud'ma tête. »

Newt et Anathème les regardèrent s'éloigner de la jeep tous les trois, sur des jambes tremblantes. Avec Shadwell au milieu, ils ressemblaient à un W stylisé.

« Mais que diable vont-ils faire ? demanda Newt. Et qu'est-ce qui se passe... *qu'est-ce qui leur arrive ?* »

Les manteaux d'Aziraphale et de Rampa se fendirent selon les coutures. S'il fallait périr, autant que ce soit sous leur forme véritable. Des ailes se déployèrent en direction du ciel.

Contrairement à la croyance populaire, les démons ont les mêmes ailes que les anges, quoiqu'elles soient souvent mieux soignées.

« Shadwell ne devrait pas aller avec eux ! dit Newt, se relevant tant bien que mal.

– Shadwell ? C'est quoi, ça ?

– C'est mon serg... C'est un type étonnant, tu peux pas comprendre... Il faut que j'aille l'aider !

– *L'aider ?* s'exclama Anathème.

– J'ai prêté serment, tout le tremblement. » Newt hésita. « Enfin, une sorte de serment. Et il m'a payé un mois de solde d'avance !

– Et les deux autres, alors, qui sont-ils ? Des amis à toi... » commença Anathème, avant de s'interrompre. Aziraphale s'était à demi retourné, et elle reconnut soudain son profil.

« Je sais où je l'ai déjà vu ! » hurla-t-elle, et elle se releva en s'appuyant sur Newt, tandis que le sol continuait de tanguer. « Viens !

– Mais il va se passer quelque chose d'effroyable !

– Ça, s'il a abîmé le livre, tu peux y compter ! »

Newt fouilla son revers et trouva l'épingle officielle. Il ne savait pas ce qu'il affrontait cette fois-ci, mais il ne possédait que cette épingle.

Ils coururent...

Adam regarda autour de lui. Il baissa les yeux. Son visage adopta une expression d'innocence calculée.

Il y eut un moment de conflit. Mais Adam
était sur son propre terrain. Toujours et à
jamais, sur son propre terrain.

D'une main, il dessina un vague demi-cercle.

... Aziraphale et Rampa sentirent le monde *changer*.

Il n'y avait pas de bruit. Pas de fissures. Simplement, à l'endroit où avait commencé à s'ériger un volcan de puissance satanique, il ne restait plus qu'une fumerolle qui se dissipait, et une voiture qui ralentissait pour venir s'arrêter. Dans le calme du soir, son moteur semblait bruyant.

Ce n'était plus une voiture neuve, mais elle était en bon état de conservation. Sans utiliser la méthode de Rampa, toutefois, où un souhait suffisait à éliminer les bosses ; si cette voiture avait un tel aspect, c'est que son propriétaire, on le comprenait instinctivement, avait passé tous ses week-ends pendant vingt ans à faire tout ce que le manuel du propriétaire conseillait de faire chaque week-end. Avant chaque voyage, il en faisait le tour, vérifiait les phares et comptait les roues. Des messieurs sérieux, avec une pipe et des moustaches, avaient rédigé des instructions sérieuses disant ce qu'il fallait faire, et il l'avait fait, parce que c'était un monsieur sérieux, avec une pipe et une moustache, qu'il ne prenait pas ce genre de conseils à la légère, parce que sinon, où allait-on ? Il était assuré exactement comme il le faut. Il conduisait à cinq kilomètres-heure en dessous de la limitation, ou à quatre-vingt-dix, selon la vitesse qui était la plus basse des deux. Il portait cravate, même le samedi.

Archimède a prétendu qu'avec un levier assez long et un point d'appui assez solide, il pourrait soulever le monde.

Il aurait pu s'appuyer sur Mr Young.

La portière s'ouvrit et Mr Young descendit de voiture.

« Qu'est-ce qu'il se passe, ici ? demanda-t-il. Adam ? Adam ! »

Mais les Eux filaient en direction du portail.

Mr Young regarda l'assemblée stupéfaite. Il restait heureusement assez de présence d'esprit à Rampa et à Aziraphale pour affaler leurs ailes.

« Qu'est-ce qu'il a encore inventé ? soupira Mr Young sans vraiment attendre de réponse. Où ce gamin s'est-il encore fourré ? Adam ! Reviens ici tout de suite ! »

Adam obéissait rarement à son père.

Le sergent Thomas A. Deisenburger ouvrit les yeux. Le plus étrange dans le décor qui l'entourait, c'était sa totale familiarité. Sa photographie de lycée était accrochée au mur, sa petite bannière étoilée était fichée dans son verre à dents, juste à côté de la brosse à dents, et même son nounours en peluche portait encore son petit uniforme. Un début d'après-midi se déversait dans sa chambre par la fenêtre ouverte.

Il sentit un fumet de tarte aux pommes. C'était ce qui lui avait le plus manqué lorsqu'il passait ses samedis soir loin de chez lui.

Il descendit l'escalier.

Sa mère était dans la cuisine, et sortait du four une énorme tarte aux pommes pour la faire refroidir.

« Salut, Tommy, dit-elle. Je te croyais en Angleterre.

– Oui, M'man, normativement, j'y suis, M'man, pour protéger le démocratisme, M'man, à vos ordres, dit le sergent Thomas A. Deisenburger.

– C'est très bien, mon chéri, répondit-elle. Ton papa est dans le grand champ, avec Chester et Ted. Ils vont être contents de te voir. »

Le sergent Thomas A. Deisenburger opina.

Il retira son casque militaire et sa veste militaire, et remonta les manches de sa chemise militaire. L'espace d'un instant, il parut plus pensif qu'il ne l'avait jamais été de sa vie. La tarte aux pommes monopolisait une partie de ses méditations.

« M'man, si un individu quelconque tente d'initier une prise de contact avec le sergent Thomas A. Deisenburger par l'entremise de la voie téléphonique, M'man, le susnommé sera...

– Tu disais, Tommy ? »

Tom Deisenburger accrocha son arme au mur, au-dessus de la carabine bosselée de son père.

« Je disais : si quelqu'un appelle, M'man, je suis dans le grand champ, avec P'pa, Chester et Ted. »

La camionnette approcha lentement des portes de la base aérienne. Elle s'arrêta. La sentinelle en faction durant le quart de minuit jeta un coup d'œil par la fenêtre, vérifia les accréditations du conducteur et lui fit signe de passer.

La camionnette erra sur le béton.

Elle se gara sur le tarmac désert de l'ancienne piste, près de deux hommes assis qui partageaient une bouteille. L'un d'eux portait des lunettes noires. Bizarrement, personne d'autre ne semblait leur accorder la moindre attention.

« Est-ce que tu essaies de me dire qu'Il avait tout prévu ? Depuis le début ? »

Aziraphale essuya consciencieusement le goulot de la bouteille et la lui rendit.

« Il aurait pu, Il aurait pu. On peut toujours Lui demander, je suppose.

– Si je me souviens bien », répondit Rampa, pensif, « – et nous n'avons jamais été vraiment assez proches pour discuter ensemble –, Il n'a jamais été du genre à répondre sans détour. En fait… en fait, Il ne répondait jamais. Il se contentait de sourire, comme s'Il savait quelque chose que tu ignorais.

– Et c'est bien entendu le cas, répondit l'ange. Quel intérêt, sinon ? »

Il y eut un silence et les deux êtres contemplèrent pensivement les lointains, comme s'ils se remémoraient des choses auxquelles ils n'avaient plus pensé depuis longtemps.

Le chauffeur de la camionnette en descendit, muni d'une boîte en carton et d'une paire de pincettes.

Une couronne de métal terni et une balance gisaient sur le tarmac. L'homme les saisit avec ses pincettes et les plaça dans le carton.

Puis il s'approcha du duo autour de la bouteille.

« 'Scusez-moi, messieurs, y aurait dû y avoir une épée quelque part par là. Enfin, du moins, c'est ce qui est marqué là, et je me demandais… »

Aziraphale parut embarrassé. Il regarda autour de lui, vaguement perplexe, puis se leva, pour découvrir qu'il était assis sur l'épée depuis bientôt une demi-heure. Il se baissa et la ramassa. « Désolé », dit-il et il rangea l'épée dans le carton.

Le conducteur de la camionnette, qui portait une casquette marquée *International Express,* lui dit que ce n'était pas grave, et que c'était vraiment une bénédiction de les trouver là tous les deux comme ça, parce qu'il avait un bordereau à faire signer pour confirmer qu'il avait bien récupéré ce qu'on l'avait envoyé chercher, et que la journée avait vraiment été mémorable, non ?

Aziraphale et Rampa acquiescèrent avec lui sur ce point. Aziraphale signa le bordereau que lui tendait le chauffeur de la camionnette, attestant qu'une couronne, une balance et une épée avaient bel et bien été perçues, et qu'il fallait les livrer à une adresse délavée, et débiter la facture à un numéro de compte illisible.

L'homme se dirigea vers sa camionnette. Puis il s'arrêta et se retourna.

« Si je devais raconter à ma femme ce qui m'est arrivé aujourd'hui, leur confia-t-il avec un peu de tristesse, elle ne me croirait pas. Et je pourrais pas le lui reprocher, parce que j'y crois pas non plus. » Puis il grimpa dans sa camionnette et s'en fut.

Rampa se leva, les jambes légèrement flageolantes. Il tendit la main à Aziraphale.

« Allons-y, dit-il. On rentre à Londres. C'est moi qui conduis. »

Il prit une jeep. Personne ne l'en empêcha.

Elle était munie d'un lecteur de cassettes. Ce n'est pas un équipement militaire très courant, même sur les véhicules de l'armée américaine, mais Rampa partait inconsciemment du principe que tous les véhicules qu'il conduisait seraient équipés d'un lecteur de cassettes. Celui-ci en posséda donc un, quelques secondes après que Rampa fut monté à bord.

La cassette qu'il y introduisit en conduisant était libellée *Haendel : Water Music*, et resta la *Water Music* de Haendel pendant tout le trajet.

Dimanche
(Le premier jour du reste de leur vie)

Vers dix heures et demie, le livreur de journaux apporta les éditions du dimanche au cottage des Jasmins. Il dut faire trois voyages.

La série de bruits sourds qu'elles firent en s'écrasant sur le paillasson réveilla Newton Pulsifer.

Il laissa dormir Anathème. La pauvre petite était vraiment traumatisée. Quand il l'avait mise au lit, elle était presque incohérente. Elle avait conduit sa vie selon les Prophéties, et il n'y avait plus de Prophéties, désormais. Elle devait avoir l'impression d'être un train qui doit continuer sa route après avoir atteint le terminus.

Désormais, elle pourrait mener une vie où chaque chose serait une surprise, comme tout le monde. Quelle veine !

Le téléphone sonna.

Newt se rua vers la cuisine et décrocha à la seconde sonnerie.

« Allô ? »

Une voix dont l'amabilité forcée se colorait de panique lui répondit.

« Non, dit-il. Ce n'est pas moi. Et ce n'est pas Bidouille, c'est Bidule. Comme dans Théodule. Et elle dort encore.

« Ma foi, poursuivit-il, je suis certain qu'elle ne veut pas faire poser d'isolation. Ni de doubles vitrages. Je veux dire, elle n'est pas propriétaire du cottage, vous voyez ? Elle n'est que locataire.

« Non, je ne veux pas la réveiller pour lui demander. Et, dites-moi, Miss, euh… C'est ça, Miss Morrow, comment se fait-il que vous ne soyez pas en congé le dimanche, comme tout le monde ?

« *Dimanche,* répéta-t-il. Mais non, pas samedi. Pourquoi voulez-vous qu'on soit samedi ? Samedi, c'était hier. Je vous jure qu'on est dimanche. Mais si. Comment ça, vous avez perdu un jour ? Ce n'est pas moi qui l'ai. J'ai l'impression que vous vous êtes un peu laissé emporter par vos ventes de... Allô ? »

Il grommela et raccrocha.

Les démarcheurs par téléphone ! S'il pouvait leur arriver quelque chose d'horrible...

Il fut assailli par un bref instant de doute. On était bien dimanche, non ? Un coup d'œil aux journaux du dimanche le rassura. Si le *Sunday Times* affirmait qu'on était dimanche, on pouvait être assuré qu'il avait mené son enquête. Et hier, c'était samedi. Bien sûr. Hier, c'était samedi, et ce samedi-là, il s'en souviendrait jusqu'à la fin de ses jours, s'il arrivait à se rappeler ce dont il devait se souvenir éternellement.

Puisqu'il était dans la cuisine, Newt décida de préparer le petit déjeuner.

Il se déplaça dans la cuisine aussi silencieusement que possible, pour éviter de réveiller le reste de la maisonnée, et découvrit que chaque bruit était amplifié. La porte de l'antique réfrigérateur faisait un fracas de fin du monde. Le robinet de l'évier avait un débit de gerboise diurétique, mais grondait comme un geyser. Et il n'arrivait pas à trouver quoi que ce soit. Finalement, comme tous les humains qui ont déjeuné seuls dans la cuisine de quelqu'un d'autre depuis l'aube des temps, il se contenta de café soluble, noir et sans sucre[1].

1. À l'exception de Giovanni Jacomo Casanova (1725-1798), homme de sexe et de plume, qui révèle dans le tome 12 de ses *Mémoires* que, par habitude, il portait avec lui *à tout instant* une petite valise contenant « une miche de pain, un pot de marmelade de Séville de premier choix, un couteau, une fourchette et une

Un tas de cendres grossièrement rectangulaire, relié plein cuir, reposait sur la table de la cuisine. Newt distinguait à peine les mots « Be es et Bonn » sur la couverture calcinée. Un seul jour peut tout changer, songea-t-il. Ça vous fait passer de l'état de livre de référence absolu à celui de briquette de charbon pour barbecue.

Bien. Voyons. Comment l'avaient-ils récupéré, exactement ? Il se souvenait d'un homme qui sentait la fumée et portait des lunettes noires, même dans l'obscurité. Et il y avait d'autres détails, qui se mélangeaient tous... des gamins à vélo... un bourdonnement désagréable... une petite frimousse sale qui le regardait... Tout cela flottait dans sa tête, pas vraiment oublié, mais suspendu au bord de sa mémoire, un souvenir d'événements fictifs[1]. Comment était-ce possible ?

petite cuillère pour remuer, deux œufs frais soigneusement emballés dans de la laine non cardée, une tomate, dite pomme d'amour, une petite poêle, une petite casserole, un réchaud à alcool, un plat à réchauffer, une boîte en métal contenant du beurre salé à la mode italienne, deux assiettes en porcelaine. Également, un rayon de miel pour adoucir tant mon haleine que mon café. Que mes lecteurs me comprennent quand je leur dis à tous : un vrai gentil homme devrait toujours pouvoir prendre son petit déjeuner en gentilhomme, en quelque endroit qu'il se trouve. »

1. Et il y avait l'énigme Jesse James. La voiture semblait inchangée, sauf qu'un litre d'essence semblait désormais lui durer quatre-vingts kilomètres, qu'elle roulait dans un tel silence qu'il fallait pratiquement coller la bouche sur le tuyau d'échappement pour vérifier que le moteur tournait, et qu'elle modulait ses messages synthétisés en haïkus délicieux et remarquablement agencés, toujours originaux et parfaitement adaptés à la situation...

Le gel tardif brûle la fleur
Seul un sot
Oubliera sa ceinture.

... disait-elle. Et :

Tombe la fleur de cerisier
Du plus grand arbre.
Faisons le plein.

Assis, il contempla le mur jusqu'à ce qu'un cognement à la porte le ramène à la réalité.

Sur le seuil se trouvait un petit homme impeccablement vêtu d'une gabardine noire. Il tenait une boîte en carton et adressa à Newt un sourire étincelant.

« Mr... » Il consulta la feuille de papier qu'il avait dans une main. « ... Pulzifer ?

– Pulsifer. Ça se prononce "esse".

– Je suis vraiment confus. Je ne l'ai vu qu'écrit. Euh... Bon. Bien. Il semblerait que ceci soit pour vous et pour Mme Pulsifer. »

Newt le regarda d'un œil atone.

« Il n'y a pas de Mme Pulsifer », dit-il froidement.

L'homme retira son chapeau melon.

« Oh, je suis réellement navré.

– Je veux dire... bon, il y a ma mère, mais elle n'est pas morte, elle habite juste à Dorking. Je ne suis pas marié.

– Comme c'est étrange. La lettre en fait, hem... expressément mention.

– Mais qui êtes-vous ? » Newt n'était vêtu que de son pantalon et il faisait frisquet sur le pas de la porte.

L'homme plaça la boîte en équilibre précaire et pêcha une carte de visite dans une de ses poches intérieures. Il la tendit à Newt.

On y lisait :

Giles Baddicombe
Robey, Robey, Redfearn et DeHasard
Avoués

13 Demdyke Chambers
PRESTON

« Oui ? dit poliment Newt. Et que puis-je pour votre service, Mr Baddicombe ?

– Vous pourriez me prier d'entrer.

– Vous ne m'apportez pas une citation à comparaître, j'espère ? » demanda Newt. Les événements de la veille flottaient dans sa mémoire comme un nuage, changeant d'aspect chaque fois qu'il croyait pouvoir distinguer quelque chose, mais il avait vaguement souvenir de déprédations et redoutait des représailles, sous une forme ou une autre.

« Non, répondit Mr Baddicombe avec une expression légèrement vexée. Nous avons des employés qui s'occupent de ce genre de choses. »

Il passa à côté de Newt et alla déposer sa boîte sur la table.

« Je dois à la vérité de dire que l'étude au grand complet se passionne pour cette affaire. Mr DeHasard serait venu en personne, mais il ne supporte plus beaucoup les déplacements.

– Écoutez, dit Newt. Je ne comprends absolument rien à ce que vous me racontez.

– Voici », dit Mr Baddicombe en présentant la boîte avec un sourire. On aurait dit Aziraphale, quand il se préparait à exécuter un tour de magie. « Ceci est à vous. Quelqu'un tenait à ce que vous l'ayez. Les instructions étaient formelles.

– Un cadeau ? » Newt observa prudemment le carton emballé de scotch, puis il farfouilla dans le tiroir de la cuisine en quête d'un bon couteau.

« Plutôt un legs, me semble-t-il. Voyez-vous, nous l'avons en notre possession depuis trois cents ans. Oh, pardon ! J'ai dit quelque chose qu'il ne fallait pas ? Passez le doigt sous l'eau du robinet, ça ira mieux.

– Qu'est-ce que c'est que cette histoire ? » demanda Newt, mais le froid du soupçon commençait à l'envahir. Il suçota sa coupure.

« Une drôle d'histoire... – vous permettez ? Je m'assois – et bien entendu, je ne connais pas tous les détails, puisque je ne suis entré dans la pratique qu'il y a quinze ans, mais... »

... la firme était déjà une très petite étude de notaires quand on y avait discrètement fait parvenir le coffret ; Redfearn, DeHasard et les deux Robey (ne parlons même pas de Mr Baddicombe) étaient encore bien loin dans le futur. Le simple clerc de notaire qui avait accepté la livraison avait été surpris de découvrir, attaché sur le dessus du coffret par de la ficelle, une lettre qui lui était adressée.

Elle contenait certaines directives et cinq faits captivants concernant l'histoire des dix ans à venir qui, si un jeune homme habile en usait à bon escient, lui assurerait suffisamment de finances pour entreprendre une carrière très fructueuse dans le domaine du Droit.

Il lui suffisait de s'assurer que le coffret resterait en bon état pendant un peu plus de trois cents ans, pour être ensuite livré à une adresse précise...

« ... évidemment, la firme a changé de mains plusieurs fois au cours des siècles, acheva Mr Baddicombe. Mais la boîte a toujours fait partie du cheptel, si j'ose dire.

– Je ne savais pas qu'on fabriquait déjà des petits pots Jacquemaire au XVIIe siècle, constata Newt.

– C'était pour éviter tout dommage pendant la course en voiture.

– Et personne ne l'a ouverte pendant toutes ces années ?

– Si, deux fois, je crois bien. En 1757, Mr George Cranby et, en 1928, Mr Arthur DeHasard, père de l'actuel Mr DeHasard. » Il toussota. « Il semble que Mr Cranby ait trouvé une lettre...

– ... qui lui était adressée », compléta Newt.

Mr Baddicombe recula précipitamment au fond de son siège. « Ma parole. Comment avez-vous deviné ?

– Je crois reconnaître ce style, grinça Newt. Que leur est-il arrivé ?

– Vous connaissez déjà l'histoire ? s'enquit Mr Baddicombe, soupçonneux.

– Pas exactement. Ils n'ont pas péri dans une explosion ?

– Eh bien… On pense que Mr Cranby a eu une attaque cardiaque. Et Mr DeHasard est devenu très pâle et a remis la lettre dans son enveloppe, à ce qu'on m'a donné à entendre. Ensuite, il a catégoriquement interdit qu'on ouvre le coffret de son vivant. Il a annoncé que le premier qui s'y risquerait serait licencié sans lettre de recommandation.

– Épouvantable menace, jugea Newt, sarcastique.

– Ça l'était, en 1928. Enfin, bref, les lettres sont dans la boîte. »

Newt écarta les rabats de carton. À l'intérieur se trouvait un petit coffre bardé de fer. Il n'avait pas de serrure.

« Allez-y, ouvrez-le, encouragea Mr Baddicombe, excité. Je dois avouer que j'aimerais beaucoup savoir ce qu'il contient. Nous avons fait quelques paris là-dessus, à l'étude…

– Je vous propose quelque chose, annonça Newt, généreux. Je nous prépare un peu de café et vous pouvez l'ouvrir.

– Moi ? Est-ce bien convenable ?

– Pourquoi pas ? » Newt étudia les casseroles pendues au-dessus du fourneau. L'une d'entre elles était assez grande pour ce qu'il projetait de faire. « Allez, soyez hardi. Ça ne me gêne pas. Je… je vous donne ma… ma procuration, ou je ne sais quoi. »

Mr Baddicombe retira sa gabardine. « Eh bien, dit-il en se frottant les mains, puisque vous présentez les choses ainsi… Ce sera une histoire à raconter à mes petits-enfants. »

Newt saisit la casserole et posa doucement la main sur la poignée de la porte. « J'espère bien, dit-il.

– Allons-y. »

Newt entendit un infime couinement.

« Qu'est-ce que vous voyez ?

– Les deux lettres décachetées… oh, et une troisième… adressée à… »

Newt entendit le craquement d'un cachet de cire qu'on brise et un tintement sur la table. Il y eut un hoquet, un fracas de chaise renversée, un bruit de course précipitée dans l'entrée, un claquement de portière et le mugissement d'un moteur de voiture brutalement réveillé, qui disparut à vive allure sur la petite route.

Newt retira la casserole qui le coiffait et émergea de derrière la porte.

Il ramassa la lettre et ne fut pas totalement surpris de constater qu'elle était adressée à Mr G. Baddicombe. Il la déplia.

Elle disait : « Voici un florin, tabellion ; maintenant, eſchappe-toi preſtement, de crainte que le Monde ne saſche la Vérité sur ton compte et celui de Damoiſelle Spiddon, l'eſclave attachée à la machine à eſcrire. »

Newt regarda les autres lettres. Sur le papier craquant de celle qui était adressée à George Cranby, on lisait : « Retire ta main felonne, Maiſtre Cranby. J'avois cognaissance de la façon dont tu volas la Veuve Palshkin à la dernière Saint Miſchel, vieux grigou, vil biſcoteur. »

Newt se demanda ce que pouvait être un biscoteur. Il était prêt à parier que ça n'avait rien à voir avec la cuisine.

Celle qui attendait le fouineur Mr DeHasard disait : « Tu les as abandonnés, laſche. Remetz ceſte epiſtre en place, si point ne veucz que le monde saſche ce qui eſtoit advenu le ſept de juin mil neuf cent seize. »

Sous les lettres se trouvait un manuscrit. Newt le fixa.

« Qu'est-ce que c'est ? demanda Anathème.

Il pivota sur ses talons. Appuyée au chambranle, elle ressemblait à un charmant bâillement sur jambes.

Newt recula jusqu'à la table. « Oh, rien. Une erreur de livraison. Rien du tout. Juste un vieux livre. Des réclames. Tu sais comment…

– Un dimanche ? » dit-elle en l'écartant.

Il eut un mouvement d'épaules fataliste tandis qu'elle tendait les mains vers le manuscrit jauni et le sortait du coffret.

« *Les Nouvelles belles et bonnes prophéties d'Agnès Barge,* lut-elle lentement. *Où l'on évoque le Monde qui Eftoit à venir. La Saga continue !* Oh, mon… »

Elle le déposa avec révérence sur la table et se prépara à tourner la première page.

La main de Newt se posa doucement sur la sienne.

« Regarde les choses sous cet angle : tu tiens vraiment à rester une descendante le reste de ta vie ? »

Elle leva les yeux et ils se regardèrent.

C'était dimanche, le premier jour du reste du monde, aux alentours de onze heures et demie.

St James's Park était relativement calme. Les canards, experts en *realpolitik* vue du côté pain, attribuaient cela à un apaisement de la tension internationale. C'était bien le cas, mais beaucoup de gens, dans leur bureau, cherchaient à en comprendre les raisons, à savoir où l'Atlantide avait pu disparaître avec à son bord trois comités d'enquête internationaux, et à tirer au clair ce qui était arrivé la veille à tous leurs ordinateurs.

Le parc était déserté, à l'exception d'un membre du MI9, occupé à recruter quelqu'un qui, à leur futur embarras mutuel, s'avérerait déjà appartenir au MI9, et d'un grand type qui jetait du pain aux canards.

Et il y avait également Rampa et Aziraphale.

Ils se promenaient sur l'herbe côte à côte.

« Pareil pour moi, disait Aziraphale. La boutique est en parfait état. Pas la plus minuscule trace de suie.

– Enfin, je veux dire, on ne peut pas *fabriquer* une vieille Bentley, répondit Rampa. On ne peut pas imiter la patine. Mais elle était là, grandeur nature. Dans la rue. Impossible de voir la différence.

– Moi, en tout cas, je peux la voir. Je suis bien sûr de n'avoir jamais eu en stock des livres comme *Le Club des Cinq sur Mars, Jack Cade, Pionnier du Far West,* le *Guide pour les garçons des 101 façons de s'amuser* ou *Les Pirates de la Mer des Sanguinaires.*

– Oh, mince. Toutes mes condoléances », dit Rampa, qui savait quel prix l'ange avait attaché à sa collection de livres.

« Pas de quoi, repartit joyeusement Aziraphale. Ce sont des premières éditions en parfait état. J'ai regardé les cotes dans le *Guide Skindle.* Je crois que l'expression en vigueur est : *aïe aïe aïe !*

– Je croyais qu'il devait ranger le monde comme il était.

– Oui. Plus ou moins. De son mieux. Mais il a aussi le sens de l'humour. »

Rampa lui coula un regard de biais.

« Ton côté s'est manifesté ? demanda-t-il.

– Non. Et le tien ?

– Non.

– Je crois qu'ils veulent donner l'impression que rien ne s'est passé.

– Mon côté aussi, je suppose. Les bureaucrates sont comme ça.

– J'ai l'impression que mon côté attend de voir comment les choses vont évoluer », supputa Aziraphale.

Rampa hocha la tête. « Un répit pour reprendre un peu leur souffle. La chance d'effectuer un réarmement moral. Remettre les défenses à niveau. Se préparer pour le Grand Jour. »

Au bord de l'étang, ils regardèrent les canards se ruer sur le pain.

« Pardon ? demanda Aziraphale. Je croyais que le Grand Jour, c'était hier ?

– Je n'en suis pas sûr. Réfléchis. Si tu veux mon avis, le véritable Grand Jour, ce sera Nous tous contre Eux tous.

– Attends... Tu veux dire le Ciel et l'Enfer contre l'humanité ?

– Évidemment, s'il a tout changé, il s'est peut-être changé lui-même, répondit Rampa avec un haussement d'épaules. Il a pu se débarrasser de ses pouvoirs. Décider de rester humain.

– Oh, j'espère bien. En tout cas, je suis bien certain que l'autre solution ne serait pas autorisée. Euh... Je me trompe ?

– Je n'en sais rien. On ne peut jamais être sûr de ce qui est prévu. Chaque plan en cache d'autres.

– Pardon ?

– Eh bien », répondit Rampa qui avait tant réfléchi à la question qu'il en avait la migraine, « tu ne t'es jamais posé des questions ? Tu sais – ton côté, le mien, le Bien, le Mal, tout ça ? Je veux dire : *pourquoi ?*

– Si ma mémoire est bonne, repartit l'ange d'une voix raide, il y a eu la rébellion et...

– Justement. Et pourquoi est-ce arrivé, hein ? Je veux dire, ce n'était pas une obligation, non ? » insista Rampa, une lueur de démence au fond des prunelles. « Quand on peut bâtir un univers en six jours, on ne laisse pas se produire un petit incident de ce genre. À moins qu'Il ne l'ait voulu, bien entendu.

– Oh, allons, réfléchis, fit Aziraphale, incrédule.

– Mauvais conseil. Grossière erreur. Si tu t'assois pour y réfléchir avec un esprit logique, tu aboutis à des notions très singulières. Par exemple : pourquoi créer les gens curieux, et puis installer un gros fruit interdit bien en vue, avec un grand doigt en néon clignotant qui dit : " C'est ici. "

– Je ne me souviens pas d'avoir vu un néon.

– C'est une métaphore. Enfin, tu vois, pourquoi faire ça si tu tiens vraiment à ce qu'ils ne le mangent pas, hein ? Je veux dire, tu as peut-être envie de voir comment tout ça va tourner. Ça fait peut-être partie d'un grand plan ineffable. Tout. Toi, moi, lui, tout. Une espèce de gigantesque test, pour vérifier si ce que tu as construit fonctionne correctement, pas vrai ? Tu commences à te dire : ce n'est pas une gigantesque partie d'échecs cosmique, c'est *forcément* une Patience d'une extrême complexité. Et ne te fatigue pas à répondre. Si nous pouvions comprendre, nous ne serions pas nous. Parce que tout ça est… est… »

INEFFABLE, compléta la silhouette qui donnait à manger aux canards.

« Voilà, c'est le mot. Merci. »

Ils regardèrent le grand inconnu jeter soigneusement son sac en papier vide dans une poubelle et s'éloigner en traversant la pelouse. Puis Rampa secoua la tête.

« Qu'est-ce que je disais ?

– Je ne sais plus, répondit Aziraphale. Rien de très important, sans doute. »

Rampa hocha la tête, tristement. « Déjeuner ensemble, ça te tente ? » siffla-t-il.

Ils retournèrent au Ritz, où les attendait une table mystérieusement libre. Et peut-être les événements récents avaient-ils eu un effet sur la nature de la réalité car, tandis qu'ils déjeunaient, pour la toute première fois, un rossignol chanta au milieu de Berkeley Square.

À cause de la circulation, personne ne l'entendit, mais n'empêche : il était là.

C'était dimanche et il était treize heures.

Au cours de la décennie écoulée, le repas du dimanche, dans le monde de l'Inquisiteur sergent Shadwell, avait suivi un rituel immuable. Il s'asseyait devant la table de sa chambre, branlante et grevée de brûlures de cigarettes, en feuilletant un exemplaire canonique d'un des ouvrages de la bibliothèque[1] de l'Armée des Inquisiteurs, traitant de magie et de démonologie – le *Nécrotélécomnicon*, le *Liber Fulvarum Paginarum* ou son préféré, le *Malleus Malleficarum*[2].

Puis on frappait à la porte, et madame Tracy annonçait : « Le déjeuner est prêt, Mr Shadwell », Shadwell maugréait : « Effrontée gourgandine », attendait soixante secondes pour laisser à l'effrontée gourgandine le temps de regagner sa chambre ; ensuite, il ouvrait la porte, ramassait son assiette de foie, qui était en général coiffée d'une autre assiette pour tenir le plat au chaud. Et il l'emportait, mangeait en prenant vaguement garde à ne pas renverser de sauce sur les pages qu'il était en train de lire[3].

Tel était l'immuable rituel.

Sauf que ce n'était pas le cas, en ce dimanche.

Pour commencer, il ne lisait pas. Il était simplement assis.

1. Bibliothécaire : Inquisiteur caporal Tapis, bénéficiaire d'un bonus de 11 pence par an.

2. « Un ſuſpence inſoutenable, conduit de main de maiſtre ; moultement recommandé – Pape Innocent VIII. »

3. Pour un collectionneur bien ciblé, la bibliothèque de l'armée des Inquisiteurs aurait valu des millions. Le collectionneur en question devrait être très riche, ne pas se soucier des traces de sauce, des brûlures de cigarettes, des notations dans les marges ou de la passion du défunt Inquisiteur maréchal des logis Wotling pour affubler de moustaches toutes les gravures sur bois qui représentaient des sorcières ou des démons.

Et quand on frappa à la porte, il se leva tout de suite pour aller ouvrir. Il n'avait pas besoin de se précipiter, cependant.

Il n'y avait pas d'assiette. Juste madame Tracy, arborant une broche en camée et une nuance inhabituelle de rouge à lèvres. De plus, elle occupait le centre d'une sphère de parfum.

« Oui, Jézabel ? »

Madame Tracy avait un débit enjoué, rapide et tremblant d'incertitude. « Et bonjour, Mr S, je me disais, après tout ce que nous avons vécu ces deux derniers jours, ce serait un peu bête de vous apporter une assiette, alors je vous ai installé un couvert. Venez… »

Mr S ? Shadwell la suivit avec méfiance.

Il avait encore rêvé, la nuit passée. Il ne se souvenait pas vraiment de quoi, à part une phrase troublante qui résonnait encore dans sa tête. Le rêve s'était fondu dans un brouillard, comme les événements de la veille.

Cette phrase, la voici : *Il n'y a aucun mal à être chasseur de sorcières. J'aimerais bien en devenir un. C'est juste que, tu sais, ce sera chacun son tour. Aujourd'hui, on va chasser les sorcières et, demain, on pourrait aller se cacher, et ce serait au tour des sorcières d'essayer de nous trouver…*

Pour la deuxième fois en vingt-quatre heures – la deuxième de sa vie – il entra dans les appartements de madame Tracy.

« Asseyez-vous là », lui dit-elle en indiquant un fauteuil. Il y avait un anti-macassar sur le dossier, un petit coussin dodu sur le siège et un petit tabouret pour poser les pieds.

Il s'assit.

Elle lui déposa un plateau sur les genoux, le regarda manger et emporta son assiette quand il eut terminé. Ensuite, elle déboucha une bouteille de Guinness, la versa dans une chope et la lui tendit, puis elle but délicatement son thé pendant qu'il lampait bruyamment sa bière. Quand elle reposa sa tasse, celle-ci tinta nerveusement dans sa soucoupe.

« J'ai économisé un petit magot, déclara-t-elle tout à trac. Et vous savez, je me dis parfois que ce serait bien d'acheter une petite maison, quelque part à la campagne. Quitter Londres. Je l'appellerais *Les lauriers-roses,* ou *Sam Suffit,* ou...

– *Shangri-La* », suggéra Shadwell, encore qu'il aurait été incapable de dire pourquoi.

« Exactement, Mr S. Exactement. *Shangri-La.* » Elle lui sourit. « Vous êtes à votre aise, mon chou ? »

Shadwell s'aperçut avec une horreur naissante qu'il était à son aise. Monstrueusement, terriblement à son aise. « Dame, oui... » répondit-il prudemment. Il n'avait jamais été autant à son aise.

Madame Tracy ouvrit une nouvelle bouteille de Guinness et la plaça devant lui.

« Le seul problème quand on a une petite maison qui s'appelle... quelle était donc cette très astucieuse suggestion, Mr S ?

– Euh... *Shangri-La.*

– *Shangri-La,* c'est ça... c'est que ce n'est pas fait pour une seule personne, vous ne trouvez pas ? Je veux dire, à deux... on dit qu'à deux, on ne dépense pas plus que tout seul. »

(Ou à cinq cent dix-huit, songea Shadwell, en se rappelant les effectifs considérables de l'Armée des Inquisiteurs.)

Elle pouffa un peu. « Mais je me demande bien *où* je vais pouvoir trouver quelqu'un avec qui m'établir... »

Shadwell comprit qu'elle parlait de lui.

Il n'était pas très sûr de son affaire. Il avait la nette impression d'avoir commis une erreur en abandonnant l'Inquisiteur deuxième classe Pulsifer en compagnie de cette jeune personne, à Tadfield, une erreur par rapport au Code des Règlements et Consignes de l'Armée des Inquisiteurs. Et cette nouvelle initiative paraissait plus dangereuse encore.

Cependant, à son âge, quand on se fait trop vieux pour ramper dans les hautes herbes, quand le froid des premières rosées vous glace les os…

(Et demain, on pourrait aller se cacher, et ce serait au tour des sorcières d'essayer de nous trouver…)

Madame Tracy ouvrit une autre bouteille de Guinness et pouffa. « Oh, Mr S, vous allez penser que j'essaie de vous rendre pompette. »

Il émit un grognement. Il y avait une procédure à respecter dans cette situation.

L'Inquisiteur sergent Shadwell but une longue et profonde goulée de Guinness, et il posa la question fatidique.

Madame Tracy pouffa. « Oh, allons, vieux bêta », dit-elle en virant au rouge pivoine. « Combien, à votre avis ? »

Il reposa la question.

« Deux, avoua madame Tracy.

– Ah ben, alors, ça va », conclut l'Inquisiteur sergent Shadwell (en retraite).

C'était le dimanche après-midi.

Très haut au-dessus de l'Angleterre, un 747 vrombissait en direction de l'ouest. En première classe, un jeune garçon du nom d'Abbadon posa ses bandes dessinées et regarda par le hublot.

Les deux derniers jours avaient été étranges. Il n'était toujours pas sûr d'avoir compris pourquoi son père avait été nommé au Moyen-Orient. Son père non plus, il en était à peu près certain. Une raison culturelle, probablement. Ce qui s'était passé, c'est qu'un tas de gens bizarres avec des serviettes sur la tête et des dents en très mauvais état leur avaient fait visiter de vieilles ruines.

Question ruines, Abbadon avait vu mieux. Et puis un des vieux types lui avait demandé s'il n'avait pas envie de quelque chose ? Et Abbadon avait répondu qu'il voulait rentrer chez lui.

La réponse avait paru leur causer une immense déception.

Abbadon ne voulait pas parler des États-Unis. Certes, il y était souvent revenu, mais il aimait bien l'Angleterre. C'était un pays agréable pour un Américain. Il s'y était toujours senti chez lui.

À cet instant, l'avion passait au-dessus de la chambre de Boule-de-Suif Johnson, à Lower Tadfield. Celui-ci feuilletait distraitement un magazine de photographie qu'il avait simplement acheté à cause de la belle image de poissons tropicaux en couverture.

À quelques pages en dessous du doigt graisseux de Boule-de-Suif Johnson se trouvait un article sur le football américain, où l'on racontait que ce sport commençait à se répandre en Europe. C'était étrange : car lorsqu'on avait imprimé le magazine, ces pages traitaient de photographie en milieu désertique.

L'article allait bouleverser le cours de sa vie.

Et Abbadon volait toujours vers l'Amérique. Peut-être avait-il mérité quelque chose, lui aussi (après tout, on n'oublie jamais ses premiers amis, même si on n'avait que quelques heures à l'époque). Mais la puissance qui régissait le sort de toute l'humanité en cet instant précis se disait : Ben, il va en Amérique, non ? Je vois pas ce qui pourrait être mieux qu'un voyage en Amérique.

Ils ont trente-neuf parfums de glace, là-bas. Peut-être même plus.

✈

Il y a un million de choses passionnantes à faire le dimanche après-midi, pour un gosse et son chien. Adam pouvait en imaginer quatre ou cinq cents sans se forcer. Des activités palpitantes, des choses fascinantes, conquérir des planètes, dompter des lions, découvrir et apprivoiser des mondes perdus grouillant de dinosaures en Amérique du Sud.

Il était assis dans le jardin et grattait la poussière avec un caillou, l'air triste et solitaire.

À son retour de la base aérienne, son père avait trouvé Adam en train de dormir – s'il fallait en croire les apparences, il avait passé toute la soirée au lit. Et il ronflait de temps en temps, pour plus de vraisemblance.

Toutefois, le lendemain au petit déjeuner, il devint évident que cela n'avait pas suffi. Mr Young avait horreur de partir le samedi soir en expédition et de rentrer bredouille. Et si, par un hasard extraordinaire, Adam n'avait rien à voir avec les événements de la soirée – quelle qu'en soit la nature, personne ne s'était étendu sur les détails, on avait juste évoqué des « incidents » –, il avait forcément quelque chose à se reprocher. C'était l'attitude qu'avait adoptée Mr Young, et elle avait prouvé sa validité au cours des onze dernières années.

Adam était assis dans le jardin, mélancolique. Le soleil d'août était suspendu au zénith d'un ciel d'août, pur et bleu, et derrière la haie chantait une grive. Mais ce gazouillis paraissait encore aggraver la condition d'Adam.

Toutou était assis à ses pieds. Il avait tenté de se rendre utile, essentiellement en exhumant un os enterré quatre jours plus tôt, et en le traînant jusque devant son maître. Adam s'était contenté de lui accorder un regard lugubre, et Toutou avait fini par emporter l'os pour procéder à une seconde inhumation. Il avait fait tout ce qu'il pouvait.

« Adam ? »

Adam se retourna. Trois visages l'observaient par-dessus la clôture du jardin.

« Salut, lança Adam lugubrement.

– Y a un cirque qui s'est installé à Norton, dit Pepper. Wensley était là-bas, et il les a vus. Ils commencent juste à s'installer.

– Ils ont des tentes et des éléphants et des jongleurs et des animaux presque sauvages et... et tout ! renchérit Wensleydale.

– On s'est dit qu'on pourrait peut-être aller les regarder s'installer », conclut Brian.

Un instant, l'esprit d'Adam fut envahi de visions de cirques. Un cirque en place, c'était nul. On voit sans arrêt des choses plus intéressantes à la télé. Mais un chapiteau *qu'on dresse*... Bien sûr qu'ils iraient tous, et ils les aideraient à dresser le chapiteau, et à laver les éléphants, et les gens du cirque seraient tellement impressionnés par le *feeling* naturel d'Adam pour les animaux que ce soir, Adam (secondé par Toutou, le Corniaud Savant le plus Célèbre du Monde) conduirait la parade des éléphants autour de la piste et...

Inutile.

Il secoua tristement la tête. « J'peux aller nulle part. *On* me l'a interdit. »

Il y eut un silence.

« Adam, demanda Pepper, qu'est-ce qui s'est passé, hier au soir ? »

Adam haussa les épaules. « Des trucs. C'est rien. C'est toujours pareil. On cherche juste à aider les gens, et on vous traite comme un vrai meurtrier, ou chais pas quoi. »

Il y eut un nouveau silence, tandis que les Eux contemplaient leur chef déchu.

« Quand est-ce que tu crois qu'ils vont te laisser sortir, alors ? demanda Pepper.

– Pas avant des années et des années. Des *siècles*. Quand je pourrai enfin sortir, je serai un vieillard.

– Et demain ? » demanda Wensleydale.

Le visage d'Adam s'éclaira. « Oh, demain, y aura plus de problème. Ils auront tout oublié, vous verrez. Ils oublient toujours. » Il leva les yeux vers eux, Napoléon poussiéreux aux lacets défaits, exilé dans une Elbe de rosiers grimpants. « Allez-y, vous, dit-il avec un bref rire creux. Vous inquiétez pas pour moi. Ça ira. On se verra tous demain. »

Les Eux hésitèrent. La loyauté était une belle chose, mais on ne devait pas demander à des lieutenants de choisir entre leur chef et un cirque avec des éléphants. Ils s'en furent.

Le soleil continua de briller, la grive de pépier. Toutou abandonna son maître à son triste sort pour traquer un papillon sur l'herbe près de la haie. C'était une haie sérieuse, massive, impassible, drue de fusains bien entretenus. Adam la connaissait depuis longtemps. Au-delà s'étendaient des champs, des fossés boueux à cœur, des fruits verts, des propriétaires de vergers, irascibles mais trop lents, des cirques, des ruisseaux à endiguer, et des murs et des arbres faits pour l'escalade…

Mais la haie était impénétrable.

Adam parut songeur.

« Toutou, déclara-t-il sur un ton sévère, éloigne-toi de cette haie, parce que si tu passes à travers, il va falloir que je te coure après pour te rattraper, et que je sorte du jardin, et j'ai pas le droit. Mais je serai obligé… si tu t'en vas par là. »

Toutou sauta sur place, surexcité, mais il resta où il était.

Adam regarda autour de lui, prudemment. Puis, encore plus prudemment, il regarda en Haut et en Bas. Et à l'Intérieur.

Et puis…

Maintenant, il y avait un gros trou dans la haie – assez grand pour qu'un chien puisse le franchir et qu'un petit garçon se faufile à sa poursuite. Et c'était un trou qui avait toujours existé.

Adam cligna de l'œil à Toutou.

Toutou traversa, en galopant, le trou dans la haie. Et, criant haut, d'une voix claire et distincte : « Toutou, vilain chien ! Arrête ! Reviens ! » Adam plongea à sa poursuite.

Quelque chose lui disait qu'on s'acheminait vers une fin. Pas celle du monde, pas vraiment. Seulement celle de l'été. Il y aurait d'autres étés, mais aucun ne serait semblable à celui-ci. Plus jamais.

Mieux valait en tirer tout le suc, alors.

Il s'arrêta à mi-champ. Quelqu'un faisait brûler quelque chose. Il regarda le panache de fumée blanche monter de la cheminée du cottage des Jasmins et il s'arrêta. Et il écouta.

Adam pouvait entendre des choses qui échappaient à tout un chacun.

Il entendit rire.

Ce n'était pas le caquetage d'une sorcière ; c'était l'éclat de rire profond et sain de quelqu'un qui sait beaucoup plus de choses qu'il ne devrait.

La fumée se tordit et se recourba au-dessus de la cheminée du cottage. Un bref instant, Adam vit un beau visage de femme, dessiné dans la fumée. Un visage qu'on n'avait pas vu sur Terre depuis plus de trois cents ans.

Agnès Barge lui adressa un clin d'œil.

La douce brise d'été dispersa la fumée ; visage et rire avaient disparu.

Adam sourit et recommença à courir.

Dans une prairie, à peu de distance, de l'autre côté d'un ruisseau, le petit garçon rejoignit le chien trempé et boueux. « Vilain Toutou », dit Adam en grattant l'animal derrière les oreilles. Toutou jappa, au comble du bonheur.

Adam leva les yeux. Au-dessus de lui se tenait un vieux pommier, tors et trapu. On aurait dit qu'il était planté là depuis l'aube des temps. Ses rameaux ployaient sous le poids des pommes, petites et vertes.

Avec la rapidité du cobra qui frappe, le petit garçon escalada l'arbre. Il regagna la terre ferme quelques secondes plus tard, poches pleines, croquant bruyamment une pomme, acide, parfaite.

« *Hé, toi, le gamin !* » lança une voix bourrue dans son dos. « T'es Adam Young ! Je t'ai vu ! Je vais le dire à ton père, tu vas voir ça ! »

Le châtiment parental était maintenant garanti, se dit Adam en bondissant, son chien à ses côtés, ses poches gonflées de fruits chapardés.

Il était toujours garanti. Mais rien ne se passerait avant ce soir.

Et le soir était encore loin.

Il jeta le trognon de pomme dans la direction approximative de son poursuivant, et plongea la main dans sa poche pour en prendre une autre.

Il ne voyait pas pourquoi les gens font tant d'histoires pour un bête fruit, d'ailleurs, mais ça rendait la vie beaucoup plus *drôle.* Et quels que soient les ennuis encourus, toutes les pommes valaient la peine qu'on les cueille, selon Adam.

Si vous voulez imaginer le futur, imaginez un petit garçon, son chien et ses amis. Et un été qui n'en finit pas.

Et si vous voulez imaginer le futur, imaginez une botte... non, imaginez un tennis aux lacets défaits qui tape dans un caillou ; imaginez un bâton, pour tâter les objets intéressants, pour le lancer à un chien qui le ramènera ou pas, selon son humeur ; imaginez un sifflotement sans mélodie, qui massacre une malheureuse chanson populaire jusqu'à la rendre méconnaissable ; imaginez une silhouette dont la moitié est un ange, la moitié un démon, et le tout est humain...

... qui fait route, épaules avachies, vers Tadfield.

... pour toujours.

3892

R.I.D. Composition – Gometz-la-Ville
Achevé d'imprimer en Europe (France)
par Brodard et Taupin à La Flèche (Sarthe)
le 1er octobre 2002. 15203
Dépôt légal octobre 2002. ISBN 2-290-31586-9
1er dépôt légal dans la collection : février 1995

Éditions J'ai lu
84, rue de Grenelle, 75007 Paris
Diffusion France et étranger : Flammarion